Ursula Sachau
Lucas der Maler

Ursula Sachau

Lucas der Maler

Biografischer Roman

BRUNNEN
VERLAG GIESSEN · BASEL

Bildnachweis:
Bayerische Staatsgemäldesammlungen, Alte Pinakothek, München:
S. 19 (Joachim Blauel, Bild 5652 / Artothek)
Germanisches Nationalmuseum, Nürnberg: S. 39, 95, 163
Lutherhalle Wittenberg: S. 9
Museum der bildenden Künste, Leipzig: S. 115, 219
Schlossmuseum Gotha: S. 67, 137, 193, 247, 281, 305
Staatliche Graphische Sammlung, München: S. 55

Ungekürzte Lizenzausgabe mit freundlicher Genehmigung
der Verlagsgruppe Lübbe GmbH & Co. KG, Bergisch Gladbach

2. Lizenzausgabe 2004
Brunnen Verlag Gießen

Umschlagbild: Lucas Cranach d.Ä.: Kurfürst Johann Friedrich von Sachsen
mit den Reformatoren, Museum of Art, Toledo (Ohio)
Umschlaggestaltung: Ralf Simon
Druck und Bindung: GGP Media, Pößneck
ISBN 3-7655-1842-5

Für meine Kinder

Der Mensch wird durch äußere Anlässe zu bestimmter Tätigkeit geleitet und glücklich ist er, wenn diese mit seiner Neigung zusammentreffen. Dann erst wird er das Beste, was ihm seine Fähigkeiten überhaupt gestatten, erreichen können.

Christian Schuchardt

Inhaltsverzeichnis

Rom

Der Bapstesel zu Rom

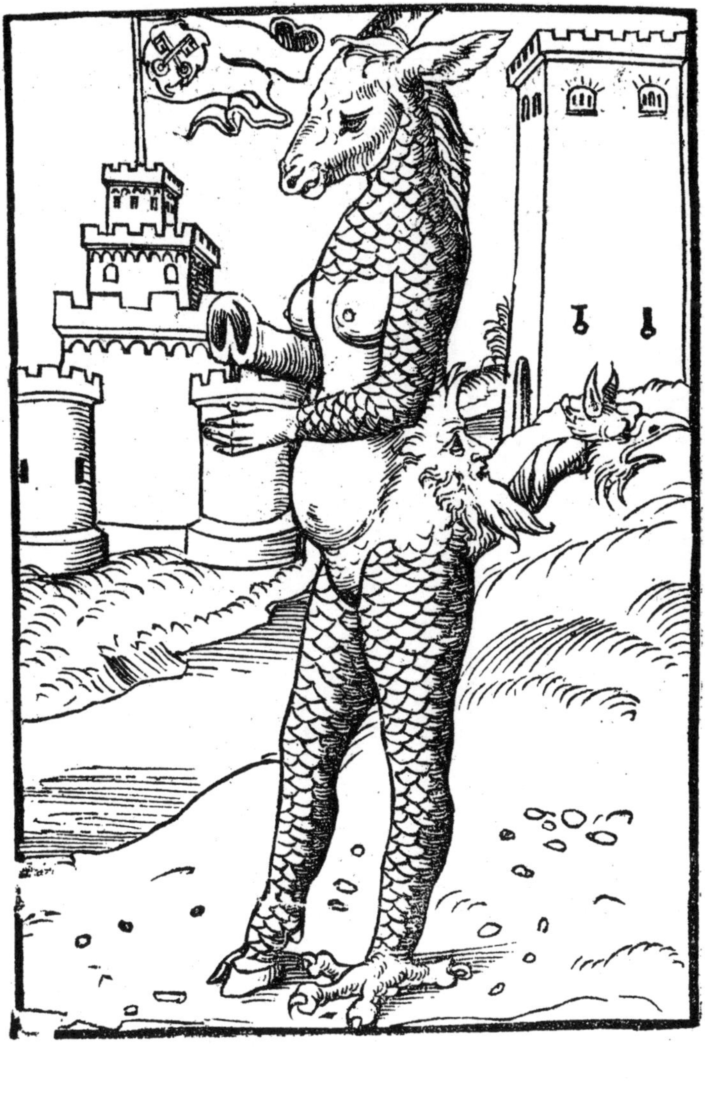

Lucas Cranach d. Ä.:
Der Papstesel

Anno domini 1523: Der Heilige Vater durchmißt den Raum. Sein Secretarius möchte am liebsten den Kopf schütteln – Klemens VII. geht schnell, zweifellos, und doch auch auf eine verwirrende Weise zögerlich, als sei ein Fuß dem anderen beim Voranschreiten im Wege; durch dieses anhaltende Eilen wirkt die Gestalt in sich zerrissen, gequält.
»Höre es dir an, was sie wieder über uns gereimt haben, höre es dir an:

Ein Papsttum, reich an Hin- und Herberaten,
An Meinungswechsel und an Klügelei'n,
An Wenn und Aber, wie an Ja und Nein,
Vielleicht und Doch und Worten ohne Taten.«

Der Sekretär schiebt die Hände tiefer in die Ärmel, senkt den Kopf und die Augenlider, um zu verbergen, wie treffend er diese Worte findet. Seine Vorsicht ist überflüssig, der Heilige Vater beachtet ihn gar nicht, sondern greift mit der beringten, fleischig-weichen Hand nach einem Faltblatt.
»Aber das hier, gedruckt im fernen deutschen Reich, das hier setzt allem die Krone auf! Müssen wir uns dergleichen bieten lassen?«
Er schleudert das Papier durch den Raum, es schwebt tatsächlich, vom Zorn des Papstes wie beflügelt, und fällt dann langsam trudelnd vor die Füße des Sekretärs, der es mit spitzen Fingern aufhebt. Noch kommt er nicht dazu, es zu betrachten, denn Klemens erfordert seine ganze Aufmerksamkeit. Seiner Würde nicht achtend, reißt sich der Medici die weiche rote Samtmütze vom Kopf, drückt und dreht sie zwischen den Fingern und schleudert sie vehement zu Boden. Die heilige Gottesmutter hoch droben an der Decke lächelt gelassen – wenn man wissen könnte, was sie denkt! Die Haare Seiner Heiligkeit sind schweißnaß. Sein Atem keucht. Über dem köstlichen und kostbaren Kragen seines Gewandes steigt eine blaßrötliche Tönung auf, überfliegt sein Antlitz wie Sonnenlicht, wie Feuerschein, um endlich blaurot seine Züge zu entstellen, so daß sein Diener mit ausgebreiteten Armen hinzueilt, um den Erregten aufzufangen.

»Heiligkeit, ich flehe Euch an um der Schmerzen der Gottesmutter willen, setzt Euch, laßt mich den Medicus rufen, Ihr werdet einen Schlag erleiden –«

Einmal ist Klemens entschieden. »Wir wollen nicht!« schreit er. »Wir wollen uns nicht hinsetzen und keine Medizin nehmen, und wir wollen uns auch nicht beruhigen, wie du es wünschst. Wir wollen uns aufregen! Und wir verlangen, daß sofort etwas geschieht, sofort etwas getan wird, um diese Unbill abzustellen! Sieh es dir an! Eine Mißgeburt von einem Esel, aufrecht stehend, von Schuppen bedeckt, mit Brüsten wie ein Weib, sieh es mit eigenen Augen, unsere Worte sind zu schade, es zu beschreiben – vor der Engelsburg, und nicht genug damit, nein, darüber in fetten Lettern ›Der Papstesel zu Rom‹ betitelt. Wir sind gemeint, uns stellt man so dar!«

Nun sinkt er doch in die weichen Kissen seines Stuhls und wischt sich mit der Hand über die Stirn, greift nach seinem kostbaren Glas, starrt seinen Diener mit blutunterlaufenen, hervorquellenden Augen an.

»Es ist – ungeheuerlich!« bestätigt dieser.

»Diese Bemerkung ist überflüssig«, weggewischt wird sie mit einer fahrigen Bewegung der heiligen Hand, »unnütz, unzulänglich. Wir wollen wissen, wer das gezeichnet hat, und er soll seiner gerechten Strafe nicht entgehen.«

»Ja, Heiligkeit, das heißt nein, das soll er nicht.«

»Was kauderst du für ungereimtes Zeug daher? Geh und erfülle unseren Willen!«

Der so Gemaßregelte folgt gern und eilt mit großen Schritten davon, das corpus delicti wie ein gefährliches Insekt vor sich hertragend.

Der Heilige Vater hebt gedankenverloren die Samtmütze auf und zieht sie sich über die Ohren. »Leid bin ich es, leid, so leid! Ich bin ich, eine Person, ein Medici. Dieses diffuse ›wir‹ hängt mir zum Halse heraus, und clemens, nämlich nachsichtig, wie mein Name verheißt, bin ich auch nicht. Nein! In meiner Eigenschaft als Pontifex maximus werde ich diesen Unsinn abändern. Ich bin ich, ich leide, ich bin maßlos gekränkt worden, ich bin zornig, ich lechze nach Rache, ich, ich, ich!«

Er trommelt mit der Faust auf den edlen Marmortisch, bis ihm die Knöchel weh tun. Während er die Schmerzen mit der Zunge zu lindern sucht, murmelt er: »Oder vielleicht besser doch nicht? Wer bin ich, daß ich die Tradition durchbrechen und das geheiligte Protokoll abändern sollte? Und ist es denn nicht auch ein Schutz, ›wir‹ sprechen zu dürfen und sich hinter diesem unangreifbaren Plural zu verstecken, zu verschanzen? Wer hindert mich denn, ›ich‹ zu denken und ›wir‹ zu sagen?«

Im samtenen Licht der Dämmerung steht der Secretarius wieder vor dem Papst und berichtet: »Lucas Cranach nennt sich der Maler; er lebt in dem Ketzernest Wittenberg in Sachsen und steht in Verbindung mit diesem Luther.«
»Das hätten wir uns denken können«, schnarrt Seine Heiligkeit ungnädig. »Wir wünschen, daß dieser Sache auf den Grund gegangen wird. Ein zuverlässiger Mann soll ins deutsche Reich reisen und alles, alles über diesen Menschen in Erfahrung bringen!«

Pater Johannes hebt den Kopf und läßt seine Augen umherwandern. Er liebt das Skriptorium, auch wenn es seit der Verbreitung der Buchdrukkerkunst verwaist ist. Er hat sich den besten Platz direkt am Fenster ausgesucht, keiner macht ihn ihm mehr streitig. Staub liegt auf den Pulten, bedeckt Schreibfedern, Radiermesserchen, Bimsstein – die Tintenhörner sind ausgetrocknet –, nur an seinem Tisch hat alles seine schöne Ordnung.
Er schließt die Augen halb und blinzelt durch die Wimpern, Bilder der Erinnerung werden wach: Zu Hause, in seinem Kloster am Rhein, wo er sein Noviziat verbrachte, gab es eine herrliche Schreibstube! Die gotischen Spitzbogenfenster waren aus hauchdünnem Alabaster, der das Sonnenlicht mild gefiltert einließ, der Fußboden im Schachbrettmuster schwarzweiß gefliest. An den Schreibpulten aus dunklem Eichenholz saßen, die Köpfe über die Arbeit geneigt, die Brüder, bei manchen war wohl der Rücken verkrümmt von dieser Haltung. Es roch nach Papier und Tinte, Farben, Büchern – besser, Bücherstaub –, ein herrlicher Geruch! Wie gemütlich es dort war. Als Novize hatte er stets nach Gründen gesucht, hinaufgehen zu dürfen über die breite, bequeme Holztreppe. Zwei gewaltige Kamine schenkten Wärme und traulichen Feuerschein. Leise, um nicht zu stören, hatte er sich an Bruder Lambertus herangeschlichen und verfolgt, wie ein Buchstabe nach dem anderen entstand in formvollendeter Klarheit und Schönheit. Lieber noch sah er Pater Adelmus, dem Illustrator, zu, der die Initialen, die großen Anfangsbuchstaben, mit Blütenranken und Bildern ausschmückte. Wie seine Farben leuchteten! Manchmal verwendete er sogar Blattgold, das war eine Pracht. Und über alldem lag etwas, das Johannes nicht in Worte fassen

konnte, denn Geist war es, Geist der Bücher, nein, Geist dessen, der aus den Worten spricht, nein, der Geist, der Menschen bewegte, zu denken, zu schreiben, ach ja.
Johannes öffnet die Augen und konzentriert sich auf seinen Text: »Aut quomodo credent ei, quem non audierunt?« Wie sollen sie denn an den glauben, von dem sie nichts gehört haben? Er spricht die deutschen Worte laut und lauscht ihnen nach – wie lange er nun schon den Klang seiner Muttersprache vermißt. »Quomodo autem audient sine praedicante?« Wie sollen sie aber hören, wenn ihnen nicht gepredigt wird, ohne Prediger? »Quomodo vero praedicabunt nisi mittantur?« Wie sollen sie aber predigen, wenn sie nicht gesandt werden? »Sicut scripturum est: Quam speciosi pedes evangelizantium pacem, evangelizantium bona.« Wie geschrieben steht: Wie lieblich sind die Füße derer, die den Frieden und das Gute verkündigen ... Soll ich es wirklich so schreiben oder vielleicht: die Füße der Prediger ...? Nein, das ist mißverständlich, denn jeder Christ kann, ja soll den Frieden und das Gute verkündigen, steht hier ...
»Pater!«
Johannes schreckt auf. Er war so vertieft, daß er nicht bemerkt hat, wie sich die Tür öffnete und der Novize über den Fliesenboden zu ihm herantrat. Wie kindlich er noch ist, dieser schwarzgelockte Junge mit den Glutaugen.
»Verzeiht, Hochwürden, die Störung. Der Heilige Vater hat Euch rufen lassen.«
Johannes nickt, als ginge er alle Tage in den Vatikan. Er hat es gar nicht richtig aufgenommen, denn seine Gedanken verweilen bei dem schönen Satz: »Wie lieblich sind die Füße derer, die den Frieden und das Gute verkündigen ...«
»Wie bitte?« fragt der Knabe verstört.
»Ach ja, entschuldige, ich sprach Deutsch, ich bin noch ganz beim Römerbrief. Wer ruft mich?«
»Seine Heiligkeit, der Papst.«
»Ich gehorche.« Johannes wischt seine Feder sauber, verwahrt das Tintenfaß, streut Sand über die Schrift und schließt nicht ohne Bedauern die Bibel.
»Dann wollen wir gehen.«

Seine Heiligkeit sitzt sehr würdig auf seinem Thronsessel und streckt dem Pater die Hand zum Kuß entgegen. Johannes kniet ehrfurchtsvoll,

berührt andächtig den Fischerring mit den Lippen, verharrt mit gesenktem Kopf.
»Steh auf und sieh uns an!« befiehlt Klemens. »Hm. Du hast ein offenes, klares Gesicht, das gefällt uns. Wie alt bist du?«
»Fünfundzwanzig, Euere Heiligkeit.«
»Gut. Du bist Deutscher?«
»Ja.«
»Wo stammst du her?«
»Aus Köln am Rhein. Mein Orden ...«
»Schweige. Wir wollen nicht wissen, welchem Orden du angehörst, keiner braucht das zu wissen. Sei nicht so geschwätzig. Am besten trägst du weltliche Kleidung, ja. Hm, warte, nein, vielleicht doch nicht; du mußt das je nach Situation ändern. Du hast jedenfalls unsere Erlaubnis, weltliche Gewänder anzulegen.«
Klemens drückt das Kinn auf die Brust und legt es dabei in mehrere glänzende Falten. Er runzelt streng die Brauen. »Dein Auftrag lautet, in das Ketzernest Wittenberg zu ziehen und alles über den Maler Lucas Cranach herauszufinden. Er hat uns unsäglich beleidigt und in uns die heilige Mutter Kirche und in ihr die allerheiligste Dreifaltigkeit. Ziel deiner Nachforschungen soll sein, diesen Farbenschmierer der Ketzerei zu überführen und der heiligen Inquisition anzuzeigen, damit sie ihn seiner gerechten Strafe zuführe und seine unsterbliche Seele rette. Du mußt dich nicht fürchten (Johannes steht ruhig und gelassen da), unser Segen ist mit dir. Wir werden dir Briefe ausfertigen lassen, damit du überall Schutz und Unterstützung findest ... Oder halt, nein, das ist vielleicht nicht möglich der Geheimhaltung deines Auftrages wegen.«
»Bemüht Euch nicht, Heiligkeit, ich werde in allen Klöstern als Gast aufgenommen werden und bekommen, wes ich bedarf.«
»Das ist gut, ja, das ist gut. Wir würden dir gern mehr Zeit schenken, aber wir sind sehr beschäftigt, ja, sehr beschäftigt. Falls du noch Fragen haben solltest, wende dich an unseren Secretarius. Gott segne dich, mein Sohn.«
Johannes küßt den Ring, verläßt rückwärts gehend den Raum.
Nein, er hat keine Fragen, das heißt, um sich dem widersprüchlichen Denken Seiner Heiligkeit anzupassen, eigentlich ist ihm alles unklar; aber er weiß, man wird ihm nicht antworten, vielleicht kann man es auch gar nicht.
Auf dem Weg durch die Gänge des Vatikans zupft der Secretarius Johan-

nes am Kuttenärmel: »Du solltest wissen: Dieser Papstesel ist nichts Neues, der deutsche Ketzer braucht sich gar nichts darauf einzubilden. Ich habe es Seiner Heiligkeit noch nicht gesagt, weil ich nicht will, daß sie dem Schlagfluß erliegt. Die Idee wurde in Rom geboren. Anno 1496 fand man im Tiber ein solches Monstrum. Die Deutschen überschreiben ihr Pamphlet ›Ein grausam Meerwunder, den Papst‹, hier hätte es ein grausam Flußwunder geheißen. Ich würde gern mit dir wandern und der Sache auf den Grund gehen. Nun, unser Teil ist der Gehorsam.«

Er öffnet eine kleine Tür, die auf eine enge Gasse führt. »Dominus vobiscum!«

»Et cum spiritu tuo«, nickt Johannes würdevoll.

Er soll sich also ins deutsche Reich, nach Sachsen begeben, diesen Maler ausfindig machen und ihn der Inquisition ausliefern. Warum? Der Medici-Papst ist doch sonst ein Förderer der Künste! Versonnen lenkt er seine Schritte ins Tiberviertel. Hatte er nicht Sehnsucht nach dem Klang seiner Muttersprache?

»Wie lieblich sind die Füße derer, die den Frieden und das Gute verkündigen …« Traurig zieht er seine Kapuze über den Kopf, als wolle er sich verstecken. Nicht den Frieden und das Gute darf er bringen, sondern das Gericht, auf daß die Seele gerettet werde. Schnell schlägt er das Kreuz, um die ketzerischen Gedanken, die in ihm hochsteigen wollen, zu bannen.

Sein Abt ist bereits informiert. Auch er segnet ihn. Kein Abschied von den Brüdern, der Auftrag sei heikel und streng geheim. Er ist entlassen. Er kann sich jetzt gleich auf den Weg machen.

So tritt Pater Johannes auf die Straße, ohne seine Übersetzung beendet zu haben, ohne noch einmal in seiner Zelle gewesen zu sein. Von seinen drei Gelübden – Armut, Keuschheit, Gehorsam – fällt ihm der Gehorsam immer noch am schwersten.

Im milden Abendsonnenschein wandert er zur Stadt hinaus – Roma eterna, vale! Schon überkommt ihn Sehnsucht nach seiner stillen Zelle, nach den bunten Fenstern der Kapelle im ersten Morgenlicht, nach dem Skriptorium.

»Lieblich sind die Füße …«, daß ihm diese Worte nicht aus dem Sinn gehen! »Vater«, betet er, »gib, daß ich doch Frieden und Gutes bringen kann, deinen Frieden, auch wenn es nicht so aussieht. Lenke es so, ich bitte dich. Deine Wege sind höher als unsere Vernunft.«

Wind kommt auf und hüllt den Wandernden in eine Staubwolke.

Warum erhalte gerade ich diesen Auftrag? grübelt er. Was weiß ich von der Welt und ihren Geschäften? Unsere Gebete, die Übersetzung der Bibel, einsame Stunden im Kreuzgang: all mein Sinnen und Trachten galt bislang allein Gott und den heiligen Schriften. Nun soll ich in das Ketzernest Wittenberg gehen und werde dort wohl dem Lutherus begegnen. Die Fama von seinen Büchern und seinem Widerstand gegen den Papst ist selbst in mein Skriptorium gedrungen. Von alldem weiß ich nur, daß es wie eine schwarze Gewitterwolke drohend am Himmel hängt. Vielleicht erfahre ich nun bald Genaueres. Eigentlich interessiert es mich gar nicht. Ich bin ganz zufrieden mit meinem Glauben und wäre lieber in meinem Kloster geblieben.

An die sechs Wochen wird seine Reise dauern, Johannes weiß es, er geht den Weg nicht zum erstenmal. Er schiebt die Hände tiefer in die Ärmel seiner Kutte und schreitet fürbaß, sich dem Rhythmus der Schritte überlassend. Sein Blick verliert sich im Wolkentheater des Abendhimmels. Er muß sich nur der Zeit anheimgeben, sie wird ihn tragen.

HALLE

Lucas Cranach d. Ä.:
Albrecht von Brandenburg vor dem Gekreuzigten

Der Bauer streckt die Hand aus und weist auf die Türme am Horizont: »Halle! Ist eine große, bedeutungsvolle Stadt geworden, seit Kardinal Albrecht sie zu seiner Residenz erwählt hat«, erklärt er.
»Danke«, nickt Johannes.
Wenn die Ausführungen des Pförtners aus dem letzten Kloster stimmen, ist es nicht mehr allzuweit nach Wittenberg. Wie lang diese Wanderschaft war, aber wie schnell wiederum auch die Tage ins Land gegangen sind! Während er forsch den vereisten Weg zwischen die Beine nimmt, werden Bilder der Reise in ihm lebendig: die kräftigen Tinten Italiens und seine lebhaften, braungebrannten Bewohner, schmalgliedrige Mädchen mit schwarzen, lachenden Augen, singend, tanzend, eine verhärmte Alte, die, auf braungelber Erde am Wegesrand hockend, mit kreischender Stimme verzweifelt Almosen heischt, trutzige Stadttürme stolzer Adelsgeschlechter, das armselige Bimmelglöckchen eines Franziskanerklosters, wie schön zu hören nach einem langen Tag auf der Straße, der rauhe, eintönige Gesang der Benediktiner, der Zuflucht und Geborgenheit schenkt.
In der wilden Einsamkeit der Berge verlassene Almmatten mit großen, kalten Wasserlachen, in denen sich die Sonne spiegelt, Nebelschwaden, Aufstieg durch die Wolken und hoch oben plötzlich klare Sicht, vorauf ein schmaler Steig, der geradewegs ins Himmelsblau zu führen scheint, unter ihm rosiggolden beschienene, unvorstellbar weiche Wolkenpfühle. Und all die Menschen, denen er unterwegs begegnet ist: Handwerker auf der Suche nach Arbeit, Kesselflicker, die lauthals ihre Fähigkeiten anpreisen, jede Art von Soldaten, vor denen man sich am besten immer in acht nahm, Mönche, Prediger mit heiserer Stimme und wilden Worten, Huren, Gaukler mit ihren buntbemalten Karren, lustig und listig – wer mochte ahnen, wie ehrlich sie wirklich waren! –, Spielleute mit fröhlichen Liedern und Weisen und großer Traurigkeit im Herzen, Studenten auf dem Weg zur Universität ihrer Wahl, Aussätzige, die mit ihren Rasseln vor sich selbst warnen mußten, Krüppel – all die Verlierer der vielen Kriege, die überall ausgefochten wurden –, Bettler, von hartherzigen Grundherren vertriebene, ins Unglück geratene Familien, Händler mit

großen Wagen und bewaffneter Bedeckung oder auf einem jämmerlichen Eselchen ihre Waren transportierend: Schmerzen, Verlassenheit, Unglück. Herzeleid genug hatte er gesehen und auch tapfere Bejahung des Lebens, wie immer es kam, und tiefes Gottvertrauen. Bücher könnte er schreiben über all die Geschichten der Landstraße, aber er darf es nicht. Sein Thema heißt Lucas Cranach.

Johannes ist dem Heiligen Vater dankbar für die Erlaubnis, weltliche Kleider tragen zu dürfen, denn der Winter nördlich der Alpen ist hart. So kann er wenigstens mehrere Stofflagen übereinander anlegen, die ihn gegen die Unbilden des Wetters schützen.

Der graue Himmel hängt tief, die feuchte Luft riecht nach Schnee. Johannes tun die Schienbeine weh von der dauernden Anspannung, auf dem gefrorenen Boden nicht auszugleiten.

Halle, die Stadt des Kardinals Albrecht. Soll ein wohlhabender und freigebiger Herr sein, hoffentlich stimmt's, denn ihm knurrt der Magen. Adventszeit ist Fastenzeit – in den Klöstern ist Schmalhans Küchenmeister, und das Wandern bei dieser Kälte zehrt an den Kräften.

In einer engen Gasse rennt laut quiekend ein Schwein auf ihn zu und bringt ihn fast zu Fall. Dem Tier folgt ein verzweifelter Knecht: »So haltet es doch fest!« ruft er Johannes zu. Welche Zumutung an einen geweihten Pater! Ach ja, er vergißt immer wieder, daß seine Kleidung ihn nicht als solchen ausweist.

Ganz selbstverständlich gelangt er zur Moritzburg, der Residenz des Kardinals. Die ersten Schneeflocken tanzen in der dämmrigen Luft, er freut sich, ein Dach über dem Kopf in Aussicht zu haben. Viele Gebäude recken ihre Dächer in den dunklen Himmel. Johannes sucht lange, bis er auf Verdacht an eine Tür klopft. Der öffnende Laienbruder beäugt ihn mißtrauisch.

»Ich bin ein Franziskaner auf Wanderschaft, komme geradewegs aus Rom. Der Heilige Vater hat mich mit einem geheimen Auftrag betraut. Ich suche Quartier für die Nacht.«

»Und warum trägst du weltliche Kleidung?« fragt der Pförtner streng.

»Auf Anweisung des Vatikans.«

»Hm. Folge mir.«

Aufatmend betritt Johannes den geräumigen Flur und fühlt sich schon wärmer.

»Warte hier!«

Das tut er gern. Es lohnt sich, denn der Majordomus bemüht sich per-

sönlich und führt den Gast in einen prächtigen Saal, wo Kardinal Albrecht an langer Tafel speist. Der Majordomus tritt hinter den Hausherrn und flüstert ihm etwas ins Ohr. Albrecht, dessen Gastfreundschaft bekannt ist, nickt Johannes gnädig zu.
»Weit gereist seid Ihr und gewiß der Erquickung bedürftig!«
Der geistliche Herr weist mit seiner weichen Hand, die an jedem Finger mehrere Ringe trägt, auf einen Platz am Ende des Tisches. Der Weg dorthin kommt dem müden Wanderer sehr lang vor. In der Nähe des Kardinals sitzen prächtig gekleidete Würdenträger, in der Mitte der Tafel überwiegen schlichte Mönchskutten, und am unteren Ende finden sich einfach gewandete weltliche Menschen. Johannes setzt sich auf einen freien Platz. Sein Becher wird mit Wein gefüllt, er greift nach dem Gerstenbrot, nimmt sich den Schlegel eines knusprigen Hühnchens. Die Gespräche um ihn herum lassen darauf schließen, daß seine Nachbarn Musiker und Maler sind, auch ein Dichter scheint unter ihnen zu sein. Johannes erinnert sich, gehört zu haben, Albrecht sei den Künsten und den Künstlern zugetan.
Das freundliche Licht der vielen Kerzen verschwimmt vor seinen Augen. Prickelnd ergreift die Wärme von seinen Füßen Besitz, steigt langsam höher. Vor dem Fenster draußen webt der Schnee einen dichten kalten Vorhang.

»Cranach?« Der Kardinal stülpt seine ohnehin sehr ausgeprägte Unterlippe vor.
»Ihr meint Meister Lucas? Ja, den kenne ich wohl, er dient mir gut. Morgen soll Euch Bruder Eustachius seine herrlichen Altarbilder zeigen. Einstweilen nehmt mit einer Gastzelle vorlieb, und ruhet wohl zur Nacht. Was hat Seine Heiligkeit in Rom mit meinem Maler zu schaffen?«
»Das darf ich leider nicht sagen«, antwortet Johannes zögerlich.

Bruder Eustachius trägt das Kleid der Dominikaner, Johannes registriert es mißtrauisch. Seit die Mönche dieses Ordens sich als »domini canes«, Spürhunde des Herrn, der Inquisition verschrieben haben, geht man nicht mehr gern mit ihnen um. Denn nichts ist so schwierig wie die Entscheidung, wo Ketzerei anfängt, und wer von uns unvollkommenen Menschen ist ganz reinen Herzens, wie die Inquisition es fordert?
»Wo kann ich morgen früh die Messe lesen?« fragt Johannes den glatzköpfigen Vertreter des gefährlichen Ordens mit dem freundlichen Lä-

cheln auf dem vollen rotwangigen Gesicht und schiebt zurückgebogenen Kopfes, leicht angewidert, ein kicherndes Mädchen mit tiefem Ausschnitt beiseite, das sich in der Enge des Ganges an ihn zu drücken versucht.

»Ihr seid geistlich?« schnarrt der Dominikaner.

Johannes nickt, noch immer der hübschen weiblichen Last nicht ganz ledig.

»Und warum verleugnet Ihr Euer Ordenskleid?« Die Augen unter den schweren Lidern werden hart, das Lächeln schwindet.

»Geh jetzt endlich, Dirne!« herrscht Eustachius das Mädchen an, das eilig an der Wand entlang forthuscht. Johannes empfindet ein warmes Mitgefühl für die gedemütigte Kreatur.

»Befehl Seiner Heiligkeit, des Papstes; ich reise in geheimer Mission.«

»Aha. Ihr scheint mir ein bißchen zu geheim auf Kosten des Heiligen Stuhls«, knurrt der Dominikaner unwirsch.

»Herr, erleuchte mich und führe mich auf rechtem Pfad«, betet Johannes in seiner Zelle. »Mein Maler« hat der Kardinal gesagt, der Secretarius in Rom sprach von einem Ketzer. Das verstehe ein anderer.

Ich bin viel zu unvorsichtig; ich verhalte mich inkonsequent, entweder geistlich oder weltlich, beides zusammen geht nicht, Eustachius muß ja mißtrauisch werden. Der Heilige Vater würde sehr zornig über mich sein.

So bequem hatte er es noch nicht, selbst der Gebetsschemel ist mit Samtkissen gepolstert. Vielleicht gerade deswegen kommt er nicht weit mit seinen Psalmen. Dankbar wickelt er sich in die luxuriöse Decke und schläft ein.

Als Eustachius ihn am anderen Morgen weckt, hat Johannes das Gefühl, kaum geruht zu haben.

»Ich warte im Gang, bis Ihr Euch angezogen habt«, knurrt der Dominikaner, während er den Leuchter auf dem Tisch anzündet. »Eilt Euch.«

Das hätte Johannes sowieso getan. Er folgt verschlafen durch unbeleuchtete Gänge, über Treppen und Flure, verschneite Höfe.

Die Kirche mutet ihn sehr groß an, Kälte fällt aus nur zu ahnender Höhe, denn es ist dunkel. Sie eilen an Altarnischen vorbei, in denen Altaristen bei spärlichem Licht vor sich hin murmeln, eifrig eine Messe nach der anderen für ihre Auftraggeber abspulend: viele Menschen wollen auf diese Weise ihr Geld in Gottes Gnade umwandeln. Dieses Geld bekommt der Kardinal, die Altaristen sehen davon gerade soviel, wie für ein erbärmliches Leben hinreicht.

»Hier«, sagt Eustachius, entzündet zwei Kerzen und ist schon fort, von der Dunkelheit wie aufgeschluckt. Johannes beugt das Knie und verharrt in dieser Stellung. Seine Augen gewöhnen sich mehr und mehr an die Lichtverhältnisse, und so, gewissermaßen langsam ansteigend, gewinnt das Altarbild vor ihm an Leben: Rechts sitzt eine junge Frau in grünem Mantel – diese Farbe, belebt durch das rötliche Braun des darunter getragenen Kleides, tut den schneemüden Augen des Einsamen wohl. Das Licht leckt höher, beleuchtet ein schmales Gesicht; ruht dieser Blick – Zuwendung, Freundlichkeit, Geborgenheit schenkend – nicht auch auf ihm? Ein Kind hält sie im Arm, ein zweites steht vor ihr. Wie die Zacken eines Sterns wachsen von oben Gewandteile goldgelb ins Bild, Hände halten ein Buch, Hände eines älteren Mannes mit grauweißem Haupthaar und Bart, das Antlitz, von Falten gezeichnet, wirkt ein wenig müde, aber weise und voller Güte.

Mit diesem Mann möchte Johannes sprechen, jetzt! Er hebt den Kopf. Langsam überschaut er das ganze Bild. Die Heilige Sippe ist dargestellt, ihr Lebensraum eingeschlossen von einer halbhohen Mauer, darüber Bogenfenster, hinter denen Landschaft zu sehen ist: eine Stadt, Berge, die Burg auf dem Felsen. Über diese Einfassung beugen sich Männer, jüngere und alte, skeptisch, interessiert, fragend. Neben der Gottesmutter mit dem Jesusknaben ist Sankt Anna zu sehen, vorn links eine Amme mit vier Kindern unterschiedlichen Alters, eines spielt mit einem Hund.

Wie lebendig dies Gemälde ist! denkt Johannes, gewöhnt an die strengen Darstellungen der Heiligen vor einfarbigem, meist dunklem, manchmal goldenem Hintergrund in starren Gewändern. Dieses Bild ist so nah, so wirklich, es könnte sich genauso im nächsten Bürgerhaus abspielen. Er weiß nicht, ist das nun gut und fromm oder Ketzerei? Wer hat das gemalt?

Er feiert seine Messe, doch es fällt ihm sehr schwer. Seine Lippen sprechen die ewigen Worte, aber seine Gedanken verweilen bei dem Bild. Er kann in diesem Augenblick durchaus die Eiferer verstehen, die fordern, alle Bilder aus den Kirchen zu verbannen. Selbst ein erfahrener Mönch wird dadurch abgelenkt, das ist wirklich wahr. Abgelenkt oder hineingezogen? Sind ihm diese Heiligen nicht nah und vertraut, und ist er damit nicht ganz in ihrer Welt, in der Welt Gottes?

Endlich reißt er sich los; er möchte sich am liebsten von den Personen auf dem Bild verabschieden.

Gedankenverloren wandelt er im Kirchenraum und findet sich vor einem anderen Gemälde, einer Kreuzigung, und wiederum ist er sofort gefangen. Der Hintergrund! Endzeitbedrohung fällt den Betrachter an. Die obere Bildhälfte nehmen grauschwarze Wolken ein, drückend hängen sie über der Szene, sie bedecken sogar den Gipfel des Golgathahügels; auch das grellweiße Licht unter dem sich anschließenden schmalen blauen Himmelsstreifen wirkt gefährlich. Rechts Jesus am Kreuz, ein sehr naturnah dargestellter Mensch mit blutenden Wunden; ins Auge fallend die weiße, wehende Stofffülle des Lendentuches. Und zu Füßen dieses Gemarterten kniet Kardinal Albrecht auf einem großen Samtkissen mit Goldquasten, sein roter Mantel füllt den Vordergrund aus, schneeweiß leuchtet es vor seiner Brust, abschätzig ist der Mund verzogen, die Augen blicken nicht auf den Heiland, sondern in die andere Richtung, ins Leere.

Johannes tritt ganz nah heran und erkennt eine Einzelheit: auf den Ring des Zeigefingers sind winzig klein, aber erkennbar zwölf Wappen gemalt. Sollte der Kardinal tatsächlich ein ganzes Dutzend weltlicher Herrschaften besitzen? So möchte ich nicht gemalt sein, denkt Johannes und wendet sich ab. Dies ist für ihn eine deutliche Darstellung dessen, was an der Kirche reformbedürftig ist.

Er geht weiter und gerät in einen ausgedehnten Raum mit vielen Fenstern, wo Staffeleien stehen, auf einem großen Tisch sind Papiere und Entwürfe ausgebreitet, worüber sich ein Mann beugt.

»Gott zum Gruße«, beginnt Johannes.

»Gott zum Gruße«, antwortet der Fremde.

Johannes räuspert sich. »Verzeiht mein Eindringen, ich kenne mich hier nicht aus, freue mich aber, gerade auf Euch zu treffen. Das Gemälde von der Heiligen Sippe und die Kreuzigung mit dem Kardinal, wer hat das gemalt?« Er ist sicher, es war derselbe Maler.

»Beide sind Bilder der Werkstatt Cranachs in Wittenberg.«

»Und Ihr seid Meister Lucas?«

»Ich? Nein, ich bin Simon Franck, ein Schüler und Mitarbeiter Cranachs.«

»Interessant. Mir gefallen Eure Bilder. Sie sind mir so nah. Ihr nehmt den Alltag und die Menschen, alle Menschen, nicht nur die hohen Geistlichen und die Adeligen, mit hinein in das Leben der Heiligen, das ist – ungewohnt.«

»Ja. Diese Darstellungsweise ist ungewohnt. Aber gehören nicht alle Menschen zur Welt, und hat Jesus sie nicht alle angenommen und geliebt: die Fischer, die Zöllner, die Armen, die Frauen und die Kinder?«

»Richtig, die Frauen malt Ihr so sympathisch und die Kinder, ja, die Kinder auch. Woran arbeitet Ihr da gerade?«
»An einem Passionszyklus für den Kardinal. Dies ist die Skizze unseres Meisters, danach male ich die Altartafeln.«
»Laßt sehen.« Tief beugt sich Johannes über das Blatt mit den Zeichnungen. Der vollständige Altar mit Flügeln, Rahmen und Predella ist vorgegeben.
»Die Fußwaschung«, sagt Johannes. »Wie er den Eindruck der Tiefe des Raumes zu vermitteln versteht und die Vielfalt der Bewegungen, mir ist, als müsse ich gleich die Worte hören, die dort gesprochen werden – sie reden ganz schön durcheinander. Euer Meister ist ein großartiger Zeichner.«
»Ja«, nickt Simon, »das ist er.«
»Ist er in Halle?« fragt Johannes hoffnungsvoll.
»Nein. Bis zum Christfest wird er wohl nicht mehr kommen. Wir haben hier ja auch soweit alles, was wir von ihm brauchen.«
»Wie darf ich das verstehen? Erklärt es mir bitte, Meister Simon.«
»Also, Ihr habt sicherlich gesehen, wie groß die Anlage ist, die der Kardinal hier baut, das neue Stift Sankt Moritz und Sankt Maria Magdalena zum Schweißtuch des Herrn, und er will es auf das prächtigste ausgeschmückt wissen. Damit hat er Meister Cranach beauftragt. Eine große Sache, die uns über Jahre hin beschäftigen wird. Lucas hat die Entwürfe für den Passionszyklus gezeichnet, wie Ihr seht, und nun malen wir hier in Halle die Altartafeln, indem wir seine Darstellungen auf die Holzplatten übertragen.«
»Aber das muß doch schwierig sein, wie macht Ihr das?«
»Schaut her … wie heißt Ihr eigentlich?«
»Johannes. Bin ein fahrender Scholar, möchte in Wittenberg studieren.«
»Ach so. Schon ein wenig fortgeschrittenen Alters, was? Na, geht mich nichts an. Also, seht Ihr hier die Löcher in den Umrissen der Figuren?«
»Ja, tatsächlich!«
»Wir legen die Schablone auf die vorbereitete Holztafel …«
»Wie vorbereitet?«
»Ihr wollt es aber genau wissen. Möchtet Ihr gar selbst ein Maler werden?«
»Vielleicht.«
»Die Tafel wird sorgfältig gesäubert und mit Stoffasern überzogen, dann mit Leim bestrichen und geglättet. So. Jetzt legen wir die Schablone auf

und streichen mit schwarzer Tinte über die Konturen, und schon sind sie auf die Platte übertragen, wir ziehen sie mit dem Pinsel dick schwarz aus, so haben wir die Komposition und müssen nur noch die Farben einbringen.«

»Nur noch ist gut.«

»Das geht wirklich leicht für jemanden, der lange in Cranachs Werkstatt gearbeitet und mit seinen Augen zu sehen gelernt hat.«

»Aber wie wollt Ihr allein das alles malen?«

»Ich habe Gesellen genug. Nur heute sind sie anderweitig beschäftigt. Kardinal Albrecht will morgen eine Schlittenpartie machen, er wünscht, daß die Schlitten besonders prächtig ausschauen, und so müssen meine Gesellen sie anstreichen und verzieren.«

»Dieser Kardinal ist wohl ein mächtiger Herr?«

»Ja, wißt Ihr das denn nicht? Wartet, ich will versuchen, Euch einige seiner Titel aufzuzählen: Erzbischof und Kurfürst von Mainz, Markgraf von Brandenburg, Erzbischof von Magdeburg, Administrator von Halberstadt, Primas der deutschen Kirche, Erzkanzler des Heiligen Römischen Reiches deutscher Nation, Kardinal der römischen Kirche, Generalinquisitor für das deutsche Reich. Ist das nichts?«

»Wie kann ein einzelner Mensch solche Machtfülle in sich vereinen?«

»Ganz einfach: indem er sie sich zusammenkauft.«

»Kauft? Wie das?«

»Tut nicht so blauäugig! Solltet Ihr wirklich noch nicht gehört haben, was die Spatzen in aller Welt von den Dächern pfeifen? Albrecht hat sich das Bistum Mainz für dreißigtausend Gulden vom Papst gekauft ...«

»Halt, ich denke, Simonie ist verboten?«

»Da fragt Ihr mich zuviel, ich bin Maler, nicht Theolog!«

»Aber woher hat er das viele Geld?«

»Er hat es eben nicht, mußte es vom Fugger leihen. Darum verkaufte der Tetzel Ablaß, und die Fugger sitzen immer dabei und sammeln das Geld in ihre Truhen, und so bezahlen die Gläubigen die Macht Albrechts.«

»So, so«, nickt Johannes entgeistert, »hm, hm, so, so. Aber Ihr seid mutig. Ist Albrecht nicht Euer Brotherr? Wenn er Euch nun derart sprechen hört?«

Der Maler richtet sich auf und reckt das Kinn vor. »Mein Brotherr ist noch allemal Lucas Cranach! Wir sind freie Bürger und keines Menschen Knechte! Und außerdem, wie ich schon sagte, das sind keine Geheimnisse, ein jeder weiß es.«

Simon schaut aus dem Fenster. »Seht, die Herrschaften gehen zur Mittagstafel, da muß es wohl zehn Uhr sein.«
»Ich werde mich anschließen, mein Magen knurrt schon gehörig, ich habe keinen Morgenbrei gehabt.«
»So kommt. Auch ich habe meinen Platz dort.«
Während der Mahlzeit schweigt Johannes und beobachtet die feinen Hände des mächtigen Albrecht, die zierlich viele Speisen in seinen Schmollmund schieben. Cranach hat gut gemalt!
Kaum hat er sich satt gegessen, zieht er sich in seine Zelle zurück, wirft sich auf die Gebetsbank. Dies kleine Bild an der Wand, die Maria Magdalena, ist das auch von Cranach? Nach dem, was er bisher gesehen hat, durchaus möglich. »Ketzermaler« hat der Heilige Vater gesagt. Johannes schlägt mit den Fäusten auf die Bank.
»Herr, Herr! Ich weiß nicht mehr aus noch ein. Ein Ketzermaler, aber er erzählt die heiligen Geschichten, daß sie vor meinen Augen leben. Er stattet das Stift des Primas der deutschen Kirche aus! Ich fühle mich schlecht in diesen Gewändern. Mich bedrücken die geschlitzten Ärmel, ich schäme mich in den enganliegenden Beinkleidern. Ich will meine schlichte Kutte wieder tragen, in meinem Kloster leben, den Psalter übersetzen, die Fastenkost essen und in Demut dir dienen, Herr, ehrlich, ohne Winkelzüge und Versteckspiel, in Armut und Gehorsam. Lächle nicht, Herr – oh«, erschrocken führt er die Hand zum Mund, »verzeih, was rede ich für einen Unsinn daher, wie solltest du wohl lächeln, und wie sollte ich das wohl wahrnehmen können?«
Du hast ganz recht, Lieber, ich lächle, vermeint er eine Stimme zu vernehmen, du kannst es wahrnehmen, so, wie du meine Worte erfährst. Still, protestiere nicht, glaube deiner Erfahrung! Laß deinen brillanten Verstand ein wenig aus dem Spiel, deine Sinne sind nicht beteiligt. Du hörst keine Stimme mit deinen leiblichen Ohren, du siehst nicht mein Lächeln mit deinen irdischen Augen, deine Seele kennt mich und fühlt mich. Nimm es einfach in Demut an.
Ja, Herr, danke, stammelt Johannes, genauso, wie er empfängt, ohne Beteiligung seines Körpers. Tränen der Glückseligkeit laufen ihm übers Gesicht. Was er mit all seinen Kasteiungen und nächtelangen Gebeten nicht erzwingen konnte, widerfährt ihm hier einfach so!
Gib dich zufrieden und sei still.
Ja, Herr, danke, Herr.
Nenne mich nicht Herr!

Aber du bist es doch?
Nein, ich bin nicht Gott, den du Herr nennst.
Wer bist du denn?
Ein Teil von IHM, sagen wir: sein Bote.
Und du bist bei mir?
Immer, alle Tage.
Bis an der Welt Ende?
Du und deine Zitate. Laß dir mit immer und alle Tage genug sein!
Und du bist wirklich?
Fühlst du mich?
Ja, stammelt Johannes, zunehmend beglückt, denn seltsam wohlige Schauer überrinnen ihn, er empfindet eine – Gegenwart mit seinem Körper! Ich fühle dich wirklich, und das ist so gut.
Lange verharrt er, getröstet, getrost, geborgen. Dann fällt es ihm plötzlich wieder ein, und er kann nicht umhin zu fragen: Und was ist mit Lucas, dem Maler?
Geh nach Wittenberg und finde es heraus, lautet die Antwort.

Auf nach Wittenberg. Wenn auch das Wandern im Winter beschwerlich ist, Johannes geht gern. Er fühlt sich nicht wohl in der Residenz des luxuriösen Albrecht. Das Bild Cranachs läßt ihm keine Ruhe: Der Heiland nackt und bloß, voller Wunden am Kreuz, davor diese rote Pracht auf dem dicken Kissen, und der Kardinal sieht den Erlöser nicht einmal an! Der Dominikaner ist ihm geradezu unheimlich, außerdem hat er sich sehr ungeschickt angestellt, also nichts wie weg.
Er packt sein Ränzlein, zieht die warme Schaube über. Der Kardinal, bedeutet ihm der Majordomus, ist in der Malerwerkstatt. Gut, denn das ist der Ort in dieser Residenz, wo sich Johannes am liebsten aufhält.
»Ich will das Beste und das Schönste!« Die Stimme des Kirchenfürsten klingt für eine so imposante Erscheinung erstaunlich hoch und dünn.
»Natürlich, selbstverständlich, Herrlichkeit. Wir tun immer unser Bestes.« Simon Franck steht stolz aufgerichtet vor seiner Staffelei. Albrecht wendet sich Johannes zu. »Euer Begehr?« fragt er unwirsch.
»Ich möchte meinen Abschied nehmen; mein Auftrag treibt mich weiter.«
»Gewährt«, nickt Albrecht gnädig, greift in seinen Gürtel. »Hier, nehmt das als Wegzehrung, und dient unserem Heiligen Vater gut.« Die weiche Hand reicht ihm ein prall gefülltes Beutelchen.

»Danke, Eure Herrlichkeit!« Das hätte Johannes nicht erwartet. Ehrfürchtig küßt er den Ring Seiner Eminenz.
»Lebt wohl, Meister Simon, habt Dank für Eure Belehrungen. Ich werde Meister Cranachs Werkstatt in Wittenberg aufsuchen, ich freue mich schon darauf.«
Simon Franck reicht ihm die Hand.

Die Luft ist seltsam mild, an den Dachtraufen tauen die Eiszapfen, die Gassen sind glitschig, über dem Eis liegt Wasser, Johannes kann sich kaum auf den Beinen halten. Ein Buchhandel! Johannes tritt in den Laden. Albrechts Beutelchen fühlt sich verheißungsvoll schwer an, da kann er sich schon etwas leisten. Zwischen geistlichen Schriften und Heiligenlegenden lugt ein schmales Heft hervor: *Passional Christi und Antichristi.* Ins Auge fällt die große, bis auf den in einem Weinblatt gedruckten Titel leere Fläche, umrahmt von schlanken griechischen Säulen, die von wilden Leuten getragen werden. Er schlägt das Heft auf: Zwei Bilder sind einander gegenübergestellt: auf dem einen wäscht Christus dem Petrus die Füße, das andere zeigt den Papst, der sich vom Kaiser den Fuß küssen läßt. Obwohl auf dem Titelblatt kein Name verzeichnet ist, erkennt Johannes sofort die Hand von Meister Lucas; die Bilder sehen den Entwürfen zum Passionszyklus zu gleich.
»Wenn Ihr dies Büchlein wollt, so nehmt es und geht«, flüstert der Buchhändler.
Johannes zahlt, versteckt das Erworbene an seiner Brust. Passional Christi und Antichristi? Soll mit »Antichrist« der Heilige Vater gemeint sein? Glühendheiß steigt dem Mönch das Blut zu Kopfe. In seinem Orden wird viel diskutiert über die Mißstände in der Kirche und die Verletzung des Armutsgelübdes, aber dies geht doch zu weit. Hätte er das Buch besser nicht erstanden? Nun denn, es ist von Cranach, und den soll er ausforschen. Ungern verläßt Johannes den Schutz der Häuser, auf dem freien Feld ist er den Unbilden der Witterung voll ausgesetzt. Der Weg führt geradeaus nach Wittenberg, hat der Majordomus gesagt, da gibt es kein Vertun.
»Mühsam schleppt sich der Wandersmann durch den Matsch!« dringt eine Stimme an sein Ohr. Versunken in seine Gedanken, hatte er den Weggenossen gar nicht wahrgenommen. »Wollt Ihr etwa auch nach Wittenberg?«
»Ja«, bestätigt Johannes und hebt den Kopf.

»Dann laßt uns doch zusammen gehen. Ich will bei Melanchthon und Luther Theologie studieren, und Ihr?«

»Mich zieht auch die Universität. Ich heiße Johannes von Köln«, kommt er geschickt allen Fragen zuvor.

»Ich bin Franz aus Ulm. Also wißt Ihr – ach, laßt uns doch du sagen, oder?«

»Ich bin auch dafür.«

»Also weißt du, dieser Kardinal Albrecht hat es auch nicht leicht bei all seinem Wohlleben.«

»Wie meinst du das?«

»Ich habe mich ein wenig in Schenken und Badestuben umgetan. Die Leute mögen ihn nicht. Sie amüsieren sich darüber, wie er von den Fürsten verspottet wird, weil man das Maß seiner Habsucht nur noch mit der Elle seiner Eitelkeit messen kann. Selbst seine Domherren sprechen übel über ihn. Und im Volk singt man so manch Liedlein von seinem anrüchigen Leben. Man sagt ...«

»Ach, weißt du, die Leute machen gern die Mächtigen schlecht; es tut ihnen gut, sich wenigsten in der Moral über sie erheben zu können.«

»Das ist nicht von der Hand zu weisen. Warst du schon in Wittenberg?«

»Nein. Du?«

»O ja.«

»So erzähl mir doch bitte, was ist das für eine Stadt?«

»Ach, na ja! Eigentlich ein elendes Nest mit verschmutzten Straßen und erbärmlichen Holzhütten. Die wenigen Steinhäuser kannst du leicht zählen. Sie stehen rund um den Marktplatz, das schönste und größte gehört Lucas Cranach. Aber die Universität ist hochberühmt. Die Reformatoren, besonders Luther, ziehen viele Besucher und Studenten aus aller Welt an, das bringt Geld in die Stadt. Auch das neue Schloß und der Reliquienschatz Friedrichs des Weisen, des Kurfürsten von Sachsen, sind wohlbekannt in deutschen Landen.«

»Welche Heiligtümer gibt es denn da zu verehren?«

»Der Quantität nach an die zwanzigtausend Stücke, darunter so unglaubliche Dinge wie ein Fetzchen von der Windel Christi, dreizehn Splitter seiner Krippe und einen Strohhalm daraus, eine Strähne seines Bartes, einen Dorn von seiner Krone und einen Nagel, der seine Hände durchbohrt hatte, ferner eine Krume vom Brot des Abendmahls, vier Haare der Jungfrau Maria und so weiter und so fort. Du kannst das alles besichtigen und viel Ablaß erwerben!«

Der Weg ist so aufgeweicht, daß sie, hintereinandergehend, auf weitere Gespräche verzichten müssen. Die Luft ist immer noch seltsam schwül und schwer; der grauschwarze Himmel lastet bleiern auf den Tannenwipfeln und da – tatsächlich, ein Blitz! Der ohrenbetäubende Donnerschlag folgt auf der Stelle, die beiden Studenten drängen sich aneinander, und schon stürzt der Regen auf sie nieder wie aus Eimern, die Straße verwandelt sich im Nu in einen Bach. Noch ein Blitz!

»Dahinten, siehst du, ist eine Kate. Los, schnell, so renn doch!« schreit Franz.

Johannes hastet schon querfeldein, er gleitet aus und liegt der Länge lang im Schmutzwasser. Franz zieht ihn hoch. Sie laufen, springen, erreichen die niedrige Tür, stoßen sie, anklopfend, auf und stürzen hinein.

»Gott zum Gruße! Verzeiht den Überfall«, stammelt Johannes auf Verdacht in die plötzliche Finsternis hinein.

»Schon gut«, antwortet eine helle Stimme, »bei solch einem Unwetter sucht sich jeder einen Unterschlupf. Seid willkommen. Hier, tretet näher ans Feuer, zieht eure nassen Sachen aus.«

Langsam gewöhnen sich die Augen der Besucher an die Lichtverhältnisse. In der Mitte des kleinen Raumes brennt ein Feuer, dessen Rauch durch die darüberliegende Öffnung im Dach abzieht und im Augenblick vom Wetter wieder heruntergedrückt wird. Johannes muß husten. Um die Herdstelle herum sitzen auf schlichten Schemeln eine junge Frau, die einen Säugling stillt, zwei Buben und drei Mädchen. Ein kleiner Hund bellt hell, Hühner gackern empört, an der Wand liegt ein Mutterschwein mit vier Ferkeln, die schmatzend saugen. Über dem Feuer hängt an dicker Kette ein großer schwarzer Topf, in dem es kocht und brodelt.

»Kusch, Kuno!« befiehlt die Frau, und der Hund legt sich folgsam zu ihren Füßen auf den Lehmboden. Mit der freien Hand zieht sie einen weiteren Hocker heran, scheucht einen der Buben von dem seinen.

»So, die Herren, setzt Euch erst einmal. Hansi, hol Vaters Sonntagshemd und mein Umschlagtuch. Mariechen, du hast nun genug getrunken.«

Sie legt die Kleine hinter sich auf die Wandbank. Franz zieht sich aus, streift des Bauern Hemd über, hängt seine Kleider auf eine der Stangen, die rund um die Feuerstelle angebracht sind. Johannes tut sich da schwerer, aber was hilft's, das nasse Zeug muß herunter. Er ist nur dankbar für das rauchige Halbdunkel.

Inzwischen hat die junge Frau zwei dicke Scheiben von einem dunklen

Brot abgeschnitten, darauf füllt sie jetzt dampfenden Brei aus dem großen Topf und reicht sie den Gästen. Wie gut das schmeckt, und wie gut es tut! Donner kracht, der Rauch schlägt in den Raum, der Regen prasselt.

Die Mutter hat einen kleinen Kerzenstumpen entzündet, kniet mit ihren Kindern auf dem Boden nieder und murmelt Gebete. Johannes ist erschüttert. Er hat das Gelübde der Armut abgelegt, aber an einer so ärmlichen Stätte war er nie zuvor. Und diese Frau hat sie, ohne gebeten zu sein, aufgenommen, ihre sicherlich spärliche Nahrung großzügig mit ihnen geteilt, sie mit ihren Sachen bekleidet und kniet da samt ihren Kindern auf dem nassen Lehm, vertraut sich Gott an. Er darf gar nicht an das Samtkissen Albrechts denken!

Allmählich zieht das Unwetter weiter. Der Regen läßt nach, es blitzt und donnert nicht mehr, der Rauch zieht durch das Dach ab, Franz öffnet die Tür und läßt die frische Luft herein. Der Hund springt nach draußen, die Kinder stehen auf und folgen ihm. Auch die Mutter erhebt sich, streicht den Rock glatt, faltet erneut die Hände. »Gott dem Herrn sei Dank und der heiligen Mutter Maria, sie hat ihren Mantel über uns gebreitet und uns beschützt.« Sie wendet sich ihren Gästen zu: »Das geht doch nicht mit rechten Dingen zu, ein Gewitter im Winter! Da muß doch Zauberei im Spiel sein! In der Früh zogen fünf Mönche vorbei, das wird's gewesen sein.«

»Mönche? Was sollen die wohl mit dem Wetter zu schaffen haben?« fragt Johannes entgeistert.

»Weißt du das denn nicht?« Franz schüttelt erstaunt den Kopf. »Wenn Mönche wandern, kommt Sturm auf und fällt Regen.«

»Ach was, das ist nur so eine Redensart«, lacht Johannes.

»O nein, es gibt einen natürlichen Beweis dafür«, beharrt Franz.

»Den möchte ich hören!« Die junge Frau setzt sich erwartungsvoll auf ihren Schemel.

»Nach den Gesetzen der Naturwissenschaft entsteht aus Dampf Druck«, beginnt Franz wichtig. »Nämlich durch die Hitze der Sonne wird der Dampf, der aus verdunstender Feuchtigkeit entsteht, in die oberen Lüfte gezogen. Und dort gibt es dann mehrere Möglichkeiten: Ist der Dampf dicht und naß und enthält viel Erdfeuchtigkeit, so verwandelt er sich in Tau. Ist er dick und kalt, entsteht Reif. Steigt er jedoch wäßrig, feucht und dunstig in die untere Luftregion, dann gibt es Regen und Wasser. Du siehst, so hängen vom Aufsteigen des Dampfes Wetter und Druck ab.«

»Mag sein, hört sich einigermaßen vernünftig an. Aber was hat das mit den Mönchen zu tun?«
»Paß auf. Wenn sie im Refektorium sitzen, den Becher mit beiden Händen fassen, in tiefen Zügen trinken, entsteht viel Dunst. Wenn die Mönche nun wandern, wird dieser Dunst durch die Kraft der Sonne in die Luft gezogen. Je nach verschiedener Dichte entstehen dann bald Donner und Blitz oder auch Wind und bisweilen Regen.«
»Soso, und warum geschieht das nicht bei weltlichen Leuten, die ja auch mitunter trinken sollen?«
»Bei ihnen sind die Haare ein Hindernis, der Dampf kann nicht so leicht aufsteigen. Aber die Mönche haben doch die Tonsur, da wird alle Verdunstung auf der Oberseite des Kopfes zusammengezogen. Durch die Kraft der Sonne wird aller Dampf ohne Haarhindernisse nach oben gesogen und in Druck und Stürme verwandelt.«
»Haha«, lacht Johannes, »hahaha.« Er will sich schier ausschütten. »Und das glaubst du wirklich?«
»Volkes Mund tut Wahrheit kund«, doziert Franz beleidigt. »Studiere du erst einmal ordentlich in Wittenberg, so wirst du es auch noch lernen.«
»Ja, haben denn nun die Mönche das Unwetter gemacht oder nicht?« fragt die junge Frau.
»Natürlich haben sie«, sagt Franz.
»Natürlich nicht«, lacht Johannes. »Hatten sie vielleicht gar ihre Kapuzen auf?«
»Das kann sein, darauf habe ich nicht geachtet«, überlegt die Frau.
Johannes macht sich an seinen Kleidern zu schaffen und versteckt schnell sein Heftchen, er möchte nicht unbedingt mit Franz darüber sprechen. Die Sachen sind einigermaßen getrocknet, aber die Farben sind ziemlich verdorben, Johannes reibt und rubbelt vergeblich. »Sic transit gloria mundi!« lacht nun Franz. Ja, so geht die Herrlichkeit der Welt dahin.
Die Kinder kommen zurück. »Es wird wieder kalt«, klagen sie, »ein eisiger Wind weht, das Wasser gefriert.« Trotzdem wollen die Studiosi weiterziehen. Johannes nestelt einige Geldstücke aus seinem Beutelchen.
»Aber Euch aufzunehmen war Christenpflicht, ich tat es um Gotteslohn!« beteuert die junge Frau.
»Und Gott wird dir deine Güte vergelten!« Fast hätte Johannes sie gesegnet.

Unterwegs beginnt Franz: »Weißt du, dem Luther ist ganz Ähnliches widerfahren wie uns. Auch er wurde auf der Wanderschaft vom Unwetter überrascht, der Blitz schlug neben ihm ein, da fiel er auf die Knie und betete: Hilf, heilige Anna, ich will ein Mönch werden. Sie half. Er gab sein Studium der Rechte auf und ging ins Kloster.«

»Was du nicht sagst. Kennst du ihn?«

»O ja, vom Predigen und aus dem Hörsaal.«

»Und, wie ist er?«

»Auf jeden Fall ein Mann von Verstand, Wissen, Beredsamkeit. Im Gesicht sieht er genauso aus, wie er schreibt! Seine Augen sind durchdringend und beinahe unheimlich funkelnd, wie man es bisweilen bei Besessenen sieht. Seine Redeweise ist heftig, voll von Anspielungen und Spötteleien. Er trägt die reichlich zerschlissene Kutte eines Mönchs.«

»Welchen Ordens?«

»Augustiner-Eremiten.«

»Ich bin gespannt darauf, ihn zu sehen. Kennst du auch Lucas Cranach?«

»Den Maler? Ja, das ist ein Mann nach meinem Herzen.«

»Wie meinst du das?«

»Paß auf, Johannes: Stell dir einen hochgewachsenen, gutaussehenden Mann vor mit angenehmer dunkler Stimme, der dir freundlich die Hand entgegenstreckt. Genauso ist Lucas der Maler. Obwohl er unheimlich viel um die Ohren hat mit all seinen Gewerken, kommt er doch jedem Mitmenschen, dem Fürsten wie dem Bettler, warmherzig entgegen, bereit, zuzuhören, zu verstehen, zu helfen, was er fast immer kann, denn er ist nicht nur mitfühlend, sondern auch reich.«

»Reich, all seine Gewerke – du sprichst in Rätseln.«

»Ja. Also, erst einmal ist er Hofmaler, fest angestellt beim Kurfürsten von Sachsen, dann hat er natürlich auch noch viele Aufträge außerhalb des Hofes, wie du sicherlich in Halle erfahren hast. Seine Werkstatt ist sehr geräumig, er hat ständig an die vier Gesellen und genauso viele Lehrbuben. Wenn ein großer Auftrag schnell erledigt werden muß, hat er oft bis zu zehn Gesellen. Wandernde Maler sind häufig zu Gast, um von ihm zu lernen. Seit neuestem betreibt er eine Offizin und druckt natürlich die Bücher seines Freundes Luther. Die Apotheke am Markt gehört ihm. Er hat einen Weinhandel und Ausschank. Er soll noch an vielerlei anderen Geschäften beteiligt sein, aber das weiß ich nicht so genau.«

»Ist ja wirklich imponierend! Und ein so bedeutender Mann ist auch noch freundlich?«

»Ja, sogar zu mir armem Studiosus. Ich durfte in seinem großen Hause an seiner reichen Tafel speisen und zuhören, wie Luther zur Laute sang.«
»Nicht zu fassen! Meinst du, du kannst mich dort vorstellen?«
»Aber gewiß, nichts leichter als das.«
Schneetreiben verschließt den beiden den Mund. Sie ziehen den Mantelkragen vors Gesicht und achten auf den Weg.
Wie gut du es doch mit mir meinst, Herr, denkt Johannes dankbar.
Immer, antwortet es. Vergiß du nur alles Sorgen, ich will's schon recht machen. Und sage nicht Herr.

WITTENBERG

Lucas Cranach d. Ä.:
Törichte Jungfrau

Wieder einmal überwindet die Zeit die räumliche Entfernung allem Schnee und Eis zum Trotz. Wittenberg *ist* ein erbärmliches Nest. In der früh hereinbrechenden Dunkelheit kommen Franz und Johannes vors Elstertor, haben mit den Wächtern aber keinerlei Schwierigkeiten, weil Franz ihnen bekannt ist.

»Das große dunkle Gebäude dort links ist das Kloster der Augustiner-Eremiten, wo Luther lebt«, erklärt Franz. »Und wir gehen hier auf der Langen Straße zum Markt. Fast wäre ich gefallen, sie sollten hier wirklich mehr Sorgfalt auf die Gassen verwenden. Siehst du dort die vielen Fenster? Das ist Cranachs Haus, und da gehen wir hin.«

»So viele Lichter, das sind ja ganz viele Stockwerke, was für ein Riesengebäude! Wir können da doch nicht hinein, so schmutzig, wie wir sind, und zu dieser späten Stunde?«

»Doch«, nickt Franz, »ich muß doch meine Charakterisierung des Malers unter Beweis stellen.«

Johannes ist noch bemüht, den lädierten Samt seines Wamses ein wenig zu glätten, da passieren sie auch schon eine Toreinfahrt, stolpern über einen weitläufigen Hof, Franz betätigt den Türklopfer.

Licht und Wärme fluten ihnen entgegen, die Magd hebt den Leuchter hoch: »Ach, Ihr seid es, Franz! Kommt herein, Meister Lucas sitzt zu Tisch, Doktor Luther ist auch da!«

Johannes muß sich die Augen reiben, nicht nur, weil er schneeblind ist. Eben noch unterwegs mit vielerlei Gedanken, wie er es wohl anfangen soll in Wittenberg, und nun schon genau an dem Ort, wo er am meisten erfahren kann und an den zu gelangen er sich in seinen kühnsten Träumen nicht zu wünschen wagte.

Sagtest du *Siehst du,* Herr?

Ja, sagte ich.

In der hellen, warmen Stube im ersten Stock sitzen um einen mächtigen Tisch herum tatsächlich die berühmten Männer, Doktor Luther in seiner Kutte und die anderen mit ihren bedeutenden Köpfen, Johannes kennt sie nicht: *Cranach* – er muß es sein – streckt ihm die Hand entgegen.

»Seid willkommen in meinem Hause, bitte, nehmt Platz an meinem

Tisch, wärmt Euch auf, eßt und trinkt! Wenn Ihr Euch ein wenig von der Reise erholt habt, würde ich gern erfahren, was Euch nach Wittenberg führt. Barbara, willst du dich bitte unserer Gäste annehmen?«

Die Frau des Hauses – Johannes merkt gleich an ihrer Haltung, daß sie es sein muß – erhebt sich und kommt zu ihm. »Gebt mir Euren Mantel, mein Herr, daß ich ihn trocknen lasse. Möchtet Ihr zuerst eine heiße Suppe?«

»Ach ja, bitte gern«, hört er sich antworten. Sie nickt lächelnd und verläßt den Raum. Johannes sieht Cranach an, er kann die Augen nicht von diesem Gesicht lassen. Die Wangen sind noch jugendlich glatt und schmal, der Bart umrahmt und versteckt zugleich den sensiblen Mund und das kräftige Kinn, edel und gerade die Nase. Und diese Augen, sie sind wohl besonders begabt zu beobachten, zu sehen, zu verstehen. Zwischen den regelmäßigen Bögen der Brauen zeugen Falten und tiefe Linien von Kämpfen und Nöten, von Sorgen und Schmerzen.

Johannes läßt seine Augen wandern. Was für eine gemütliche, reich ausgestattete Stube, welch herrliche Bilder an der Decke, welch üppig gedeckte Tafel. Die Suppe schmeckt gut, auch das Brot, das Fleisch, der Wein. Wärme, Speisen, Alkohol und Müdigkeit – die Bilder verschwimmen vor Johannes' Augen, die Stimmen mischen sich. Franz zupft ihn am Ärmel: »He, Johannes, hörst du nicht? Doktor Luther will uns Quartier geben!« – Kurz darauf findet er sich in einer kargen Zelle des Augustiner-Eremiten-Klosters wieder. Seine Müdigkeit ist so groß, daß er sofort auf dem harten Strohsack in tiefen Schlaf fällt.

Das ist ein seltsames Kloster: keine Glocke ruft zum Gebet, kein Rascheln von Kutten, kein Platschen von Sandalen auf dem Flur. Johannes schläft tatsächlich bis in den hellen Tag hinein, was zu dieser Winterzeit ziemlich spät ist. In der Nebenzelle findet er Franz, schlafend. Er rüttelt ihn wach.

»So ein schlechtes Lager!« stöhnt der. »Die Mönche führen wirklich ein Hundeleben; ich spüre alle Knochen im Leibe.« Rasch fährt er in seine Kleider. Die beiden machen sich auf die Suche nach dem Morgenbrei. Sie entdecken, daß sie in dem großen, vernachlässigten Gebäude allein sind. Staub und Spinnweben überall, Kälte und Durchzug, weit offen stehen die Türen der leeren Zellen. Wo sind die Mönche? Nach langem Umherirren finden sie die Küche, aber es brennt kein Feuer im Herd, es findet sich kein Krümel Brot, kein Korn, keine Milch, nichts, nur Staub und Spinnweben.

»Wo sind denn die Augustiner?« fragt Johannes irritiert.

»Fortgegangen in die Freiheit des Christenmenschen«, antwortet Franz. »Sie haben Luthers Lehre in die Tat umgesetzt.«
»Welche Lehre?«
»Da willst du in Wittenberg studieren und kennst seine wichtigsten Gedanken nicht? Gedanken, die die Welt verändern! Es steht nämlich nirgendwo in der Bibel geschrieben, lehrt Luther, daß Möncherei selig macht! Der Christenmensch kann Gott außerhalb des Klosters genauso gut oder oft besser dienen. Zu heiraten und Kinder zu haben ist nicht Sünde, sondern gottgewollt. Und wenn dich, Mönch, oder dich, Nonne, deine Gelübde drücken und du lieber Bauer oder Handwerker oder Mutter sein möchtest, so geh hinaus in die Welt und sei es! Die Augustiner hier in Wittenberg sind alle gegangen bis auf den Prior Brisger und Luther selbst. Und nun wollen wir uns auf dem Markt etwas zu essen suchen.«
Wortlos folgt Johannes. Wie lange wird das Geld im Beutel reichen? Er hat so gar keine Kenntnis vom weltlichen Leben! Wäre er nur ein Mönch geblieben! Aber jetzt und hier kann er nicht einfach wieder seine Kutte anziehen, ohne sich verdächtig zu machen.
»Ich werde mich gleich an der Universität einschreiben lassen und mir einen Platz in der Sophien-Burse suchen. Das ist ein Haus, von reichen Bürgern für bedürftige Studenten eingerichtet. Kommst du mit?« reißt Franz ihn aus seinen Überlegungen.
»Ich denke, ich muß mich nach einem Broterwerb umsehen«, antwortet Johannes. »Ich habe gar kein Geld. Vielleicht finde ich Arbeit als Schreiber?«
»Wenn du unbedingt willst. Du solltest Meister Lucas fragen. Er kennt Gott und alle Welt und verhilft dir bestimmt zu einer guten Stellung.«
Johannes ist dankbar, daß Franz nicht weiter insistiert; denn sehr überzeugend klingt seine Begründung nicht!
Es ist ein herrlicher Tag. Der Himmel leuchtet wolkenlos in strahlendem Blau wie in Italien, die Sonne wärmt. Das große Tor im Cranach-Haus steht offen, vielerlei Volk geht geschäftig ein und aus. Am Abend zuvor in der Dunkelheit hatte Johannes gar nicht wahrgenommen, wie weitläufig dieser Hof ist! Zwei große Planwagen werden gerade entladen. Ein prächtig gekleideter Herr bahnt sich unwirsch seinen Weg zwischen den Pferden, die ausgespannt werden. Eine Magd mit großem gefülltem Einkaufskorb scherzt mit einem Druckergesellen, kenntlich an seiner Schürze und den schwarz bekleckten Händen.

Johannes erfragt den Weg in die Werkstatt.
Franz hat nicht übertrieben, das ist wirklich ein sehr großer Raum! Überall stehen Staffeleien mit Gemälden – skizzierten, solchen, auf denen man die Umrisse der Figuren schon schwarz vorgezeichnet hat, bei manchen erstrahlt der Hintergrund bereits in Farbe, da fehlen einer Person noch Gesicht und Hände, hier ist ein Gewand nicht ausgeführt. Auf Tischen stapeln sich Entwürfe und Vorlagen, es gibt Stellagen mit Papieren und Farben. Nach und nach erst erkennt Johannes, wie viele Menschen hier arbeiten, halb hinter den Staffeleien verborgen, wohl auch gerade unterwegs, um sich ein Werkzeug, Papier oder Farbe zu holen, und während sein Blick zählend umherschweift, fällt er auf ein Gemälde, das ihn unwiderstehlich anzieht und alles andere auf der Stelle vergessen läßt:
Da kniet ein Mann mit gefalteten Händen vor einem Kreuz – ein Eremit in Waldeseinsamkeit. Antonius muß es sein, natürlich, über ihm zwischen den Ästen einer gewaltigen Tanne sieht man die Dämonen, die ihn geplagt haben, bevor er wie jetzt, vor dem Kreuz kniend, Frieden gefunden hat. Welch eine Inbrunst, welch eine Hingabe durchdringen die ganze Gestalt. Sie sind in der Körperhaltung, der Neigung des Kopfes, den zusammengelegten Händen, vor allem aber im Blick unter dieser Stirn, die – an den Meister erinnernd – von Zweifeln und Leid erzählt.
Was für ein Gemälde! Er wüßte keinen Menschen zu nennen, der mit Worten so predigen könnte.
»Ich pack' es nicht, ich will auch nicht, schade um die Zeit! Ein Schreiber muß her!« Das ist Cranachs Stimme. Johannes geht dem Klang nach und sieht den Meister an einem Tisch mit einem Wust von Papieren stehen.
»Ich würde das gern für Euch erledigen«, sagt er hinzutretend.
»Der späte Gast von gestern abend. Seid Ihr ein Schreiber? Der Himmel sendet Euch!« Lucas streckt ihm beide Hände entgegen.
»Aber Ihr kennt mich doch gar nicht und wollt mir Eure Rechnungen anvertrauen?«
Cranach sieht ihn fest an: »Wer viel mit Menschen umgeht, weiß gleich, woran er ist. Wollt Ihr die Stellung annehmen? Wie ist Euer Name?«
»Johannes. Euer Angebot ehrt mich.«
»Gut. Ihr habt Kost und Unterkunft hier im Hause, mein Weib wird Euch Eure Kammer weisen, Kleidung frei und zwanzig Gulden fest im Jahr, bei besonderem Arbeitsaufwand zusätzliche Vergütung. Ihr steht mir von morgens sechs bis abends sieben Uhr zur Verfügung und seid auch gehalten, bei Bedarf zu reisen. Seid Ihr es zufrieden?«

Johannes schlägt ein, ohne zu überlegen. Er weiß sowieso nicht, ob diese Bedingungen gut sind. Das ist ihm auch nicht wichtig, wenn er nur in der Nähe des Meisters sein darf. Wie sollte er wohl seinen Auftrag besser erfüllen können denn als sein Schreiber?
Es ist nicht so einfach, den Überblick zu gewinnen, zu mannigfaltig sind die Aktivitäten Cranachs. In der Apotheke zum Beispiel läßt sich Johannes über die dort gängigen Waren aufklären: natürlich Medizinen und Heilkräuter – Meister Lucas versteht selbst viel von Pflanzen, malt sie auch gern, wie man ihm erzählt –, Gewürze, solche, die in Sachsen gedeihen, und solche, die aus fernen Ländern auf langen, gefährlichen Wegen herangebracht werden wie Pfeffer, Safran, Zimt, Zucker sowie jegliche Art von Malerbedarf, fertige Farben genauso wie Rohstoffe zu ihrer Herstellung. Wie schön die Lapislazulisteine sind! Man zertrümmert und verreibt sie, um ein leuchtendes, sparsam verwandtes, weil kostbares Blau zu gewinnen.
Eine reich gekleidete Dame holt eine Nachtigall im Käfig ab. Ein derber Fuhrknecht fragt nach dem bestellten Geschoßeisen.
Bier und Wein werden angeboten, Siegelwachs und Tinte, Blattgold und Leim, Leinwand, Holz, Papier, ja, sogar Bücher!

Johannes flieht zurück in die Werkstatt, das wird zuviel auf einmal für ihn. Cranach lächelt ihm verständnisvoll zu und sagt: »Ihr sollt ein kleines Gelaß haben, in dem Ihr in Ruhe arbeiten könnt.«
»Nein, bitte, Meister, laßt mich hier in der Werkstatt bleiben! Vielleicht in der Ecke dort? Hier fühle ich mich wohl und im Zentrum des Geschehens.«
»Wie Ihr wollt, aber verwechselt die Zahlen nicht bei all der Unruhe.«
»Nein, ganz bestimmt nicht.«
Es fällt dem Mönch wirklich schwer, sich zu konzentrieren. Im Skriptorium herrschte absolute Stille! Aber er will um jeden Preis hier in der Werkstatt arbeiten, zum einen muß er alles über Cranach für seinen Bericht in Erfahrung zu bringen, und zum anderen hat es ihm die Malerei angetan, und er kann nicht genug davon bekommen.
Am Nachmittag besucht Franz ihn. Johannes erzählt von seinem Vertrag.
»Das ist ja soweit gut und schön, aber wann willst du deinen Studien nachgehen?«
Johannes errötet. Die hat er ganz vergessen. Sie hatten ihm ja auch nur als Ausflucht gedient. Nur, wie soll er das überzeugend erklären?

»Es heißt zwar, plenus venter non studet libenter, voller Bauch studiert nicht gern, aber totales Fasten bringt dich nicht voran, und wenn du kein Dach über dem Kopfe hast, werden dir die Bücher naß. Ich werde mein Geld sparen und später studieren. Vielleicht berichtest du mir unterdessen, was du gelernt hast?!«
»Soweit die Zeit reicht, will ich das gern tun, dir auch meine Bücher ausleihen.«
»Danke, Bruder!«
»Gern geschehen, du bist so treuherzig, dir muß man ja helfen. Und nun will ich dich nicht weiter von der Arbeit abhalten.«
Johannes soll einen Brief an den Kurfürsten schreiben, in dem Cranach die Inspektion seiner Apotheke erbittet, weil man sich über schlechte Ware und zu hohe Preise beschwert hat. Im übrigen hängt er mit seiner Arbeit noch ziemlich in der Luft. Er weiß nur wenig von den Vorgängen in der Apotheke und in der Malerwerkstatt, auch wachsen auf seinem Tisch die Stapel von Rechnungen bedrohlich. Johannes überlegt. Einen Winter lang hat er im Kloster dem Bruder Kellermeister bei seinen Abrechnungen geholfen. Wie ging das doch gleich? Er mußte alle Ein- und Ausgänge in ein Buch eintragen. Ein Junge tritt an seinen Tisch mit einem großen Band.
»Seid Ihr Johannes?«
»Ja. Und was willst du von mir?«
»Hier, das soll ich Euch vom Meister bringen.«
»Danke.«
Johannes wartet würdevoll, bis sich der Junge entfernt hat, dann schlägt er die erste Seite auf. Genau, das ist es, hier muß er säuberlich alles verbuchen, wie er es im Kloster gelernt hat. Erleichtert blättert er bis zur letzten beschriebenen Seite, sortiert seine Rechnungen, vermerkt das Datum. Im Kloster gab es auch verschiedene Werkstätten, die Gärtnerei, die Brauerei, den Fronhof und so weiter und so weiter … Gott sei Dank, er kennt sich aus.
Am nächsten Morgen ist er in der Frühmesse, um nur ja nicht zu spät zur Arbeit zu kommen, und er ist sehr gespannt auf die neue Ordnung, die Luther eingeführt hat. Die Liturgie wird auf lateinisch gelesen, manche Gebete sind etwas abgekürzt, im Offertorium und im Canon Missae fehlt alles, was auf eine Deutung der Messe als Opfer hinweist. Der Predigt kommt mehr Gewicht zu, als Johannes gewöhnt ist, aber das gibt es auch bei »Rechtgläubigen«, mancher Dominikaner kann kein Ende finden,

wie er erlebt hat. Wenn er nicht ein Kenner der Liturgie wäre und besonders gut aufgepaßt hätte, wäre ihm kein Unterschied zum rein katholischen Gottesdienst aufgefallen. Ist es am Ende gar nicht so weit her mit der Andersartigkeit dieses Mönches?

Johannes ist dankbar dafür, am Tisch des Meisters essen zu dürfen. Auf diese Weise ist er immer dabei, wenn hohe Gäste geladen sind oder wenn die Professoren der Universität vorbeikommen.

Seine Tage hier in Wittenberg sind lang und voll ausgefüllt mit Arbeit und neuen Eindrücken. Abends sinkt er erschöpft auf sein Lager und schafft es gerade noch, ein Abendgebet zu sprechen, bevor ihn der Schlaf übermannt. Die Zeit fliegt dahin. Das wird ihm deutlich, als gegen Ende Januar 1524 Luther wieder einmal zu Gast ist. Wo ist die Zeit geblieben? Hat er tatsächlich schon Weihnachten hier gefeiert und den Jahreswechsel begangen? So ist es. Luthers Stimme reißt ihn aus seinen Gedanken. Der Reformator spricht über sein Lieblingsbuch, den Psalter:

»Ich möchte deutsche Psalmen für das Volk schaffen, nämlich geistliche Lieder, damit Gottes Wort auch durch den Gesang unter den Leuten bleibe. Ich suche überall nach Dichtern. Mir ist leider nicht gegeben, es so auszuführen, wie ich gern möchte. Damit Ihr eine Vorstellung davon habt, was ich meine, singe ich Euch eines meiner Lieder vor. Ich habe es nach dem 130. Psalm, de profundis clamavi, geschrieben.«

Meister Lucas holt die Laute von der Wand und reicht sie ihm hin. Luther präludiert ein wenig und beginnt dann mit seiner warmen, angenehmen Stimme:

»Aus tiefer Not schrei ich zu dir,
Herr Gott, erhör mein Rufen.
Dein gnädig Ohren wend zu mir
und meiner Bitt sie öffen.
Denn so du willt das sehen an,
was Sünd und Unrecht ist getan,
wer kann, Herr, vor dir bleiben?

Bei dir gilt nichts als Gnad und Gunst,
die Sünden zu vergeben.
Es ist doch unser Tun umsonst,
auch in dem besten Leben.
Vor dir niemand sich rühmen kann;

des muß dich fürchten jedermann
und deiner Gnade leben.

Darum auf Gott will hoffen ich,
auf mein Verdienst nicht bauen.
Auf ihn mein Herz soll lassen sich
und seiner Güte trauen,
die mir zusagt sein wertes Wort;
das ist mein Trost und treuer Hort.
Des will ich allzeit harren.«

Jetzt wird es Johannes ganz klar, was Franz ihm damals, bei ihrer Ankunft in Wittenberg, sagen wollte: Nur auf die Gnade Gottes verläßt sich dieser Doktor der Theologie, all unser Tun, all unsere guten Werke, alle Möncherei kann uns nicht erlösen – einzig und allein Seine Gnade. Das gekonnte Lautenspiel und der Wohllaut der Stimme betäuben seine Sinne, er nimmt die Worte kaum mehr wahr, weil er mit sich selbst im Streite liegt. Sein Verstand meint, so unrecht habe der Sänger nicht, was können wir erbärmlichen Menschlein in unserer hoffnungslosen Unvollkommenheit einem allmächtigen Gott schon anbieten zum Ausgleich für unsere Sünden, letztendlich bleibt uns nur Seine Gnade; aber seine mönchische Erziehung hält dagegen, daß der Mensch durch ein heiligmäßiges Leben sehr wohl auch die Seligkeit gewinnen kann.
Kann er das wirklich? Sei doch ehrlich, fordert seine innere Stimme, wer schafft es denn, tagaus, tagein heiligmäßig zu denken und zu handeln, kennst du einen in deinem Kloster, im Vatikan?
Johannes schweigt – selbst in seinem Herzen – und senkt beschämt den Kopf. Nein, er kennt keinen.
Und glaubst du, deswegen seien sie alle verloren? fährt die Stimme fort. Stellst du dir etwa so Gottes Liebe vor?
Liebe? Gottes Liebe? Über sie habe ich noch nicht nachgedacht. Wir hören immer von Seiner Strenge, Seinem Zorn, den Strafen für unsere Sünden, aber Seine Liebe …?
Ja, Liebe, Menschenkind, Gott ist Liebe!
Das erfüllt ihn ganz und gar mit Glück – Gott ist Liebe. Gott, der Allmächtige, Allgegenwärtige …
Liebt er denn auch mich, mich erbärmlichen Sünder, der ich so unfähig bin, meinen Auftrag zu erfüllen?

Er liebt dich, so, wie du bist, ganz und gar, mit allen deinen Eigenschaften, Gedanken, Gefühlen und Handlungen!
Wirklich und wahrhaftig?
Wirklich und wahrhaftig.
Dann bin ich ganz und gar in ihm geborgen und brauche eigentlich nichts zu besorgen noch zu befürchten?
So ist es.
So ist es! jubelt Johannes innerlich, so ist es!
Und vergiß es nicht! mahnt die Stimme.
Nein, wie sollte ich das wohl jemals vergessen!

Johannes sitzt an seinem Tisch in der Ecke und sortiert die Abrechnungen der Druckerei. Mit der Lieferung des Dezember-Testamentes kommen sie überhaupt nicht nach! Er greift sich einen Druckergesellen.
»Wart einen Moment, Barthel. Du weißt, ich bin noch nicht so lange hier. Erklär mir doch bitte, warum heißt diese Bibelübersetzung Dezember-Testament?«
»Da hast du aber Glück, daß ich schon so lange hier in Wittenberg arbeite. Paß auf, im September des Jahres 1522 erschien Luthers Übersetzung mit dem Titel *Das Neue Testament Deutsch* zum erstenmal im Druck, und zwar mit Stichen von Meister Lucas' Werkstatt. Man nennt diese Ausgabe das September-Testament. Wir druckten dreitausend Exemplare als erste Auflage, und die war so rasch verkauft, daß schon im Dezember eine neue Auflage verlangt wurde. Über die Illustration des September-Testamentes war der Vatikan so empört, daß die Herausgeber einige besonders deutliche Bilder bei der zweiten Ausgabe herausnahmen.«
»Danke, Barthel!«
Der Drucker nickt und geht an seine Arbeit zurück.
Ob es im Hause wohl noch ein Exemplar der ersten Ausgabe gibt? Johannes möchte sich zu gern die Stiche ansehen, die auf Roms Protest hin aus dem September-Testament herausgenommen worden sind – hier findet er es auch in seinen Unterlagen: die Darstellung der dreimaligen Einbringung der Papstkrone und die Darstellung Roms als Babylon die Große!
Eines Morgens macht sich Johannes auf den Weg in die Küche; wie vertraut er doch inzwischen mit dem Haus Cranach und allen, die hier leben und arbeiten, ist. Im Kloster hätte er sich nicht vorstellen können, so selbstverständlich mit weltlichen Menschen der verschiedenen Stände

und Altersklassen, ja sogar mit Frauen umgehen zu können und sich so wohl dabei zu fühlen. Er spricht Barbara Cranach an:
»Domina, Ihr könnt die Pferde zum Holzfahren brauchen, heute bedürfen wir ihrer nicht!«
Er stockt. Barbara sitzt mit Katharina von Bora auf einem Bänkchen, hat den Arm um sie geschlungen. Katharina weint. Der Meister tritt ein.
»Barbara, ich … oh, Jungfer Käthe!« Er neigt sich zu ihr herunter und streicht der einstigen Nonne über das noch immer kurze Haar. »Gräme dich doch nicht so sehr, meine Liebe, das ist der schöne Hieronymus nicht wert. Am Ende kommt er vielleicht doch noch zu dir, er ist im Grunde ein guter Mensch. Weißt du, ich denke schon seit längerem, du solltest ganz zu uns ziehen; ich glaube, Barbara würde sich darüber freuen. In Reichenbachs Haus ist es so eng. Ich kann dich überdies gut in der Apotheke gebrauchen. Magst du?«
Katharina hebt die Augen zu ihm. »Ja, gern. Gott möge Euch Eure Güte lohnen, Meister Lucas. Danke.«
»Wir freuen uns, dich bei uns zu haben. Barbara, ich muß aufs Schloß und werde vor Abend kaum zurück sein.«
Langsam geht Johannes in die Werkstatt zurück. So läßt er also nichts mehr von sich hören, dieser Hieronymus Baumgärtner, und wie hat er Katharina schöngetan. Das soll wohl hart für sie sein, so verlassen, wie sie in der Welt ist. Da hat sie geglaubt, ihr Glück und ihre Geborgenheit gefunden zu haben, sich ihm ganz anvertraut, und er geht fort und läßt nichts mehr von sich hören. Johannes ist es zufrieden, sie in der Apotheke zu wissen, da wird er es künftig mit seinen Rechnungen leicht haben, denn für ein Frauenzimmer kann sie erstaunlich gut mit Zahlen umgehen.

»Da, da, komm raus und sieh dir das an!« Ambrosius Silberbart, einer der Gesellen, packt Johannes am Ärmel und zieht ihn mit sich auf die Straße. »Die Bauern kommen!«
Voran geht einer mit der Fahne, auf der ein Bundschuh abgebildet ist. Ihm folgt ein wilder Haufen mit Dreschflegeln, Morgensternen, Kriegssicheln, Sensen, Fischspießen und Hellebarden. Sie singen:

»Wir sind des Geyers schwarze Haufen, heia, oho!
Und wolln mit Tyrannen raufen, heia, oho!
Spieß voran, drauf und dran, setzt aufs Klosterdach den roten Hahn!

Wir wollen's dem Herrn im Himmel klagen, kyrieleis,
daß wir den Pfaffen könnten totschlagen, kyrieleis.
Spieß voran, drauf und dran, setzt aufs Klosterdach den roten Hahn.

Als Adam grub und Eva spann, kyrieleis,
wo war denn da der Edelmann? Kyrieleis.
Spieß voran, drauf und dran …«

»Ich kann sie nicht mehr verstehen«, brummt Johannes.
»Macht nichts«, sagt Ambrosius, »ich kann dir sagen, wie es weitergeht:

Jetzt gilt es Schloß, Abtei und Stift, heia, oho,
uns gilt nichts als die Heil'ge Schrift, heia, oho!
Spieß voran, du weißt schon.

Uns führt der Florian Geyer an, heia, oho!
Den Bundschuh führt er in der Fahn, heia, oho!
Spieß voran …

Bei Weinsberg setzt es Brand und Stank, heia, oho!
Gar mancher über die Klinge sprang, heia, oho!
Spieß voran …

Des Edelmannes Töchterlein, heia, oho!
Wir schickten es in die Höll' hinein, heia, oho!
Spieß voran …

Gechlagen ziehen wir nach Haus, heia, oho!
Unsre Enkel fechten's besser aus, heia, oho!
Spieß voran …«

»Das kannst du aber gut, Donnerwetter!«
Silberbart wird rot. »Man hört es ja immer wieder!«
»Und wer ist Florian Geyer?«
»Man sollte meinen, du bist ein neugeborenes Kind! Von nichts hast du einen Schimmer. Florian Geyer ist ein Reichsritter, ein bewährter Landsknechtführer, ein guter Lutheraner, der sich zu den Bauern schlug und die Führung des Tauberhaufens übernahm. Er hat den Aufständischen

viele Städte gewonnen. Er will ein neues Reich aufrichten ohne Vorrechte für die Adligen und die Geistlichen, allein auf die Bauern und Bürger gegründet. Einzig das Evangelium soll die Grundlage der neuen Gesetze sein.«

»So so. Aber jetzt brennt und mordet er erst einmal gründlich, wenn ich das Lied richtig verstehe.«

»Du verstehst es falsch. Es ist ein Landsknechtlied, und die sind immer rauh. Die Bauern haben nicht angefangen mit der Gewalt, das laß dir gesagt sein.«

»Also, wie Herr Geyer sich die Welt vorstellt, hast du mir angedeutet. Und was wollen die Bauern?«

»Ihr Recht. Sie lassen nicht länger Schindluder mit sich treiben, sagen sie. Vor Gott sind alle Menschen gleich und nicht die einen Herren und die anderen Sklaven. Vom Luther wollen sie es haben und aus der Bibel. Und weil man ihnen nicht gutwillig ihre Forderungen erfüllt, werden sie sich mit Gewalt das Ihre holen.«

»Was fordern sie denn?«

»Warst du vielleicht in einem Kloster vergraben, daß du es nicht weißt?« Silberbart kann es nicht fassen.

»Ich bin erst vor kurzem aus Italien gekommen.«

»Und auf dem Weg bist du nicht den aufständischen Bauern begegnet?«

»Nein, ich glaube nicht. Mir ist nichts aufgefallen.«

»Du bist eine Schlafmütze. Hoffentlich fällt dir auf, wann du uns unseren Lohn zu zahlen hast, sonst erinnern wir dich nicht allzu sanft daran, verlaß dich drauf! Also, die Bauern sagen, es findet sich in der Schrift, daß sie frei seien, weil Christus sie durch das Vergießen seines kostbaren Blutes erlöst und erkauft hat genau wie die hohen Herren, denn vor Gott seien alle Menschen gleich. Sie fordern freie Jagd und freien Fischfang, freie Verfügung über das Holz im Walde und die Rückgabe der Allmende. Völlig abgetan werden soll auch der Kleine Zehnt vom Vieh, denn Gott der Herr hat das Vieh frei für den Menschen geschaffen. Die Einmischung der Herrschaft in die Rechtspflege der Dörfer wird energisch zurückgewiesen, die Bauern wollen bei ihrem alten Recht bleiben und nicht nach dem römischen Recht verurteilt werden. Sie wollen die Grundherren weiterhin anerkennen, aber die Dienste für sie sollen auf das bei der Verleihung des Grundstückes festgesetzte Maß beschränkt bleiben. Der Gült, der Pachtzins, soll durch ehrbare Leute nach der Billigkeit festgesetzt werden. Ja, und sie fordern Recht auf freie Pfarrerwahl und auch die Gewalt, denselben wieder abzusetzen, wenn er sich ungebührlich aufführt, denn der Pfarrer hat die Pflicht, das heilige Evangelium lauter und klar zu predigen, ohne allen menschlichen Zusatz, Lehr und Gebot.«

»Aber das ist wider die heilige Kirche!« wendet Johannes ein.

»Ja und nein. Es ist gegen Menschensatzung und für das reine Wort.«

»Hängst du dem Doktor Luther an?«

»Du hast mich nach den Bauern gefragt, und ich habe mich bemüht zu antworten. Lassen wir es damit bewenden. Man muß nicht unbedingt ein Lutheraner sein, um zu sehen, wo geistliche Herrschaften Fehler machen.«

»Da hast du recht. Und wo steht Meister Lucas?«

»Das, mein lieber Schreiberling, frage ihn gefälligst selbst.«

Johannes kehrt ärgerlich an seinen Platz zurück. Wie konnte er nur so ungeschickt sein.

Beim flackernden Licht eines Öllämpchens sitzt Johannes spätabends in seiner kleinen Stube über den Papieren mit seinen Notizen. So viel hat er inzwischen über Meister Lucas erfahren, scheint ihm. Er kennt sein Haus, seine vielen Unternehmungen zumindest nach den Handelsbüchern, die sich auf dem Tisch in der Werkstatt stapeln, seine Familie, seine Freunde und Bekannten, gar den Ketzer Luther, viele seiner Bilder, Altäre, Drucke und Stiche: aber konkrete Daten, die sich schwarz auf weiß sehen lassen könnten, hat er kaum vorzuweisen. Was ist es denn auch genau, was der Heilige Vater wissen will? Alles. Hm, sehr präzise. Und fragen durfte er ja auch nicht. Stöhnend schiebt er die Blätter in die Truhe. Morgen muß er unbedingt in Cranachs Schenke gehen, um sich mit dem Wirt und den Geschäften dort vertraut zu machen. Aber jetzt will er erst einmal schlafen.

Die kursächsische Hofhaltung hat einen Posten Papier erhalten, Johannes muß die Rechnung dafür ausschreiben. Was ist denn nun wieder für ein Aufruhr? Ein Druckergeselle stürmt in die Werkstatt: »Wo ist der Meister? Er muß sofort kommen! Es ist entsetzlich, alles voller Blut – Meister Lotter bringt den Menschen noch um!«

Lucas tritt hinter seiner Staffelei hervor. Ohne ein Wort packt er den Arm des Zeternden und verschwindet mit ihm in Richtung Offizin. Johannes beugt sich wieder über seine Papiere.

»Was mag denn da geschehen sein? Ich geh' auch hin!« ruft Silberbart aufgeregt.
»Würde ich dir nicht raten«, sagt Johannes ruhig, »der Meister sieht seine Leute am liebsten bei der Arbeit.«
»Natürlich, aber der Mensch will doch wissen, was in der Welt vorgeht.«
»Freilich, und der Mensch wird es erfahren.« Das ist die Klosterdisziplin, die Johannes das Unterdrücken der Neugier so leicht macht.
Ein Lehrling kommt gelaufen: »Der Büttel holt Meister Lotter ab! Er hat dem Buchbinder einen Schusterpfriem durch die Nasenwand gestoßen!«
»Ach, sonst noch etwas? Und der hat natürlich brav stillgehalten, damit es ein sauberes Loch gibt«, Johannes ist empört. »Blut und Mord und Totschlag, erzähl deine Moritaten anderwärts. Meister Michael Lotter ist ein erfahrener und verdienter Drucker, habt ihr das vergessen? Er hat uns die berühmten Baseler Typen mitgebracht. Er hat anderes zu tun, als mit dem Buchbinder handgemein zu werden; die Druckerei hat viel mehr Aufträge, als sie bewältigen kann. Verschone mich mit deinen wilden Geschichten.«
Der Lehrling geht zu Silberbart und flüstert mit ihm hinter vorgehaltener Hand. Sie sehen den Schreiber mit verdrehten Augen an und schütteln die Köpfe. Aber er achtet nicht darauf, vertieft sich in seine Rechnungen, bis der Meister vor seinem Tisch steht.
»Merk es dir, Johannes, ab heute wird nichts mehr mit Michael Lotter abgerechnet. Er ist entlassen. Wir müssen einen anderen Drucker einstellen. Aber das soll Christian Döring besorgen. Deinem Blick entnehme ich, du weißt noch nicht, daß der Goldschmied Teilhaber unserer Offizin ist! Nimm es hiermit zur Kenntnis! Er erhält ein Doppel aller Abrechnungen. Eben kam ein Bote des Kurfürsten. Ich muß mit dem Hof zum Reichstag nach Nürnberg. Schließe deine Arbeiten für heute ab und pack deine Sachen. Morgen früh reisen wir.«
»Heißt das, ich kann mitkommen?« fragt Johannes eifrig.
»Ja, du sollst mitkommen, es wird Arbeit für dich geben. Wenn du schreibst, habe ich mehr Zeit zum Zeichnen.«
»Danke, Meister!«

Albrecht Dürer

Musterblatt mit 19 Frauenköpfen
Michael Wolgemut zugeschrieben

Das ist ein Erlebnis für einen Mönch, auf einem guten Pferd im Gefolge eines Kurfürsten zu reiten! Meister Lucas hat Johannes ein »Hofkleid« gegeben, er fühlt sich recht unwohl darin. Es fällt ihm auch schwer, ordentlich im Sattel zu sitzen, und beim Absteigen kann er nicht mehr gehen, so weh tun ihm alle Muskeln. Meister Lucas lächelt in seinen Bart.

Endlich zeigen sich die Türme Nürnbergs.

»Dreifach sind die Stadtmauern!« wird Johannes von einem Troßknecht belehrt, der Nürnberger und stolz auf seine Heimat ist. »Das könnt Ihr nur von hier aus noch nicht sehen; es gibt vier Tore und einhundertachtundzwanzig Türme! Hoch auf dem Felsen dort steht die Burg. Wenn wir einreiten, werdet Ihr staunen über die Pracht der gemauerten Häuser und die Schönheit der Straßen. Ihr müßt gleich heute ein öffentliches Bad besuchen oder besser noch das Haus der gelüstigen Fräulein. Allerdings ist dort jetzt ein großes Gedränge wegen des Reichstags. Die adligen Herren haben natürlich Vortritt, und die Hübschlerinnen erhöhen die Preise! Schade, daß wir nicht zur Eröffnung hier waren und zum großen Turnier. Da hätte Euer Meister was zu malen gehabt. Wart Ihr schon mal auf einem Reichstag?«

»Nein«, gesteht Johannes.

»Nun, dann wird es für Euch allemal noch aufregend genug.« Der Nürnberger wendet sein Pferd. Johannes hält Ausschau nach Meister Lucas, der reitet neben dem Kurfürsten, lebhaft mit ihm ins Gespräch vertieft. Lucas macht eine gute Figur, jeder Zoll ein Edelmann. Wie die Zeiten sich ändern! Johannes erinnert sich an die Nachbarn in der Kölner Schildergasse, Maler, ehrbare Mitglieder ihrer Zunft, der Lucas-Brüderschaft, Handwerker im farbbekleckssten Kittel. Cranach ist als Hofmaler nicht an Zunftgesetze gebunden und sogar geadelt mit eigenem Wappen – war er das immer schon, von Geburt an? Johannes will es herausbringen. Sie nähern sich in der Tat gewaltigen Mauern und reiten, unbehelligt von den Wachen, durch das Spitteltor ein.

Der Hofdienst ist anstrengend. Meister Lucas zeichnet, wo er geht und steht. Johannes hat viel aufzuschreiben: die Namen der Gäste des Kur-

fürsten, die Aufträge für Porträts, die nach des Meisters Handskizzen anzufertigen sind, für Bilder und Altäre.
Einmal jedoch verabschiedet sich Meister Lucas vom Kurfürsten. Johannes folgt ihm. Sie überqueren den großen Marktplatz mit dem schönen Brunnen. Staunend möchte der Mönch bei der gewaltigen Frauenkirche verweilen, allein er sieht Cranach schon einige Pferdelängen entfernt und hat Mühe, sich im allgemeinen Gewühl zu ihm durchzudrängen. Sie steigen vor einem großen, ansehnlichen Haus ab; Johannes zählt über dem Erdgeschoß drei Stockwerke, darüber kragt das imponierende Dach vor.
»Da wären wir«, sagt Lucas erleichtert. »Und nun will ich so bald nichts mehr von Politik wissen.«
»Wem gehört dieses schöne Haus?« fragt Johannes.
»Dem Maler Albrecht Dürer.«
Johannes nickt. Der Name sagt ihm nichts, noch kennt er sich mit Künstlern nicht aus. Die Türen stehen offen. Unwillkürlich beginnt Johannes sofort zu vergleichen: *Unsere* Werkstatt ist größer, mir kommt sie auch heller vor. Ich meine, bei uns arbeiten mehr Leute, geht es lebhafter zu. Ganz ähnlich wie damals, als er zum erstenmal Cranachs Arbeitsraum betrat, erregt auch hier ein Gemälde seine Aufmerksamkeit: die Darstellung eines Mannes, der eine schwarzweiß gestreifte Zipfelmütze trägt; kritisch blickt er den Besucher an, ein Adliger sicherlich, gutaussehend und in schmucker Kleidung.
»Das ist ein Selbstporträt von Dürer!« erklärt Cranach.
Ein magerer alter Mann mit dünnem weißem Haar kommt auf sie zu, streckt beide Hände aus: »Meister Lucas!«
Sie umarmen sich.
»Wie schön, daß Ihr gekommen seid!« freut sich Dürer.
»Das ist übrigens mein Schreiber Johannes von Köln«, stellt Cranach vor.
»Seid mir gegrüßt«, sagt Dürer herzlich. Dann weist er einen Lehrling an: »Simon, lauf zur Meisterin, bitte sie, einen Imbiß anzurichten.«
Nahe dem Fenster, im besten Licht, stehen zwei große Bildtafeln, auf die Cranach sofort zugeht.
»Ihr kommt gleich zum Wesentlichen!« scherzt Dürer. »Diese beiden Tafeln sind die wichtigste Arbeit meines Lebens, in ihnen wird alles beschlossen sein. Ihr seht auf der linken die Apostel Johannes und Petrus, auf der rechten Markus und Paulus – die Gemälde sind noch nicht vollendet.«

Schweigen. Lucas tritt ein wenig zurück, um einen Gesamteindruck zu gewinnen. Johannes hält unwillkürlich den Atem an: der Blick des Paulus dringt bis zum Grund seiner Seele, scheint ihm, gleich wird er sprechen und das Geheimnis des Mönchs preisgeben.
»Mich beeindrucken Markus und Paulus mehr als die beiden anderen!« sagt Lucas.
»Sie sind von so großer Lebendigkeit. Ich bemühe mich, zu verstehen, was Markus sagt. Interessant, Petrus mit seinem Schlüssel steht im Hintergrund?!«
»Ja«, Dürer hebt bekennend den Kopf, »dies ist meine Predigt des Gotteswortes. Johannes mit der Heiligen Schrift steht vor Petrus mit dem Schlüssel, wer Augen hat, zu sehen, der sehe! ...« Während Dürer spricht, zeichnet er Cranach. »... Ich werde unter die Bilder schreiben: *Alle weltlichen Regenten in diesen gefährlichen Zeiten sollen sich billig in Acht nehmen, daß sie nicht statt des göttlichen Wortes menschliche Verführung annehmen. Denn Gott will, daß wir seinem Wort nichts hinzufügen noch etwas davon wegnehmen. Darum hört die Warnung dieser trefflichen vier Männer.*
Das Bild lebt schon lange in mir. Als junger Mann – drei Jahrzehnte sind seitdem wohl ins Land gegangen – sah ich in Venedig den Altar der thronenden Madonna mit vier Heiligen von Bellini. Diese Komposition reizte mich, doch kam ich nie so recht dazu, sie im großen zu malen. Ich experimentierte damit, stach Paulus und Thomas in Kupfer, auch Bartholomäus und Simon, noch im letzten Jahr, und nun endlich gestatte ich mir, den lange gehegten Plan zu verwirklichen. Der Rat unserer Stadt wünscht ein Bild für die Losungsstube des Rathauses.
Mein Leben lang habe ich der menschlichen Idealgestalt nachgeforscht, versucht, geometrische Regeln herauszufinden, nach denen sie zu konstruieren sei; nun habe ich gelernt, auf die Natur zu sehen, und versuche, ihr wahres Gesicht zu erkennen; gerade die Einfachheit ist die höchste Zierde der Kunst.«
Meister Lucas nickt. »Ich stimme Euch voll und ganz zu. Nur, wie schwer ist es oft, diese Einfachheit zu realisieren. Die Welt quillt über von Erscheinungen, die alle festgehalten werden wollen, werden sollen. Der eilende Stift kommt kaum nach. Da verlangt mein Kurfürst von mir, die Jagd im Bilde wiederzugeben, all die vielen, vielen Einzelheiten ...«
»Ja«, bestätigt Dürer, »ich weiß. Auch das gehört zu unseren Aufgaben, und Ihr könnt es über die Maßen gut, Meister Lucas.«

»Danke«, sagt Lucas bescheiden, »Euer Lob ehrt mich, habe ich mir doch vieles bei Euch abgesehen – freilich die Meisterschaft, mit der Ihr zum Beispiel Tiere zeichnet und malt, werde ich kaum je erreichen.«
Johannes grübelt über den Primat der Bibel, über den Schlüssel des Petrus. »Darf ich Euch eine Frage stellen, Meister Albrecht?« bittet er.
»Nur zu.«
»Hängt Ihr dem Doktor Luther an?«
Während er sie ausspricht, bedauert Johannes schon seine Worte. Er mag den Künstler und will ihn gewiß nicht kränken. Dürers müde Augen ruhen lange in den seinen.
»Junger Mann, das ist eine wichtige Frage, nicht leicht und schnell zu beantworten. Ich bin und bleibe ein treuer Sohn der römischen Kirche. Doktor Luther aber schätze ich sehr und wollte ihn immer gern konterfeien. Er hat mir aus großen Ängsten geholfen mit seinen Schriften. Als er auf der Wartburg eingetan ward und man davon nicht wußte, gar fürchtete, er sei umgebracht worden, habe ich große Not um ihn gelitten. Wer wohl hätte uns das Wort der Bibel auslegen können wie er?
Hier in Nürnberg folgen ihm viele. Unser Schuster-Poet Hans Sachs preist mit seinen Knittelversen den neuen Glauben, der sich auf die Bibel allein beruft; die Augustiner predigen ihn allenthalben. Die Bürger hängen dem gern an, und der Magistrat schweigt dazu aus Angst vor Unruhen, nicht aus Überzeugung!
Angestammte alte Bräuche werden verdrängt: die Seelenmessen werden vernachlässigt, die Weihwasserbecken in den Kirchen trocknen aus. Unsere traditionellen Passionsspiele und Mysterienvorstellungen finden nicht mehr statt. Mit der alljährlichen Heiltumsmesse hatte der Rat dieses Jahr seine Schwierigkeiten. Er gestattete nur widerstrebend, das berühmte Stück vom Tischtuch des heiligen Abendmahles öffentlich zu zeigen. Die Pilger wollten es unbedingt sehen, ja sogar mit offener Gewalt erkämpfen.
Den Neugläubigen wiederum ist nicht einmal Luther fortschrittlich genug. Der Rektor unserer Schule von Sankt Sebald leugnete öffentlich die Wahrheit der Heiligen Schrift! Drei meiner Gesellen hingen ihm an. Sie wollten gar nimmer an Gott und Christum glauben und sagten, sie seien Atheisten und Anhänger der Güterteilung. Sie wurden aus der Stadt gewiesen!
Und solche Irrlehren sind Wasser auf die Mühlen des Karsthans. Die Bauern denken, sie könnten mit Gottes Segen auf Luthers Wort hin die

großen Hansen stürzen. So ist der Mensch, er kennt kein Maß, dreht die Worte, ohne ihren Sinn zu verstehen, zu seinem Vorteil, und schon geht alles aus dem Ruder, und die öffentliche Ordnung wankt. Schlimme Zeiten! Warnungen werden uns genug zuteil. Blutregen fällt vom Himmel. Seht her«, er legt sein Blatt nieder, sucht in seinen Papieren und bringt eine Zeichnung hervor, »diese Kreuzigungsszene hatte der Regen auf dem Hemd einer Magd geschaffen, das größte Wunderwerk, das ich all meiner Tage gesehen habe. Die Magd war so betrübt, daß sie fürchtete zu sterben. Und schon war auch die Pest in der Stadt. Ja, wir leben in schweren Zeiten, und keiner weiß, was der nächste Tag uns bringen mag ...«

Johannes sinnt den Worten nach. Hier in Nürnberg scheinen die Fronten der Ketzerei und des wahren Glaubens härter gegeneinander zu stehen als in Wittenberg und Entscheidungen zu fordern. Aber selbst Albrecht Dürer, dem er Einsicht und besten Willen zutraut, ist nicht eindeutig! Er sagt, er hänge der alten Kirche an, und setzt doch auf seinem Bild die Bibel vor den Papst. Steht das Wort Gottes nicht über den Menschen, über allen Menschen? Was ist Wahrheit, was ist Ketzerei?

»Kommt«, lädt Dürer ein, »laßt uns zu Tisch gehen. Hier, Meister Lucas, Euer Konterfei! Ich schenke es Euch.«

»Danke. So seht Ihr mich – so jung?«

»Ja, genauso jung«, lächelt Dürer.

»Bitte, laßt mich schauen!« Cranach greift nach einem Stich, der auf dem Tisch liegt.

»Ritter, Tod und Teufel!« stellt Dürer vor.

»Vollkommen«, sagt Lucas ehrfürchtig, »mehr weiß ich nicht zu sagen: Vollkommen. Dieses Pferd des Ritters gefällt mir so gut, daß ich es kaufen möchte.«

»Ja, ich auch!« lächelt Dürer. »Ich habe es aus Italien mitgebracht. Ich zeichnete es nach einer Skizze von Leonardo da Vinci.«

»Aber kann man denn einfach so von einem anderen abmalen?« fragt Johannes unsicher.

»Junger Freund, das ist die Regel. Ihr scheint mir wenig von Malern zu wissen! Wenn wir unsere Lehrzeit hinter uns haben, gehen wir auf Wanderschaft, besuchen berühmte Kunstwerke und berühmte Werkstätten und sammeln alles, was wir sehen, in unseren Skizzenbüchern. Warum sollen wir als Anfänger versuchen, uns das Gute, was erfahrene Meister geschaffen haben, neu zu erarbeiten? Wir übernehmen es, beziehen es

in unsere Kompositionen ein. Keiner neidet das dem anderen, im Gegenteil, man fühlt sich geehrt, wenn man in den Werken anderer weiterlebt. Ist es nicht so, Meister Lucas?«
Cranach nickt bestätigend. »Viele meiner Bilder sind den Euren ähnlich – auch von Jacopo Barberi habe ich manches übernommen, von den Niederländern, von Meistern, deren Namen ich nicht einmal weiß. Glieder sind wir in der Kette der Kunst. Ich vertraue darauf, daß meine Söhne meine Arbeiten fortführen werden. Denn, Johannes, wenn du einmal genau hinsiehst, ist es doch kaum zu unterscheiden, was auf den Bildern meiner Werkstatt von meiner Hand stammt und was meine Schüler gemalt haben! Ich bin stolz darauf, sie so gut unterrichten zu können.«
Johannes nickt. »So ähnlich geht es ja auch in den Klöstern. Wenn der Tod einem Bruder den Pinsel aus der Hand nimmt, malt oder schreibt ein anderer Mönch weiter – das verleiht ein Gefühl von Unsterblichkeit.«
Lucas sieht ihn ruhig an. »Was weißt du von Klöstern?«
Johannes merkt, wie ihm das Blut zu Kopfe steigt. »Ich war in einer Klosterschule!« antwortet er hastig.
»Seit wann signiert Ihr eigentlich mit der gefiederten Schlange, Meister Cranach?« fragt Dürer.
»Seit mir der Kurfürst das Wappen verliehen hat – das war – ja, im Januar 1508, am Dreikönigsfest. Die Fürsten waren bereit, mit Kaiser Maximilian nach Italien zu ziehen. Friedrich der Weise wollte mich mitnehmen und verlieh mir die Hauptfarben seines eigenen Wappens: Gelb und Schwarz. So war ich gekennzeichnet als ein sächsischer Gefolgsmann.«
»Wie Zeiten und Mächtige dahingehen! Maximilian ist schon tot, der stolze Ritter.«
»Was herrscht nur für ein Geist hier in Eurer Werkstatt, mein Freund«, wundert sich Cranach, »der Erinnerungen aufleben läßt?«
»Meine alte Seele wird es sein, Lucas. Aber ich fragte nach Eurem Wappen, weil ich mich Eurer eindrucksvollen Drucktechnik mit den Gold- und Silbereffekten erinnerte und des Streites um ihre Urheberschaft. Ritter und Rüstungen lassen sich mit dieser Methode ja prächtig darstellen. Verratet Ihr mir die Lösung des Rätsels, wer sie zuerst entdeckt hat, Meister Burgkmair oder Ihr?«
»Johannes, du kannst nicht verstehen, wovon wir reden«, vermittelt Cranach.
»Wartet, ich werde Euch die Sache veranschaulichen.« Dürer holt einige

Drucke. »Seht her, das ist eine Federzeichnung Eures Meisters, eine törichte Jungfrau mit der leeren Öllampe. Durch die Akzentuierung der schwarzen Zeichnung mit weißer Farbe, die auf dem ockergelb getönten Papier besonders zur Geltung kommt, gewinnt sie ihre Plastizität und Lebendigkeit. Ich könnte mir vorstellen, daß hier Anfänge der neuen Technik zu suchen sind.«

Lucas nickt. »So ist es. Ich dachte darüber nach, wie ich diese Wirkung auch in Vervielfältigungen erreichen könnte, ohne jeden Druck noch einmal von Hand zu kolorieren.«

Dürer bringt ein weiteres Blatt, auf dem ein siegreicher Georg zu Pferde dargestellt ist.

»Danke«, Cranach nimmt den Druck. »Auf dieses blaue Papier wurde mit zwei Druckstöcken gedruckt. Ich sehe, du verstehst mich nicht, Johannes, du weißt eben gar nichts von Holzschnitten und Kupferstichen.«

»Folgt mir bitte.« Dürer führt sie an einen Tisch im anderen Teil der Werkstatt. »Um ein Bild durch Druck zu vervielfältigen, muß man eine Art Stempel anfertigen. Ihr wißt, wie ein Siegel funktioniert?«

Johannes nickt. »Im Metall ist das negative Bild eines Motivs geprägt; man bringt Farbe darauf und drückt es auf Papier, so erhält man das Positiv.«

»Genau, und zwar beliebig oft«, bestätigt Cranach. »Nicht anders verhält es sich mit Holzschnitten und Kupferstichen; mit ihnen kann man Bilder wie Schriftseiten drucken.«

»Seht diesen Holzblock«, weist Dürer, »ich habe eine Zeichnung spiegelverkehrt und im Negativ aufgetragen. Der Formschneider entfernt nun all das nicht bemalte Holz, so entsteht der Stempel meines Bildes. Schnitte und Stiche werden oft nachträglich von Hand koloriert, das bedeutet jedoch eine Menge Arbeit. Meister Lucas suchte nach einem Verfahren, mehrfarbige Bilder im Druck herzustellen.«

»Ja«, schaltet Cranach sich ein. »Und durch farbiges Papier, blau bei diesem Ritter, einen Druck in weißer Farbe mit einer Strichplatte und dann noch einen in Schwarz mit dem eigentlichen Bild hatte ich immerhin schon drei Farben. Besonders wirkungsvoll machen sich Stiche in Gold und Silber – Ihr könnt Euch vorstellen, wie plastisch par exemplum Ritterrüstungen wirken. Der Kurfürst war recht begeistert von diesen Effekten; der Kämmerer Pfeffinger sandte ein solches Blatt nach Augsburg, und dann entstanden die Ärgernisse. Die Antwort lautete: Dergleichen haben wir hier auch.

Johannes, ich lese deine Gedanken: Eine große Malerfamilie, habe ich gesagt, ein jeder Meister einverstanden damit, daß alle Kollegen seine Ideen und Kompositionen übernehmen und weiterentwickeln, und nun Streit um ein Druckverfahren!

Ja, ich schäme mich. Hier liegen der Maler und der Unternehmer in Widerstreit miteinander. Wie du aufgrund unserer Handelsbücher gut genug weißt, habe ich Geschäfte zu verantworten, die mit Gewinn oder Verlust stehen und fallen! Diese per Druck kolorierten Blätter sahen nach Gewinn aus: sie konnten in größeren Mengen zu kleinen Preisen angeboten werden. So dachte ich – und Burgkmair offensichtlich auch. Er druckte ebenfalls einen heiligen Georg mit einer goldenen und einer weiß eingefärbten Strichplatte, endlich 1508 gar mit einer grauen Tonplatte, die Binnenzeichnungen im Weißlinienschnitt hatte. Ich merke, Johannes, das führt zu weit.

Also: Meine Idee *war* nicht neu. Wie ich erfahren mußte, hatten Jost de Negker und der Venetianer Ugo da Carpi auch schon damit gearbeitet.

Als ich 1507 einen Kürassier von Gold und Silber nach Augsburg senden ließ – es war mal wieder Reichstag dort –, erhielt ich farbige Holzschnitte eines heiligen Georg und unseres Herrschers Maximilian von Burgkmair zurück.

Warum wir darüber reden, fragst du dich wahrscheinlich. Nun, Meister Albrecht wollte das Datum der Wappenverleihung wissen, und ich kann mir denken, warum. Es geht die Mär, ich hätte ein Signum gefälscht.

1506 ließ ich eine Venus in Holz schneiden, und zwar mit der schwarzen Strichplatte. Später verwendeten wir dieselbe Platte in der Werkstatt zusammen mit der neu entwickelten Tonplatte und farbigem Papier. Der Formschneider fügte das Entstehungsdatum mit dem neuen Werkstattzeichen ein, 1506. Du weißt, Johannes, wie es in der Werkstatt manchmal zugeht. Ich erinnere mich nicht mehr, ob ich diese Drucke gesehen habe. Und dann beschuldigte man mich der bewußten Fälschung. Mein Christopherus soll nun auch vordatiert sein! Ich habe mich so geärgert, daß ich die Zeitangaben herausnehmen ließ und meine Versuche mit dieser Technik beendete. Ich habe andere Möglichkeiten genug.«

Meister Dürer spürt Cranachs Zorn. »Laßt gut sein, mein Freund, verzeiht mir meine Neugier. In unseren Tagen wird irgendwie alles anders – die alten Gesetze des Lebens gelten nicht mehr, unser Verstand nimmt sie auseinander, behauptet, sie seien unbrauchbar, und schafft sich neue Grundlagen. Das Recht wird geändert: Herr von Schwarzenberg schuf

die neue Bamberger Halsgerichtsordnung, die Verantwortung der Bürgermeister und Schöppen, ein Verbrechen zu werten und über die Strafe für den Übeltäter zu befinden, wird von den Juristen übernommen, für die weniger die Menschen und ihre Lebensumstände zählen als der Abschnitt im Codex juris, wo nachzulesen ist, was wie zu ahnden ist. In der Religion gar wollen sie alles neu machen ...«
»Halt, verzeiht, Albrecht«, unterbricht Cranach den Freund, »Luther will nicht Neues schaffen, sondern nur das Alte von seinen Auswüchsen befreien und auf die Wurzeln des Evangeliums zurückführen.«
»Er, ja, er mag es so sehen, aber seine Anhänger allüberall, die seine Gedanken nur vom Hörensagen kennen, zimmern sich ein ander Haus unter seinem Zeichen; denkt nur an die Bilderstürmer, die Wiedertäufer, die Bauern! Und in unserem Fach«, führt Dürer weiter aus, »hat sich auch viel geändert. Wir malen heute die Menschen, wie wir sie sehen, und zwar alle, nicht nur Fürsten und Heilige, sondern auch Bauern, Bürger, Soldaten, Frauen, Kinder! Ich sehe eine der Hauptaufgaben der bildenden Kunst darin, die Gestalt der Menschen nach ihrem Sterben zu bewahren. Die Nachwelt wird Euch Dank wissen, daß Ihr zur Geburt des Individuums in der Kunst einen so lebensvollen Beitrag leistet.«
»Danke«, sagt Cranach bescheiden, »laßt mich die Palme an Euch geben, Ihr seid der große Meister der Porträtkunst.«
Ein Lehrling zupft Dürer am Ärmel und flüstert ihm etwas ins Ohr.
»Schade«, bedauert Dürer, »für heute müssen wir Abschied nehmen. Euer Kurfürst läßt Euch rufen.«
»Da hilft alles nichts, wir müssen folgen. Grüßt mir Eure Agnes, sie möge uns verzeihen, daß wir ihre Gastfreundschaft nicht genießen können.«
Traurig ob des abrupten Endes dieser eindrucksvollen Begegnung trennt sich Johannes von dem alten Meister und seinen Bildern, die ihn auf eine ganz andere Weise als die Cranachs in ihren Bann ziehen. Er soll nicht in das gastliche Haus zurückkehren; Friedrich der Weise verläßt Nürnberg noch am selben Tag mit seinem ganzen Gefolge.
Nach dem übereilten Aufbruch benutzt Johannes die erste Gelegenheit, um Cranach auszufragen. »Verzeiht mir, Meister, ich fürchte, meine Unwissenheit in politischen Angelegenheiten ist noch beschämender als die in künstlerischen Belangen ...«
»Hauptsache, du kennst dich mit den Rechnungen aus«, brummt Lucas.
»Doch, das schon. Also, die evangelischen Herren sind so ungehalten über den Reichstagsabschied, daß sie unter Protest die Stadt verlassen.

Soviel ich verstanden habe, ist ein Konzil verlangt worden, zu dessen Vorbereitung eine gemeine Versammlung deutscher Nation in Speyer stattfinden soll. Dort will man über Luthers Lehre beraten, damit das Gute neben dem Bösen nicht unterdrückt werde.«

»Gut aufgepaßt, Johannes, du bist doch trefflich im Bilde!«

»Nein, denn das hört sich recht vernünftig an. Warum der wilde Protest?«

»Es wurde darauf bestanden, bis zum Ergebnis des Konzils an der Durchführung des Wormser Edikts festzuhalten.«

»Da wird viel gesprochen vom Wormser Edikt, allein, ich weiß nichts Genaues; könnt Ihr es mir bitte erklären?«

»Das Edikt wurde im Mai 1521 erlassen, als Luther vor dem Kaiser und dem päpstlichen Legaten Aleander den Widerruf seiner Lehren und Schriften abgelehnt hatte, und tut ihn in Acht und Bann als einen verstockten Zertrenner und offenbaren Ketzer, so daß niemand ihn oder seine Anhänger hausen, hofen, atzen, tränken oder irgendwelche Hilfe gewähren darf. Auch seine Schriften sollen nicht gekauft, verkauft, gelesen, aufbewahrt, gedruckt oder sonstwie verbreitet werden. Kannst du dir vorstellen, wie die Evangelischen gegen die Bestätigung dieses Verdiktes protestieren müssen? Ich fürchte, hieraus wird viel Aufruhr, Ungehorsam, ja Blutvergießen und Totschlag entstehen.«

Bauern

Lucas Cranach d. Ä.:
Friedrich der Weise und sein Bruder Johann

1525 schreibt Johannes mit großen Zahlen auf eine neue Seite seiner Aufzeichnungen. Papst Klemens VII. verheißt in zwei Bullen zu diesem Jubeljahr den Gläubigen bei einem Rombesuch vollkommenen Ablaß. Luther verkündet das ewige Jubeljahr des Glaubenden in Christus, das, wie er sagt, nur leider allzu wenige erkennen würden: der große Haufe sei überhaupt gleichgültig oder hänge seinen Mantel nach dem Wind …

Es klopft an der Tür, Franz tritt ein. »Da bist du also und schreibst selbst am heiligen Sonntag. Komm mit an die Elbe, laß uns versuchen, wie fest das Eis ist!«

Die frische, kalte Luft tut Johannes wohl, übermütig rafft er Schnee auf und bewirft Franz damit, läuft vor dessen Revanche davon und landet bäuchlings in einer Schneewehe. Im Aufstehen schüttelt er sich das körnige Weiß aus den Kleidern und lacht, bis ihm die Tränen aus den Augen springen. Ihm ist so leicht und lustig ums Herz, er sehnt sich auch gar nicht mehr ins Kloster zurück.

»So gefällst du mir!« sagt Franz. »Laufen wir um die Wette, wer zuerst am Ufer ist.«

Später, auf dem Heimweg, sagt Johannes: »Nun bin ich schon so lange in Wittenberg, habe Luther oft gesehen und reden hören, aber den Unterschied zwischen dem Glauben der Kirche und seinen Lehren könnte ich immer noch nicht in drei Sätze fassen.«

»So paß auf, ich habe seine Hauptstücke am Schnürchen: Zum ersten, wir sind Kinder des Zornes, und all unsere Werke, Sinne und Gedanken sind nichts. Zum zweiten, Gott hat uns Seinen eingeborenen Sohn gesandt, auf daß wir an Ihn glauben; und der ihm vertrauen wird, soll der Sünde frei sein und ein Kind Gottes. Zum dritten müssen wir auch die Liebe haben und durch die Liebe einander tun, wie Gott uns getan hat.«

»Danke. Das ist klar genug.«

»Für mich ist das eine Lehre, mit der ich leben und sterben kann«, bekennt Franz. Johannes schweigt. Sind das nicht auch die Wurzeln des katholischen Glaubens?

Rechnungen:
13. Januar: Meister Lucas hat ein gemaltes Tüchlein von der Leipziger Messe mitgebracht für das Schloß in Lochau, macht 4 Florin, 2 Groschen.
16. Januar: Wein für 8 Florin, 8 Groschen wurde ausgeliefert.

Beim Mittagsmahl sitzt Luther mit an der Tafel. Er sieht schlecht aus: seine alte Mönchskutte ist fleckig und zerschlissen, seine Augen liegen tief in den Höhlen, die Wangen sind eingefallen. Herzhaft läßt er sich Barbaras gute Speisen munden, als habe er tagelang gefastet.
»Lucas, ich habe Euch eine Schrift für die Druckerei mitgebracht, ›Wider die himmlischen Propheten, von den Bildern und Sakramenten‹, eine Auseinandersetzung mit Andreas Karlstadt und seinen Anhängern.«
»Gut. Ich kann ja begreifen, daß ihnen Bilder zuwider sind, wenn sie wie Götzen angebetet werden«, brummt Cranach. »Aber man kann doch nicht alles über einen Kamm scheren! Da müht sich unsereins, denen, die nicht lesen können, mit Pinsel und Farbe das Evangelium zu erzählen, und die neuen Propheten reißen die Bilder von den Wänden und zerstören die Statuen, als seien sie des Teufels. Was meinst du dazu, Herr Doktor?«
»Mit den Bildern steht es so, daß sie nicht notwendig, sondern frei sind. Wir können sie haben oder nicht, obwohl es besser wäre, wir hätten sie gar nicht. Äußerliche Dinge können dem Glauben keinen Schaden zufügen. Allein, das Herz darf nicht daran hängen, nicht darauf vertrauen. Paulus sah in Athen wohl all ihre Abgötterei, schlug aber niemanden aufs Maul, sondern trat mitten auf den Markt und sprach: Ihr Männer von Athen, ihr treibt alle Abgötterei – gegen die Abgötter predigte er, aber er riß keinen mit Gewalt weg. Karlstadt und seine Geister hingegen wollen zufahren und einen Auflauf anzetteln, die Altäre zerbrechen, die Bilder wegreißen. Auf diese Weise werden sie nicht ausgetilgt, eher zahlreicher aufgerichtet.«
»Martin, warum ist es schwer, mit dir über das normale Leben zu reden? Du gerätst immer sofort ins Grundsätzliche, Theoretische. Die Meinen und ich, wir leben vom Bildermalen. Was du gerade mit so viel Freude issest, ist damit erworben; soll ich betteln gehen, weil du die Bilder abtust?«
»Das dürfte wohl Weile haben«, lächelt Luther. »Sich, es geht doch nur darum, den Glauben an die Bilder zu zerstören, nicht die Bilder selbst. *Ich trage das Bild Christi im Herzen, warum sollt's Sünde sein, wenn ich es vor Augen habe? Nur dürfen mir die Bilder nicht das Wort verdrängen,*

ein jeder soll lesen lernen, denn das Wort, das Wort tut's, wie ich den Lügengeistern eintränken muß, denn ob Christus tausendmal für uns gegeben und gekreuzigt würde, wäre es alles umsonst, wenn nicht das Wort Gottes käme und teilet's aus und schenket's mir.
Aber da du schon vom normalen Leben und Betteln sprichst, mein lieber Lucas, magst du mir wohl mit ein wenig Brot und Bier aushelfen? Im Schwarzen Kloster ist Schmalhans Küchenmeister, und dabei habe ich Gäste.«
»So laß mich dir nach Gebühr zahlen für deine Schriften!«
»Nein, nun und nimmer. Umsonst habe ich von Gott empfangen, umsonst will ich geben, dabei bleibt's.«
Mit innerlichem Kopfschütteln geht Johannes an seine Arbeit zurück. Der weltberühmte Gottesstreiter hat nicht genug zu essen und lehnt dennoch den gerechten Lohn für seine Arbeit ab! Meister Lucas hat recht, er hängt mit dem Kopf in den Wolken; dabei ißt und trinkt er doch so gern! Das verstehe ein anderer. Ich will's verfolgen; wo wir seit kurzem noch einen Buch- und Papierhandel aufgetan haben, werden mir die Verkaufszahlen ja bald auf den Tisch flattern.
Cranachs Not um die Abwertung von Bildern erweist sich als unbegründet: Die Werkstatt kann die Aufträge nicht schnell genug bewältigen. Lutherbilder werden am laufenden Band gefertigt, protestantische Altäre sind sehr gefragt, und mit der Illustration von Schriften kommt Cranach kaum nach. Auch persönliche Porträts sind groß in Mode, jedermann, der es sich irgendwie leisten kann, läßt sich abkonterfeien: ortsansässige Akademiker, städtische Honoratioren, die höhere Beamtenschaft des Kurstaates und der Nachbarländer.
Johannes hat einen Schreibkrampf, also steht er auf und schlendert durch die Werkstatt. Meister Lucas begutachtet gerade ein Lutherbild des Jakob Abel:
»Du mußt die Hände sorgfältig ausarbeiten, das sind doch keine Finger, was du da machst, das sieht mir eher nach Schweinswürstchen aus!« Cranach geht weiter zu seiner Staffelei, auf der eine Darstellung der heiligen Magdalena steht.
»Ja«, sagt Johannes begeistert, »o ja, das gefällt mir! Ach, Meister, das ist ein ander Ding als diese Porträts, die so häufig und so schnell hergestellt, nicht eigentlich gemalt werden! Und diese Landschaft im Hintergrund. Unsereins kann da stundenlang stehen und sich an den Einzelheiten erfreuen, die Geschichten erzählen. Was tut sich wohl auf der Burg zur

Linken – haben die Reitersleut rechts etwas mit ihr zu schaffen? Wie lebendig das Gras anzuschauen ist, ich spüre den Windhauch, der es bewegt. Und all die Blumen und die Steinchen unter dem reichverzierten Rocksaum der Frau! Meister, warum laßt Ihr den Hintergrund immer häufiger einfarbig malen? Das mutet mich traurig an wie ein Rückfall in alte Gewohnheiten.«

»Johannes, mich auch – aber es gibt zwingende Gründe. Einmal wird die Person betont, wenn der Hintergrund unauffällig bleibt, und meinen Kunden kommt es ja darauf an, herausgestellt zu werden, und zum anderen fehlt einfach die Zeit, so aufwendige Geschichten wie hier bei meiner Magdalena mit dem Pinsel zu erzählen – du weißt selbst, wie es geht.«

»Ja, ich weiß. Aber schade ist es, jammerschade. Und die Hirsche! Wie sie äsen, stolz einherschreiten, springen, kämpfen. Seid Ihr diesen Tieren besonders zugetan?«

»Ja, du sagst es. Ihre unnachahmliche Grazie, ihre sprechenden Augen haben es mir angetan. Außerdem kommt ihnen Symbolcharakter zu, sie sind in der Heiligen Schrift erwähnt, stehen gar für Jesus …« Lucas' Blick verschwimmt; Johannes fühlt, der Meister versinkt in eine andere Welt, und geht leise an seinen Platz zurück.

Die Hirsche … Lucas hängt seinen Gedanken nach, schon einmal fragte mich jemand nach ihnen: Ich war noch spät in der Werkstatt. Sie näherte sich auf Zehenspitzen meinem Tisch, machte schon Anstalten, sich wieder zurückzuziehen, um mich nicht zu stören, aber ich legte die Feder nieder und hob den Kopf: »Anna, mein Lieb!« und streckte ihr die Hände entgegen.

»So spät noch an der Arbeit, Lucas?« fragte sie, nahm meine Rechte, küßte zärtlich die Innenfläche.

»Es ist ein ganz besonderer Auftrag, ich möchte in Ruhe zeichnen, darum wähle ich die Stunde, in der ich die Werkstatt ganz für mich habe.«

»Darf ich schauen? Ein Hirsch! Wie lebendig du die Kreatur wiederzugeben vermagst. Ich sehe ihn springen! Und der Ausdruck seines Auges, ist wohl ein Tier so friedlich und seelenvoll?«

»Doch, Anna. Sonderlich die Rehe und Hirsche haben wunderschöne Augen, glaube es mir.«

»Du magst sie sehr, nicht wahr?«

»Ja. Es ist mir immer eine Freude, sie zu malen.«

»Aber du zeichnest nur auf den Rand, was steht denn dort inmitten so kunstvoll geschrieben?«

»Es ist lateinisch, aus dem Psalter, und es ist gedruckt!«
»Oh!« staunte Anna. »Welche wunderbare Kunst.«
»Das magst du wohl sagen. Du siehst hier das Gebetbuch Seiner römischen Majestät, Kaiser Maximilians. Eigens für dieses Buch wurde eine besondere Schrift entwickelt. Der Hofbuchdrucker Hans Schönsperger in Augsburg hat es gedruckt, auf Pergament, wie du siehst! Es gibt nur ganz wenige Exemplare dieses Werkes.«
»Darf ich es wohl ein wenig anfassen?« hatte sie schüchtern gebeten.
»Du darfst.«
Behutsam fuhr ihr Zeigefinger über das Pergament, über die Schrift. »Ich kann die Buchstaben fühlen! Was bedeuten sie?«
»Du siehst einige Verse des 150. Psalms. Ins Deutsche übertragen, lauten sie etwa so:

Lobet Ihn in seinen Taten,
lobet Ihn in seiner großen Herrlichkeit.
Lobet Ihn mit Posaunen,
lobet Ihn mit Psalter und Harfen,
lobet Ihn mit Pauken und Reigen,
lobet Ihn mit Saiten und Pfeifen,
lobet Ihn mit hellen Cymbeln,
lobet Ihn mit wohlklingenden Cymbeln.
Alles, was Odem hat, lobe den Herrn. Gloria.«

»Wunderschön, Lucas«, lobte sie mich, »was du nicht alles weißt und kannst. Es ist wohl doch besser, wenn ich ›Ihr‹ zu dir sage.«
Ich küßte die Grübchen in ihren Wangen. »Du sollst deinen Mann nicht aufs Glatteis führen!« mahnte ich. Noch klingt mir ihr helles, melodisches Lachen in den Ohren.
»Ihr seid nicht mein Ehgemahl. Und ich meine es redlich.«
»Ja, ich weiß, aber sage mir du, ich bitte dich.«
»Das ist also das Gebetbuch Seiner Majestät. Meister Schönsperger hat den Text gedruckt. Und was tust du?«
»Ich darf es verzieren mit meinen Zeichnungen. Nicht ich allein, Albrecht Dürer arbeitet auch mit daran und Hans Baldung Grien, Hans Burgkmair, Jörg Breu, Albrecht Altdorfer, berühmte Meister, es ist eine große Ehre für mich, daß ich neben ihnen acht Seiten verzieren darf.«
»Und eine Ehre für sie, es neben dir zu tun. Sei nicht so bescheiden«,

schmeichelte sie mir und setzte sich auf mein Knie. »Kannst du malen, was du möchtest?«
»Ja, es ist mir freigestellt.«
»Und warum hast du Hirsche ausgewählt?«
Ich drückte mein Gesicht auf ihren Nacken. »Wie gut du riechst! Du weißt, ich liebe diese Tiere, und der Kaiser tut es auch, denn er ist ein eifriger Jäger. Aber das ist nur ein erster und sehr äußerlicher Grund. Laß mich vom Psalter sprechen: ›Wie der Hirsch schreiet nach frischem Wasser, so schreiet meine Seele, Gott, zu dir‹, steht da geschrieben. Du mußt unbedingt einmal mit zur Jagd nach Lochau kommen, in aller Frühe, ehe noch die Treiber ihr Werk beginnen, und im Morgendunst sehen, wie so ein Tier mit zurückgelegtem Haupt aus bemühter Brust röhrt, dann weißt du, wie der Psalmist es meint.«
»Die hohen Herren werden mich kaum dulden, die Damen noch viel weniger – und du kannst es so wirklich malen, daß ich nicht dabeisein muß. Das ist ein schöner Gedanke, so nötig wie dem dürstenden Tier das Wasser, so nötig ist mir Gott.«
»Ja. Und wie der Hirsch verenden muß ohne Wasser, so stirbt meine Seele ohne Seine Gnade.«
Anna saß ganz still und sah mich forschend an. Ich war ein wenig verlegen. »Es gibt noch mehr Stellen in der Bibel, wo vom Hirsch die Rede ist. Im Hohen Lied singt das Mädchen: ›Mein Geliebter gleicht einer Gazelle oder einem jungen Hirsch‹, und dann ist da diese herrliche Prophezeiung bei Jesaja: ›Wenn Gott sich erbarmt, alsdann werden der Blinden Augen aufgetan werden, und der Tauben Ohren werden geöffnet werden. Alsdann werden die Lahmen springen wie ein Hirsch.‹«
»Ja«, nickte Anna und kuschelte sich an mich, »und es wird nicht Schmerz noch Angst, noch Tod mehr geben, nicht Reich und Arm, alle Menschen werden Brüder sein, wie es Martinus uns lehrt. Wann, ach wann, Lucas, erbarmt sich Gott unser?«
Sie weinte! Ich küßte ihr die Tränen von den Wangen und machte keine Anstrengungen, ihr zu erklären, daß Martinus es so einfach nun auch wieder nicht gemeint hatte, und wann Gott sich unser erbarmen wird, das konnte ich nicht beantworten. Also gab ich ihr vom guten Wein zu trinken. Sie schluckte gehorsam, aber, wie ich fühlte, ungetröstet. Und doch konnte ich mich nicht dazu aufraffen, in sie zu dringen und nach ihrem Leid zu fragen. Ich nahm sie in meine Arme und trug sie in meine Kammer.

»Komm, lassen wir es für heute gut sein mit Gebetbuch und Hirschen und Psalmen. Ich weiß uns Beßres.«
Was für ein blinder Narr ich war, gefangen in meinen Wünschen! Sie trug mein Kind unter dem Herzen und wußte nicht, wie sie es mir sagen sollte. Sie war so reizvoll, zartgliedrig, graziös, mit großen, sanften Augen und so voller Liebe zu mir. Nie hat sie etwas von mir verlangt, nicht um Tand und Schmuck gebettelt, wie Frauen wohl tun.
Ich ging auf eine lange Reise, und über all den neuen Eindrücken vergaß ich ihrer. O wie hart eines Mannes Herz sein kann. Als ich mich endlich erinnerte und nach ihr fragte, wies man mir ein Grab außerhalb der Kirchhofsmauer, sie und das Kind waren bei der Geburt gestorben, in Schande, wie man unbarmherzig sagte. Ach Bruder Martin, was weißt du schon von Schuld, wie schwer sie wiegt, wenn man nichts mehr gutmachen kann!
Ich darf jetzt nicht weinen, nicht hier in der Werkstatt. Malen will ich deinen herrlichen Leib, meine liebe Anna, immer und immer wieder! So sollst du dein Epitaph haben und bleiben in der Welt, auch wenn wir alle längst gestorben sind.«

»He, du!«
Der Kerl sieht irgendwie unwirklich aus, denkt Johannes, was sucht so einer in unserer Werkstatt? Aber sein Geruch ist sehr gegenwärtig: nach Schweiß, Stall und Alkohol. Als erstes sieht der Schreiber seine Füße, er trägt wahrhaftig Bundschuhe. Sein kurzer Rock ist unbeschreiblich schmutzig, die Filzmütze mit dem durchgezogenen Holzlöffel hält er in der Hand – so unrecht hat der Abel gar nicht, denkt Johannes, es gibt sie, diese Wurstfinger, die er gemalt hat.
»Also, Bruder, starr mich nicht so an!« beginnt der Fremde. »Hast du noch nie in der Scheune übernachtet und keine Zeit für die Badestube gefunden? Hör zu, ich hab' noch anderes zu tun, als dir beim Maulaffenfeilhalten zuzusehen. Komm vors Elstertor nach Einbruch der Dunkelheit, und bring deinen Meister mit und deine Kollegen, es gibt neue Zeitungen! Der Tilman Riemenschneider ist auch einer der Unseren!«
Und schon ist der Mensch auf und davon wie ein Spuk, nur sein Geruch hängt noch in der Luft.
»Silberbart!« ruft Johannes. »Kennst du Tilman Riemenschneider?« Der Geselle kommt an seinen Tisch.
»Du etwa nicht? Der beste Bildschnitzer Deutschlands. Was wollte der Bauer?«

»Er hat uns eingeladen, es gäb neue Zeitung.«
»So.« Silberbart spuckt aus. »Hältst du es etwa mit den Aufständischen?«
»Ich weiß nicht, wovon du sprichst.«
»Also irrt der Volksmund, wenn er sagt, Schreiber seien gelehrt. Denn du bist zweifelsohne ein Schreiber, aber dumm wie Bohnenstroh. Hast du nicht davon gehört, daß der gemeine Mann aufsteht?«
»Doch, natürlich, und sie haben Artikel, die sie bewilligt haben wollen, Fisch- und Jagdrecht, Allmende …«
»Na, siehst du! Zu so einer Versammlung will er uns holen.«
»Und dazu traut er sich in die Stadt und in das Haus eines Ratsherrn?«
»Wie du siehst. Tilman Riemenschneider war übrigens Bürgermeister von Würzburg. Und – gehst du hin?«
»Bist du des Wahnsinns? Ich bin gegen jede Art von Gewalt, und außerdem habe ich zu arbeiten.«
»Ja, ja«, nickt Silberbart, »ich auch.«
Während seine Feder flink über das Papier eilt, drängen sich die Gedanken in Johannes' Kopf. So manches hat er gehört. Thomas Müntzer führt die Aufständischen. Ein Prophet, der behauptet, den Geist durch Gottes Eingebung zu besitzen.
»Die Menschenherzen sind das Pergament, wo Gott seinen ewigen Willen einschreibt, nicht mit Tinte«, predigt er.
Johannes notiert: *26. März 1525: 2 Florin für 6 gedrehte Eisenspitzen mit Dornen für Armbrustbolzen.*
Und er sieht sie vor Augen: gedrehte Pfeilspitzen mit Dornen, dazu gemacht, in lebendiges Fleisch einzudringen, zu verletzen, zu töten. Auch so etwas verkauft Lucas Cranach! »Wir handeln mit allem, was Gewinn bringt.« Würde er das sagen? Wahrscheinlich und davoneilen, weil die Geschäfte ihn rufen oder – weil er sich nicht wohl fühlt in seiner Haut, der Haut eines Waffenhändlers?
»Feierabend!« ruft Silberbart. »Komm, Schreiber, sei kein Frosch. Wenn wir schon nicht vors Elstertor gehen, so komm mit mir in die Schenke.«
Johannes säubert seine Feder und verschließt die Papiere in der Tischlade. So versponnen in seine Gedanken ist er, daß er der Aufforderung widerspruchslos folgt.
Es ist stockdunkel auf den Straßen, Silberbart führt ihn an der Hand. Sie stolpern die Lange Straße entlang bis zu den Lichtern der Schenke. Drinnen ist es nur mäßig hell. Im Dunst nimmt Johannes viele Gestalten wahr, sie drängen sich um den langen Tisch, an den sie sich nun setzen. Er

mustert die Gesichter über den Zinnbechern: Handwerker, Studenten, undefinierbare wilde Gesellen, ihre Augen sind schon gerötet vom Alkohol, manche grölen oder lallen. Am Ende des Tisches macht er erstaunt das zarte Haupt des Magisters Melanchthon aus!

Neben Johannes sitzt ein seltsamer Gesell, der Kleidung nach fahrender Scholar, den kräftigen Händen und dem entschiedenen Auftreten nach im Umgang mit Waffen geübt; sein hageres, nicht unschönes Gesicht beherrscht ein Paar brennender Augen. Könnte ich nur zeichnen wie Cranach! denkt Johannes. Der Fremde erhebt seinen Becher und sieht ihn fest an:

»Trinke mit mir!«

Johannes tut ihm Bescheid; der Wirt hat erfolglos versucht, mit Gewürzen die Säure des Weines zu mildern.

»Bist wohl Besseres gewöhnt?« fragt der Fremde. »Konrad heiß' ich, und du?«

»Johannes.«

»Schöner Name. Bist du ein Schreiber? Ich kenn's an den Tintenflecken auf deinen Fingern. Bist du in Wittenberg zu Hause?«

»Ja«, antwortet Johannes knapp.

»Nun, ich nicht. Was hältst du von der Freiheit eines Christenmenschen?«

Johannes verschluckt sich, muß heftig husten. Heilige Anna, der nimmt kein Blatt vor den Mund! Konrad klopft ihm auf den Rücken.

»Recht hast du, verschlucken muß man sich daran, wenn man nur den Luther hört, der den Mächtigen das Wort redet und den Fürsten die Stange hält.«

»Gar nicht wahr«, mischt sich ein Student ein, »Ihr solltet seine Schriften lesen, ehe Ihr ihn verlästert. Hört, was er den Fürsten sagt: *Erstlich mögen wir niemand auf Erden solchen Unrat und Aufruhr zu danken als Euch, die Ihr im weltlichen Regiment nicht mehr tut als schinden und schatzen, Pracht und Hochmut führen, bis der arme gemeine Mann es nicht länger kann und mag ertragen. Das Schwert ist Euch auf dem Hals. Es sind nicht die Bauern, liebe Herren, die sich wider Euch setzen, Gott ist es selber.*

Was hilft's, wenn eines Bauern Acker so viel Gulden als Halme trage, so die Obrigkeit nur desto mehr nähme und ihre Pracht damit immer größer machte und das Gut so hinschleuderte mit Kleidern, Fressen, Saufen, Bauen und dergleichen, als wäre es Spreu? Man müßte die Pracht einzie-

hen und das Ausgeben stopfen, daß ein armer Mann auch was behalten könnte. So schreibt Martinus, was verlangt Ihr mehr?«
»Brav auswendig gelernt!« Konrad schlägt dem Jungen auf die Schulter, daß es kracht. »Und dann nimmt er wohl einen Spieß, Euer Doktor, und marschiert den Geschundenen voran, damit sie sich ihr Recht holen? Was sagt er den Bauern, habt Ihr das auch am Schnürchen?«
»O ja«, stottert der Student eifrig, »so hört: *Ihr sprecht, die Obrigkeit ist böse und unleidlich. Antworte ich: Daß die Obrigkeit böse und unleidlich ist, entschuldigt keinen Aufruhr. Denn die Bosheit zu strafen gebührt nicht einem jeglichen, sondern ihr allein, die dazu von Gott verordnet ist. Ich sorge, es sind etliche Mordpropheten unter euch gekommen, die durch euch gern möchten Herren werden in der Welt, und fragen nicht danach, daß sie euch führen in Gefahr Leibs, Guts, Ehre und Seele. Darum seht euch vor mit eurer Freiheit, daß ihr nicht dem Regen entlauft und fallt ins Wasser ...«*
Sieh einer an, denkt Johannes, Meister Cranach schilt Luther, daß er mit dem Kopf in den Wolken hänge, mir scheint, er ist ein klarsehender Realist.
Die Leute werden unruhig, sie schieben die Becher ungehalten hin und her, brummen, scharren mit den Füßen. Der Wirt kommt näher heran, seine Augen irren ängstlich von einem zum andern.
»Und doch soll kein Leibeigener mehr sein in unseren Landen, weil Christus uns alle befreit hat!« ruft Konrad.
»Falsch«, überschreit ihn der Student, »Doktor Luther sagt: *Wer alle Menschen gleich haben will, macht aus dem geistigen Reich Christi ein weltlich äußerlich Reich, was unmöglich ist. Denn ein weltlich Reich kann nicht bestehen, wo es nicht Ungleichheit der Personen gibt, daß nämlich etliche frei sind, etliche gefangen, etliche Herren, etliche Untertanen.«*
»Hier irrt Luther!« brüllt Konrad.
»Hört noch das!« ruft der Student. »Luther prophezeit: Deutschland wird verwüstet werden. *Wo einmal solch ein Blutvergießen angeht, wird es schwerlich aufhören, bis alles verdorben ist. Was haben euch denn nun getan so viele unschuldige Kinder, Weiber, alte Leute, die ihr Narren mit euch in Gefahr zieht? Oh, der Teufel hat's trefflich bös im Sinn!«*
»Den Teufel hat er im Leib, der Luther, er hält es mit den großen Hansen!« Konrad springt auf den Tisch. Die blakigen Talglichter fallen um und erlöschen, nur das Herdfeuer leuchtet noch, gespenstisch geht es zu! Johannes hat dergleichen noch nicht erlebt.

Alle sind aufgeschnellt, schreien wild durcheinander, schütteln drohend die Fäuste, schlagen auf den nächsten ein, ohne irgendwelcher Proteste, der vermeintliche Gegner sei doch der gleichen Meinung wie sie, zu achten. Der zarte Melanchthon rutscht unter den Tisch, der Student bearbeitet einen Betrunkenen, Konrad teilt von oben Fußtritte aus …
»Komm!« Silberbart zieht Johannes am Arm. Wie gut, daß sie nah bei der Tür sind, so gewinnen sie leicht das Freie. Lange noch hören sie den Lärm der Streitenden.
»Hoffentlich kommt Magister Philipp heil davon!« sagt Johannes.
»Heil wahrscheinlich nicht ganz, aber lebend schon, er liegt unter dem Tisch relativ sicher, und der Wirt hilft ihm gewiß. Das war nun nicht gerade ein ermutigender Einstand für dich in Wittenbergs Schenken. Besuchen wir zum Trost eine andere, wo es besseren Wein gibt?«
»Nein danke, laß uns heimgehen.«
»Aber unseren Meister Andreas und seinen berühmten Malvasier wirst du nicht ausschlagen!«
»Doch. Für heute habe ich nicht einmal mehr Lust auf unseren eigenen Ausschank. Weißt du nicht, daß Andreas neulich erst eine üble Schlägerei mit wilden Gästen hatte und vor dem Rat verklagt wurde? Es hat Meister Lucas einiges gekostet, ihn frei zu reden.«
»Du bist wirklich gut im Bilde, Schreiber.«
In dieser Nacht hat Johannes böse Träume: Er sieht ein brennendes Kloster. Mönche stolpern, mit Büchern und Meßgeräten beladen, über die Schwelle die Treppe hinunter. Der zuckende Flammenschein funkelt in den Gefäßen. Bauern fallen über die Brüder her, entreißen ihnen das Gold, werfen die Bücher – ach, die schönen alten Kodizes! – ins Feuer, jagen die Mönche mit Spießen und Dreschflegeln, gar mit Fischgabeln und ergötzen sich mit Schmähungen an deren Angst. Ein Novize versucht, ein Missale unter seiner Kutte zu verbergen, sie entreißen es ihm, prügeln ihn, schleudern das heilige Buch in die Flammen … Schwer atmend und schweißnaß wacht Johannes auf: »Hilfe, zu Hilfe, die Bücher!« ruft er.

Es wird Wein nach Lochau und Torgau geliefert, Johannes geht in die Apotheke, für die Rechnung muß er wissen, ob die Sendung von hier oder von der Weinhandlung getätigt wurde. Katharina von Bora hantiert mit den Kräutern, Herr von Amsdorf spricht mit ihr. Hart stellt sie ein Gefäß aufs Bord:

»Nein, mein Herr, und nochmals nein. Bitte, dringt nicht in mich. Den Glacius nehme ich nun und nimmer, er ist ein böser Mensch«, sagt sie entschlossen.
»Aber Katharina, so seid doch vernünftig! Wie wollt Ihr denn allein leben? Doktor Glatz ist ein vermögender und wohlangesehener Mann, Doktor Luther wünscht diese Verbindung sehr!«
»Er soll ihn auch nicht heiraten – verzeiht, ich weiß, er möchte mich versorgt wissen. Es betrübt mich auch sehr, ihn zu kränken. Ich bin ja nicht gegen die Ehe – Euch oder den Doktor Martinus möchte ich wohl nehmen ...«
»Danke für die Ehre«, lächelt Amsdorf ironisch, »ich gedenke mich nicht zu verehelichen und Luther meines Wissens ebenfalls nicht. Also ist das im Falle Glacius Euer letztes Wort?«
»Mein allerletztes«, sagt sie und drückt energisch das Kinn auf die Brust. Amsdorf verneigt sich und verläßt die Apotheke.
Sie sinkt seufzend auf eine Holzbank. »Ach Johannes, warum quälen sie mich nur so? Darf eine Frau denn nicht auswählen, wen sie heiraten will?«
»Selten, mein Fräulein, selten, eher nie. Der Mann wird von den Eltern oder vom Vormund bestimmt. Seht, sogar Meister Albrecht Dürer, der berühmte Maler, hat sich gefügt. Er war in Italien, als seine Eltern ihm mitteilten, er werde bei seiner Rückkehr mit Agnes Frey Hochzeit halten. Er gehorchte.«
»Ich nicht«, beharrt Katharina, »ich kann und will nicht! Da hätte ich ja gleich im Kloster bleiben können, das war sicherlich besser, als mit einem bösen Mann Tag und Nacht zusammenzuleben. Nur, es ist mir leid um Doktor Luther, er gibt sich so viel Mühe, uns entsprungene Nönnlein zu versorgen – nun, ich kann es nicht ändern. Es täte ihm auch wohl not, daß sich jemand um ihn und sein Hauswesen kümmerte.«
»Da habt Ihr wahrlich recht. Sagt mir, gehen die Weinsendungen nach Torgau und Lochau von der Apotheke aus?«
»Nein, große Mengen vertreiben wir nicht, da ist der Weinhandel zuständig.«
»Danke, mein Fräulein.«

Obwohl Johannes soviel zu erledigen hat mit all seinen Rechnungen und Briefen, muß er seine Tischlade absperren: Cranach soll Friedrich den Weisen und seinen Bruder, Johann den Beständigen, nach Allstedt begleiten, wo Thomas Müntzer eine Predigt hält, und Johannes wird mitgenommen.

»Ihr allerteuersten Regenten«, beginnt Müntzer, *»laßt euch von euren heuchlerischen Pfaffen nicht verführen und mit erdichteter Geduld und Güte aufhalten! Der Stein ist vom Berg gerissen und groß geworden, die armen Leut und Bauern sehen ihn viel schärfer an als ihr. Darum, ihr teuren Väter und Sachsen, ihr müßt es wagen um des Evangeliums willen! Tretet keck auf den Eckstein, wie der heilige Petrus tat, gebt uns keine schalen Fratzen vor, die Kraft Gottes solle es tun ohne euer Schwert! Es möchte sonst verrosten in der Scheide. Gott hat gesagt: Ihr sollt euch nicht erbarmen über die Abgöttischen, zerbrecht ihre Altäre, zerschmeißt ihre Bilder und verbrennt sie, auf daß ich nicht mit euch zürne! Damit es aber redlich und mit Zug geschehe, so sollen es unsere Fürsten tun, die Christum mit uns bekennen. Wenn sie es aber nicht tun, wird ihnen das Schwert genommen werden. Seid nur keck! Gott steht so nahe bei euch, daß ihr's nicht glaubt!«*

Johannes schreibt es getreulich in seinen geheimen Bericht, was Cranach sich da anhören muß. Meister Lucas äußert sich nicht dazu, tätigt nebenher Geschäfte, und als Johannes ihn auf der Heimreise anspricht, schüttelt er nur traurig den Kopf und sagt:
»Elend wird es geben, entsetzliches Elend und Unglück für so viele Menschen. Dieser Müntzer spricht mir zuviel vom Schwert – mit dem Schwert wird er losschlagen, durch das Schwert wird er sterben, leider nur nicht er allein!«
Zu Hause erwartet sie eine unerhörte Neuigkeit: Luther will heiraten! Und ausgerechnet Katharina von Bora.
Luther durchlebt eine schwere Zeit. Er versucht, die Bauern von der Gewalttätigkeit abzubringen; er reist ins Mansfeldische, weiter über Stolberg, Nordhausen, Erfurt, Weimar, Orlamünde, Kahla, Jena. Zu Eisleben wird er von den Aufständischen fast eingeschlossen, auch in Leipzig und Torgau regieren die Bauern. Luther mahnt, predigt, donnert und muß erstmals die niederschmetternde Erfahrung machen, daß man nicht auf ihn hört. Seine Macht über die Zuhörerschaft ist dahin, sein Ansehen beim Volke gilt nicht mehr. In der Kirche zu Nordhausen weist er auf das Kruzifix, die Menge aber johlt laut, klappert mit Hölzern, schreit, er solle sich zum Teufel scheren – fast reißen sie ihn von der Kanzel. Vierzehn

Tage hält er aus, versucht es immer wieder, ist des öfteren in Lebensgefahr, dann endlich kehrt er, im Innersten verletzt, nach Wittenberg zurück. Es hat den Anschein, als würden die Bauern siegen. Luther schreibt: *Ob Gott vielleicht zum Vorlauf des Jüngsten Tages durch den Teufel alle Ordnung und Obrigkeit zerstören und die Welt in einen wüsten Haufen werfen will?*

Johann, der Bruder Friedrichs des Weisen, müht sich in Weimar vergeblich, Kämpfer gegen die Aufständischen zu finden; er schätzt die Bauern auf 35000 Mann. Johann unterhandelt mit ihnen, hebt fast die Steuern auf, vergeblich. Friedrich der Weise resigniert, er sagt:

»Die Armen werden in viele Wege von uns weltlichen und geistlichen Obrigkeiten beschwert. Will Gott es so haben, so wird es darauf hinausgehen, daß der gemeine Mann regieren soll. Ist's aber sein Wille nicht, wird es bald anders. Laßt uns Gott bitten um Vergebung unserer Sünden und ihm's anheimsetzen. Ich achte, daß wir in der Sache soviel wie möglich sollten müßig stehen.«

Da er persönlich vor Ort keinen Erfolg hat, verfaßt Luther seine *Ermahnung zum Frieden auf die Zwölf Artikel der Bauernschaft in Schwaben,* aber es fruchtet nichts, wie sollte es denn auch. In Schwaben und Franken kämpfen die Bauern, in Thüringen erheben sich überall Gruppen Aufständischer; Müntzer und Pfeiffer liefern ihnen das Programm.

Johannes hört davon und ist froh darüber, hinter dicken Stadtmauern sicher an seinem Schreibtisch zu sitzen. Sein Herz ist unruhig. Er kann die Bauern verstehen. Wenn er nur an die junge Frau in der erbärmlichen Kate denkt, die ihn und Franz so freundlich aufgenommen hat, entwickelt er ein Gefühl für ihr hartes Leben. Aber müssen sie so grausam vorgehen? Wie sonst sollten sie sich des obrigkeitlichen Jochs erwehren, würden die Unterdrückten einwenden, auf einen groben Klotz gehört ein grober Keil: *»Nur dran, dran, es ist Zeit. Die Bösewichter sind verzagt wie die Hunde. Dran, dran, dran, dieweil das Feuer heiß ist! Lasset euer Schwert nicht kalt werden von Blut. Schmiedet Pinckepanck auf dem Amboß Nimrods!«* sagt Thomas Müntzer, der sich einen Knecht Gottes wider die Gottlosen nennt. Und die Herrschenden werden kommen und blutig strafen.

Nein, Johannes teilt nicht die Ansicht der sächsischen Fürsten, daß der Aufstand siegreich sein wird. Die Mächtigen verstehen mehr vom Krieg,

haben die besseren Waffen, ihre Söldner sind organisiert und kampferprobt – all das Elend, das die Kämpfe über die Leute bringen, ach, wie wird es seiner jungen Bäuerin und ihren Kindern ergehen!
Warum hilfst du ihnen nicht, all den Unschuldigen? wendet er sich an die Stimme in seinem Innern.
Ich helfe allen, die mich annehmen.
Aber errettest du sie auch?
Du verstehst darunter etwas anderes als ich.
Ja. Ich meine, schützt du sie vor Schmerzen und Tod?
Schmerzen und Tod sind Sache der Körper. Ich handele nicht in Materie, ich bin Geist.
Ich denke, du bist allmächtig?
In der geistigen Welt, ja. Ich bin nicht Materie.
Aber du hast gesagt, du hilfst uns.
Ja, immer.
Indem du das Leid abwendest?
Nein. Indem ich euch hindurchbringe.
Verzeih meine Begriffsstutzigkeit, es ist von brennender Wichtigkeit für mich: Du hältst das körperliche Leiden nicht von den Erwählten fern, du hilfst ihnen nur, es zu ertragen?
Nur ist gut! Mit meiner Kraft ist es zu ertragen, ohne zu verzweifeln.
Ha! Die Geschlagenen, die Gefolterten, die Verbrannten – mit deiner Kraft können sie das Unerträgliche ertragen, ohne zu verzweifeln?
Du sagst es. Du bist zornig, enttäuscht, aufsässig. Bedenke meine Worte in deinem Herzen!
Wo bleibt deine vielgepriesene Güte, wo deine vollkommene Liebe, von der du mir gesprochen hast?
Johannes, du kannst es jetzt nicht verstehen.
Warum nicht? Bitte, erkläre es mir.
Mit Menschenworten ist es nicht zu erklären.
Dann gebrauche Gottesworte!
Die liegen jenseits deiner augenblicklichen Einsichten.
Hm.
Hm.

Johannes traut seinen Augen nicht: Luther geht durch die Werkstatt, kommt geradewegs auf seinen Tisch zu, stellt sich, die Arme aufgestützt, vor ihn hin und sieht ihn aufmerksam an.

»Gott mit Euch, Johannes! Nun seid Ihr ja schon eine Weile hier bei uns in Wittenberg – wie findet Ihr's?«
»Danke«, Johannes ist verlegen ob der Ehre, von dem großen Mann so persönlich angesprochen zu werden, »ich fühle mich wohl hier.«
»Hm. Ich suche Meister Lucas, es gibt so viel zu fragen, wenn ein Mönch heiraten will. Ich kenne mich rein gar nicht aus in diesem Geschäft; nehme es auch nicht in Angriff, weil ich verliebt bin. Wißt Ihr, ich denke, *in diesen schlimmen Zeiten, wo ich täglich in Gefahr des Todes schwebe, sollte ich meine Worte mit der Tat besiegeln und durch mein persönliches Beispiel zeigen, daß Gott den Ehestand segnet. Auch bin ich es meinem alten Vater schuldig, der es sich so sehr wünscht, und zum dritten kann ich ein gut Werk an der armen Katharina tun, die niemanden hat in der Welt, der sich ihrer annimmt.* Ja. Mich wundert, Johannes, daß Ihr Euch keine Hausfrau sucht! Ihr habt doch Euer sicheres Einkommen! Ich sehe, Ihr wollt es mir nicht gern sagen, seid mir auch keine Auskunft schuldig. Ihr macht mir heute einen niedergeschlagenen Eindruck, als läge Euch eine schwere Last auf der Seele!«
Johannes errötet. »Könnt Ihr in meinem Herzen lesen, Doktor Luther? Ja, Ihr seht recht, ich quäle mich mit trüben Gedanken. Die Liebe Gottes und der Lauf der Zeiten wollen für mich nicht zueinander passen.«
Luther nickt versonnen. »Ja, *das Reich der Gnaden bleibt ein verborgen heimlich Reich vor der Welt, im Wort und Glauben erhalten bis zur Zeit seiner Offenbarung. Wir müssen lernen, daß die Güte und Gnade nicht sichtbar ist, sondern das Kreuz und Widerspiel ist sichtbar, das fühlen wir. Die Gnade scheint äußerlich, als sei es eitel Zorn, so tief liegt sie verborgen, mit zwei dicken Häuten oder Fellen zugedeckt, nämlich daß die Welt sie meidet als eine Plage und Zorn Gottes und daß wir selbst es auch nicht anders fühlen in uns. So sagt Sankt Petrus wohl: Das Wort leuchtet uns wie an einem finstern Orte, ja freilich, ein finsterer Ort.*«
»Wie treffend Ihr in Worte zu kleiden versteht, was mich bedrückt, wahrlich, ja, ein finsterer Ort voller Qualen und Schmerzen …«
»Die Christus für uns gelitten und überwunden hat, wir wissen es eigentlich wohl, aber die Kreatur in uns fürchtet sich, quält sich und ist voller Zweifel. Ich kenne das, Johannes! Und *obwohl ich ein Doktor der Theologie heiße, bin nicht allzu sicher oder gar gewiß, Christum gut zu kennen. Denn das ist nicht eine Kunst, die sich auslernen läßt oder rühmen, daß man sie könne. Es ist eine Kunst, die uns zu Schülern haben will und*

Meisterin bleiben.« Luther schenkt ihm noch einen warmen Blick und geht zu Cranach, der gerade unter der Tür erscheint.
Johannes stöhnt – er kann nicht umhin, zu bewundern, was für ein gutes Auge dieser Ketzer für Menschen und ihre Nöte hat, meisterhaft findet er das richtige Wort im richtigen Augenblick. Was er über Gott und Christus aussagt, erscheint mir gut und zutreffend. Ich bin wohl schon zu lange getrennt von meiner Kirche und meinen Glaubensgenossen, daß es mir so schwer fällt, um nicht zu sagen, geradezu unmöglich ist herauszufinden, was an den nämlichen Worten des Martinus wider den alten Glauben ist!

Auf dem Weg zum Weinausschank trifft Johannes Franz. Er hätte den einstigen Weggenossen fast nicht erkannt, denn dieser trägt bunte, abgerissene Landsknechtstracht, sein Gesicht ist ganz zugewachsen von Bart und Haaren, und besonders sauber scheint er auch nicht zu sein.
»Gott zum Gruße, alter Freund!« ruft Franz lautstark.
»Gott zum Gruße«, entgegnet Johannes etwas zögerlich.
»Gefalle ich dir etwa nicht? Hab' mich ein wenig verändert seit unserem letzten Treffen, nicht wahr? Und das nicht nur äußerlich, Johannes, damit du es nur weißt: Ich halte es mit Thomas Müntzer.«
Johannes erbleicht. »Nein, Bruder, du scherzest!«
»Nichts liegt mir ferner! Ein ehrlicher Christenmensch kann nicht länger mit ansehen, wie der Bauer untergetreten und geschunden wird, glaube mir! Erinnerst du dich der jungen Bäuerin auf dem Weg hierher, die uns während des Unwetters gastlich aufnahm?«
»Freilich, ich dachte neulich noch an sie und fragte mich, wie sie diese schrecklichen Zeiten überstehen wird.«
»Ihr Mann war bei den Aufständischen und wurde gefangen. Sie stachen ihm die Augen aus und hackten ihm beide Hände ab. Dazu vertrieben sie seine Familie aus der Kate, jagten sie mit Peitschenhieben davon; ich traf sie samt dem Hund auf der Straße. Kannst du dir das elende Bild vorstellen? Der Älteste führte den Vater an seinem blutenden Armstumpf, die Frau trug den Säugling, die anderen Kinder hingen an ihrem nassen, schlammverkrusteten Rock, der Hunger sprang ihnen aus den Augen. Der Mann konnte sich kaum voranschleppen, Wundfieber – er wird es nicht mehr lange machen.«
»Entsetzlich! Hast du ihnen geholfen?«
»Johannes, erbarm dich! Wie sollte ich armer Student ihnen wohl helfen?

Ich habe ihnen die paar Münzen geschenkt, die ich bei mir trug, und meinen Proviant, aber das ist ja nichts – was kann ich schon für sie tun außer beten? Und angesichts dieses himmelschreienden Unrechts bleibt mir das Paternoster auch im Halse stecken. Nein, mit einzelnen guten Werken ist da nichts auszurichten, die Verhältnisse müssen geändert werden! Bald wird es zur großen Schlacht kommen, und wir unter dem Regenbogenbanner werden siegen! Die großen Hansen haben keine Chance, Gott ist mit uns! Wenn du das Herz auf dem rechten Fleck hast, ziehst du mit mir.«
Johannes senkt beschämt den Kopf. Tränen rinnen ihm aus den Augen, trotzdem bekennt er: »Teil der Christen ist es, dem Unrecht nicht zu widerstehen; wenn sie Leid und Kreuz auf sich nehmen, wird Gott ihnen gewiß helfen.« Voller Staunen erkennt er, daß er Luther zitiert. »Nein, Franz, mein Herz ist nicht hart, und ich trage ein großes Erbarmen mit all den Unterdrückten; aber ich kann nicht zum Schwert greifen, ich kann es nicht, verzeih mir. Und du solltest es auch nicht tun, denn wer zum Schwert greift, wird durch das Schwert umkommen.«
»Hör auf, die Schrift zu zitieren, was Bibel Babel Bubel! Thomas Müntzer hört die Stimme Gottes, er wird uns zum Sieg führen! So lebe denn wohl, Bruder, schade um unsere Freundschaft, ich habe dich herzlich lieb.«
Noch ehe Johannes antworten kann, ist er mit Riesenschritten davon und im Gewimmel des Marktes verschwunden. Johannes geht nicht zur Schenke, sondern in die Stadtkirche und wirft sich auf die Knie – aber es ist finster und stumm in ihm, er findet keine Worte zum Gebet.

Am ersten Maientag betritt Luther eilig und aufgeregt die Werkstatt, wo Lucas gerade mit Johannes eine Buchsendung bespricht:
»Hört, Freunde, meine frohe Kunde! Georg Truchsess von Waldburg hat mit den Bauern einen Vertrag geschlossen, er hat ihn mir zugeschickt! *Ich habe ihn mit großen Freuden als eine besondere Gnade Gottes empfangen in dieser wüsten, greulichen Zeit, so der Teufel durch seine Rottengeister und mörderischen Propheten anrichtet. Nun habe ich wieder Hoffnung und will noch einmal die Bauern beschwören, dem Aufruhr ein Ende zu machen, ob's auch gleich mit leiblichem Schaden geschehen müßte!«*

Johannes fühlt sich frühlingshaft beschwingt trotz Bauernkrieg – eine Amsel sang vor seinem Fenster, ihm ist leicht und fröhlich zumute, er weiß nicht, wie. In der Werkstatt herrschen Unruhe und Durcheinander, ein jeder holt sich, was er zur Arbeit braucht, hält wohl auch noch schnell ein Schwätzchen, besorgt sich sein Morgenbier. Hinten am großen Tisch vor den Zeichenblättern macht Johannes den breiten Rücken des Meisters aus, er hat den Kopf schwer in die Hände gestützt. Johannes öffnet seine Lade, holt die Papiere heraus, spitzt sich einen Gänsekiel an, öffnet sein Tintenhörnchen – sieht aus den Augenwinkeln, daß der Meister sich nicht bewegt. Seltsam, so kennt er ihn gar nicht! Doch er sollte sich mit der Aprilabrechnung der Apotheke befassen, sonst gerät er damit noch in Verzug.

»Hört alle einmal her!« Cranach hat sich erhoben und steht groß und breit mitten im Raum, ganz schwarz gekleidet. »Es fällt mir sehr schwer, es euch mitzuteilen: Unser allergnädigster Kurfürst, Friedrich der Weise, hat uns verlassen. Wir alle hier verdanken ihm viel, seine Aufträge, sein Vertrauen standen am Anfang meiner Unternehmungen. Wie ihr wißt, war er für mich mehr als mein Herrscher, er war mir Freund. Laßt mich mit Luthers Worten sprechen: *Wie bitter ist der Tod, nicht für die, welche sterben, sondern für die, welche sie im Leben zurücklassen.*«

Er dreht sich um, geht an seinen Tisch und beginnt, eifrig zu zeichnen. Er entwirft ein Epitaph für seinen Kurfürsten. Barbara kommt mit einer Kanne und einem Kelchglas, stellt beides vor ihm auf den Tisch, streicht ihm tröstend über Haupt und Schultern, aber er schüttelt nur den Kopf, läßt die Hand mit der Feder sinken.

Erinnerungen werden vor seinen Augen lebendig. Er sieht sich als jungen Gesellen seines Vaters in Kronach – er trug einen Reisealtar über die Straße zum Auftraggeber, da beugte sich eine Frau aus dem Fenster und verspottete ihn. »Farbenkleckser!« rief sie. »Kannst du nicht ein ehrsamer Handwerker bleiben! Nein, der Herr ist Kunstmaler und sich zu schade dafür, mir die Hintertür zu streichen!«

Die Galle stieg ihm hoch, Jähzorn packte ihn, er wandte sich um und goß einen solchen Schwall von wüsten Schimpfworten über die Nachbarin, daß er selbst darüber erschrak, zu spät, er konnte keines davon zurückholen.

Für einen Augenblick verschlug es der Gevatterin die Sprache, dann sagte sie bedrohlich langsam und ruhig: »Das geht zu weit, Bürschchen! Die Geschichte wird ein Nachspiel vor Gericht haben!«

Wie hatte er sich geschämt, als er mit den Eltern zur Festung Rosenberg hinaufmußte! Er wischt sich über die Augen – er mag nicht an diese

Geschichte denken. Gleich danach hatte er sich auf die Wanderschaft gemacht, zuerst nach Nürnberg zu Dürer, aber der war gerade selbst auf Reisen, also zog er weiter gen Süden, nach Wien, in die freundliche Stadt der Humanisten! Wann war das?
1501 habe ich zum ersten Male für Friedrich gearbeitet, ja, 1501 – welch stolzer Fürst er damals war, ein großzügiger Förderer der schönen Künste, er hatte auch bei Kaiser Maximilian bewirkt, daß Konrad Celtis zum Dichter gekrönt wurde. Konrad Celtis! Was pflegte er zu sagen: »*Gleich wie der Dünger den Feldern die Kraft gibt zu reichem Erträgnis, daß uns der Acker die Müh lohnt mit vielfacher Frucht, also belohnt und erhebt ein Lob auch edle Gemüter, gibt ein rühmendes Wort Kraft zu dem künftigen Werk.*« Das war es, wonach ich lechzte: Anerkennung, Aufmunterung! Den Humanistenfreunden in Wien danke ich ein gut Teil meines Erfolges.
Neue Welten taten sich mir auf. Die Wiedergeburt der Antike, vom Licht der Vernunft beleuchtet: welche Bewegung, welche Farben! Ich mußte immerfort malen, schnell, schneller, um all meine Gedanken auszudrükken, ehe sie von neuen verdrängt wurden. Einen zweiten Apelles nannten sie mich deswegen, wie wohl mir das tat!
Cuspinian, lieber Freund, eine Wonne war es mir, dein Porträt zu gestalten. Du sagtest einmal, *es gibt Maler, die in einem kleinen Bild die Welt beschreiben.* So versuchte ich, in den Gemälden von dir und deiner Frau alles darzustellen, die vier Elemente, Erde und Luft, Wasser und Feuer, erst einmal in der Landschaft, dann auch durch die Vögel Eule, Falke, Reiher und Papagei in der Symbolsprache, die ihr mich lehrtet – Sonne und Mond als Verkörperung der Polarität, des Männlichen und Weiblichen in der Welt. Noch einmal möchte ich so schaffen, ein ganzes Gemälde ich allein, in aller Ruhe. Und meine Passion Christi, die ich damals begann, nur zwei Blätter habe ich vollendet, sie wurden wenig gedruckt.
Ach ja, vom Kurfürsten gingen meine Erinnerungen aus. Er gab mir Arbeit die Fülle und sicheres Brot. Aus dem Künstler wurde ein Unternehmer, aus dem Wanderer ein Bürger, ein Ratsherr gar im pelzverbrämten Rock. Nun, der Mensch kann nicht alles gleichzeitig haben …

Hatten die Bauern gedacht, dem Siege nahe zu sein, so wendet sich nun das Blatt. Philipp von Hessen, gerade einundzwanzigjährig, versammelt zu Alsfeld seine Lehnsleute und die Fähnlein seiner Städte. Er bleibt nicht allein: Heinrich von Braunschweig, die Grafen von Mansfeld, Herzog Georg der Bärtige stoßen zu ihm. Sie haben erfahrene und listige Hauptleute, disziplinierte Soldaten, moderne Waffen, Pulver genug. Am 14. Mai in der Schlacht bei Frankenhausen erleiden die Bauern eine vernichtende Niederlage, fünftausend Tote sollen allein auf dem Schlachtfeld geblieben sein, dreihundert Gefangene werden in Frankenhausen vors Rathaus geführt und hingerichtet, soweit sie nicht durch ihre Frauen erbeten werden. Der Weg des fürstlichen Heeres zieht eine blutige Spur durch das Land. Fast in jedem Ort gibt es ein Standgericht zur Abschreckung, wobei man nicht viel nach Schuld und Unschuld fragt.

Luther hat noch zu Beginn des Maimonates seiner Ermahnung zum Frieden einen Anhang nachgeschickt: *Auch wider die räuberischen und mörderischen Rotten der Bauern.* Er versucht noch einmal, die Aufständischen zum Nachgeben zu überreden, indem er ihnen die Sündhaftigkeit ihres Tuns vor Augen führt; wo sie nicht folgen wollen, ermutigt er die Obrigkeit, daß sie *hier getrost fortdringen und mit gutem Gewissen dreinschlagen* solle, solchermaßen entspreche sie ihrem gottgewollten Amt. Wer auf seiten der Obrigkeit erschlagen werde, sei ein echter Märtyrer, da er im göttlichen Wort und Gehorsam sterbe. Die gefallenen Bauern dagegen seien *ein ewiger Höllenbrand,* und der Reformator bekräftigt, *darumb soll hie zuschmeißen, wurgen und stechen, heimlich oder offentlich, wer da kann, und gedenken, daß nicht giftigers, schädlichers, teuflischers sein kann, denn ein aufruhrerischer Mensch, gleich als wenn man einen tollen Hund totschlagen muß, schlägst du nicht, so schlägt er dich und ein ganzes Land mit dir. Dunkt das jemand zu hart, der denke, daß unerträglich ist Aufruhr, und alle Stunde der Welt Verstörung zu warten sei.* Diese Schrift wird gerade in den Tagen veröffentlicht, da die Aufständischen unter dem grausamen Strafgericht leiden – es ist, als ob Luther eifrig Salz in ihre Wunden streue, und sie hassen ihn, weil sie glauben, von ihm getäuscht und verraten worden zu sein.

Solcherlei Nachrichten dringen in die Werkstatt zu Johannes und machen ihm das Herz schwer, während sich nach wie vor die Papiere auf seinem Tisch häufen und er der Rechnungen nicht Herr wird. Auch an der gemeinsamen Abendtafel geht es recht ruhig und bedrückt zu, er bedauert Katharina von Bora, deren Hochzeitsvorbereitungen so gar nichts Fröhliches an sich haben. Das Haus, in dem sie mit Luther leben wird, das Schwarze Kloster der Augustiner-Eremiten, ist in einem ganz und gar verwahrlosten Zustand; es fehlt an allem. Selbst der Strohsack in Luthers Bett ist faulig. Johannes hat viele Anweisungen auszuschreiben

über nützliche Dinge und Baumaterial für Doktor Luther, die Lieferung erfolgt ohne Rechnung und Bezahlung. Er fragt sich, wie er das verbuchen soll.
Müde und bedrückt steigt er am späten Abend in seine Kammer hinauf. Als er das Talglicht auf seinen Tisch stellt, nimmt er einen ungewohnten Geruch wahr. Er späht in die dämmrigen Zimmerecken und entdeckt auf seinem Bett eine Gestalt, viel Bart und Haare, schmutzige, zerlumpte Kleidung, einen blutigen Fetzen um den einen Fuß.
»Johannes, willst du mich denn gar nicht mehr kennen?« Die Stimme ist heiser und krächzend.
»Franz, bist du es wirklich?«
»In eigener Person.«
Beide haben die Schritte auf der Holzstiege überhört. Die Tür quietscht in den Angeln, Meister Lucas steht im Raum.
»Johannes, ich wollte dich fragen ...«, setzt er an, um gleich darauf erstaunt Franz zu mustern: »Was haben wir denn hier für einen zerzausten Vogel?«
Franz gleitet vom Bett auf die Knie, hebt die gefalteten Hände zum Meister empor: »Bitte, bitte, um der Gnade Christi willen, liefert mich nicht aus!«
»Steh auf der Stelle auf, man soll nie vor Menschen knien, nur vor Gott! Was hast du denn verbrochen, daß du dich so sehr fürchtest, Franz?«
»Ich, ich war bei den Leuten des Thomas Müntzer.«
»Soso. Und, wieviel Mönche hast du erschlagen?«
»Ich habe keinen Menschen getötet.«
»Das ist doch schon etwas. Hast du keinen Wein für ihn hier oben, Johannes? Nein? So geh in die Küche, und hole ihm eine ordentliche Stärkung! Nein, nun fürchte nicht, seine Erzählung zu verpassen, wir warten, bis du zurück bist. Franz muß sich sowieso erst ein wenig verschnaufen.«
Cranach setzt sich auf Johannes' bescheidenen Schemel.
Wie ein Verschmachtender macht sich Franz über Brot und Fleisch her, kann auch nicht genug trinken, darum mischt er sich den Wein reichlich mit Wasser, um nicht berauscht zu werden.
»Was wollt ihr von mir hören? Nur elende Kunde weiß ich zu geben! Ja, alle sagen nun, jetzt sieht man, wie weit es her war mit Müntzers Gottesnähe; er wird des Teufels Stimme gehört haben, wenn überhaupt eine. Glaubt mir, er war kein Betrüger, in ihm brannte der Geist. Noch unter den Geschützen der Fürsten im Frankenhausener Lager, wo sie

ihn schon ausliefern wollten, um freien Abzug zu erwirken, wußte er die Massen zu entflammen, freilich gegen seine eigene Überzeugung, denn seine Stimme riet ab vom Kampf, solange die Vorbereitungen noch nicht abgeschlossen, die einzelnen Haufen nicht vereint waren. Es fehlte ja sogar an Pulver! Aber Pfeiffer hat ihn zum Zuschlagen gezwungen – ach, es ist so müßig, das alles zu bedenken, zu besprechen, was wissen wir schon!

Von meinem persönlichen Schicksal wollt ihr hören? Danke für eure Anteilnahme. Bei Frauenberg war ich mit dabei, ich sollte Briefe von Müntzer überbringen und geriet voll hinein in den Schlamassel. Wir hatten den zerstörten Ort, so gut es ging, schnell befestigt, aber was nutzte uns das schon, der hessische Landgraf Philipp hatte viele Geschütze und wir wenige! Nach der entsetzlichen Schießerei nahmen sie beim ersten Angriff den Berg, wir zogen uns in die Stadt und ins Stift zurück und verteidigten uns mutig. Aber die hessischen Feuerschlünde mit ihrer wilden Schießerei verschreckten die Bürger so sehr, daß sie die Tore öffneten. Die meisten Unsrigen konnten sich absetzen; fünfzehnhundert jedoch, darunter ich, flohen in den Schloßgraben und wurden prompt eingeschlossen – man hätte es sich an den fünf Fingern abzählen können. Allein, in solch einer Situation, wenn diese entsetzlichen Geschosse jaulen und alles kopflos davonstürmt, rennt man in das nächstbeste Loch, das im Augenblick Schutz verspricht, und ist außerstande, groß weiterzudenken! Der Landgraf ließ uns schmoren, einen Tag, zwei, drei, ohne Essen und Trinken. Wir flehten darum, uns ergeben zu dürfen. Vergeblich. Wie schnell doch der Mensch ganz einfach durch den Umstand, keine Nahrung und nichts zu trinken zu haben, ins äußerste Elend gerät!

Am dritten Abend ließen sie uns heraus. Wir rauften uns um das Spülwasser aus der Schloßküche, man warf uns Brot vor gleich wie unvernünftigen Tieren, und dabei schmähten sie uns mit höhnischen Worten und riefen: Wo ist nun euer schwarzer Bauer, euer evangelischer Gott, der euch jetzt Hilfe und Beistand tut? Die Hauptleute Hans Dolhope, Henne Wilke, Johann Kugel und Hans von Rom, auch den Feldprediger haben sie vor dem Schloß enthauptet und ihre Köpfe über den Toren auf Spieße gesteckt – wir anderen durften von dannen ziehen. Auf versteckten Pfaden schlug ich mich durch, mied alle Ortschaften, wo die Fürsten Gericht halten: einmal, um nicht zu guter Letzt noch gefangen zu werden, zum andern, weil ich es nicht mehr ertrage, die toten Häupter auf

den Spießen zu sehen, das Blut auf dem Pflaster, die geschändeten Leichen.
Thomas Müntzer traf es am schwersten, er wurde noch lange grausam gefoltert, ehe das Schwert ihn erlöste, sie steckten auch seinen Leib, nicht nur den Kopf auf den Spieß. Pfeiffer wurde mit ihm hingerichtet. Glaubt mir, es war keine schlechte Sache, für die wir gekämpft haben, und wir sind keine schlechten Menschen!«
»Verzeih«, Johannes fühlt sich nicht besonders taktvoll bei seiner Neugier, die er nicht zu unterdrücken vermag, »aber wie kann es geschehen, daß ein himmlischer Prophet, der die Stimme Gottes hört, besiegt wird?«
»Wenn er zum Beispiel nicht das tut, was diese Stimme ihm rät«, antwortet Franz traurig.
»Aber so töricht wird er doch nicht gewesen sein!«
»Es blieb ihm keine andere Wahl. In einem solchen Haufen gibt es Zwänge, denen selbst die Führer unterliegen. Thomas Müntzer wollte noch nicht kämpfen, seine Stimme widerriet ihm. Es fehlten noch viele Gruppen, die gute Soldaten hatten, es fehlte sogar das Pulver, man mußte es bei den Schweizern kaufen, und die hatten uns betrogen, das Geld genommen, aber nicht geliefert. Dennoch konnte sich Müntzer nicht gegen Pfeiffer durchsetzen, der unbedingt losschlagen wollte! Die zweite Frage nehme ich dir aus dem Mund, Johannes, wie nämlich die gute Sache untergehen konnte, wenn sie doch Gottes Sache war. Wieso Gottes Sache? Ich denke, Er ist kein Garant für Gruppenziele, so gerechtfertigt sie uns auch immer erscheinen mögen. Hinzu kommt, daß nicht einmal die größte Not den Bauern von heute auf morgen so verändern kann, daß er Gemeinnutz vor Eigennutz stellt!«
Wie schnell er doch von Gott ab und wieder auf menschliches Versagen kommt! Ich verstehe das nur zu gut, denkt Johannes.
»Es gab kein gemeinsames Handeln für die große Sache«, hört er Franz sagen, »jeder Haufe verfolgte seine eigenen Ziele in der engeren Heimat. Wenn die einen gerade so herrlich ein Kloster plünderten und es sich wohl sein ließen, konnten sie nicht auf der Stelle einem anderen Haufen, der in Bedrängnis war, zu Hilfe eilen. Es war nicht möglich, Söldner anzuwerben, denn die Aufständischen wollten die Beute nicht mit ihnen teilen. Auch fielen immer wieder einzelne Bauernheere auf die Überredungskunst der Fürsten herein, schlossen mit ihnen Verträge, die die Fürsten ausnutzten, um andere Bauernheere zu vernichten. Ja, ich habe

mich wohl längst weiter von meinen Genossen entfernt, als ich selber weiß, da ich über all das so kühl und vernünftig sprechen kann. Ich bin gut dran. So Ihr, Meister Lucas, mir Gnade erweist und mich nicht anzeigt und du, Johannes, auch nicht, kann ich wieder in meine Studentenrolle schlüpfen, und außer dem Schrammen am Fuß bleiben nur ein paar Wunden in meinem Herzen.«

»So soll es sein«, nickt Cranach. »In der Kleiderkammer finden sich heile Sachen für dich, Johannes soll dir das Haar scheren und warmes Waschwasser bringen – die Knechte und Mägde müssen nicht gerade eingeweiht werden –, dann schläfst du dich aus und ißt dich satt, und dein neues altes Leben kann beginnen. Komm, Johannes, wir gehen in die Kleiderkammer.«

»Ich danke Euch, Meister Lucas, das werde ich Euch nie vergessen!« sagt Franz mit Tränen in den Augen.

»Danke Gott, daß er dir deine Gesundheit erhalten hat«, erwidert Cranach. Johannes folgt seinem Meister voller Hochachtung und Bewunderung.

KRIEGSLEUTE

Lucas Cranach d. Ä.:
Reiterstandbild des Assa von Crann

Johannes ist zu spät aufgewacht, den einen Ochsenmaulschuh noch in der Hand, hüpft er auf einem Bein aus seiner Kammer.
»Paß auf! Setz dich und zieh erst den Schuh an!« mahnt ihn sein Verstand. Er macht einen großen Sprung in Richtung Treppe. Und schon ist er auf einem Talgfleck ausgerutscht und poltert die Stiegen hinunter. Noch im Fallen beschimpft er sich selbst: »Oh, ich dreimal gehörntes Rindviech, ich war gewarnt und konnte nicht folgen!«
Jetzt liegt er auf dem Treppenabsatz. Rechts in den Rippen spürt er ein Stechen, das linke Handgelenk schmerzt – zum Glück das linke! –, aber was hilft das alles. Er rutscht auf die nächstgelegene Stufe, um von dort mit Hilfe des Geländers aufzustehen, und knickt gleich wieder zusammen. Ein scharfer Schmerz im rechten Fußgelenk nimmt ihm den Atem.
»Meister Johannes, ist Euch nicht wohl?« Barbara Cranach kommt von unten.
»Nein, Frau Meisterin, ich muß mir den Fuß gebrochen haben. Ich bin die Treppe heruntergefallen – o Himmel, ist mir schlecht.« Kalter Schweiß bricht ihm am ganzen Körper aus, er hört Glockengetön, Feuerräder drehen sich vor seinen Augen, Wasser schießt ihm in den Mund.
»Verzeiht bitte, Domina …«, stammelt er. Sie fängt ihn in ihren Armen auf und setzt ihn wieder auf die Treppe.
»Ruhig«, beschwichtigt sie, »seid ganz ruhig. Das ist der Schreck, da wird einem furchtbar übel! Atmet ganz tief ein, so, und nun wieder aus, merkt Ihr, es wird schon etwas besser, nicht wahr? Könnt Ihr einen Augenblick so sitzen bleiben? Ich will Katharina rufen, die kennt sich da besser aus als ich!«
Johannes nickt tapfer und lehnt den Kopf gegen die Wand. Er verliert ein bißchen bewußte Zeit. Eine Hand kühlt seine Stirn, er hebt die Augen: Katharina von Bora.
»Ihr habt Euch das Fußgelenk gebrochen, Meister Johannes, aber seid nicht besorgt, es wird gut wieder zusammenheilen. Ich werde Euch das Bein schienen, und dann müßt Ihr es sechs Wochen lang stillhalten. Ich mache Euch auch Umschläge und koche Euch Kräutersud, damit die

Schmerzen vergehen. Protestiert jetzt nicht, ihr fühlt Euch ja viel zu schlecht! Ich hole Hilfe, dann werden wir Euch zu Bett bringen.«
»Aber das geht nicht, ich habe soviel zu schreiben!«
»Heute nicht, ich werde mit Meister Lucas reden. Morgen könnt Ihr wieder an Eurem Platz sitzen, das Bein schön auf einen Schemel gelagert, aber nun müßt Ihr erst einmal tun, was ich Euch sage.«
Erstaunt sieht Johannes sie an: sie scheint gewachsen zu sein, wie sie so gerade, voll anmutiger Autorität vor ihm steht.
»Seid Ihr ein Medicus?« fragt er erstaunt.
»Nein«, lacht sie, »das gerade nicht, aber ich war Siechenmeisterin im Kloster und habe mich viel und gern mit der Heilkunde beschäftigt. Heda, ihr da unten!« ruft sie zwei Lehrlingen zu, »kommt doch mal her!«
Voller Scham muß Johannes es dulden, daß die Knaben ihn in seine Kammer tragen und auf sein Bett legen. Widerwillig muß er zugeben, wie froh er ist zu liegen. Langsam beruhigt sich sein Magen, die Übelkeit läßt nach. Katharina kommt mit einer Magd zurück. Sie ziehen ihm den langen Strumpf aus, Käthe legt große Blätter um den gebrochenen Knöchel, die angenehm kühlen.
»Was wollt Ihr denn mit den Hölzern?« fragt er ängstlich.
»Das Bein schienen!« sagt sie sachlich. »Trinkt erst einmal diese Medizin.«
Er tut es gehorsam. »Brrr, ist das bitter.«
»Schluckt nur, es hilft Euch gegen die Schmerzen und macht Euch müde«, redet sie ihm zu. »So, nun legt Euch ganz bequem zurück. Ich muß Eure Knochen richten, damit sie gerade zusammenwachsen; das wird weh tun, doch es geht ganz schnell!« Sie faßt mit kräftigen Händen seinen Fuß, und ihm schwinden fast die Sinne, so beherrscht der Schmerz sein ganzes Bewußtsein. Sie legt die Hölzer an, die sie vorher mit Tuchstreifen abgepolstert hat, und wickelt sie fest um sein Bein.
»Könnt Ihr es nicht etwas lockerer lassen?« stöhnt er.
»Nein, leider nicht. Ihr werdet Euch daran gewöhnen – jetzt schlaft erst einmal, danach ist es schon besser. Ihr dürft auf keinen Fall aufstehen!«
»Aber wenn …«
»…Ihr auf den Abtritt müßt? In den nächsten Tagen werdet Ihr mit dem Nachtgeschirr vorliebnehmen, und heute dürft Ihr auf gar keinen Fall allein aufstehen! Ich werde alle zwei Stunden nach Euch sehen, sorgt Euch nicht!«
Sie räumt die Leinenstreifen ordentlich in ihren großen Korb, gibt ihm noch einmal von dem bitteren Sud zu trinken, rückt ihm die Kissen zu-

recht, deckt ihn zu und wünscht ihm lächelnd gute Besserung. Allein gelassen, stöhnt Johannes erst einmal ordentlich, der Fuß brennt, als hinge er im Feuer, und die Rippe, der Ellenbogen schmerzen, am liebsten möchte er laut aufschreien. Wie soll er das bloß aushalten?
Gib dich zufrieden und sei stille, sagt es in ihm.
Verzeih, aber ich denke, davon verstehst du nichts! Sonst würdest du mir nicht solche Ratschläge erteilen. Zufrieden soll ich mich geben, in diesem Zustand?
Ja. Du liegst in einem guten Bett und hast alle menschenmögliche Pflege. Auf einem Schlachtfeld im Getümmel ist das wohl ein ander Ding! Schmerzen widerfahren den Menschen; sie vergehen auch wieder, nachdem sie dich belehrt haben.
Und ob ich auch wanderte im finsteren Tal, fürchte ich doch kein Unglück, denn du bist bei mir – geht es Johannes durch den Sinn. Irgendwann bin ich ja am Ende des Tales angekommen, ich muß nur ein bißchen Geduld haben. Du hast recht – verzeih, natürlich hast du immer recht –, der Mensch kann in diesem Leben nicht nur über lichte Bergeshöhen wandern, unweigerlich muß er auch die Täler durchmessen, denn wo Berge sind, gibt es Täler.
Die Schmerzen steigern sich in Wellen, nehmen ein schier unerträgliches Ausmaß an, um ganz langsam wieder nachzulassen. Fürchte ich doch kein Unglück, denn du bist bei mir, murmelt Johannes, denn du bist bei mir – ich will mich in die Schmerzen ergeben, mich hineinschmiegen wie in die Falten eines dunklen, schweren Mantels, kein Unglück, denn du bist bei mir. Denn du bist bei mir. Katharinas Medizin tut ihre Wirkung, Johannes schläft tatsächlich ein.

»Tja, da hast du dir für deinen Unfall eine denkbar ungünstige Zeit ausgesucht«, meint Lucas, an Johannes' Bett tretend, »ausgerechnet Luthers Hochzeitstag! Du verpaßt ein Ereignis, über das die Welt spricht. Wittenberg gleicht einem aufgestörten Hornissennest. Selbst Melanchthon hat sich gegen die Heirat geäußert; er mutmaßt gar, die Nonne habe Luther mit ihren Listen herumgekriegt! Du siehst mich stolz herausgeputzt, ich habe die Ehre, mit meiner Barbara bei den wenigen Gästen zu sein, die zur Trauung geladen sind.«
Johannes nickt traurig. »Diesen 13. Juni 1525 werde ich gewiß nicht vergessen. Und wer wird mich pflegen, wenn Katharina nun ins Schwarze Kloster zieht?«

»Es wird sich schon jemand finden. Morgen wird es dir bessergehen. Wir bringen dich in die Werkstatt an deinen Tisch. Der Trubel dort wird dich von deinen Schmerzen ablenken. So, jetzt muß ich los. Später werde ich dir alles erzählen.«

»Danke, Meister.«

Johannes läßt sich zurücksinken. So heiraten sie tatsächlich, der Mönch und die Nonne. Ihm ist zu Ohren gekommen, daß die Leute sagen, ein Kind dieser Ehe werde ein Monster werden! Und nicht nur Magister Philippus verdächtigt Katharina, Luther auf üble Weise verführt zu haben. Das jedenfalls weiß Johannes besser.

Es kratzt schüchtern an seiner Tür. Ein Mädchen tritt ein, die letzten Strahlen der Abendsonne umspielen die zierliche Gestalt.

»Gott mit Euch, Meister Johannes. Ich bin Bärbelchen, Fräulein von Bora hat mir aufgetragen, Euch zu pflegen.«

Sie stellt eine Schüssel mit Wasser auf den Schemel.

»Gestattet, daß ich Euch wasche!«

Johannes fühlt kribbelnde Schauer über seinen Rücken laufen, gleichzeitig wird ihm sehr heiß.

»Gott mit Euch, Bärbelchen ...«

»Ihr dürft mir getrost du sagen, bin ja noch so jung.«

»Danke. Aber ich kann mich wohl selber waschen, wenn du mir das Wasser nahe genug heranstellst.«

»Warum wollt Ihr Euch quälen! Ich will es gern tun!«

Ehe er weiter protestieren kann, nestelt sie ihm das verschwitzte Wams auf und zieht es ihm über den Kopf, das Hemd folgt. Sie beginnt, ihn mit einem weichen Lappen und warmem Wasser abzureiben.

»Ich reibe etwas fester, das fördert die Durchblutung!« sagt sie. »Ich lerne bei Fräulein von Bora die Heilkunde, müßt Ihr wissen. Mein Vater war zunächst sehr dagegen, aber ich habe ihm keine Ruhe gelassen. Und daß Martin Luther das Fräulein von Bora heiratet, hat auch die Heilkunde in den Augen meines Vaters aufgewertet!«

»Du hast recht, es ist tatsächlich angenehm, von dir gewaschen zu werden«, lächelt Johannes.

»So, nun werde ich den Verband erneuern. Die Huflattichblätter sind bestimmt ganz vertrocknet.«

Johannes fühlt sich noch heißer. Das Blut schießt ins gebrochene Bein und weckt den Schmerz. Bärbels Körper ist ihm so nahe – er riecht ihren Duft, ein Zopf kitzelt ihn gar an der Nase, aber er schiebt ihn nicht fort.

Hatte man ihn im Kloster nicht gelehrt: Die Weiber haben den Teufel im Leib, sie sind nur darauf aus, den Mann zu reizen und zur Sünde zu verführen. Bärbelchen aber erscheint ihm wie ein Engel. Sollten die frommen Väter sich geirrt haben, weil es ihnen an persönlicher Erfahrung mangelte?

»Außer Barbara und mir«, erzählt Meister Lucas zu später Stunde an Johannes' Bett, »waren noch Bugenhagen, Justus Jonas und Johann Apel in Luthers Stube versammelt. Weißt du, es fällt mir schwer, von der Trauung zu berichten. Wir hatten alle Tränen in den Augen, als wir die beiden auf dem Bett liegen sahen! Luther ist in meiner Vorstellung so sehr der Mann Gottes, daß ich mich an den Gedanken gewöhnen muß, er könne in seinem Leben noch Platz für eine Frau und Kinder haben. Ich schätze Katharina und wünsche ihr von Herzen ein gutes Leben, fürchte aber, sie wird es nicht leicht haben.«

»Wie meint Ihr das?«

»Sieh, Johannes, Martinus kennt nur ein Ziel: Gottes Gnade zu gewinnen. Alles andere ist ihm unwichtig. Recht hat er, natürlich. Nur, der Leib braucht seine Notdurft, und in unseren Zeiten muß man dafür mit Geld bezahlen. Er selbst kam in ärmlichsten Umständen mit altem trockenem Brot zurecht, aber eine Familie kann nicht so leben. Das wird Käthe ihn jeden Tag aufs neue lehren müssen.«

»Sie ist gerade die Richtige dafür!« lacht Johannes überzeugt.

Mit dem ersten Sonnenstrahl weckt ihn Bärbelchen, in den Händen das dampfende Morgenmus, und er ertappt sich dabei, daß er sich das gern gefallen läßt.

»So«, nickt sie aufmunternd, »nachdem Ihr Euch so gut gestärkt habt, wollen wir hinunter in die Werkstatt gehen.«

»Wir?« Johannes ist zutiefst empört ob dieser Zumutung.

»Kommt, steht auf! Das gebrochene Bein dürft Ihr nicht belasten, haltet den Fuß hoch, so! Nun legt Euren Arm um meine Schultern – nur keine Scheu, ich bin stärker, als ich aussehe, jetzt hüpft auf dem gesunden Bein.«

»Und so soll ich die Stiegen herunterkommen und, auf dich gestützt, in die Werkstatt hüpfen?«

»Aber ja, oder schämt Ihr Euch meiner?«

»Nein, natürlich nicht deiner, sondern meiner Schwäche.«

»Meister Johannes! Dergleichen kann doch jedem widerfahren. Wir sind alle Menschen, keiner von uns weiß, was morgen mit ihm sein wird.«
»Sie werden mich alle auslachen.«
»Ist das so schlimm? Gönnt ihnen doch ein wenig Spaß, sie meinen es nicht bös.«
»Bist du schon ausgelacht worden?«
»O ja, oft!«
»Du bist ja auch nur ein Mädchen.«
Bärbel bleibt stehen, Johannes spürt, wie ihre ganze kleine Gestalt sich strafft. »Was wollt Ihr damit sagen, Meister Johannes? Was bedeutet dieses ›nur‹?«
»Nun ja«, er ist sehr verlegen, »ich meine, für Mädchen ist das nicht so wichtig.«
»So? Warum denn nicht?«
»Weil, weil – die Frau sei dem Manne untertan, er kommt zuerst, und ...«
»Stützt Euch auf das Treppengeländer!« sagt Bärbel streng. Johannes gehorcht unwillkürlich.
»So.« Sie bückt sich und entwindet sich seinem Arm. »Wenn Frauen im allgemeinen und meine Wenigkeit im besonderen nicht so wichtig sind, dann seht zu, wie Ihr ohne mich auskommt. Ich nehme hiermit meinen Abschied.« Und geschwind läuft sie die Treppe hinab.
Da hängt Johannes am Geländer, beißt die Zähne zusammen und versucht, allein auf einem Bein weiterzuhüpfen. Aber er traut sich nicht. Wenn er jetzt wieder fällt? Nein, er hat Angst.
»Bärbel!« ruft er. »Bärbelchen, bitte, komm zurück!«
Sie kehrt um, bleibt aber einige Stufen unter ihm stehen und fragt: »Warum?«
»Weil ich dich brauche, bitte. Verzeih mir.«
»Vor Gott sind alle Menschen gleich«, sagt sie ernst, »Schwache und Mächtige, Arme und Reiche, Männer, Frauen und Kinder!«
»Und wie kommst du zu dieser Meinung?«
»Jesus hat uns alle erlöst.«
»Das ist ein Argument. Ich will wirklich darüber nachdenken.«
Sie macht noch immer ein sehr zurückhaltendes Gesicht, legt aber seinen Arm um ihre Schultern; gemeinsam nehmen sie den Weg wieder auf und erreichen die Werkstattür. Keiner lacht. Silberbart und Abel, auch zwei Lehrlinge und sogar der Meister eilen herbei, um zu helfen.
»Schön, Johannes, daß du es bis zu uns geschafft hast. So, jetzt setz dich

gemütlich in deinen Stuhl. Silberbart, gib doch bitte den Schemel da her, und du, Hansi, hol ein Polster! Der kranke Fuß soll bequem liegen. Kommst du gut an den Tisch? Hast du alles, was du brauchst, im Griff? Schön, Hans, das Polster ist genau richtig. Also denn, Johannes.«

»Danke, Meister«, sagt der und stöhnt erleichtert auf – es war sehr anstrengend für ihn. Bärbel rückt seinen Stuhl noch ein wenig näher an den Tisch.

»Dann gehabt Euch einstweilen wohl, Meister Johannes«, knickst sie.

»Danke, Bärbelchen, du auch.«

Er sieht ihr nach, wie sie, selbstbewußt nickend und lachend, zwischen den Männern durchgeht.

Sind Männer und Frauen wirklich gleichwertig? fragt er im Kopf.

Aber selbstverständlich, völlig. Was dachtest du denn?

Johannes antwortet lieber nicht, er schämt sich.

»Heute gibt es zum Mittagsmahl lombardische Suppe!« schwärmt Bärbelchen, als sie Johannes über die Treppen hilft.

»So.« Er ist nicht gut gelaunt, er hatte eine schlechte Nacht.

»Und wie kommt die Meisterin an die Rezeptur?«

»Das habe ich sie auch gefragt. Sie bekam sie von einem päpstlichen Leibkoch! Und unsere Apotheke führt all die ausländischen Gewürze, die man dazu braucht.«

»Weiß ich«, knurrt Johannes. »Haben wir denn einen besonderen Gast, daß es am Wochentag so etwas Ausgefallenes gibt?«

»Das will ich meinen!« Bärbel flüstert wichtig hinter vorgehaltener Hand: »Den Feldobersten Ascanius von Cramm!«

Johannes zeigt sich gar nicht beeindruckt. »Wer ist das?«

»Oh«, lacht Bärbel, »wißt Ihr das wirklich nicht?«

Er schüttelt den Kopf.

»Ein großer Kriegsmann«, fährt sie fort, »kursächsischer Feldoberst und darüber hinaus in französischen und kaiserlichen Diensten.« Sie kommt wieder aufs Essen zu sprechen: »Und Fische wird es geben, Rindfleisch von den Rippen mit einer herrlichen Sauce und, und, und … So, da wären wir. Laßt Euch die Arbeit nicht sauer werden, und freut Euch auf das Essen!

»Danke, Bärbelchen.«

Lange muß Johannes nicht auf den Feldobersten warten, bald klirrt er in voller Rüstung in die Werkstatt und wird vom Meister abkonterfeit. Johannes läßt die Feder sinken und bedauert wieder einmal, nicht selbst zeichnen zu können, das wäre ein lohnendes Objekt! Groß wie ein Wagenrad, mit wallenden Federn sitzt der Hut etwas schief auf dem Haupt des Kriegsmannes. Er ist nicht mehr jung, obwohl sich in seine dichten schwarzen Locken noch kaum ein Silberfaden mischt. Ein hartes Leben hat seine Züge gezeichnet: schwer hängt ein Tränensack unter dem rechten Auge, winzige Fältchen durchfurchen seine Miene. Die starke Kerbe zwischen seinen Brauen kündet von Entschlossenheit, sein Blick ist sehr lebendig, ein wenig spöttisch, wohl auch herrisch, doch nicht ohne Liebreiz.

Luther sitzt mit an der festlich gedeckten Tafel. Die köstlichen Speisen werden gar nicht gewürdigt, denn schon nach der Suppe wendet sich Herr von Cramm angelegentlich an Martinus:
»Hochverehrter Herr Doktor, ich freue mich ganz besonders, Euch hier im gastlichen Hause des Meisters zu treffen, denn ein großes Anliegen brennt mir auf dem Herzen.
Wollt Ihr mir wohl bitte Auskunft erteilen, ob es der christliche Glaube auch neben sich leiden könne, daß ich ein Kriegsmann sei, Krieg führe, würge und steche, raube und brenne?«
Johannes legt den Löffel ab und richtet sich auf. Diese Formulierung erinnert ihn an Luthers letzte Ausführungen zum Bauernaufstand. Was wird der Gottesmann antworten?
»Der Krieg als solcher, mein lieber Herr und Freund, *ist wie das Amt des Schwertes eine göttliche, nützliche Ordnung und ein Dienst am Frieden. Was ist denn Krieg anders, als Unrecht und Böses zu strafen? Warum führt man Krieg außer darum, daß man Frieden und Gehorsam haben will? Obwohl es nun nicht so scheint, daß Würgen und Rauben ein Werk der Liebe ist, weshalb ein Einfältiger denkt, es sei nicht ein christlich Werk und zieme auch einem Christen nicht zu tun, so ist es doch in Wahrheit ein Werk der Liebe.«*
O daß ich in diesem Kreise Rang und Stimme hätte zu protestieren! denkt Johannes. Ein christlich Werk der Liebe – Morden und Brennen, unschuldige Menschen mit qualvollen Schmerzen, Tod, Vertreibung, Elend überziehen, das als einen Dienst am Frieden auszugeben, wo es fortlaufend neuen Kampf gebiert? Haben nicht immer die Besiegten nur auf die Gelegenheit gewartet, sich zu rächen und ihrerseits möglichst noch schrecklicher zu wüten?

»Es ist wie bei einem guten Arzt«, fährt Luther fort, *»wenn die Krankheit so böse und schwer ist, daß er Hände, Füße, Ohren oder Augen muß abhauen lassen oder verderben, auf daß er den Leib rette – wenn man das Glied ansieht, das er abhaut, scheint es, er sei ein greulicher, unbarmherziger Mensch, wenn man aber den Leib ansieht, den er dadurch retten will, so findet sich's in Wahrheit, daß er ein trefflicher, treuer Mensch ist.«*
Assa von Cramm nickt dankbar.
»Ebenso ist es auch, wenn ich das Kriegsamt betrachte, wie es die Bösen straft, die Ungerechten würgt und solchen Jammer anrichtet ...«
Aber es erwischt ja nur ganz selten die Bösen, die wissen sich schon zu schützen, die Unschuldigen trifft es, Doktor Luther! denkt Johannes.
»Da scheint es ein ganz unchristlich Werk zu sein und durchaus wider die christliche Liebe. Betrachte ich es aber, wie es die Rechtschaffenen schützt, Weib, Kind, Haus und Hof, Gut und Ehre, und dadurch den Frieden erhält und bewahrt ...« Wo denn, wo, wo, zeige mir nur einen Ort auf dieser Welt, wo Krieg solches tut! schreit Johannes innerlich.
»... so findet sich's, wie köstlich und göttlich das Werk ist, und ich erkenne, daß es auch ein Bein oder eine Hand abhaut, auf daß der ganze Leibe nicht vergehe. Denn wenn das Schwert nicht wehrte und den Frieden erhielte, so müßte alles durch Unfrieden verderben, was in der Welt ist. Deshalb ist ein Krieg nichts anderes als ein kleiner, kurzer Unfrieden, der einem ewigen, unermeßlichen Unfrieden wehrt; ein kleines Unglück, das einem großen Unglück wehrt.«
Johannes preßt die Hand auf den Mund, weil er es nicht aushält, schweigen zu müssen. Wenn der Türke das Land verwüstet und die Menschen dahinschlachtet: ein kleiner, kurzer Unfrieden, der größerem Unglück wehrt?! Ad eins reißt dieser Medicus, Krieg mit Namen, gar zu viele gesunde, lebensvolle und ganz und gar unschuldige Glieder auf grauenvolle Weise aus, und ad zwei: Wo bleibt bei dieser Argumentation der Friede Christi, das Hinhalten der anderen Wange, die Vorwegnahme des Gottesreiches auf Erden?
Luther sieht Johannes ernst an, als könne er seine Gedanken lesen.
»Daß man nun viel schreibt und sagt, was für eine große Plage ein Krieg sei, das ist alles wahr. Aber man sollte daneben auch betrachten, wievielmal größer die Plage ist, der man durch Kriegführen wehrt ...« Ach, Martinus, du bist wirklichkeitsfremd! klagt Johannes stumm. *»... Ja, wenn die Leute rechtschaffen wären und gern Frieden hielten, so wäre Kriegführen die größte Plage auf Erden. Wohin rechnest du aber ein, daß*

die Welt böse ist, die Leute nicht Frieden halten wollen, rauben, stehlen, töten, Weib und Kind schänden, Ehre und Gut nehmen? Solchem allgemeinen Unfrieden in aller Welt, vor dem kein Mensch bestehen könnte, muß der kleine Unfrieden, der da Krieg und Schwert heißt, steuern. Darum ehrt Gott auch das Schwert so hoch, daß er's seine eigene Ordnung nennt, und will nicht, daß man sagen oder wähnen solle, Menschen hätten es erfunden oder eingesetzt. Denn die Hand, die solch ein Schwert führt und würgt, ist alsdann auch nicht mehr eines Menschen Hand, sondern Gottes Hand, und nicht der Mensch, sondern Gott henkt, rädert, enthauptet, würgt und führt Krieg. Es sind alle seine Werke und seine Gerichte.«

»Nein!« schreit Johannes laut auf. »Nein, das stimmt nicht! Wie könnt Ihr Euch vermessen, Gott anzulasten, was auszudenken Er in seiner Liebe gar nicht fähig ist? Nicht Er stürzt uns in Schmerzen und Qualen, das schaffen wir schon ganz allein, Er sandte uns sogar Seinen eigenen Sohn, um uns daraus zu erlösen!«

»Schweig, frecher Schreiber! Was weißt du wohl von Gott?« donnert Luther ihn an. *»Summa: Man muß beim Kriegsamt nicht ansehen, wie es würgt, brennt, schlägt und fängt usw. Denn das tun die kurzsichtigen, einfältigen Kinderaugen, die dem Arzt nur bis dahin zusehen, wie er die Hand abhaut oder das Bein absägt, sehen aber oder erkennen nicht, daß es ihm darum zu tun ist, den ganzen Leib zu retten. Ebenso muß man auch dem Kriegs- oder Schwertamt zusehen mit männlichen Augen, warum es so würgt und greulich handelt: So wird es sich selbst erweisen, daß es ein Amt ist, das an sich selbst göttlich und der Welt nützlich und nötig ist wie Essen und Trinken oder sonst ein anderes Werk. Daß aber etliche ein solches Amt mißbrauchen, würgen und schlagen ohne Not aus lauter Mutwillen, das ist nicht die Schuld des Amtes, sondern der Personen. Denn wo gibt es je ein Amt, Werk oder irgendein Ding, das so gut ist, daß die mutwilligen, bösen Leute es nicht mißbrauchen? Diese sind gleich wie die tollen Ärzte, die dem Menschen eine gesunde Hand abhauen wollen ohne Not, aus lauter Mutwillen. Ja, sie gehören zu dem allgemeinen Unfrieden, dem man mit rechtem Krieg und Schwert wehren und den man zum Frieden zwingen muß; wie es denn auch allezeit geschieht und geschehen ist, daß diejenigen geschlagen werden, die ohne Notwendigkeit Krieg anfangen. Denn sie können doch dem Gericht Gottes, das heißt seinem Schwert, nicht entgegentreten; er findet und trifft sie zuletzt, wie es den Bauern jetzt bei ihrem Aufruhr auch geschehen ist. Zur Bestäti-*

gung dafür haben wir den größten Prediger und Lehrer nächst Christus, nämlich Johannes den Täufer, welcher Lukas 3, 14, als die Kriegsleute zu ihm kamen und fragten, was sie tun sollten, ihr Amt nicht verdammte, sie auch nicht davon abstehen hieß, sondern es vielmehr bestätigte und sprach: ›Laßt euch genügen an eurem Sold, und tut niemandem Gewalt noch Unrecht.‹ Damit hat er das Kriegsamt an sich gepriesen, aber gleichwohl den Mißbrauch abgewehrt und verboten; denn Mißbrauch geht das Amt nicht an.«

Der Ritter führt den Becher zum Munde. »Gewaltige Worte habt Ihr gesprochen, Herr Doktor, darauf laßt uns trinken! Und seid von Herzen bedankt für Eure tröstliche Auskunft.«

Johannes senkt den Blick. Sein Herz empört sich gegen diese »tröstliche Auskunft.« Die schmerzhaften Maßnahmen eines Arztes und die Grausamkeiten des Krieges, beides, alles, was Leiden schafft, ist nicht Gottes Werk, des ist er gewiß. Die Menschen hecken es aus und setzen es in die Welt ganz ohne Sein Zutun, mit Seiner Duldung, da er ihnen nun einmal den freien Willen zugestanden hat, also wehrt Er ihnen nicht und läßt sie unrecht tun und schuldig werden, jawohl. Brennen, Würgen, Stechen, Rädern, Hängen, Foltern ist Unrecht an der Kreatur Gottes, und keine noch so hehre Idee kann dieses Unrecht rechtfertigen, über die Lande herzufallen und alles Leben zu ertöten, von der Pflanze bis zum Menschen. Wenn ich das nur sagen könnte, sagen dürfte, es erscheint mir sehr wichtig. Denn wie ich Luther kenne, wird er aufschreiben, was er da eben gesagt hat, und es wird um die Welt gehen. Die Gewaltigen werden es als Feigenblatt benutzen für ihre Machtgelüste, ihre Raubgier!

Habe ich denn nicht recht? fragt er seine Stimme.

Ja und nein. Ihr lebt in der Welt der Polaritäten – Gott aber ist das Eine und das Ganze, in dem alle Polaritäten aufgehoben sind.

Auf Silberbart gestützt, kehrt Johannes an seinen Arbeitsplatz zurück.

»Bring mir doch des Meisters Konterfei von Herrn Assa!« bittet er ihn.

Der Geselle tut es. Die Federzeichnung auf braunem Papier zeigt den Obersten hoch zu Roß, gar nicht groß, aber so lebendig, daß Johannes vermeint, das Pferd schnauben zu hören, und nur darauf wartet, daß es die großen Augen bewegt, die so verständig aus den Falten der Schabrakke blicken, die das ganze Tier bedeckt; sie ist reich mit Stickereien geschmückt und umhüllt sogar die Ohren, dichte Fransen zieren den Rand, zwischen den Augen trägt das Tier eine runde Scheibe. Wie es die Hufe hebt, den linken Hinter- und Vorderfuß gleichzeitig, die einzelnen Haare sind aufgezeichnet und der Locken Gekräusel oberhalb der Hornschuhe, auch der Schweif ringelt sich prächtig. Aber wenn schon das Tier so lebenswarm und genau wiedergegeben ist, um wieviel mehr der Ritter mit seiner geschwungenen Rüstung, den Feldherrnstab in der gepanzerten Faust, das Schwert an der Seite, das Antlitz mit Haupthaar und Bart naturgetreu, wie Johannes es eben gesehen hat, der große Hut, dessen Federn sich prächtig über den Rand bauschen.

»Großartig, wunderbar!« sagt Johannes zu Silberbart. »Er saß doch nur dort auf dem Schemel, woher weiß der Meister, wie er zu Pferde und wie sein Tier aussieht?«

»Ach Johannes, soviel solltest du inzwischen kennen – so ein Roß malt der Meister aus der Hand, davon haben wir einige Muster hier in der Werkstatt, die selbst wir Gesellen jederzeit schnell kopieren können. Die persönliche Haltung des Herrn von Cramm und die Verzierung seiner Schabracke hat der Meister gesehen, als er den hohen Gast empfing.«

»Und alles behalten und so lebensecht wiedergegeben!«

»Ja. Und nun bringe ich das Blatt schnell an seinen Platz zurück und mache mich an die Arbeit.«

Die beiden Cranach-Söhne stürmen in die Werkstatt, die Wangen gerötet vom schnellen Laufen:

»Wo ist das Bild von Ritter Assa?« ruft der zwölfjährige Hans.

»Da auf dem Tisch, aber seid vorsichtig, faßt es nicht an!« mahnt Silberbart.

Lucas, der um zwei Jahre jüngere, beugt sich über die Zeichnung.

»Sieh nur, Hans, wie herrlich Vater ihn getroffen hat, und das Pferd, das gefällt mir besonders!«

»Warte, ich zeichne es für dich ab.«

Hans besorgt sich gebrauchtes Papier und eine Feder, setzt sich an den Platz des Meisters und beginnt eifrig zu zeichnen. Lucas nimmt sich schweigend einen Bogen und einen Silberstift und macht sich ebenfalls an die Arbeit.

Der Meister kommt. Ohne etwas zu sagen, neigt er sich über die Kinder, nickt befriedigt.

»Sieh, Hans, so mußt du die Feder halten«, er führt ihm die Hand, »dann fließt die Tusche gleichmäßiger. Du setzt den Stift schon ganz richtig an, Lucas. Gut! Ab morgen sollt ihr regelmäßig mit in die Werkstatt kommen und euer Handwerk von der Pike auf erlernen. Ihr wollt doch Maler werden?«

Die Buben heben die Köpfe und rufen: »Ja, Herr Vater.«
Barbara Cranach, die bei ihrem Eintreten die letzten Worte gehört hat, fragt beklommen: »Ach Lucas, sollen sie schon arbeiten?«
»Nicht arbeiten, lernen; alt genug sind sie!« bestätigt er.
Barbara fährt durch die Locken ihrer Söhne. »Sie sind doch noch Kinder.«
Cranach schüttelt den Kopf. »Ihre Altersgenossen in anderen Handwerken sind längst in der Lehre. Ich habe auch jüngere Lehrlinge. Sei nicht traurig, meine Liebe, das ist des Lebens Lauf. Einmal kommt der Tag, wo die Kinder nicht mehr bei der Mutter bleiben. Sieh, du behältst sie ja im Hause.
Was ich dir noch sagen wollte: Ich habe viele Anfragen von Eltern, ob ich ihre Söhne in der Malkunst unterweisen wolle. Binnen kurzem werden wir wohl an die dreißig Knaben hierhaben! Laß einen Schlafsaal für sie einrichten und einen langen Tisch zu den Mahlzeiten. Danke, meine Liebe.«
Barbara nickt, in Gedanken versunken. Das bedeutet eine Menge Arbeit und Umstände, so viele Kinder im Hause, für die natürlich sie die Verantwortung trägt, wenn sie Heimweh haben, sich streiten, krank werden. Aber es ist schön für ihre Söhne – die Arbeit wird nicht ganz so ernst genommen werden.
»Wie gut ihr beiden doch schon zeichnen könnt!«
Hans hebt den Kopf. »Mutter, Doktor Luther hat so viel geredet bei Tisch, aber verstanden habe ich es nicht. Können Kriegsleut nun in den Himmel kommen?«
»Wenn sie ihr Handwerk in Ehren ausüben und nicht darüber hinaus grausam sind, ja, sagt Martinus.«
»Gut, es wäre mir auch leid gewesen um den Herrn von Cramm«, bekundet der kleine Lucas ernst.

»Würdest du es schaffen, ins Rathaus hinüberzugehen?« fragt Lucas.
»Natürlich!« antwortet Johannes.
»Gut. Laß dir die Register von 1520 aushändigen und schreibe mir die Ausfertigung des Apothekenprivilegs ab.«
Johannes humpelt, auf Krücken gestützt, über den Markt und sitzt bald in einer verstaubten Kammer über den Folianten. Er blättert und stöbert, denn er liest gern alte Geschichten, besonders wenn er sie so an der Quelle in den Protokollen und Berichten studieren kann. Da fällt ihm auch gleich etwas Interessantes ins Auge:

14. Juli 1520
Der Bericht Burgers über die Unruhen
Welche Unruhen hier in Wittenberg? wundert sich Johannes.
Am 12. Juli habe ein Student einem Wächter mit einer Bleikugel ein Loch in den Kopf geschlagen. Bei einem neuen Treffen hätten Wächter und Stadtknechte den Studenten beim Haar genommen, geschlagen und vom Kirchhof gezogen.
Am 13. Juli hätten Studenten nach Stadtknechten in deren Wohnungen gesucht und hätten sie totschlagen wollen. Dann seien Studenten haufenweise vor das Haus des Stadtrichters Caspar Teuschel gezogen, hätten sich dann auf dem Kirchhofe des Barfüßerklosters versammelt und einander zugeschworen. Ein Haufe von ungefährt 200 Studenten hätte nachmittags vor dem Schloß und der Probstei gestanden. Er, Gregor Burger, sei darauf zur Bastei gegangen und habe sich mit den Büchsen zu schaffen gemacht. Studenten hätten die Bastei stürmen wollen, da habe er mit Schießen gedroht. Studenten hätten dann die Stadttore besetzt, so daß er von der Bastei aus nicht habe zur Stadt hineinkommen können. Er sei dann durch den Garten ins Schloß gelangt und habe für die Nacht die Vorstädter ins Schloß gefordert, er habe auch drei Geschütze im Schloß aufgestellt. In der von den Studenten blockierten Stadt hätten die Bürger mit 60 Mann Wache geleistet, die halbe Stadt sei in Bereitschaft gewesen. Es seien Gerüchte gegangen, daß die Studenten, wenn sie die Stadt nicht zwingen könnten, die Stadt an 20 Stellen zugleich anzünden wollten.

15. Juli 1520
Schreiben »Untertänige Capellan, Rektor, Magistri und Doktores E. Ch. Gn. Universität zu Wittenberg« an Friedrich den Weisen, daß sie die Magister Johann Hess und Balthasar von Brunnitz an den Kurfürsten abgefertigt hätten, um eine Klageschrift zu überbringen und den Kurfürsten um Schutz gegen die Bürger zu bitten.

14. Juli 1520
Adel Gesellen Studenten zu Wittenberg an Kurfürst Friedrich den Weisen:
… Demnach in kurz verschienenen Zeiten durch etliche Bürger gemeine Verwandten E. Ch. Gn. Universität, forderlich der Adel, als diejenigen, die gemeine Bürger der Stadt Wittenberg mit Gewalt, Injurien und tätlichem Angreifen zu verletzen nimmer unterlassen, mit vielen ungegründe-

ten Worten angegeben, dadurch E. Ch. G. zu Befriedigung gedachter Universität mit der Stadt mit Verpflichtung ernstlicher und harter Gesetze uns zu begegnen verursacht, nichts demnach weniger, wie wohl viel Articuli der Angebung gemeines Adels mit wahrem Schein wären abzulegen, seint gemeint die vom Adel und alle anderen Gesellen E. Ch. Gn. Universität verwandt weitere Ungnade zu vermeiden willig und gehorsam funden, bisher aller Gewehre enthalten.
Gütiger Himmel, denkt Johannes, was ist das für ein Kauderwelsch! Da muß ich ja dreimal nachdenken, bis ich verstehe, was sie meinen. Also, die Herren Aufständischen behaupten jedenfalls, keine Schußwaffen zu haben.
Es sind aber E. Ch. Gn., etliche von Bürgern, die auch noch vermöge Ch. Commissio solchem gleichmäßigen Befehl, wie den Studenten geschehen, unterworfen, mit Gewehrtragen in E. Ch. Verordnung gefallen, die noch heut dieselbe abzulegen kein Anzeichen geben, fürderlich Lucas Maler mit etlichen seiner Gesellen, welche ihr Gewehr, wie bedacht wird, zu Hohn gemeinem Adel, seit es ihm verboten, nicht zu enträumen gesonnen.
Oho, jetzt wird es spannend – die Werkstatt hat mitgemischt! Und die Maler durften Waffen tragen, aber die Adligen nicht, interessant! Meister Lucas soll wirklich mit von der Partie gewesen sein? Kann ich mir gar nicht vorstellen. Vielleicht ist es Verleumdung. Laß sehen:
Weiter auch der Richter, dem befohlen auf solche E. Ch. Gn. Befehle zu Befestigung der Einigkeit aufzuschauen, gewaltes Übermuts, Injurien und Gewalt in Abbruch unserer Privilegien, von E. Ch. Gn. gegeben und bekräftigt, gegen etliche aus unsrem Mittel, sich unterstanden, nicht wenig aus unserem Haufen, daß er sich zuvoran mit seinen Knechten zu tun berühmt, gewaltiglich bei hellichtem Tage angegriffen, geschlagen, sie beraubt und in Gefängnis geführt. Welche Überfahung uns wohl verursacht, gegen ihn gewaltiglich zu entsetzen, doch in Bedenken E. Ch. Gn. Befehl solchs alles verblieben, darüber etliche viel schwerlich verletzt, gewundet und übel gehandelt worden. Denn der Richter mit seinen Knechten Freitags vor Fasnacht Ivo von Bruska, einen Magister und Edelmann aus Dänemark, gewaltiglich angegriffen, ihn geschlagen und seines Baretts beraubt, und wiewohl gesagt, daß er zur Zeit ein Messer bei sich gehabt.
Nicht möglich! Die Obrigkeit hat die hochmütigen Adligen eingesperrt! Ich kann mir schon vorstellen, wie sie mit ihrer Angeberei die braven Gesellen provoziert haben. Neulich erst kam doch auch so ein Junker

daher und brachte gar Gaukler und Tänzer mit, die er auf dem Marktplatz agieren ließ, dem Volke zur Belustigung. Solche Herren meinen, sich mit ihrem Geld die Universität und die halbe Stadt und den Titel Magister schon ganz bestimmt kaufen zu können, und oft ist ihnen der Rat gefällig, weil sie Reichtum in die Stadt bringen! Aber ich will weiterlesen: Wallenfelser haben sie seine Gewehre genommen – also er hatte wohl welche! – auch den Herren Alexander von Stutterheyem und Niclas von Tannenberg ist es schlecht ergangen!

… *Bitten derhalben E. Ch. Gn. demütig, uns hinfort vor solcher Gewalt zu schützen, den Richter nach genugsamer Strafe mit seinen Knechten seines Regiments zu entsetzen, genommenes Habes Wieder zu tun verpflichten* – da stimmt's nicht so ganz, meint wohl, genommene Habe zurückzugeben –, *zukünftige Richter keiner Rechte Gezwang über der Herren Ritters Gebiet E. Ch. Gn. Adels und Gesellen, viel weniger gewaltig Angreifen, geschehen. Lucas Maler und anderen Bürgern Gewehr zu tragen über den Adel nicht vergünstigen …«*

Und hier der Bericht des Marschalls Hans von Dolzig an den Kurfürsten Friedrich den Weisen, handschriftlich – wie soll ich das entziffern?

Zu Abend nach divis. apost. 1520. Wittenberg um 6 Uhr … in der Nacht um zwei Uhr ist er angekommen, hat sein Fußvolk in guter Ordnung in die Stadt gebracht, die Tore und Ausfälle besetzt. Nun wollen sie wissen, wer die Aufrührer seien, was sie an Strafe verwirkt und was sie wohl geschworen hätten. Bis gegen fünf Uhr abends haben sie die verschiedenen Parteien verhört. Vier sollen entronnen sein, vier in das Kloster – welches? – gewichen, über dreizehn Personen muß geurteilt werden. *Die Studenten sind ganz in Stille, Gott verleih fürder zu gutem Wesen.*

Meister Lucas ist ganz verdrießlich in seiner Klage gewesen gegen den Rektor.

Hm. Ich wüßte gern mehr. Hier sind noch die Protokolle über Verhöre der Bürger an Eides Statt.

Am 15. Juli nach einer Strafpredigt Luthers gegen den Aufruhr der Studenten habe ein Student gesagt, er wolle den Mönch, wenn er weiter so predige, in der Kirche auf die Platte schlagen.

Ein anderer Student habe gesagt, sie wollten mit Luther bald ein Ende machen.

Man solle die Stadt über den Häusern abbrennen.

Studenten seien auf dem Kirchhof versammelt gewesen, hätten sich in Viertel geteilt und einesteils geschworen, anderenteils nicht.

Studenten hätten gesagt, sie seien zu schwach, sie müßten Feuer zu Hilfe nehmen.
500 Studenten seien im collegio, 500 bei den Bürgern in der Stadt, die in der Stadt sollten ihre Bürger umbringen und deren Waffen nehmen.
Die Studenten hätten gesagt, weil ein Edelmann geschlagen worden sei, solle Aufruhr sein und die Stadt an vier Ecken angesteckt werden.
Auf dem Friedhof sei beschlossen worden, alle Stadtknechte totzuschlagen und besonders den Stadtrichter.

Konzept von Hans von Dolzig an den Kurfürsten.
Aus Verhandlungen sei klar, daß ein Ausschuß von zwölf gebildet worden sei. Er habe dem Rektor, den Reformatoren und den anderen Herren der Universität befohlen, diese zwölf zu verhören, ob sie die Urheber des Aufruhrs angeben könnten, ob sie wüßten, wer Waffen getragen habe, ob ihnen bekannt sei, wer den Anschlag gemacht habe, ob sie die kennten, die mit Brandstiftung gedroht hätten.
Abschied, den zwölf gegeben.
Sie hätten zwar ausgesagt, sie hätten den Aufruhr stillen wollen, doch seien ihre Handlungen verdächtig. Sie sollen binnen Monatsfrist abziehen, als ob sie freiwillig gingen. Diejenigen, die Gewehr getragen haben, sollen durch den Rektor gestraft werden. Die Büchsen getragen haben, sollen in Güte weggehen. Diejenigen, die schon geflohen seien, halte man für die Urheber des Aufstandes, nach ihnen solle gesucht werden, um sie zu strafen.
Der Rektor solle am folgenden Tage die Universität versammeln, auf die kurf. Ordnung hinweisen. Wer nicht bleiben wolle, könne abziehen. Der Rektor solle nichts übereilen und die Reformatoren um Rat und Bewilligung ersuchen.

Befehl Friedrichs des Weisen an die Studenten.
Um künftig Aufruhr und Konspiration zu verhindern, Befehl an die Studenten, mit Klagen und Beschwerden nicht im Haufen zum Rektor zu gehen, sondern selbdritt oder zu viert in Zucht und Demut. Wer mit der Antwort des Rektors nicht zufrieden sei, solle ebenfalls in kleiner Zahl zu den Reformatoren gehen und dort die Beschwerde vorbringen.
Bei Auflauf, Rat zum Auflauf, Hilfe und Beistand zu Aufruhr aber werde jeder, wes Stands er auch wäre, für meineidig, treu- und ehrlos erachtet und für ewig von der Universität entfernt.

Es schlägt zwölf vom Kirchturm. Johannes schrickt zusammen, ordnet die Papiere, schreibt schnell das Apothekenprivileg ab und humpelt in die Werkstatt zurück. Er hat ein schlechtes Gewissen. Wenn nur der Meister außer Hauses wäre – nein, er steht an seiner Staffelei, er hört Johannes kommen, dreht sich um und fragt:

»Na, hat deine Feder einen gebrochenen Kiel, daß du so lange brauchst, die paar Sätze zu kopieren?«

Johannes schießt das Blut in die Wangen.

»Verzeiht mir, Meister. Ich fand die Akten über die Studentenunruhen und habe mich festgelesen.«

»Du bist ehrlich, das gefällt mir. Ja, 1520 war diese wilde Geschichte. Und wie ich dich kenne, möchtest du jetzt von mir wissen, wie unsere Beteiligung wirklich ausgesehen hat. Es fing damit an, daß die adligen Studenten übermütig den Bürgersmann verachteten und ihn das auch bei jeder Gelegenheit spüren ließen. Gab man Widerworte, zogen sie blank. Der Kurfürst verbot ihnen das Waffentragen und unterstellte sie der Gerichtsbarkeit der Stadt. Du kannst dir vorstellen, wie sie das aufnahmen. Sie sollten sich von den Pfeffersäcken aburteilen lassen! Sie hatten weiterhin Waffen, holten auch bewaffnete Knechte als Gäste zu sich in die Stadt. Das Spiel ging weiter. Meine Gesellen und ich bildeten eine geschlossene Gruppe der Bürgerwehr. Die Studenten zettelten Verschwörungen an, drohten mit Mord und Brand, du wirst davon gelesen haben. Und sie provozierten meine Leute durch Beschimpfungen und Schikanen. Ich mahnte zur Besonnenheit, dennoch kam es immer wieder zu tätlichen Auseinandersetzungen – keine schöne Sache, du kannst es mir glauben. Aber wir Bürger sind uns unseres Wertes voll bewußt, wir akzeptieren die Privilegien des Adels nicht mehr, wenn sie in Übermut ausarten, und wir setzen uns auch mit der Tat für diese Prinzipien des Humanismus ein! Und unser Kurfürst weiß, was er an uns hat, und unterstützt uns. So, nun haben wir aber genug Zeit mit diesen alten Geschichten vertan.«

Frauen

Lucas Cranach d. Ä.:
Ruhende Quellnymphe

»So, Meister Johannes!« Die Lutherin hat das Bein ausgewickelt und die Hölzer abgenommen, »es ist sehr gut verheilt, die Knochen sind gerade zusammengewachsen. Nun steht auf und geht!«
Johannes gehorcht, macht einige Schritte, stützt sich auf seinen Tisch: »Au, tut das weh! Und übel wird mir auch.«
»Das wird von Tag zu Tag weniger«, verspricht Käthe, »Ihr müßt nichts darum geben. Bärbel wird um fünf Uhr morgens kommen und das Bein massieren, sagen wir, zehnmal, dann wird alles gut sein.«
»Ich danke Euch, Domina«, stottert ein bleicher Johannes. Sie nickt und verläßt seine Kammer. Er sinkt auf den Schemel. Ob sie wirklich recht hat? Er fährt mit der Hand über den Knöchel, heil und glatt. Aber warum tut es noch so gemein weh?
In aller Frühe also klopft Bärbel an seine Tür und massiert sein Bein. Ihm wird heiß und kalt dabei. Obwohl ihre kräftigen Hände ihm zunächst weh tun, spürt er doch sofort, daß sie ihm hilft. Allein, ihre pure Anwesenheit macht ihm zunehmend zu schaffen. Wie sie ihn anschaut, wie sie lächelt, sich bewegt, wie sie duftet! Ihre ganze kleine Person stört seine Seelenruhe, ja, nein – er läßt sich nämlich gern stören. Wartend liegt er in seinem Bett und lauscht dem leisen Tritt ihrer Füße auf den Stiegen. In der letzten Nacht hat er gar von ihr geträumt: sie sei eingetreten, auf Zehenspitzen, habe sich über ihn gebeugt und ihn – auf den Mund geküßt!
Himmlischer Vater, um des kostbaren Blutes deines Sohnes willen, verzeih mir diese Sünde, betet er.
Welche Sünde? fragt es in seinem Kopf.
Die der Unkeuschheit.
Seine Dialogstimme lacht. Mußt du Jesus bemühen um eines Traumes willen? Was war denn daran so unkeusch?
Ein Weib hat mich berührt.
Ja und?
Mein Gelübde – ich merke schon, mit dir kann man darüber nicht sprechen, du bist viel zu weit weg, viel zu erhaben, um das zu verstehen. Nein, ich will dich jetzt nicht hören!

Er springt auf. Stöhnend, weil sein Fuß weh tut, humpelt er die Treppen hinunter in die Werkstatt.

Am nächsten Morgen fragt Bärbel, während sie sanft über sein Bein streicht:
»Heute abend ist Tanz im Freien! Es ist ein so herrlicher Sommertag, wollt Ihr nicht mit mir hingehen?«
»Ich kann nicht tanzen.«
»Ach, wenn's weiter nichts ist, das will ich Euch wohl lehren.«
»Mit dem Fuß?«
»Ja, gerade! Die Bewegung tut ihm gut. Und weil Tanzen so schön ist, werdet Ihr den Schmerz bald vergessen haben.«
»Nein, ich kann nicht.«
»Ihr mögt mich nicht«, sagt das Mädchen traurig und nimmt die Hände von seinem Fuß.
»Doch, Bärbelchen, doch«, hört er sich mit weicher Stimme sagen, »ich mag dich sogar sehr. Aber – ich habe ein Gelübde getan.«
Er senkt die Lider. Das Mädchen richtet sich auf, weiß im Gesicht.
»Wenn das so ist, will ich lieber gehen und auch nimmer wiederkommen.«
Ihr Kinn zittert, sie kann das Weinen kaum zurückhalten. Johannes greift nach ihrer Hand, drückt sie an die Lippen.
»Ja, Bärbelchen, es ist besser, wenn du gehst und nimmer wiederkommst, besser für uns beide. Ich – ich habe dich nämlich so lieb.«
»Ich dich auch«, flüstert sie.
»Gott sei mit dir, immer, immer, so wie meine Gedanken ...«, stammelt Johannes und schiebt sie zur Tür hinaus.

Katharina Lutherin ist ein guter Medicus! Johannes kann völlig normal und ohne Beschwerden gehen, sein Bein wird lediglich noch schnell müde. Genau gegenüber seinem Arbeitstisch hat der Meister ein großes Bild begonnen, vorerst hat er nur Konturen angerissen; es wird sich um eine liegende Figur an einem Brunnen im Walde handeln, mutmaßt Johannes.
Er sortiert:
3 maßstäbliche Teilzeichnungen zum Grabmal Friedrichs des Weisen
1 Holzrelief für den Porträtkopf
den handschriftlichen Brief des Meisters an Kurfürst Johann, den er schnell, aber aufmerksam liest:

»Gnädigster Herr. Hie schicke ich Euer Gnaden in dem langen Rohr die drei Visierungen, die groß mit dem Bild …« Da schiebt eine schmutzige kleine Hand ihm einen Papierfetzen ins Gesichtsfeld. Er schaut auf. Vor seinem Tisch steht ein zerlumpter kleiner Junge.
»Für Euch, Meister!« sagt das Kind und läuft schon wieder zur Tür hinaus. Kopfschüttelnd liest Johannes:
»Dominus vobiscum. Komm zur Komplet an die Kirchentür von St. Marien in Sachen Papstesel.«
Mehr nicht. Keine Unterschrift. Johannes fühlt sein Herz im Halse schlagen. Es fällt ihm schwer, sich auf die Post für den Kurfürsten zu konzentrieren, aber der Kurier wartet schon. Trotzdem liest er den Brief zu Ende:
»… das kommt an die Wand und die Schrift daneben. So gehört die Visierung mit dem Wappen auf das Grab. Das laß E. Gn. ganz flach gießen, also flach als sie können; aber das an der Wand macht man erhaben, wie sie dann sehen, wie hoch das geschnitten Angesicht ist. Das werden sie wohl wissen zu machen. Ich hab das Angesicht lassen flach schneiden, es wäre sonst zu hoch im Gießen worden, aber wenn es gegossen ist, so will ich's mit Leipfarben malen, so soll es S. Chf. Gn. seliger ganz gleich werden. Der Bart ist zu kraus geschnitten, man kann's nicht wohl anders im Holz zuwegen bringen. Nicht mehr. Ich befehl mich E. Chf. Gnaden.
Datum am Donnerstag nach St. Peters Kettenfeier im 25. Jahr.

E. Chf. G. ganz untertäniger Lucas Cranach.«

Zögernd nähert sich Johannes zur angegebenen Stunde der Kirchentür, dort wartet ein Dominikaner, die Kapuze weit ins Gesicht gezogen, die Hände in den Ärmeln verborgen. Johannes würde gern umkehren, allein, der Mönch kommt schon auf ihn zu.
»Bleib an meiner Seite und sprich leise und unauffällig. Du hast dich wohl ganz der Welt ergeben?«
»Wieso?« Der Gerügte muß an sich halten.
»Du bist herausgeputzt wie ein Gockel.«
»Der Heilige Vater hat mir freigestellt, weltliche Kleidung zu tragen.«
»Da gibt es schlichtere Möglichkeiten! Es ist nicht vonnöten, das Geld der Kirche für solch modischen Tand zu verschwenden.«
»Das Geld der Kirche? Daß ich nicht lache! Ich arbeite für meinen Le-

bensunterhalt, meine Kleider sind Teil meines Lohnes. Wer gibt dir überhaupt das Recht, so mit mir zu sprechen?«

»Das heilige Offizium. Auf mein Stichwort hin bist du gekommen, es weist mich hinreichend genug aus, kein Uneingeweihter wüßte es zu nennen. Warum lebst du nicht in einem Kloster, wie es einem Mönch geziemt?«

»Weil ich einen Auftrag zu erfüllen habe.«

»Der mir bekannt ist. Und, wie weit bist du?«

»Erlaube mir, in meine Kammer zu gehen und meine Aufzeichnungen zu holen.«

»Aufzeichnungen? Du bist wohl nicht bei Trost! Ich befehle dir im Namen Seiner Heiligkeit, alles Schriftliche zu vernichten! Wie leicht könnte das in falsche Hände geraten! Dir braucht nur einmal etwas zuzustoßen – hat man dir nicht strengste Geheimhaltung befohlen?«

»Doch, aber ich dachte …«

»Du sollst nicht denken, sondern gehorchen! Also, was hast du herausgebracht?«

»Viel und auch wieder gar nichts, Meister Lucas ist jedenfalls kein Ketzer.«

»Was maßest du dir an? Eine solche Entscheidung fällt einzig die heilige Inquisition, und du hast ihr zuzuarbeiten. Ist Lucas ein treuer Sohn unserer Kirche?«

»Ja, das heißt nein …«

»Mir scheint, du selbst solltest einer strengen Interrogatio unterzogen werden! Was soll dies dumme Gerede. Antworte mit Ja oder Nein! Besucht er täglich die heilige Messe in einer katholischen Kirche?«

»Hier in Wittenberg …«

»Ja oder nein!«

»Nein.«

»Empfängt er regelmäßig die Sakramente, vor allem, geht er zur Beichte?«

»Das weiß ich doch nicht.«

»Enthalte dich solch frecher Antworten, sprich ja oder nein.«

»Ich *weiß* es nicht!«

»Wozu bist du dann hier, wenn du nicht einmal so wichtige Dinge herausfinden kannst? Johannes von Köln, du mißfällst mir höchlich. Wie steht es mit deinen Gelübden? Gehorsam: Ich habe den Eindruck, du lebst nach deinem Kopf, nicht nach den Regeln deines Ordens – welcher auch immer das sein mag, sei dahin gestellt – und den Wünschen des Heiligen Vaters. Armut: Dein Aussehen allein beweist zur Genüge, wie du mit diesem Gebot umgehst. Keuschheit: Ich möchte nicht wissen, was zwischen dir und den vielen Weibern im Hause des Ketzermalers vorgeht.«

»Nennt ihn nicht Ketzer! Er ist …«

»Das zu beurteilen steht dir nicht an. So geht es mit dir jedenfalls nicht weiter. Binnen vier Wochen von heute findest du dich, mit schlichter Kutte bekleidet, im Dominikanerkloster zu Regensburg ein und stellst dich unserem Urteil! Es könnte durchaus möglich sein, daß wir einen anderen mit deinem Auftrag betrauen müssen. Dominus vobiscum.«

Johannes nickt störrisch, ohne Gegengruß, und eilt davon. Sollen sie sich doch einen anderen suchen, um so besser! Dann ist er von dieser widerlichen Sache befreit, diesem Herumschnüffeln mit schlechtem Gewissen. Halt! Aber was wird ein anderer, dem Meister Übelwollender, berichten? Wird er Cranach wirklich verklagen? Möglich wäre das, nicht einmal besonders schwierig, bei all den Holzschnitten, die die Werkstatt für reformatorische Schriften und vor allem für Luthers Traktate herstellt! Und allein die Menschen, die ins Cranach-Haus kommen, alle Größen der lutherischen Glaubensrichtung, würden Lucas schon im höchsten Grade verdächtig machen. So einfach läßt sich die Sache nicht lösen. Hingehen muß er, das steht fest. Wie soll er das dem Meister erklären?

Was sagst du dazu? Rat suchend horcht er in sein Inneres.

Redest du wieder mit mir?

Natürlich, verzeih mir bitte!

Immer. Du sollst dich nicht sorgen um den morgigen Tag. Vertraue nur, Gott wird alles wohl machen.

Sagst du das wirklich? Ist das nicht viel zu einfach? Ich denke, Er handelt nicht in der Materie?

Wer spricht hier von Materie? Tu, was ich sage, oder laß es bleiben, das ist deine freie Entscheidung.

Ja, ja, natürlich, meine freie Entscheidung! Um Rat und Hilfe gehe ich dich an, und du verweist mich wieder an mich selbst. Wozu habe ich dich denn?

Johannes, darf ich ein wenig lächeln? Es ist dein Leben, dein Schicksal, du formst es, du mußt es verantworten. Rat und Hilfe gebe ich dir jederzeit, aber ich fälle nicht die Entscheidungen für dich.

Danke, danke, sehr verbunden.
Unwirsch tritt er mit dem gebrochenen Fuß nach einem Stein, macht dabei eine zu heftige Drehbewegung. »Au!« beschwert er sich.
Dieser 13. August 1525 ist ein wunderschöner Tag! Johannes vermag ihn nicht recht zu genießen. Es fällt ihm schwer, seinem Meister in die Augen zu sehen. Er meint es gut mit mir, behandelt mich wie einen Freund, und ich, ich spioniere ihn aus!
Manchmal gelingt es ihm, wenn er viel Arbeit hat, sein schlechtes Gewissen zu verdrängen, aber nun hat es ihn wieder eingeholt und bedrückt ihn. Er geht spornstreichs in seine Kammer und sucht seine Aufzeichnungen heraus. Nein, er will sie nicht noch einmal lesen, viel ist es ja ohnedies nicht, und er hat alles im Kopf. Versonnen träumt er durch sein kleines Fenster in den dämmrigen Abend hinaus. Diese weichen, zarten Farben erinnern ihn an Bärbelchen. Das Gebot der Keuschheit! Ach, könnte er doch nur als schlichter Mönch in seinem Kloster leben und den Psalter übersetzen. Aber jetzt muß er erst einmal die Papiere verbrennen, was gar nicht so einfach ist. Hier im Hause wird jeder Fetzen dieses kostbaren Materials aufgehoben für Skizzen oder Übungen. Er hat Glück, es ist niemand in der Küche. Er wirft seine Aufzeichnungen ins Herdfeuer und stapelt schnell ein paar Holzkloben darüber, wartet, bis alles Papier von den Flammen verzehrt ist und die Balken darüber zusammensinken. Die Arbeit des Schreibens hätte er sich sparen können.

Wie schnell die Wochen dahinfliegen! Die ihm gesetzte Frist verstreicht. Wie soll er nun wohl Urlaub bekommen und nach Regensburg ziehen? Sein Blick fällt auf Cranachs Gemälde. An dem Brunnen ruht, wollüstig hingestreckt, eine nackte Frau! Johannes beugt sich ärgerlich über seine Arbeit. Wenn ich zurückkehre, denkt er, wird das Bild fertig und weggebracht sein.
»Johannes.« Der Meister steht vor ihm. »Als wir den Arbeitsvertrag miteinander schlossen, sagte ich, Reisen seien inbegriffen, erinnerst du dich?«
»Freilich, Meister. Wir waren ja auch schon des öfteren miteinander unterwegs.«
»Diesmal sollst du allein reiten. Ich kann jetzt hier nicht fortgehen. Da sind einige säumige Schuldner in der Regensburger Gegend, die auf keine schriftliche Mahnung reagieren. Sind aber mächtige Herren, man muß es höflich und geschickt mit ihnen anfangen, und dazu bist du mir

genau der Rechte. Du kannst den Rappen haben, damit du auch etwas hermachst! Und vergiß nicht, deine Hofkleider mitzunehmen. Morgen früh kannst du aufbrechen, ich gebe dir dann noch die Papiere, die du brauchst.«

Sprachlos sitzt Johannes und sieht dem davoneilenden Meister nach.

Du hattest recht, es ergibt sich alles von allein! Verzeih, ich rede Unsinn, du hast ja immer recht. Wie bin ich froh und dankbar, das hast du wunderbar geregelt.

Ein körperliches Wohlgefühl hüllt ihn ein, er schmiegt sich hinein wie ein Kätzchen.

Ach, das ist so gut, bitte mehr, länger – wer auch immer du sein magst, nichts geht mir über deine Liebe, sie macht mich glücklich. Ja, glücklich. Und ich kann mir nicht vorstellen, daß Frauenliebe schöner sei.

Weißt du's? fragt es lächelnd.

Was Hofkleid und großartiges Auftreten! Seine alte Kutte holt er heraus, gürtet sich mit dem Strick, zieht die ausgetretenen Sandalen über die nackten Füße. Den Rappen stellt er vor Regensburg bei einem Bauern unter und wandert nun mit fromm gesenktem Haupt, die Hände in den Ärmeln verborgen, durchs westliche Stadttor. Die Mönche im Dominikanerkloster nehmen ihn gastlich auf. Zunächst tut sich nichts. Er lebt im Rhythmus der Stundengebete, ergeht sich meditierend im Kreuzgang, schlendert entspannt durch die Stadt.

Das Glöcklein des Klosters bimmelt nervös hinter ihm her. Johannes schiebt seine Hände tiefer in die Ärmel der Kutte und senkt schuldbewußt den Kopf. Jetzt wird er das Stundengebet versäumen – aber sein Gelübde des unbedingten Gehorsams verpflichtet ihn, Cranach auszuspionieren, und diese Aufgabe läßt sich nicht in der Kirche erledigen. Also verzichtet er auf die beschauliche, feuchtkühle Stille der Kapelle, um sich in das Menschengewühl des Jahrmarkts zu stürzen, der zu Ehren der Schönen Madonna von Regensburg stattfindet. Er kann sich ja nachher den damit verbundenen Ablaß holen und sein Versäumnis ausgleichen. Bei diesem Gedanken kichert er in sich hinein und macht sich auf den Weg.

Der Tag erfreut sich großer Gnade der Gottesmutter: das Himmelszelt überspannt die geschäftige Stadt wie ein blauseidenes Tuch, für Herbst ist es noch angenehm warm, und die Vögel jubilieren aus voller Kehle, als ahnten sie, daß so mancher Brocken für sie abfallen wird. Ein dicker

Mensch mit einem Bauchladen voller Medaillen versperrt den Gang zwischen Tischen und Buden. Johannes quetscht sich an eine Holzwand, um ihn vorbeizulassen, wobei er die Stabilität derselben überschätzt; sie gibt nach, und der heilige Mann findet sich am Boden zwischen Tiegeln und Instrumenten wieder. Der Bader, in dessen Bude er gefallen ist, erhebt ein großes Lamento – lacht aber, als er den Pater erkennt, und reicht ihm die Hand.

»Steht auf, Hochwürden, und segnet mich, auf daß ich heute viele Zähne ziehen werde!«

Johannes erhebt sich, streicht seine Kutte glatt und klopft den Staub ab.

»Danke, mein Sohn, ich werde für dich beten. Woher kommst du?«

»Von überall und nirgends, aber wenn Ihr es genauer wissen wollt, aus den Niederlanden.«

»Oh, von so weit? Gibt es dort wohl auch solche Märkte?«

»Ha, und ob! Die verstehen zu feiern und haben die Gulden locker sitzen! Und wo seid Ihr zu Hause, wenn ich fragen darf?«

»In Wittenberg an der Elbe«, legt Johannes seinen Köder aus. Er schlägt die Augen fromm nieder, damit er sich nicht durch ihr Blitzen verrät.

»In dem Ketzernest? Wartet, da fällt mir etwas ein: Gibt es bei Euch nicht diesen berühmten Maler, wie hieß er gleich ...« Der Mönch beißt sich auf die Lippen, um nicht nachzuhelfen, wie klein doch die Welt ist! »... ach ja, natürlich, Lucas!«

»Meister Lucas, den gibt es, er hat eine große Werkstatt.«

»Man erzählt sich so allerhand von ihm. Er soll Weintrauben auf einen Tisch gemalt haben, und die Vögel sind darauf geflogen und haben versucht, die Beeren aufzupicken, so natürlich sahen sie aus! Und vor Jahren, als Kaiser Maximilian die niederländischen Stände dem achtjährigen Erzherzog Karl huldigen ließ, 1508, war der Meister mit dabei und malte den Knaben, was nicht so einfach war, denn Karl war ein sehr unruhiges Kind und nicht zum Stillhalten zu bewegen. Doch Euer Wittenberger schaffte es! Das war freilich ein Volksauflauf und eine große Gaudi!«

Johannes lacht den Mann freundlich an – warum sollte er seine Freude verbergen – und hebt segnend die Rechte.

»Dominus vobiscum, Meister Bader, und gute Geschäfte!« Er dreht sich auf dem Fuße um und verschwindet im Gewühl des Marktes, ehe der verdutzte Zahnreißer noch ein Wort herausbringt.

Versunken in seine Gedanken, schenkt er den Seiltänzern keinen Blick, die, gefährlich hoch über dem Boden schwebend, vorsichtig Fuß vor Fuß setzend, das Seil entlangturnen, nimmt den verschlagenen Muskatschmuggler nicht wahr und ärgert sich nicht über den Magier mit spitzem Hut und Sternenzeichen auf seinem dunklen Mantel, der nach verbotener Zauberei riecht. Ein kleines Äffchen aus der Berberei, das einem Dudelsackpfeifer auf der Schulter sitzt, zieht Johannes an der Kapuze, und der merkt nicht einmal, wie die Menschen um ihn herum herzhaft darüber lachen.

Soso, es scheint also zu stimmen, daß Lucas 1508 in den Niederlanden war und den jungen Karl gemalt hat, das ist gewiß eine wichtige Information, denn daß Cranach den Kaiser persönlich kennt, ist schon eine gute Sache. Er kehrt zufrieden ins Kloster zurück und schreitet geruhsam und andächtig mit den Brüdern zur Komplet, um mit strahlender Stimme die Psalmen zu singen.

Der Prior beobachtet ihn mit Befremden: dieser Gast ist geheimnisvoll und auffällig zugleich, in seiner Andacht ebenso wie in seinen Versäumnissen. Johannes spürt den Blick, ahnt die Gedanken des Priors und drückt den Rücken durch. So geht es nicht weiter mit mir, denkt er, ich darf mich nicht so gehenlassen, ich bin viel zu leicht durchschaubar!

Wie wohltuend die klösterliche Stille auch ist, von Tag zu Tag wird Johannes nervöser. Was wollen sie wirklich von ihm? Warum lassen sie ihn so lange warten? Beobachten sie ihn heimlich? Er hat schließlich nicht alle Zeit der Welt, er muß die Aufträge seines Meisters erledigen und heimkehren. Ja, registriert er erstaunt, er denkt tatsächlich *heim*! Das große Gebäude in Wittenberg ist sein Zuhause geworden, die Cranachs, die Gesellen und Lehrlinge sind seine Familie, die Reformatoren seine Freunde.

Er begibt sich wieder in die Stadt. Auf den Roßmarkt geht er besonders gern. Er liebt Pferde, ihre großen, Wärme spendenden Körper – wie gut ist es doch, an einem frostklirrenden Morgen die Beine an solch ein Fell zu schmiegen –, ihre treue Beständigkeit, die sprechenden Augen, die rückhaltlose Zuwendung, die solch ein Tier zu schenken vermag, ohne zu heucheln, ohne eine Gegenleistung zu verlangen, die burschikose Zärtlichkeit der samtenen Lippen, die sich selbst ein Mönch gefallen lassen darf, ohne zu sündigen. Wie es wohl seinem Rappen bei dem Bauern vor der Stadt geht?

Die Menge trägt ihn mit sich und bringt ihn zur Pferdetränke, wo sich allerlei Volk sammelt. Neben ihm läßt ein Offizier seinen Hengst trinken, ein gewaltiger Mann, prachtvoll angetan: Pluderhosen, rotes Samtwams

mit zweifarbigen geschlitzten Ärmeln, das Schwert an der Seite, den wallenden Federhut auf den braunen Locken, stolzer Bart.
»Woher des Weges, kühner Reitersmann?« fragt ein geschniegelter Student respektlos.
»Geradewegs aus Brüssel, wenn's genehm ist, da war wohl lustiger feiern als hier in Eurem Nest. Besonders hoch ging es damals her, als die Stände dem Erzherzog Karl huldigten und der beste Wein in Strömen floß! Wann war denn das? Himmel, zehn Jahre sind seitdem vergangen – man sollte es nicht glauben.«
»Wem wurde gehuldigt?« stottert Johannes.
»Dem Erzherzog Karl, sie erkannten ihn an als Sohn seines Vaters, damit er später zum Kaiser gewählt werden konnte, hört Ihr nicht gut? Was ist Euch, Mönchlein, habt Ihr den Meßwein nicht vertragen, Ihr seht gar so bleich aus?«
Gutmütig spritzt der Offizier dem Pater kaltes Wasser ins Gesicht.
»Danke, danke, nichts weiter«, brummt Johannes. »Da Ihr aus den Niederlanden kommt und Euch so gut auskennt, helft doch bitte meiner Unwissenheit ab. Ich dachte, die Stände huldigten dem jungen Karl im Januar 1508.«
»Sieh einer den gelehrten Pfaffen! Aber hier hat man Euch falsch berichtet. Ich gehörte damals zum persönlichen Gefolge der niederländischen Margarete, ehe ich meinen Abschied nahm, und sollte es wohl wissen. Laßt mich überlegen – also im Oktober 1506 erschien Karl in der Versammlung der Stände in Mecheln, und zu Beginn des Jahres 1515 huldigten sie ihm. Aber warum interessiert Ihr Euch für diese Angelegenheiten?«
»Ich arbeite an einer Chronik!« antwortet Johannes und richtet sich stolz auf. Das ist nicht einmal ganz gelogen! Er verbeugt sich galant vor dem Ritter, der, die Rechte am Schwertgriff, die Linke herausfordernd in die Seite gestemmt, einem Holzschnitt seines Meisters entstiegen sein könnte und dem Herrn von Cramm ziemlich ähnlich sieht.
»Habt Dank für Eure Auskunft, edler Herr. Dominus vobiscum!«
Mit segnender Gebärde geht Johannes rückwärts, sucht mit großen Schritten das Freie jenseits des Trubels.
Im Kreuzgang des Klosters mäßigen sich seine Schritte, die intensive Stille beruhigt wie lindernder Balsam seine aufgestörten Sinne. An einem Pfeiler rankt ein Rosenstrauch empor, trotz der späten Jahreszeit übersät mit duftenden, honigfarbenen Blüten, unter ihm lockt ein klei-

nes Bänkchen. Johannes läßt sich aufatmend nieder, ihm ist ein wenig schwach in den Beinen. Wann ist denn nun dieser Karl von den niederländischen Ständen gefeiert worden, und war Meister Lucas dabei oder nicht? Wird er es je exakt herausbringen? Solche Unklarheiten in seinen Aussagen werden ihn verdächtig machen, und gerade über diese wichtige Bekanntschaft mit dem Kaiser möchte er berichten.
Ein alter Mönch nähert sich lautlos, fast schwebend. Seine schlichte, erdbraune Kutte scheint mit dem rötlichen Sandstein des Kreuzganges zu verschmelzen. Er setzt sich neben ihn.
»Mein junger Bruder, was beunruhigt dein Herz?«
Das Licht der untergehenden Sonne zeichnet weiche Schatten.
Ach, denkt Johannes, wenn ich doch einmal einfach alles, alles aussprechen dürfte! Ehrenvoll ist mein Auftrag, gestattet mir vieles, was Mönche nicht dürfen, führt mich herum in der Welt – aber einsam bin ich, so elend einsam, eingekerkert in ein Verstummen, das viel schlimmer ist als das Schweigegebot manch strengen Ordens.
»Stellt Euch vor, hochwürdiger Bruder, Ihr hättet den Auftrag, eine Chronik dieses Klosters zu schreiben. Natürlich wäret Ihr bestrebt, alle Geschehnisse möglichst genau aufzuzeichnen! Ihr geht umher und befragt die Leute, um herauszufinden, wann ein wichtiger Mann die Abtei besucht hat. Da schon viel Zeit verstrichen ist, müßt Ihr lange suchen, um endlich eine Auskunft zu bekommen. Ihr erhaltet sie, und voller Freude tragt Ihr das Ergebnis Eurer Bemühungen ein. Später begegnet Ihr dann durch Zufall, den es ja nicht gibt, einem respektablen Zeitgenossen, der Euch ein ganz anderes Datum für den beschriebenen Besuch nennt. Ist das nicht zum Verzweifeln? Wie sollt Ihr wohl das Richtige herausfinden?«
Der Alte legt den Kopf ein wenig schräg und lächelt fein, die Runzeln um seine dunklen Augen geben ihm ein fast schelmisches Aussehen.
»Mein Sohn – was sind schon Tag und Stunde im Gang der Weltenzeiten und gar vor Seinem Angesicht? Dein wichtiger Besucher ist dagewesen, davon darfst du mit einiger Sicherheit ausgehen, wenn mehrere Zeitgenossen davon berichten. Weißt du, welche Begegnungen stattfanden, was gesprochen, was bewirkt wurde durch den Besuch? Ist es nicht das, was zählt? Daten sind nackte Zahlen, flüchtige Gäste unseres Lebens, was sagen sie schon aus?«
Johannes betrachtet eine Rose, die sich über seinen Arm legt. Intensiv empfindet er diese Stille, das Zusammenspiel harmonierender Farben,

den süßfrischen Duft, die Gegenwart einer mitfühlenden Seele. Er nickt bescheiden und gibt sich der Gunst des Augenblicks hin ...

Die Polarität dieser Welt – hart sieht sich Johannes mit ihr konfrontiert: »Schneide ihr die Haare und entkleide sie!« sagt der Pater Inquisitor müde. »Wenn du, mein liebes Kind, uns nicht gutwillig antworten willst, müssen wir dich um des Heiles deiner Seele willen dazu zwingen. – Das kommt nicht ins Protokoll!« weist er Johannes an, dem heute nach der Matutin befohlen wurde, hier den erkrankten Schreiber zu vertreten. Er ist so durcheinander, daß er Buchstaben verwechselt. Aus dem sanften Frieden der Kapelle wurde er in dieses niedrige, dunkle Gewölbe geführt, wo es nach nassen Steinen, nach menschlichen Ausdünstungen und geronnenem Blut riecht. Was die vielerlei Ketten, Zangen, Schrauben, Seile, seltsamen, grausame Bedrohung ausstrahlenden Eisengeräte, eine Leiter, eine eigenartige Bank mit Stricken, die über Räder bewegt werden können, zu bedeuten haben, ahnt er nicht einmal. Er sitzt hinter einem Tisch neben dem Pater Inquisitor. Vor ihnen steht ein junges Mädchen, fünfzehn Jahre sei es alt, hat es angegeben. Sie ist der Hexerei angeklagt, hat aber auf alle Fragen versichert, daß sie nichts vom Teufel wisse, sondern fromm und gottesfürchtig sei, fleißig die Kirche besuche und gern bete. Johannes hat es gewissenhaft aufgezeichnet. Aber der Vorsitzende dieses seltsamen Gerichtes glaubt ihren Worten nicht.
Nun windet der Henker sich ihr dichtes, schwarz schimmerndes Haar um die linke Hand und schneidet es ab, er arbeitet nach, bis sie nur noch Stoppeln auf dem Kopf hat.
»Du hast noch nie einer Befragung beigewohnt?« fragt der Inquisitor Johannes. Der schüttelt den Kopf. »Man muß ihnen die Haare kurz scheren, weil sie darin gern Amulette des Teufels verbergen, die sie vor Schmerzen schützen und ihnen die Kraft geben, den Henker zu verzaubern.«
»Ich weiß nicht, was zaubern ist!« jammert das Mädchen.
Mit einem Ruck reißt ihr der Henker die Kleider vom Leibe, völlig nackt steht sie nun da, versucht entsetzt, Scham und Brüste mit den Händen zu bedecken.
»Warum befehlt Ihr das?« fragt Johannes. »Ihr seht doch, wie sehr sie sich schämt!«
»Ha, wie unwissend du bist! Ad eins wird sie mit dem Teufel gewiß auch nackt Umgang pflegen, und ad zwei, in Scham, Angst und Verwirrung

gesteht sie vielleicht endlich die Wahrheit! Binde ihr die Arme auf dem Rücken fest!« Der Mann gehorcht.
Das Mädchen steht so nah vor Johannes, daß er die Wärme ihres Körpers spürt und den Schweiß ihrer Angst riecht.
»Pater«, bittet er, »sie ist gewiß unschuldig.«
»Schweig! Kennst du dich aus mit den Listen des Teufels? Sie muß noch einen Zauber besitzen, denn dich hat sie schon behext.«
»Nein, nein«, jammert die Delinquentin und sinkt auf die Knie, »ehrwürdige Väter, ich flehe Euch an, um Christi willen erbarmt Euch meiner! Ich weiß nichts vom Hexen und vom Teufel!«
Die Tränen laufen ihr übers Gesicht. Johannes zittert am ganzen Leibe vor Mitleid mit diesem armen Geschöpf und aus anderen Gefühlen heraus, die er nicht zu benennen wüßte. Er hat noch keine nackte Frau gesehen außer auf dem Gemälde seines Meisters.
»Die Befragung ist für heute beendet. Du –«, der Inquisitor weist auf den Henker, »untersuchst sie nach Hexenmalen, dann zeige ihr die Folterinstrumente; wenn sie danach immer noch nicht gestehen will, peitsche sie ordentlich mit Ruten, und werfe sie wieder in den Turm, Hände und Füße in Ketten, damit sie nicht den Teufel um Hilfe angehen kann. Komm, Bruder.«
Der Inquisitor muß Johannes noch zweimal heftig in den Rücken stoßen, ehe er sich erhebt. Er kann den Blick nicht von der Flehenden wenden. Was wird der rohe Büttel mit ihr anfangen, wenn sie gegangen sind?
»Gib mir das Protokoll!« herrscht ihn der Dominikaner an. »Du taugst nicht zum Gerichtsschreiber, zumindest nicht in diesem Fall. Geh sofort in die Kirche und bete dreimal den schmerzhaften Rosenkranz. Die Hexe hat dich ja völlig in ihrer Gewalt! Schweig, du verstehst nichts von diesen Teufelshuren!«
Was bleibt Johannes anderes übrig, als in die Kirche zu gehen? Er wirft sich vor einer Statue der Gottesmutter auf den Boden und fleht: »Hilf, Maria, es ist Zeit, Mutter der Barmherzigkeit« – aber er hört die Ruten durch die Luft pfeifen, sieht, wie sie die Haut des Mädchens aufreißen –, »hilf, heilige Gottesmutter, erbarme, erbarme dich über die arme Seele. Sieben Schwerter haben dein Herz durchbohrt, als die rohen Henkersknechte deinen Sohn marterten. Gewiß hat dieses Kind auch eine Mutter, die um es bangt und leidet. Erbarme dich, erbarme dich! Laß nicht zu, daß man sie quält!«
Ein Schatten schiebt sich über das Gnadenbild. Johannes hebt die Au-

gen. Vor ihm steht, hoch aufgerichtet, der Inquisitor. »Den Rosenkranz sollst du beten! Du gehorchst schlecht, Johannes von Köln! Haben dich die wittenbergischen Lehren infiziert? Sieh zu, daß du nicht auch dem Gericht vorgeführt werden mußt!«
Johannes sieht den Pater – Vater nennt er sich, aber ist er einer? – schweigend und trotzig an, nestelt den Rosenkranz vom Gürtel, nimmt die erste Perle zwischen Daumen und Zeigefinger der rechten Hand und beginnt zu murmeln. Er schließt die Augen. Wann der andere geht, nimmt er nicht wahr, es ist unwichtig, denn Johannes' Seele hat sich auf den Weg gemacht.

»Was du zu berichten weißt, Bruder, ist kümmerlich, erbärmlich, so gut wie nichts. Selbstredend darfst du nichts schriftlich festhalten; die Traktate und Schriften mit den ketzerischen Bildern des Delinquenten hättest du gleichwohl sammeln und uns vorlegen müssen! Das hole als erstes nach! Wir können nicht in alle Ewigkeit darauf warten, diesen Menschen auszuschalten. Sobald Kaiser Karl in deutschen Landen ist, wird es so gut wie unmöglich sein, ihn anzuklagen. Also beeile dich. Nun geh und diene uns besser als bisher, es ist zu deinem eigenen Heile. Töte deine sündigen Gedanken ab, gehorche, wie du gelobt hast. Dominus vobiscum.«
Der Daumen des Inquisitors zeichnet dem vor ihm knienden Johannes ein Kreuz auf die Stirn. Johannes erhebt sich schweigend und verläßt, rückwärts gehend, den Kapitelsaal, ohne einen von den versammelten Dominikanern anzublicken. Obwohl es später Abend ist, schreitet er ohne Aufenthalt durch den Kreuzgang, den Hof, das Tor. Und wenn er auf der Straße übernachten muß, er ist froh, diesem Kloster zu entkommen.
Seine Gedanken überschlagen sich. Wenn er wirklich alle Holzschnitte und Kupferstiche Cranachs zum Thema Religion vorlegt, ist sein Meister ein toter Mann. Wie aber konnte er es wagen, etwas zu unterschlagen, was nicht nur in ganz Deutschland, sondern in aller Welt zu haben ist? Und falls sie ihm auf die Schliche kommen – sie werden ihm auf alle Schliche kommen, fürchtet er –, ist auch er verbranntes Fleisch. Der Kaiser! Sollte er seine Hand über den Maler halten, können die Dominikaner ihm nichts anhaben. Und es gibt noch andere mächtige Fürsten oder Bischöfe, natürlich, zum Beispiel Albrecht von Mainz, der Meister Lucas braucht! Johannes hebt den Kopf und atmet tief durch. Es findet sich doch immer ein Weg.

Nun schiebt sich ein anderes Bild vor die strengen Züge des Inquisitors: das Mädchen, nackt, die Hände auf den Rücken gebunden, wie es auf die Knie fällt, sein armes Köpfchen mit den blutigen Haarstoppeln – der Henker war beim Scheren achtlos in die Haut geraten –, die schreckgeweiteten Augen. Wo mag das Gefängnis sein, in dem sie jetzt schmachtet? Ein Junge mit einer Bierkanne läuft an ihm vorbei. Johannes ruft ihn an:

»He du, warte einmal.«

»Ja, Hochwürden?« Der Kleine sieht andächtig zu ihm auf.

»Weißt du wohl, wo sie die Hexen gefangenhalten?«

»Ei freilich, im Drudenturm, der hat gar dicke Mauern und nur eine Tür, die fest, fest verrammelt ist, damit die Unholdinnen nicht entfliehen können.« Das Kind bekreuzigt sich hastig. »Gott schütze mich. Nur ein Dach hat er nicht, der Turm, die Gefangenen sind allen Unbilden des Wetters ausgesetzt, damit sie es grauslich haben und gestehen …«

»Danke, mein Kind!« Johannes schenkt ihm eine kleine Münze. »Gott mit dir.«

Der Junge läuft schnell davon, der Deckel seiner Kanne klappert laut.

»Ich brauche gar nicht hinzugehen«, denkt Johannes, »ich hätte keine Möglichkeit, sie zu befreien. Zu allem Unglück kennt mich der Henker und mißtraut mir sicherlich nach den letzten Worten des Inquisitors. Mädchen, ich kann dir nicht helfen, ich will für dich beten.«

Dankbar legt Johannes sein Gesicht an den Hals seines Pferdes und streichelt die weichen Nüstern.

»Gut, bei dir zu sein. Ach, Schwarzer, du ahnst ja nicht, wie schwer es ein Mensch haben kann.«

Das Tier bewegt leise schnaubend den Kopf auf und nieder.

»Etwa doch? Hast du vielleicht auch Kummer gehabt in diesem fremden Stall? So sind wir, wir denken nur an uns und beachten nicht, wieviel Leid wir der unschuldigen Kreatur bereiten, die wir in alle unsere Kämpfe mit hineinziehen.

Ich war ein Tor, mir einzubilden, im Kloster könne ich Ruhe und Frieden finden! Längst regiert auch dort des Menschen Geist mit seiner Gier nach Erfolg, nach Macht und Herrschaft; grausam unter das Joch gebeugt werden die, die reinen Herzens sind.

Reinen Herzens – du bist es sicherlich, mein Braver, aber welcher Mensch könnte von sich behaupten, reinen Herzens zu sein?«

Mein Lieber, spricht es in ihm, wann wirst du es begreifen: Ihr lebt in einer Welt der Polaritäten, in der alles doppelsinnig ist, sein muß. Gäbe es wohl Licht ohne Schatten, Tag ohne Nacht, das Gute ohne das Böse, an dem es sich definiert? Ergo wird auch in einem reinen Herzen das Dunkle vorhanden sein.
Nein, nein, so ist es nicht richtig, so kann es nicht sein. Ich par exemplum …
Du, mein lieber Johannes, sprichst du nicht mit zwei Zungen?
Ja, aber die Umstände zwingen mich dazu, ich würde viel lieber …
Nichts zwingt dich außer du selbst! Du hast immer mehrere Möglichkeiten, doch, du hast! Denke darüber nach, und suche nicht den Splitter im Auge deines Bruders, sondern den Balken im eigenen!
Johannes legt seinem Pferd den Sattel auf.
»So, und nun ziehen wir unsere Hofkleider an!«

»Du hast wirklich ganze Arbeit geleistet!« lobt Meister Lucas. »Habe es auch nicht anders von dir erwartet, nur ein wenig lange bist du ausgeblieben. Ich habe mich schon ganz daran gewöhnt, dir alles Schriftliche zu überlassen. Sieh her, wie sich die Papiere auf deinem Tisch stapeln.«
Es ist spät, Gesellen, Lehrlinge, Schüler haben längst Feierabend. Johannes und Lucas sind allein in der Werkstatt. Auf der Staffelei gegenüber von Johannes' Arbeitstisch steht noch immer das Gemälde mit der unbekleideten Frau, es scheint fertig zu sein.
Das warme Licht der Kerzenflamme huscht und tanzt über die Farben. Johannes' Blick vertieft sich zuerst in den rechten oberen Teil, dort ist wieder einmal die ihm so liebe Landschaft dargestellt: Bäume, Hügel, eine Stadt, Burgen auf hohem Fels, dräuender Gewitterhimmel. Links wächst der Wald hoch bis zum oberen Rand; sorgfältig sind die einzelnen Blättchen und Nadeln ausgestaltet, davor ein gemauertes Becken, in dessen Mitte auf bronzefarbener, kunstvoll modellierter Säule ein Fischer, vielleicht Poseidon persönlich, thront. Tierköpfe speien Wasser. Auf der Umfassung des Beckens entziffert Johannes: FONTIS NIMPHA SACRI SOMNUM RUMPE QUIESCO und übersetzt: Ich ruhe hier, Nymphe des heiligen Quells, störe meinen Schlaf nicht. Lange genug hat er nun versucht, die Herrin des Bildes zu ignorieren. Sie ruht in lässiger Haltung auf einem kostbaren roten Tuch, das mit kleinen Zöpfchen und krausen Locken gezierte Haupt auf den nach hinten genommenen rechten Arm gestützt, den linken locker auf dem Oberschenkel, den kleinen Finger

ein wenig abgehoben. Das linke Bein hat sie über das rechte geschwungen, die Zehen sind gespreizt. Ist sie gerade aus dem Schlaf erwacht, oder träumt sie unter halb geschlossenen Lidern?
Die Haut ihres unbekleideten Körpers schimmert und leuchtet, Johannes steht unwillkürlich auf und hebt schon die Hand, um sie zu berühren. »Nein«, sagt er beschämt, »verzeiht, Meister. Wie schafft Ihr es, den Körper so zu malen, daß ich vermeine, seine Wärme zu spüren?«
»Ein gut Teil ist Erfahrung und Technik, Johannes, das Übereinander von Farben, mit Wismut unterlegt, aber der Rest geschieht ohne Mitwirkung des bewußten Willens. Ich träume mit offenen Augen Erinnerungen und Vorstellungen, dabei führt meine Hand den Pinsel. Wenn mein Blick ins Bewußtsein zurückkehrt, ist es geschehen – ich staune und freue mich mit dem Betrachter. Übrigens sind sie meine Erfindung nicht, diese Allegorien, die Darstellungen der Sagen und Mythen: sie finden sich auf Wandteppichen, in Buchillustrationen, in Reliefbändern und Skulpturen, als Verzierungen von Gebrauchsgegenständen; ich habe sie nur in den Rang eigenständiger Themen erhoben. Allenfalls die biblischen Frauen habe ich freier gestaltet, Eva gewissermaßen der Venus gleichgestellt. Und ich habe mir erlaubt, sie in unsere Landschaft zu bringen, ihnen unsere heimische Flora und Fauna beizugesellen.«
»Genauso mag ich es! Ihr wißt ja, wie gern ich Eure Landschaften habe.« Johannes konzentriert sich wieder auf das Gemälde vor seinen Augen. »Das Kerzenlicht ist Eurer Kunst sehr förderlich, mich deucht immer wieder, die Nymphe habe die Augen ganz geöffnet, mich angesehen, leise geseufzt.«
»Ähnlich ergeht es wohl meinen Auftraggebern, und das ist ihnen vielleicht ein Trost, wenn sie allein schlafen müssen, oder eine Anregung, wenn …«
»Ihr verkauft sehr viele Bilder von nackten Frauen, nicht wahr?« unterbricht Johannes.
Lucas lächelt. »Möchtest du auch eines haben für deine Kammer?«
»Nein!« Der Schreiber errötet.
»Du hast das lebendige Bärbelchen?«
Johannes senkt den Kopf und schweigt. O Herr, hilf mir armem Sünder … Du sollst nicht Herr zu mir sagen, und wieso bist du gerade jetzt ein Sünder und arm noch dazu? spricht es in ihm.
Lucas enthebt ihn der Antwort. »Die Darstellung des nackten weiblichen Körpers ist erst seit kurzem Thema der abendländischen Malerei. Mit

den Humanisten kam die Hinwendung zur Antike und damit die Liebe zum vollkommenen Körper als Tempel einer edlen Seele. Die Verbannung der nackten Haut durch die Kirche, die in einem Frauenfuß schon die Verführung zur Sünde ahndete, wird nicht länger akzeptiert. So, wie die Maler Jesus am Kreuz unbekleidet darstellen und die Körperhaltung so realistisch und lebendig wie möglich gestalten, studiert man heutzutage auch die weibliche Anatomie und malt Frauen, ursprünglich nicht als Wandschmuck für das Schlafgemach gedacht, sondern als Symbol für Ideen, Tugenden, wie es die alten Griechen vollendet in ihren Skulpturen taten.

Nimm zum Beispiel Lucretia, die keusche Römerin, die sich selbst entleibt, weil ihr Gewalt angetan wurde. Denke an Paris, der zu wählen hatte zwischen Hera, Athene und Aphrodite: Hera, ursprünglich an Zeichen des Reichtums und der Herrschaft zu erkennen, steht für Macht und materiellen Erfolg; Athene, die Jungfrau mit Schild, Helm und Lanze, verkörpert den kühlen Verstand und die Weisheit; Aphrodite endlich, schon immer unbekleidet dargestellt als Symbol der Schönheit und der Liebe. Ich male alle drei Damen unbekleidet und überdies recht ähnlich als Schwestern, die um die Gunst des Mannes werben, Verführerinnen alle drei. Paris hat den wendigen, listigen Merkur zur Seite, den Herrn der Wege, der diese Geschichte in die Welt gebracht hat, ihn fragt er um Rat und Hilfe, weil ihm die Entscheidung so schwer fällt. Was Merkur Paris riet, wissen wir nicht, er aber wählte Aphrodite, die ihm die schönste Frau der Welt versprach, Helena. Er bekam sie auch, nur war sie mit einem König verheiratet. Darum beschwor die Einlösung von Aphrodites Versprechen einen fürchterlichen Krieg herauf – Männer, Liebe, Eifersucht, Kampf –, du siehst auf meinen Bildern Paris und auch Merkur in der Rüstung und mit Waffen.

Was habe ich noch an nacketen Weibern – wie manche Kunden gern sagen – im Angebot? Eva im Paradies als Symbol der naiven Unschuld, ohne Kenntnis von Gut und Böse in vertrautem Umgang mit Gott, noch nicht polarisiert. Unsere Quellnymphe hier ist natürlich eine Zauberin. Gehorcht der Besucher ihrer Warnung, sie nicht zu stören, sie nicht zu berühren, auch in Gedanken nicht, schenkt sie ihm Glück und Weisheit, fällt er aber wie ein Tier über sie her, wird er in ein solches verwandelt – in ein Rebhuhn im besten und in ein Schwein im weniger günstigen Fall, wie es den Gefährten des Odysseus bei Circe geschah! Solche Liebhaber im Zustande der Verzauberung sind ein beliebter Bildgegenstand. Ich

male sie gern und oft: Herkules bei Omphale, Aktäon bei Circe, Samson und Dalila.
Zurück zur Nymphe an der Quelle. Der Alchimist Bernardus Trevisanus erzählt von einem sagenhaften Brunnen der Weisheit, dessen Wasser einer Jungfrau geweiht ist – Diana? Luna? Genießt ein Würdiger, der des Schweigens fähig ist, dieses Bad, so schenkt es ihm Weisheit und Erneuerung, der Unwürdige, der die Ruhe der Göttin stört, erfährt schmähliche Verwandlung. Du siehst, wie sich die Deutungen gleichen über Kontinente und Jahrhunderte hinweg.
Auch Venus, die Lockende, von der immer mehr Tafelbilder in allen Größen verlangt werden, wehrt dem Amorknaben. Sie will nicht, daß er seine Pfeile aussendet und die Männer in Verwirrung stürzt. Die Bildinschrift lautet: Mit allen Kräften vertreibe Cupidos Liebesgelüste, daß nicht Venus herrsche in deiner Brust.
Solcher Art, lieber Johannes, ist mein Anliegen bei diesen Frauengestalten. Ich kann nicht verhindern, daß andere anderes darin sehen. Und, wie du weißt, bin ich guten Geschäften nie abgeneigt.«
»Was meint denn Doktor Luther dazu?«
»Du findest wohl immer gleich den nervus rerum? Martinus und solche Bilder, das ist ein anderes Thema. Laß uns schlafen gehen, Johannes.«
Der Meister löscht die Lichter und geht mit der letzten Kerze voraus. Noch einmal huscht der Flammenschein über das Bild – hat sie nicht doch gelächelt, die Nymphe?

Kinder

Lucas Cranach d. Ä.:
Die Heilige Sippe

Den Rücken stolz durchgedrückt, liest Johannes einen Brief des Kurfürsten an seinen Meister:

»Unseren lieben getreuen Lucas Cranach zu Wittenberg.

Lieber Getreuer, Doktor Martinus Luther hat uns auf unser gnädiges Begehren etliche deutsche Meßbücher, wie die jetzt auszugeben beschlossen und verordnet, zugeschickt, weil wir aber derselben gern mehr hätten, begehren wir, du wollest uns der noch ein hundert fürderlich übersenden, uns auch dabei vermelden, was die Bücher, so uns Doktor Martin überschickt hat und die, so du uns fürderlich anhier verordnen wirdest, allenthalben samt dem Fahr- und Botenlohn kosten, wollen wir verfügen, daß solches allenthalben soll bezahlt werden und ist uns daran zu Gefallen.

Torgau Dienstag nach St. Pauls Tag anno domini 1526«

Johannes nickt befriedigt, schreibt den Auftrag aus und schickt einen Lehrjungen damit in die Druckerei. Ein wenig später hält er erschrocken im Schreiben inne und legt die Feder nieder. Hat er sich gerade tatsächlich darüber gefreut, daß hundert deutsche Meßbücher in Auftrag gegeben und verbreitet würden? Ja, natürlich, geschäftlich gesehen ist das ein schöner Batzen Verdienst!
Am Neujahrsabend hat er Luther zu diesem Thema sprechen hören. *Deutsche Messe und Ordnung des Gottesdienstes* heißt die Schrift, welche die äußere Gestaltung, das Singen, Beten, die Lesungen und Predigten reglementieren will. Luther möchte die wichtige Rolle, die der Gottesdienst im Gemeindeleben und ganz besonders bei der Erziehung der Jugend hat, hervorheben. Johannes war erstaunt über die Bescheidenheit des Reformators, der mit dieser seiner Ordnung durchaus keinen Anspruch auf allgemeine Verbindlichkeit erheben will; er sagte, man solle sie der christlichen Freiheit nach gebrauchen. Die wirklichen Christen, führte er aus, bedürften einer solchen Ordnung nicht, sie hätten ihren Gottes-

dienst im Geiste. Diese Regelung sei nur um der Einfältigen und des jungen Volkes willen vonnöten. Johannes' Gedanken bleiben bei dem Terminus »wirkliche Christen« hängen, er gefällt ihm. Wirkliche Christen folgen weder dem Papst noch Hus oder Zwingli oder Luther, sondern allein Christum, denkt er, und kennen den Dienst für Gott in ihrem Herzen. Er erschrickt abermals. Was geht in ihm, mit ihm vor? Welcher Geist regiert seine Seele? Wird er nun zum Ketzer? Er schüttelt seine Locken, in denen nun nicht die geringste Andeutung einer Tonsur zu entdecken ist – bah, auch sein Orden kennt die Freiheit eines Christenmenschen!

»Meister Johannes!« Der Lehrling, den er zur Druckerei sandte, steht vor ihm. »Ich habe den Auftrag erledigt. Aber ich möchte zu gern wissen, was in dieser Schrift steht, daß so viele Exemplare gewünscht werden.«

»Hast du den Auftrag gelesen?«

Der Junge nickt stolz.

»Nun ja, wenn du der Schrift kundig bist, kannst du es vielleicht verstehen. Paß auf: Luther unterscheidet drei Formen des Gottesdienstes, die lateinische, die er in der Formula Missae verwirklicht, um die Jugend in der lateinischen Sprache zu üben; die deutsche Messe für die einfältigen Laien soll einen öffentlichen Anreiz zum Glauben und zum Christentum darstellen, und die dritte Form ist die eigentliche evangelische Ordnung einer häuslichen Versammlung, wie Luther sie mit Freuden täglich im Schwarzen Kloster praktiziert, wobei er die christliche Kirchenzucht mit verwirklichen will.

Die deutsche Messe erteilt gewissermaßen Unterricht in den Hauptstükken des christlichen Lebens: Vaterunser, Glaubensbekenntnis, Zehn Gebote. Soviel zum Inhalt des ersten Teiles der Schrift. Im zweiten schildert Luther unseren Gottesdienst hier in Wittenberg, auch Noten für den Altargesang sind abgedruckt, die er selbst gesetzt hat, denn er versteht sich gut auf die Musik, wie du weißt ...«

»He, Lorenz, ich brauche frische Farben, wo bleibst du?« ruft Silberbart ungehalten.

Der Junge läuft an seine Arbeit. Johannes nimmt die Feder auf, schreibt aber nicht. »Unser« Wittenberger Gottesdienst, hat er gesagt. Donnerwetter auch, rechtet er mit sich selbst, und wenn der Inquisitor mich in Stücke hauen läßt, ich sehe keine Sünde darin, den Menschen das Evangelium in ihrer Muttersprache zu verkündigen, damit sie es verstehen können, wenn sie wollen.

Gut, Johannes! lobt es ihn.

Hohe Zeiten für die Frauen! Die Meisterin und die Lutherin erwarten Nachwuchs. Tuschelnd und lachend findet Johannes sie im Flur vor der geöffneten großen Truhe: sie sortieren Tücher und winzige Kleidungsstücke.

»Ach Johannes«, sagt Barbara Cranach, »ob du uns wohl ein Verzeichnis dieser Sachen anfertigst, damit wir sehen können, wie weit sie reichen?«

Johannes neigt sich höflich. »Selbstverständlich. Den Damen tue ich gern jeden Dienst, muß nur beim Meister Urlaub nehmen!«

Sie lachen alle drei.

»Was gibt es?« fragt Lucas, des Weges kommend.

»Aufstellung der vorhandenen Aussteuer an Kinderkleidung!« meldet Johannes.

Der Meister entrollt eine Zeichnung. »Seht, das paßt gut zu diesem Thema!« Auf dem großen Blatt sind mit Silberstift Kinder skizziert, Säuglinge an der Mutterbrust, Kleinkinder mit Bällen und Äpfeln, ein Knabe, der einen Hund lockt.

»Wie schön!« strahlt Barbara. »Bitte, Lucas, schenke mir das Blatt, ich kann mich nicht satt daran sehen.«

»Meine Liebe, es sind Studien für die Werkstatt, die bei Bildern der Heiligen Sippe Verwendung finden sollen. Ach, wenn du so bittend schaust und auch du, Katharina – nehmt es denn hin, ich werde ein neues zeichnen.«

»Danke, Lucas, danke!« Die beiden laufen mit ihrem Geschenk zum Fenster, um besser sehen zu können. Johannes würde ihnen gern folgen, kehrt aber pflichtbewußt an seinen Arbeitstisch zurück.

»Wie lebendig diese Zeichnungen erscheinen und sind nichts als schwarze Striche auf Papier«, wundert sich Katharina. »Dein Mann ist ein Zauberer. Er kennt die Kinder gut; er muß sie gern mögen, wenn er sich die Mühe macht, sie so genau zu beobachten.«

»Ja«, nickt Barbara, »er hat eine enge Beziehung zu ihnen. Er geht ganz unbefangen auf sie zu; sie fühlen, es ist ihm eine Freude, bei ihnen zu sein. Er nimmt sie genauso ernst wie Erwachsene – wahrscheinlich sogar ernster. Die Kinder spüren das, sie sammeln sich sofort um ihn. Selbst Karl, unseren Kaiser, hat er mit dieser Ausstrahlung gewonnen. Er war ein schwieriges Kind, wollte und konnte nicht stillhalten, ließ sich kaum beeinflussen. Lucas sollte ihn malen. Man fürchtete, es könnte nicht gelingen, weil Karl ihm nicht sitzen würde. Lucas schickte alle Höflinge fort. Er fand Karl im Garten, wo der Junge mit seinen Hunden spielte.

Lucas begann zu zeichnen, er skizzierte einen Welpen in putziger Haltung. Karl kam neugierig heran und war ganz begeistert. ›Schenkst du mir das Bild?‹ bat er. Lucas tat es. Und während der Knabe aufmerksam die Zeichnung studierte, hielt er sein Gesicht fest. Die Gestalt aus der Bewegung heraus zu übernehmen war für Lucas ein leichtes.«
»Wie alt war der Kaiser?« fragt Käthe.
»Acht Jahre.«
»Das Gemälde möchte ich gern sehen!«
»Ich auch. Aber es hängt natürlich in irgendeinem Schloß in den Niederlanden. Du kannst dir nicht vorstellen, Käthe, wie sehr Lucas sich eigene Kinder wünschte. Er brachte mich ganz durcheinander mit seinem stetigen Fragen und Forschen, wann es denn endlich soweit sei. Hans' Wiege hätte er am liebsten in der Werkstatt stehen haben wollen.«
»Das ist schön, ein Vater, der an seinen Kindern hängt. Ich hoffe, Martin wird es ihm gleichtun.«
»Hier, nimm!« Barbara legt alle Kindersachen in einen großen Korb und reicht ihn Käthe. »Du bist zuerst dran! Bis mein Nachwuchs zur Welt kommt, braucht dein Kleines dies alles nicht mehr.«
Käthe errötet. »Oh, danke, liebe Barbara. Es ist so gut, alles bereit zu wissen. Läge das Kind nur schon gesund in seinen Windeln.«
»Hast du Anlaß zur Sorge?«
»Nicht, was meinen Leib betrifft. Es scheint alles in bester Ordnung. Ich schäme mich auch meiner Ängste, sie sind geradezu sündig. Und doch plagen mich die Gespenster.«
»Welche Gespenster?« Barbara zieht Käthe neben sich auf die nun geschlossene Truhe und legt den Arm um sie.
»Du weißt, was die Leute zischeln: Das Kind einer Nonne und eines Mönchs wird eine Ausgeburt der Hölle, ein Monstrum mit zwei Köpfen!«
»Käthe! Wenn das wahr wäre, liefen viele Monstren umher, ich kenne jedoch kein einziges. Was sagt Martinus zu dieser Prophezeiung?«
»Ach Barbara, du kennst ihn doch. Er fürchtet sich zwar sehr vor dem Teufel und ringt mit ihm in schweren Nächten, aber in allem, was unsere Ehe angeht, ist er ganz sicher, Gottes Willen zu tun, und fühlt sich geschützt. Sage nichts, Barbara, du brauchst es nicht auszusprechen, ich weiß es selbst: er hat recht. Und doch tanzen die Fratzen der Gespenster durch meine Träume.«
»Ich kenne diese Ungeheuer! Meister Hieronymus Bosch weiß sie vor-

trefflich zu malen, bei Lucas findest du sie in den Versuchungen des heiligen Antonius. Wir Menschen sind ihnen wohl ausgeliefert, all unserem Verstand und unserem Wissen zum Trotz. Sie steigen aus den Tiefen unserer Seele, wir können uns ihrer nicht erwehren. Oh, ich weiß.«
Käthe streichelt tröstend über den Rücken der Freundin. So kennt sie die tatkräftige, immer lustige Barbara ja gar nicht! »Wann siehst du sie?«
»Sie suchen mich in meinen Träumen heim, oft Nacht für Nacht, und manchmal habe ich sogar bei hellem Tageslicht das Gefühl, sie seien um mich herum.«
»Nein, Barbara, glaube mir, das bestimmt nicht! Wenn du betest, müssen sie weichen!«
»Ja, ich weiß. Aber im Traum gelingt es mir nicht zu beten.«
»Das ist schwer. Nimm dir vor dem Einschlafen fest vor, es in dieser Nacht zu können! Das hilft.«
»Ich will es versuchen, Käthe.«
»Lucas kennt sie wohl auch, die dunklen Geister, da er sie malt?«
»Ganz gewiß. Sieh dir nur seine Bilder an! Immer wieder tauchen sie auf, als Phantasien hoch in den Wolken, aber auch, Mensch geworden, in Folterknechten, Soldaten, Pharisäern. Komm!« Die Meisterin zieht Käthe mit sich hoch. »Gehen wir, ich muß in die Küche. Dein Kind wird gesund sein an Leib und Seele und seinen Eltern eine Freude, glaub mir!«

In der Werkstatt ist dicke Luft. Der Meister hantiert polternd mit den Holzschnittformen. Er dreht sich abrupt um zu seinen Leuten und sagt lauter, als es sonst seine Art ist: »Herrschaften, es setzt hier bald ein furchtbares Donnerwetter, wenn nicht sofort und überall Ordnung gemacht und gehalten wird – Ordnung, sage ich! Man findet ja die eigene Nase nicht wieder. Ihr hört jetzt alle auf zu arbeiten und räumt auf. Du, Abel, teilst ein, wer was zu tun hat. Du, Silberbart, sortierst die Formen nach Jahreszahlen. Ich suche die Figuren der Schnitte in der Offenbarung, die erstmals 1522 im September-Testament benutzt wurden.«
Eifriges Hantieren hebt an. Einzig der Meister steht an seiner Staffelei, sein Pinsel fliegt, er vergißt den Ärger. Voller Hingabe malt er zwei am Boden sitzende Knaben. Der eine hält ein Buch in der Hand und zeigt dem anderen etwas darin. Dieser kuschelt seinen Kopf auf die Schulter des Älteren, so daß dessen Gesicht sich in die Locken des Kleinen schmiegt und nur im Profil zu sehen ist. Dies enge Miteinandersein,

traulich und ohne Arg gemeinsam an eine Sache hingegeben, dies darzustellen, wendet Cranach all sein Können auf.
»Hier, Meister, sind die Formen.« Silberbart reicht ihm die Holzstücke.
»Danke. Bring sie zu Johannes. Ich komme dann gleich.«
Ungern legt er den Pinsel aus der Hand. Was auf der Welt ließe sich wohl mit diesem Zustand vergleichen, wenn seine Hand den Empfindungen seiner Seele Ausdruck verleiht? Nicht sein Verstand denkt, nein, der ist daran nicht beteiligt. Wie kann man das nur in Gedanken, in Worte fassen? Mit innerem Auge sieht er Bilder, vollkommene Bilder, die gewissermaßen durch ihn hindurchgehen und auf der Leinwand Gestalt annehmen, oft weiß er selbst nicht, wie. Doch in diesem Tun, in dem er Werkzeug ist, fühlt er sich glücklich. Bisher ist es ihm nicht gelungen, die Vollkommenheit des Vorbildes zu erreichen – darum arbeitet er so schnell, immer schneller, um festzuhalten, was er sieht, ehe es Neuem weicht.
Er nimmt den Pinsel noch einmal auf, er will dem kleineren Knaben eine Schleuder ins Händchen malen. Die Bilder im Buch ziehen die Kinder derart in Bann, daß sie darüber die wilden, lustigen Spiele außerhalb des Hauses vergessen.
Ach ja, die Holzformen. Er geht zu Johannes hinüber.
»So. Hieronymus Emser will diese Figuren haben.«
»Meister, die schönen Apokalypse-Schnitte, wollen wir sie nicht behalten?«
»Nein, Johannes. Falls wir welche brauchen sollten, machen wir neue. Ich hätte da schon Vorstellungen, die ich gern ausarbeiten möchte. Im Augenblick besteht jedenfalls kein Bedarf. Wir werden die Druckerei wohl bald abgeben. Sieh mich nicht so an, ich habe laut gedacht. Also, er bekommt die Druckstöcke für vierzig Taler. Leite das in die Wege.«
»Ja, Meister.«
»Du sagst ja, Johannes, und denkst nein. Heute gebricht es mir an der inneren Sammlung – ich gehe ins Rathaus. Und morgen in der Früh soll gefälligst alles hier seine beste Ordnung haben, wenn ich bitten darf.«
Johannes macht sich an seine Papiere. Beim Registrieren nach Jahren gerät er in ältere Briefschaften und findet ein langes Schreiben des berühmten Humanisten Doktor Christoph Scheurl an Lucas Cranach, den geistreichen, schnellen und vollendeten herzoglich sächsischen Hofmaler.

»Von jener Rede, die ich voriges Jahr hielt, als unsere höchsten Gönner einen öffentlichen Act veranstalteten, in Beisein vieler Fürsten, Vornehmen und Gelehrten aller Orten, bei Ertheilung der Doctorwürde an unseren Cantor und Scholastiker, haben mich viele um Abschrift gebeten. Auch Du, mein gefeierter Lucas, hast es auf Anregung Anderer gethan, weil aus unserm täglichen Umgang eine solche Vertraulichkeit, Wohlwollen und Freundschaft entstanden ist, daß ich Dir nichts abschlagen könnte und, wenn ich auch könnte, nicht möchte. Denn ich habe durchaus den Trieb in mir, daß ich alle durch Geist und Herzensgüte sich auszeichnenden Menschen liebe, werthschätze, achte, bewundere und verehre. Wer aber kennt nicht Deine großen Tugenden, wem entgehen die vortrefflichen Eigenschaften Deines Herzens? Wahrlich, wenn man den einzigen Albrecht Dürer, meinen Landsmann, ausnimmt, mit dem sich Niemand messen kann, so räumt, nach meinem Urtheil, nur Dir unser Jahrhundert den ersten Platz ein in Dem, was die Malerei betrifft, welche bei den Korinthern erfunden, längere Zeit aber vernachlässigt und erst jetzt wieder ins Leben gerufen worden ist. Die übrigen Deutschen treten zurück, die Italiener, sonst so ruhmsüchtig, bieten die Hand, die Franzosen begrüßen Dich als ihren Meister. Beweis dafür sind Deine Gemälde in der Kirche zu Wittenberg, welche außerordentlich bewundert werden, an welchen (wie bei allen denen von Thimantes und bei den drei Gemälden meines Landsmannes Albert [gemeint ist Albrecht Dürer], *die sich ebendaselbst befinden und die nach der Meinung von Künstlern mit den dreien wetteifern sollen, welche man von Apelles gemalt glaubte) immer mehr erkannt wird, daß es nichts Lieblicheres, nichts Reizenderes gemalt gibt. Maler strömen wetteifernd herbei, um sie nachzubilden und dieselben zu erreichen; viele bestätigen nur, was Zeuris unter sein Gemälde des Athleten schrieb:* **Niemand kömmt gleich.** *Mein Lehrer erhebt seinen Landsmann Francia von Bologna; er hat aber Deine Werke nicht gesehen, nicht das herzogliche Gemach zu Coburg, wo Du Hirschgeweihe gemalt hast, nach welchen oft Vögel fliegen, die zu Boden fallen, indem sie meinen, sich auf Zweige niederzulassen. Du hast einstmal in Oestreich Trauben auf einen Tisch gemalt, mit solchem Erfolg, daß in Deiner Abwesenheit eine Elster beständig herbeiflog und, unwillig über die Täuschung, mit Schnabel und Klauen das neue Werk zerhackte. Zu Coburg hast Du einen Hirsch gemalt, den fremde Hunde beim Erblicken jedes mal anbellen. Was soll ich aber von dem wilden Schweine sagen, welches unser hochherziger Fürst dem Kaiser zum Geschenk schickte, das Du, gleich jenem*

von ungewöhnlicher Größe, das auf Wittenbergs Fluren erlegt worden war, so kunstreich (wie Du zu thun pflegst) dargestellt hast, daß ein Jagdhund bei dessen Anblick alle Haare sträubte, anfangs ein ungeheueres Gebell erhob, bald aber sein Heil in der Flucht suchte. Es soll nämlich in der Natur der Hunde liegen, diese Gattung Wild zu scheuen. Es könnte aber Jemand sagen: Vogel und Hunde zu täuschen, erreichte auch Zeuris und der deutsche Apelles, so pflege ich nämlich meinen Landsmann Dürer zu nennen, der, wie Marcias Marcus Varro, sein Bild nach dem Spiegel gemalt hatte und dessen Haushündchen, um dem Meister seinen Beifall zu erkennen zu geben, die noch frische, an die Sonne gestellte Malerei küßte, wovon die Spur noch vorhanden ist. Deshalb will ich Anderes erwähnen, was nicht weniger Bewunderung verdient, als jene gemalte Leinwand des Parrhasius, womit er den Zeuris getäuscht haben soll, da es das größte Lob ist und deshalb nur wenigen Sterblichen ertheilt worden, selbst nicht dem Serapion, einem übrigens feinen und correcten Maler, Menschen zu malen, und so zu malen, daß sie von Allen erkannt werden und zu leben scheinen. Als unsere Fürsten Dich vorigen Sommer in die Niederlande schickten, um mit Deinem Talent zu prunken, bist Du wie Antron angelangt. Gleich beim Eintritt ins Gasthaus hast Du mit einer vom Kohlbecken genommenen gelöschten Kohle das Bildnis Sr. Majestät des Kaisers Maximilian auf die Wand so gezeichnet, daß es von Allen erkannt und bewundert wurde. Daher kam es, daß Du nicht anders angekündigt worden, als daß Lucas, bis dahin nur dem Namen nach bekannt, angekommen sei; wie Apelles nach Rhodus kam, als er auf des Prothogenes Gemälde jene zarte, kaum sichtbare Linie zog. Unsern vortrefflichen Fürsten Johannes hast Du aber so getreu gemalt, daß nicht **einmal,** *sondern* **wiederholt** *die Einwohner von Lochau, wenn sie in die Burg eintraten und durch das Fenster den oberen Theil des Bildes erblickten, mit entblößtem Haupte (wie es Sitte ist) betroffen die Knie beugten. Gleiche Ehrenbezeigung erwies Rupert Hundt dem Gemälde, als Du es in dem fürstlichen Schloßhof vor Dir hertrugst. Zu Torgau hast Du Hasen, Fasanen, Pfauen, Rebhühner, Enten, Wachteln, Krammetsvögel, Holztauben und anderes dergleichen Geflügel an der Wand hängend gemalt, die einstmal der Graf von Schwarzburg, als er sie sah, hinauszubringen befahl, damit sie nicht einen üblen Geruch verbreiteten; und da er merkte, daß er von den Fürsten ausgelacht wurde, und näher hinzutrat, mit einem Schwur betheuerte, daß wenigstens ein Flügel von einer wirklichen Ente dabei gewesen sei. Georg, der herzogliche Jäger, obgleich* *er zu Coburg erkannte, daß Du den Hirsch gemalt habest, welchen er damals gefangen hatte, hielt doch die Geweihe für eingemauert; und als das Gegentheil behauptet wurde, so glaubte er es nicht eher, als bis er es mit Händen fühlte. Die von Dir zu Lochau gemalten Rebhühner und Enten wurden, ohne Ausnahme, von Allen, die unvermuthet eintraten, für lebendige gehalten. Denn obschon Du ein ehrlicher Mann bist, täuschest Du doch, wen Du willst und so oft Du es willst. Wollte ich dieser Art Werke Deines Genies alle aufführen, das hieße mehr eine Geschichte schreiben, als einen Brief. Nicht übergehen kann ich jedoch, da dem Prothogenes und vielen Andern, nach dem bekannten Satz, daß übertriebene Sorgfalt (in der Ausführung) schade, oft zum Vorwurf gemacht ist, daß sie nicht endigen können, Dich bisweilen Jedermann lobt, daß Du mit wunderbarer Schnelligkeit malest, daß Du nicht allein dem Nicomachus oder Marcia, sondern allen Malern darin überlegen bist; welche Schnelligkeit Du, nach meinem Dafürhalten, durch fortwährendes Studium und beständigen Fleiß Dir erworben hast. Plinius schreibt, Apelles habe beständig die Gewohnheit gehabt, keinen auch sonst noch so beschäftigten Tag zu verbringen, ohne wenigstens durch Zeichnen einer Linie die Kunst zu üben; wie auch Prothogenes im Krieg, so sehr er durch Schlachtengetümmel unterbrochen wurde, doch die angefangenen Werke fortsetzte, da er wußte, daß Demetrius mit den Rhodiern und nicht mit den Künsten Krieg habe. Da dieser die Stadt nur von der Seite nehmen konnte, wo sich die Gemälde befanden, so zündete er sie nicht an, damit die edelsten Werke der Kunst nicht verbrannten, so daß ihm durch Schonung der Gemälde die Gelegenheit zur Besiegung entging.*

Soviel ich sehe, bist Du, ich kann nicht sagen keinen Tag, sondern fast keine Stunde müßig, immer ist der Pinsel geschäftig. So oft die Fürsten Dich mit zur Jagd nehmen, führst Du irgendeine Tafel mit Dir, welche Du inmitten der Jagd vollendest, oder Du zeichnest, wie Friedrich einen Hirsch aufjagt oder Johannes einen Eber verfolgt, was bekanntlich den Fürsten kein geringeres Vergnügen gewährt, als die Jagd selbst.

Wie aber jene alten Maler eine gewisse Liebenswürdigkeit hatten, so bist auch Du (was ich von unserem Albrecht Dürer gerühmt habe) freundlich, gesprächig, freigebig, leutselig und gefällig, und deshalb unserem Kurfürst Friedrich nicht weniger lieb, als Apelles dem Alexander, bist dem Herzog Johannes nicht weniger angenehm, als Prothogenes dem Demetrius. Wenn Staatsgeschäfte und Gottesdienst, denen sie einen großen Theil des Tages und auch der Nacht widmen, es ihnen ge-

statten, so kommen sie in Deine Werkstatt, aber nicht wie Alexander zum Apelles, viel Unnützes zu reden, sodaß sie von den Farbenreibern verlacht werden, sondern die Werke Deines Genies mit größtem Erstaunen zu bewundern, und mit dem größten geistigen Genuß Deine Meisterstücke zu loben. Deren sind in der That so viele und so große, daß, so oft ich zu Dir komme, und das geschieht häufig, ich verlegen bin, was ich vorzugsweise betrachten soll, was täglich Neues entsteht. Wohin man sich wendet, in jedem Winkel zeigt sich ein Gemälde, das die Augen mit Gewalt auf sich zieht, so wahr dargestellt, mit solcher Genauigkeit der Züge, daß Wenigen das Werk als leblos erscheint, daß man glaubt, es fehle nichts als die Seele. Denn obgleich Du die höchste Kunst besitzest, so liegt es doch außerhalb der Kunst, die Seele zu malen.
Empfange also, mein Lucas, die Rede, um welche Du mich gebeten hast, nimm sie als eine geringe Gabe, aber doch als ein besonderes Denkmal meiner Neigung gegen Dich . . . Wem könnte denn wohl entgehen, daß Vieles zuzufügen, Vieles zu mildern, Vieles zu ändern sei, was ich vielleicht selbst einigermaßen vermocht hätte, wenn ich Dir die Rede nicht in der Gestalt hätte übergeben wollen, in welcher ich sie hielt. Dazu dränget mich auch noch Wichtigeres, wodurch mein Geist beunruhigt wird: Man muß die Zeit benutzen. Gott möge es zum Guten wenden, wie das Geschenk auch sei. Nimm es also gut auf, wie ich die Tafel bewahre, auf welcher Du mich so sorgsam dargestellt hast, auf die ich nicht ohne Grund habe schreiben lassen: ***Wenn Dir, Wanderer, Scheurl bekannt ist, wer ist mehr Scheurl, Dieser oder Jener?*** *Du aber leb wohl! und, was Du auch beginnest, liebe mich gegenseitig.*
Zu Wittenberg in meinem Haus, den 1. Oktober, im Jahr der Versöhnung 1509, im 24sten Jahr der Kurwürde unseres Friedrich. Leb nochmals wohl!«

Johannes streicht die Papiere glatt und sortiert sie ein. Nun weiß er viel mehr über seinen Meister – und auch wieder nicht, denn daß er einer der Großen ist, hat er längst erfühlt. Diesen Brief will er bei Gelegenheit kopieren und aufheben für seine Auftraggeber!

Wie nah doch alles beieinanderliegt in dieser Welt, grübelt Cranach. Obwohl ich wegen der Holzformen wirklich zornig war, bescherte mir das Malen dieses reine Glücksgefühl. Und gleich danach bin ich wieder

unleidlich und fahre den armen Johannes an, der gar nichts gesagt, geschweige denn getan hatte.
»Barbara, was stehst du hier im Flur vor dem Bild des heiligen Antonius?«
»Ach, du bist's, Lucas! Ich habe dich gar nicht kommen hören. Ich war so gefangen von deiner Malerei. Woher hast du die Fratzen der Ungeheuer dort oben in der Wolke, die den Eremiten versuchen?«
»Meine tatkräftige und allzeit fröhliche Barbara, was kümmern dich diese Geister der Finsternis?«
»Sie besuchen mich im Dunkel der Nacht, Lucas. Kennst du sie?«
»Ja und nein. Wie sollte man Geister wohl kennen in des Wortes exakter Bedeutung? Sie plagen einen in schweren Stunden, aber sie scheuen das Licht der Genauigkeit, du ahnst sie mehr, als du sie siehst; und was ich dann mit dem Pinsel in die Wirklichkeit bringe, habe ich durchaus nicht immer bewußt erlebt – es geht durch mich hindurch, verstehst du?«
Barbara legt grübelnd die Stirn in Falten. »Ja, Lucas, ich glaube, ich weiß, wie du es meinst. Sie geben sich nicht zu erkennen, das ist es, was sie so schrecklich macht, nicht wahr?«
»Barbara, plagen sie dich oft?«
»Ja, Lucas. Ich habe solche Angst, sie könnten mich ganz in ihre Gewalt bekommen.«
»Nein, nein, meine Liebe!« Er schließt sie in die Arme. »Das läßt Gott nicht zu! Sein Name vertreibt alles böse Gezücht.«
»Wie lautet sein Name, Lucas?«
Versonnen streicht er ihr übers Haar. »Gute Frage, Barbara. Gott ist kein Name, so heißen sie alle, Zeus, Jupiter, Odin, Allah; ich muß Luther fragen, der wird es wohl wissen. Aber Jesus Christus, seinen Namen kennen wir, hat den Tod für uns überwunden, er vertreibt die Gespenster, daran glaube ich. Versuche es, meine Liebe, rufe zu ihm, wenn sie dich bedrängen.«
»Ja, Lucas, ich weiß, es hilft, solange ich bei Bewußtsein bin. Aber im Traum gelingt es mir nicht zu beten, ich sagte es schon zu Käthe.«
»Und was antwortete sie dir?«
»Ich soll es mir vor dem Einschlafen ganz fest vornehmen.«
»Eine kluge Frau! Aber neben Gott hast du auch noch mich, deinen Mann. Ich will dich in meine Arme nehmen in der Nacht. Den bösen Geist möchte ich sehen, der sich dann an dich herantraut!«
Barbara lächelt mit Tränen in den Augen. »Gewiß, vor dir werden sie alle die Flucht ergreifen, mein starker, mächtiger Lucas!« sagt sie ironisch.

»Ein Junge, es ist ein Junge, Lucas, und ganz gesund! Johannes soll er heißen! Willst du sein Taufpate sein?« Luther stürmt in die Werkstatt und faßt den Meister bei beiden Händen. »Kätha hat es gut überstanden, und das Kind ist ganz gesund, ganz gesund allem Unken zum Trotz!«
Aha, denkt Johannes an seinem Tisch, so hat es den Gottesmann also auch belastet, was die Leute redeten! Wir sind halt alle Menschen.
»Meinen herzlichen Glückwunsch! Gern will ich Gevatter stehen!« sagt Cranach. Alle in der Werkstatt umringen Luther und gratulieren ihm.
»Komm!« Lucas faßt den Reformator um die Schultern. »Gehen wir in die Apotheke, da wollen wir gute Dinge einpacken für die Mutter und – den Vater. Ich sollte noch Barbara Bescheid sagen …«
»Das tut nicht nötig, sie ist bei Kätha«, informiert Luther.

Franz steht vor Johannes' Tisch und lehrt seinen Beutel aus.
»Hier, der Erlös für die Stiche, die ich für euch verkauft habe. Ich danke dir sehr, daß du mir diesen Auftrag vermittelt hast, es ist ein leichtes und kurzweiliges Brot! Die Leute erwerben eure Graphik gern.«
»Das freut mich zu hören. Wir tun uns auch leicht im Vergleich zu Dürer, der schickt seine Frau Agnes mit Drucken auf den Markt.«
»Das ist natürlich ideal, so bleibt alles Geld in der Familie.«
Johannes rechnet und schiebt dem Freund seinen Anteil zu. »Stell dir vor, gerade hat uns Herzog Albrecht von Preußen einen Blankoauftrag zur Lieferung aller neuen, guten und leswürdigen Bücher erteilt, das bringt Taler! Ich stelle gerade eine Sendung zusammen.«
»Und wie verpackt ihr die empfindliche Ware, damit sie die weite Reise heil übersteht?«
»Wir stapeln die Druckbogen in Holzfässern. Was die Flüssigkeit des Weines nicht nach außen dringen läßt, verwehrt auch aller Feuchtigkeit den Eingang nach innen. Feuchtigkeit ist, wie du weißt, der größte Feind des Papiers.«
»Das ist eine gute Idee. Was wiegt so ein Faß?«
»Gut und gern seine vier Zentner.«
»Oh, da haben die Fuhrleute ja ordentlich zu schaffen beim Verladen. Und wer schneidet die Druckbogen auf und bindet die Bücher?«
»Das muß ein jeder, der sich Literatur zuschicken läßt, selber besorgen. Fertige Bände sind zu unhandlich für den Transport.«
»Interessant, Johannes, sehr interessant. Was machen übrigens deine Studien?«

»Ach, Franz, ich habe sie ganz aufgegeben. Meine Arbeit hier nimmt all meine Kraft in Anspruch.«

»Willst du deiner Lebtag ein Schreiber bleiben?«

»Weiß nicht, vielleicht. Es gefällt mir gut bei Meister Lucas.«

»Das will ich glauben. Was ich dich fragen wollte: Magst du mir ein Exemplar des Sonderdrucks besorgen, den Doktor Luther für seine Studenten anfertigen ließ? Weißt du, den mit dem großen Abstand zwischen den Zeilen, damit unsereins seine Glossen hineinschreiben kann.«

»Ja, natürlich. Hier, ich schreibe dir einen Auftrag, geh damit in die Druckerei.«

»Danke. Was kostet's?«

»Laß nur, das geht auf meine Rechnung.«

»Doppelt danke. Gott mir dir!«

»Gott mit dir, Franz.«

Auf diese Weise bin ich des Studentenstandes problemlos entkleidet, denkt Johannes erleichtert.

»Hahaha«, Silberbart tanzt in die Werkstatt und dreht sich lachend und singend im Kreis, »hahaha, ihr ahnt ja nicht, was ich weiß!«

»Du wirst es uns schon kundtun!« brummt Johannes.

»Rom gehört überhaupt nicht dem Papst! Seine weltliche Macht ist null und nichtig! Die Konstantinische Schenkung ist eine Fälschung! Lorenzo Valla hat den Nachweis erbracht! Hahaha!«

»Was ist das denn, die Konstantinische Schenkung?« fragt Hans Cranach, der sich gerade neben Johannes seine Feder anspitzt.

»Paß auf: Der römische Kaiser Konstantin der Große war ein mächtiger Heide, der den Sonnengott verehrte. Bei einer großen Schlacht am Ponte Molle sah er ein leuchtendes Kreuz am Himmel und vernahm eine Stimme, die sagte: In diesem Zeichen wirst du siegen! Konstantin siegte und wurde Christ. Aus Dankbarkeit erkannte er die Herrschaft Roms über alle Kirchen an, schenkte dem Papst kaiserliche Insignien, den Lateranpalast und die Herrschaft über die Stadt, Italien und alle römischen Provinzen im östlichen Mittelmeerraum. Die Urkunde, in der dies alles geschrieben steht, nennt man die Donatio Constantini.«

»Und sie ist gefälscht, hahaha, sie ist gefälscht!« lacht Silberbart.

»Dann haben die Päpste gelogen?« fragt das Kind. Johannes rutscht voller Unbehagen auf seinem Stuhl herum.

»Ja«, antwortet Silberbart jetzt ganz ernst statt seiner, »die Päpste haben gelogen.«

»Aber Lügen ist Sünde. Wie kann der Papst sündigen?« fragt der junge Cranach weiter, doch keiner antwortet ihm.

Johannes ist mit seiner Buchhaltung beschäftigt.

Die Jahresration für das Pferd des Meisters wurde vom kurfürstlichen Hof geliefert: 145 Scheffel, 2 Maß Hafer. Leim für Tischlerarbeiten wurde besorgt. 200 Florin sind eingegangen für Arbeit an der Befestigung von Wittenberg. Es gibt kein Hofgewand mehr für die Lehrjungen.

Johannes ertappt sich dabei, wie er, anstatt weiter Rechnungen aufzustellen, mit seiner Feder zeichnet, und was da auf einem Papierfetzen entsteht, ist das Gesicht von Bärbelchen. Besonders gut gelingen ihm die mutwilligen Locken über ihren Ohren.
»Oh, sieh einmal an, gar nicht so übel!« Der Meister. Ist er allgegenwärtig? »Möchtest du wohl ein Maler werden, Johannes?«
Der Mönch sieht zu Cranach auf, spürt das ehrliche Interesse und die warme Zuneigung. »Ja, Meister, das möchte ich von Herzen gern. Nur, ich bin schon alt und sicherlich nicht begabt.«
»Das Malen ist nicht unbedingt eine Frage des Alters. Und was die Begabung angeht, so hast du das Bärbelchen gar nicht übel abkonterfeit!«
»Ihr habt sie erkannt?«
»Natürlich. Du hast sie genau getroffen. Ja, dann laß uns mal überlegen.« Cranach zieht sich einen Schemel heran und setzt sich Johannes gegenüber an den Tisch. »Wenn andere Lehrlinge die Werkstatt fegen, aufräumen und ähnliche leichte Arbeiten verrichten, könntest du dich weiter um meinen Schreibkram kümmern, du müßtest allerdings einen Gehilfen haben, damit dir Zeit zum Zeichnen und Malen bleibt. Ich denke, du hast dir schon nebenbei eine Menge abgeguckt, tagaus, tagein gegenüber meiner Staffelei!«
»Aber ich kann kein Lehrgeld zahlen, Meister.«
»Das brauchst du auch nicht. Du sollst alles frei haben und für besondere Arbeiten einen Lohn erhalten, damit du ein wenig Geld in der Tasche trägst, denn das braucht der Mensch. Nein, nun fange nicht an, dich zu bedanken. Ich mag dich, Johannes, und es ist mir eine Freude, dich auszubilden. Wüßtest du jemanden, der dir bei den Schreibarbeiten helfen könnte?«
»Franz, ja, natürlich! Im Augenblick vertreibt er Graphik für uns, aber er

wird bestimmt lieber hier im Warmen sitzen, und er wüßte schnell, was er zu tun hat.«

»Gut, dann sprich mit ihm. Und nun schließ deine Bücher weg, ich will dir ein wenig von unserer Werkstatt erklären. Wie du weißt, sind die meisten Bilder Gemeinschaftsarbeit, die Lehrlinge und selbst die Schüler können einige Teile ausführen, die genau angerissen sind. Für viele immer wiederkehrende Gegenstände gibt es Vorlagen: hier, die Geflügelstudien, der tote Erpel, die vier im Bündel aufgehängten Rebhühner, der tote Fasan werden immer wieder benutzt und einfach abgemalt. Das Porträt eines nackten Knaben habe ich unlängst gemalt, als ich mich auf mein Annchen freute, es wird bei Krippendarstellungen gebraucht. Vorlagen für fast alle religiösen Themen findest du im Heiltumskatalog der Schloßkirche. Bei der Illustration der vielen Reliquien unseres Kurfürsten kommt so gut wie alles vor.«

»Dies hier, Meister, ist das auch eine Vorlage?«

Johannes deutet auf ein Doppelbild: Christus und Maria. Der Hintergrund ist schwarz, desgleichen die hemdartigen Gewänder mit einfachem rundem Halsausschnitt, aber die Gesichter sind von einer unwiderstehlichen Eindringlichkeit.

»Ja«, sagt Cranach, »ich habe sie als Muster gemalt.«

»Jesus sieht mich an, es ist, als erkenne er alle meine Gedanken und Gefühle; genauso werde ich ihn mir vorstellen, solange ich lebe. Ich glaube fast, dies ist für mich Euer eindrucksvollstes Bild, Meister.«

»So. Ja. Mir bedeutet es auch viel.«

»Und dann nur eine Vorlage?«

»Nur? Johannes, verachte mir die Muster nicht! Ich bin nicht allein dazu da, gute Bilder zu malen, sondern ich bilde vor allem auch Maler aus. Je besser die Vorlage, um so besser die Nachbildung!«

»Danke, Meister. Ich armer, erbärmlicher Anfänger weiß, was Ihr uns Lernenden mit solchen Bildern schenkt. Ich wünsche mir von ganzem Herzen, Euer würdig zu werden.«

Mit heißen Wangen liegt Johannes später auf seinem Lager und kann nicht einschlafen. Wie sich sein Leben von einem Augenblick auf den andern verändert hat! Nein, er will und muß nicht Schreiber bleiben, er darf malen! Er hat gar nicht gewußt, wie sehr er sich danach sehnte, seit er in Halle vor Cranachs Bildern stand. Und wenn er seine Aufgabe endlich erfüllt hat, kann er …

Seine Aufgabe erfüllt. Welche Aufgabe? Cranach auf den Scheiterhaufen

zu bringen? Unsinnige Vorstellung. Er weiß nichts, er hat nichts gefunden, es gibt nichts. Plötzlich sieht er die junge Frau im Folterkeller vor sich. »Ich weiß nichts vom Teufel und von Zauberei!« Er springt auf und geht rastlos im Zimmer auf und ab. Er kann nicht einfach beschließen, ich mache nicht mehr mit. Er hat überhaupt nichts zu sagen, er muß gehorchen.
Herr, mein Herr!
Nenne mich nicht Herr!
Verzeih mir, wie soll ich dich denn nennen? Jesus?
Gut. Joshua.
Hilf mir, bitte, ich weiß nicht ein noch aus.
Wieso? Wurde dir nicht gerade ein geheimer Herzenswunsch erfüllt?
Ja, aber was wird aus diesem meinem furchtbaren Auftrag?
Überlaß es der Zeit.
Dann kommt der Dominikaner wieder und ...
Johannes, willst du nicht hören?
Doch, so gern, ich weiß ja, du hast immer recht.
Überlaß es also der Zeit.

Am nächsten Abend macht sich Johannes zu Franz auf. Er findet ihn in seiner Burse. Sie gehen in die Elbauen hinaus.
»Hättest du Lust, ein Schreiber zu werden?« fragt Johannes mit einem Lacher in der Stimme.
»Wie meinst du das?« Franz ist auf der Hut.
»Ich brauche Hilfe.«
»Ach, was du nicht sagst. Wieviel Hilfe?«
»Ein bis zwei Stunden am Tag.«
»Bezahlt?«
»Bezahlt.«
»Gut! Das kommt mir gerade recht. Ich müßte unbedingt ein paar Bücher kaufen. Bei euch will ich gern mitarbeiten, ihr seid eine interessante Gemeinschaft. Alles ist interessant im Augenblick. Nichts ist wie ehedem. Seit unsere katholische Majestät und ihr hochheiliger Bruder Ferdinand mit dem Papst streiten, haben sie keinen Atem mehr, um gegen die Evangelischen zu kämpfen, im Gegenteil, sie benötigen deren Hilfe! Das Wormser Edikt gilt zwar dem Buchstaben nach, aber keiner führt es aus, traut sich, es auszuführen. Christen sind Feinde von Christen, und Klemens VII wird die Rolle des Antichristen übergestülpt ...« – und

über beide Ohren gezogen, wie er es gern mit seiner roten Samtmütze macht, denkt Johannes, aber Antichrist? Nein, das geht zu weit. Er hat einige Schwächen und zeigt sie ungeniert, das macht ihn menschlich. Er legt die Hand über den Mund – »... Martinus sollte seine helle Freude haben. Da läßt sich leben. Die Spürhunde der Inquisition sind wie vom Erdboden verschluckt.«
»Woher willst du das wissen, Franz?«
Der andere stutzt. »Sie haben doch den Wind von vorn, da werden sie sich nicht noch zusätzlich Feinde machen wollen ...«
»Also du mutmaßt?«
»Ich schließe aus den allgemeinen Zeitumständen auf die besondere Ungunst der Stunde für den Kampf gegen Freidenker.«
»Logisch kann ich dir folgen; doch realiter agiert die Inquisition per definitionem im geheimen, ich fürchte, sie läßt sich nicht so leicht einschüchtern.«
»In unserer Zeit denkt die Kirche politisch, Johannes. Sie kann es sich einfach nicht leisten, Zwang auszuüben.«
»Du hast insofern recht, als die Geistlichkeit in politische Machenschaften verwickelt ist, das bleibt nicht aus, wenn weltliche Gewalt geübt werden muß. Nur vergiß dabei nicht, die Kirche nimmt für sich das Recht des Wissenden in Anspruch, sie handelt für die Errettung der Menschheit, darum hegt sie nicht die geringsten Zweifel an der absoluten Richtigkeit ihrer Maßnahmen, und darum wird die Inquisition keinen Rückzieher machen. Ihre Arbeit findet seit jeher im verborgenen statt. Was wissen wir, wieviel Menschen in ihren Kerkern auf den Weg des Heils gezwungen werden – was ist das irdische Leid, der körperliche Schmerz im Vergleich zur ewigen Verdammnis oder Seligkeit? –, der Akt der Verbrennung ist freilich öffentlich und spektakulär, aber er ist ja nur der Schlußpunkt des Prozesses und nicht unbedingt erforderlich.«
»Woher weißt du soviel von diesen Dingen?« fragt Franz.
»Viel?« Johannes lacht bitter auf. »Ich spekuliere ein wenig, weiter nichts. Ich mußte einmal eine Befragung protokollieren, da bekommt man eine kleine Ahnung. Nur allzugern möchte ich glauben, daß du recht hast mit deiner Behauptung.«
»Mit welcher?«
»Daß die Inquisition an Boden verliert, um es vorsichtig auszudrücken.«
»Warum bist du so ängstlich? Man möchte meinen, hinter dem nächsten

Baum lauere ein Dominikaner und belausche unser Gespräch, um uns der Ketzerei anzuklagen.«
Johannes versucht unwillkürlich, die Hände in die Ärmel zu schieben, und senkt den Kopf.
»Weißt du, selbst wenn es so aussähe, als sei die Inquisition vom Erdboden verschwunden, würde ich doch nie daran glauben können. Sie würde im geheimen fortleben und nach wie vor ihren schaurigen Dienst tun.«
»Ach Johannes, du siehst Gespenster. Hör zu: Der Kaiser hat in einem Manifest Worte gefunden, die einem Anhänger Luthers gut zu Gesichte stünden. Er bittet seinen Bruder, ein Heer auszurüsten wider die Türken; jedermann werde wohl wissen, welche Türken gemeint seien – nämlich die im Vatikan! Er verwundert sich darüber, daß der Papst um irgendeines Besitztums willen Blutvergießen anordne, das sei wider die Lehre des Evangeliums. Er bittet gar die Kardinäle, den Papst zu erinnern, daß er den pontifikalen Thron nicht innehabe, um die Waffen zu führen, erst recht nicht zum Verderben des christlichen Volkes. Du siehst, ich habe mir meine Theorien nicht aus den Fingern gesogen.«
Auf dem schmalen Uferpfad kommt ihnen eine dunkle Gestalt entgegen.
»Das ist doch – träume ich?« stottert Franz.
Es ist ein Dominikaner, *der* Dominikaner. Er sieht Johannes fest in die Augen.
»Ich muß dich sprechen. Folge mir. Allein!« schnarrt er.
Johannes breitet entschuldigend die Arme aus. Franz wendet sich schweigend und geht zur Stadt zurück. Er hat ein kaltes Gefühl im Rükken. Kaum ist er außer Hörweite, geht Johannes den Dominikaner an: »Wie kannst du mich herumkommandieren, wenn ich mit einem Freund spreche? Ich denke, Geheimhaltung sei das Wichtigste unserer Kommunikation?«
»Spare dir deine Unverschämtheiten. Was ich dir zu sagen habe, ist kurz und klar: Cranach ist im Augenblick für uns nicht von Interesse. Dein Auftrag ruht. Va bene.«
Der Dominikaner wendet sich und ist schnell im Uferdickicht verschwunden. Johannes steht mit offenem Mund. Va bene. Kein dominus vobiscum. Der Auftrag ruht. Ist Meister Lucas ein zu heißes Eisen? Hat Franz doch recht? Wie dem auch sei: DER AUFTRAG RUHT! Der Druck seines Gewissens ist fürs erste von ihm genommen, er kann seinem Meister gerade in die Augen schauen, sein Wunsch ist in Erfüllung gegangen.
Danke, Joshua, danke, flüstert er.

Schon gut.
Das intensive körperliche Glücksgefühl einer umfassenden Vereinigung erfüllt ihn. Die Ekstase der Mystiker? Aber es ist doch gar nichts Mystisches um diese Erfahrung, denkt Johannes, sie ist so klar und eindeutig wie Hunger und Durst, Schmerz und – Lust.

Taufe im Hause Cranach! Es ist ein großes Fest, und diesmal ist Johannes dabei. Barbara hat mit Katharinas tatkräftiger Hilfe ein gesundes Mädchen zur Welt gebracht; Anna ist nach Ursula und Barbara die dritte Tochter. Der Meister vernachlässigt die Werkstatt, um das Kind auf den Knien zu wiegen. Luther wird Taufpate. Es duftet in allen Räumen nach den herrlichsten Speisen, Gesellen und Lehrlinge trinken zuviel Wein, die Malschüler toben im Hause umher und treiben Schabernack, unaufhaltsam treffen Gäste ein, Boten bringen Glückwünsche, Geschenke. Johannes verspürt Stiche in der Herzgrube; er wird nie erfahren, wie es ist, Vater zu werden.
Hans und Lucas der Jüngere sind nun offiziell als Lehrlinge in die Werkstatt aufgenommen worden und blicken auf die Malschüler herab. Sie können schon ihr Teil an den großen Vorhaben der Werkstatt erbringen, Bordüren, Teile der Kleidung selbständig malen und natürlich bei der Ausführung der mehr handwerklichen Aufträge, beim Streichen von Gartentüren oder der Verzierung von Kutschen, mitarbeiten.

Meister Lucas sitzt versonnen vor seiner Leinwand, ohne die Pinsel anzurühren.
»Das müßte ein gewaltiges Bild werden!« Er spricht mit Johannes, aber seine Augen sehen anderes. »Der Sacco di Roma! Die Landsknechte stürmen die heilige Stadt – die Deutschen, die Spanier, die Italiener, winzige Spielzeugsoldaten vor den gewaltigen Mauern! Der Papst flieht in die Engelsburg. Benvenuto Cellini bricht die Juwelen aus der Tiara, um das Lösegeld zu zahlen und wenigstens das Leben Seiner Heiligkeit zu retten! Die Belagerer ziehen in guter Ordnung in die Stadt ein. Es dunkelt, alle Disziplin ist vergessen, ein jeder sucht auf seine Weise, möglichst viel von den sagenumwobenen Reichtümern der Kirche an sich zu bringen. Die Spanier foltern, Not und Blut, Geschrei und Brand umtosen die Engelsburg – viele Bilder, gewaltig ...«
»Entsetzlich, Meister, all die Not und das Leid der vielen unschuldigen Menschen!«

»Ja, Johannes. Das fehlt nie, wo du auch hinblickst, welche Geschichten du auch erzählst. Nimm die großen Themen der Bibel: ganze Heere, Städte, Völkerstämme werden dahingeschlachtet. Aber auch ohne diese großen Verderber der Menschheit wie Krieg und Unterdrückung gibt es jeden Tag rund um uns Leiden und Sterben genug.«
»So ist es, Meister, und ich kann nicht begreifen, warum das so sein muß.«
»Du bist eben noch ziemlich jung, Johannes! Das Leid ist der Lehrmeister der Menschen. Wie die Knaben in der Lateinschule lernen wir höchst ungern und versuchen alles, um uns vor unseren Lektionen zu drücken. Das gilt jedoch nicht vor dem Schicksal. Genau wie die Schüler das Lesen und Schreiben brauchen, kommen auch wir in unserer Entwicklung nicht ohne gewisse Einsichten in unser Tun und dessen Folgen weiter. Und wie die Kinder mit der Rute werden wir mit Schmerz und Leid dazu gebracht zu lernen.«
»Wenn es denn sein muß, will ich, so gesehen, das eigene Leid hinnehmen – aber das der andern? Was kann ein Mensch auf dem Scheiterhaufen noch lernen? Seine Einsichten können ihm nicht mehr nützen.«
»Was wissen wir über die Dauer des Sterbens, was die Seele währenddessen noch alles zu schaffen vermag? Vielleicht brennen die Scheiterhaufen für uns, die Zuschauer, damit uns die Augen aufgehen.«
»Ich will nicht, daß andere um meinetwillen Schmerzen leiden.«
»Johannes, wir wollen so vieles nicht, aber das ist nicht von Bedeutung! Das Leben weiß es besser und tut mit uns, was gut für uns ist.«
»Warum sagt Ihr nicht, Gott weiß es besser, Meister?«
»Natürlich weiß Er es besser. Nur, daß Er es ist, der unsere Handlungen lenkt, wage ich zu bezweifeln. Ich denke, da lebt sich die uns eingeräumte Willensfreiheit aus!«
»Meister, wenn uns das Leid so notwendig ist und wir nicht fähig sind, unsere Mitmenschen mit unserer Bosheit zu verschonen, warum sehnen wir uns dann so verzweifelt nach der heilen Welt?«
»Das ist das Erbe unseres geistigen Vaters in uns, Johannes. Es erinnert sich Seiner Vollkommenheit.«

»Johannes, Johannes, sieh nur, was mir die Drucker geschenkt haben!« Lucas der Jüngere kommt aufgeregt an den Tisch des Schreibers und präsentiert ein Doppelblatt; die Druckerschwärze ist noch feucht.
»Laß sehen! Sebastian Schertlin von Burtenbach: Die Plünderung Roms. Ja, das ist aber interessant.«

»Lies es mir bitte vor. Ich verstehe es allein nicht gut!«
Johannes setzt sich, Lucas rückt einen Schemel neben ihn und verfolgt mit dem Finger Zeile um Zeile:

»Anno 1527 im Januario sind wir von Posto Novo bei Piacenza ausgezogen, an Knechten, Reitern, Spaniern und leichten Pferden 16000 stark, mit unserem Obristen, dem Herzog Karl von Bourbon, auf Rom zu und durch des Papstes Land. Um Bologna herum und sonst haben wir alles verheert und verbrannt.
Am 6. Mai haben wir Rom im Sturm gewonnen, 6000 Mann darin zu Tod geschlagen, die ganze Stadt geplündert, in allen Kirchen und auf der Erde genommen, was wir gefunden haben, einen guten Teil der Stadt abgebrannt und seltsam gehaust, alle Schreibstuben, Register, Briefe und Archive zerrissen und zerschlagen. Der Papst flüchtete mit seiner Garde, Kardinälen, Bischöfen und Römern, auch anderem Hofgesinde, das nicht erschlagen wurde, in die Engelsburg. Darin haben wir ihn drei Wochen lang belagert, bis ihn der Hunger nötigte, die Engelsburg aufzugeben. Vier von den deutschen Hauptleuten, von denen ich einer war, vier von den hispanischen, ein Herr aus Spanien, Abbas de Naggera genannt, sind vom Prinzen von Oranien und den kaiserlichen Räten in die Engelsburg gesandt worden, damit sie übergeben werden sollte, was geschehen ist. Allda haben wir in einem engen Saal den Papst Clemens samt 12 Kardinälen gefunden. Wir haben sie gefangen. Der Papst mußte die Artikel, die ihm der Sekretär vorlas, unterschreiben. Es war ein großer Jammer unter ihnen, sie weinten sehr. Wir wurden alle reich.
Wir hatten Rom aber noch nicht zwei Monate inne, da sind uns bis an die 5000 Knechte und Kriegsvolk an der Pestilenz gestorben, von wegen der toten Körper, die nicht begraben worden waren. Im Julio haben wir Rom des Sterbens halber verlassen und sind in die Marca, um die böse Luft zu verändern, und als uns die Narni nicht reinlassen wollten und auch für Geld keinen Proviant geben wollten, sind ich und ein Hauptmann, genannt Anton von Feldkirchen, verordnet worden, zu stürmen. Wir haben mit 2000 Knechten den Sturm ohne Beschießen angetreten, die Stadt und das Schloß erobert aus den Gnaden Gottes und an die tausend Personen darin zu Tode geschlagen, Weib und Mann. Die Weiber täten uns mit Waffen und heißen Wasser Zugießen großen Schaden, doch haben wir viel darinnen gewonnen.
Im September desselben Jahres sind wir wieder nach Rom gezogen, ha-

ben die Stadt noch besser geplündert und erst jetzt große Schätze unter der Erde gefunden, und haben noch 6 Monate allda gelegen.«

Inzwischen hat sich auch Hans, den Pinsel noch in der Hand, eingefunden.
»Sind all die schönen Bilder verbrannt, die sie in Rom haben?« fragt er besorgt.
»Das weiß ich nicht, ein Teil sicherlich, aber bestimmt nicht alle. Der Vatikan und die Engelsburg und die Türme der Adelsgeschlechter blieben bestimmt verschont«, mutmaßt Johannes.
»Das hoffe ich sehr«, nickt Hans, »wenn ich Geselle bin, gehe ich auf Wanderschaft bis nach Italien. Ich will bei den großen Meistern lernen und die herrliche Landschaft in der Sonne sehen! Meister Dürer war auch dort.«
»Ach, bleib lieber hier bei uns«, Lucas hat seine Bedenken, »wenn da immer der Krieg wütet, in dem so viele Menschen umgebracht werden, und außerdem die Pestilenz – nein, bitte, Hans, bleib hier, sonst muß ich immer um dich bangen.«

»Dein Bier, mein lieber Lucas, ist fast so gut wie das meiner Käthe!« sagt Luther und hebt den vollen Krug zum Munde. Er ist mit seinen Eltern bei Cranachs zu Gast. Während die Frauen über die Kinder sprechen, Luther seine Freude über den Beschluß seines Kurfürsten, Johanns des Beständigen, bekundet, in seinem Lande einheitlich und für alle verbindlich Luthers Theologie durchzusetzen, beobachtet Johannes seinen Meister, der Luthers Eltern zeichnet, von denen Gemälde in Auftrag gegeben sind.
Frau Margarete, Luthers Mutter, hat ein langes Tuch um den Kopf gewickelt und bis über die Augenbrauen ins Gesicht gezogen. Sie hat in ihrem Leben gewiß viel gearbeitet und viel gelitten; ihre dunklen Augen, die sie wohl dem Sohn vererbt hat, blicken müde, sie spricht kaum. Was für ein Gegensatz zu Barbara und vor allem zu Katharina von Bora! Liegt es nur am Temperament der beiden, oder hat vielleicht doch das freiere Denken den Frauen Mut und Kraft gegeben, sich zu äußern und, wenn nötig, sich gegen die Männer durchzusetzen? Können sie nicht nun allenthalben mitreden, haben Lesen und Schreiben gelernt und kennen sich in der Bibel aus?
Cranach hat für Hans Luther ein Stück goldbraun getöntes Ölpapier

genommen und arbeitet mit verschiedenen Farben. Gebannt sieht Johannes zu, wie die eindrucksvolle Landschaft dieses Charakterkopfes entsteht: die Runzeln auf der rechten Wange, die Fältchen im Augenwinkel, die ausdrucksvollen Augenbrauen, das burschikos abstehende graue Haar, der etwas müde, wissende Blick.
»Meister, besser kann ein Gemälde gar nicht werden wie diese Zeichnung!« sagt Johannes. Cranach schaut auf.
»Meinst du?« Er neigt abschätzend den Kopf zur Seite. »Tatsächlich, gar nicht übel! Das ist dann schnell in Öl gemalt. – Mir fällt gerade ein, hast du die Brausteuer bezahlt?«
»Natürlich, Meister.«
»Entschuldige, ich vergesse manchmal, wie zuverlässig du bist. Wir müssen die Gewerke für die Hochzeitsvorbereitungen Herzog Johanns und Sibylles von Cleve organisieren. Das wird nicht einfach sein. Wir müssen noch Leute einstellen. Haben wir genügend Farben, Leinwand, Holztafeln, Öl, Firnis, Wismut – Tuch für die Schabracken der Pferde? Bedenke, daß wir alle Kleider rechtzeitig entworfen haben müssen, auch das Nähen braucht schließlich seine Zeit. Laß gleich morgen die Wände des Schlosses in Lochau ausmessen, damit wir genug Tücher bemalen. Das ist eine gute Gelegenheit für dich zu üben! Bei diesen großflächigen Bildern kommt es nicht so genau darauf an, sie werden sowieso nur einmal gebraucht. Sieh zu, wie du das am besten einrichtest: du hast viel zu schreiben, zu berechnen, zu registrieren. Laß Franz einige Tage ganz hiersein, damit du dann malen kannst. Wir dürfen die Verzierung der Kutschen nicht vergessen, die Fahnen und Wappen, die Tischdekorationen. Wir brauchen mehrere Wagen und genügend Pferde, um all unser Material und unsere Leute zu transportieren. Laß auch in der Schloßküche Bescheid sagen, wieviel sie zu verpflegen haben, sonst müssen wir noch Hunger leiden.«
Johannes brummt der Kopf. »Am besten gehe ich in die Werkstatt und mache Aufstellungen, damit ich nichts vergesse.«
»Ja«, nickt Cranach, »und nachher sehe ich es mir noch einmal an. Es ist wirklich ein vielschichtiges Vorhaben. Dabei hat die Hochzeit ja schon in Burg an der Wupper stattgefunden – wir feiern nur die Heimfahrt des jungen Paares. Mich dauert Sibylle von Cleve ein wenig, sie ist erst vierzehn Jahre alt, und unser Kurprinz Johann Friedrich zählt immerhin schon dreiundzwanzig! Sie scheint jedoch über ihr Alter hinaus verständig zu sein. Sie saß mir sehr geduldig. Aber ich will dich nicht länger von

der Arbeit abhalten, sonst wird es nachher zu spät. Bitte, nimm diese Zeichnungen mit und lege sie auf meinen Tisch.«
Johannes kann sich am Porträt von Luthers Vater nicht satt sehen. Wenn dieses Blatt hundert Jahre alt ist – falls es alle Kriegseinflüsse und Feuersbrünste überlebt –, werden die Menschen diesen Mann genauso lebendig vor sich sehen wie ich eben am Tisch! Und sie werden Lucas Cranach bewundern, der mit einer einfachen Zeichnung das Leben so festhalten kann. Dergleichen mutet mich an wie ein Hauch von Ewigkeit. Menschen leben weiter in ihren Kindern, das ist wahr, aber auch in ihren Werken. Wenn wir alle längst vermodert sind, wird man Lucas Cranach kennen und schätzen.
Leinwand, Tuch, Farben, Holztafeln, Johannes setzt sich an seinen Tisch. Wer zahlt nun den Hafer für die zusätzlichen Pferde? Wir oder der Hof? Er jedenfalls bekommt nichts mit von all der Herrlichkeit. Er organisiert, rechnet, schreibt – läßt einladen und fahren, arbeitet auch selbst an einigen Tüchern, aber er kommt nicht aus der Werkstatt. Er kann sich nur berichten lassen, wie jung und schön die Braut sei, wie opulent man gespeist habe – ach, er will es gar nicht hören. Es ärgert ihn auch zu wissen, daß sie nun die gemalten Stoffbahnen wieder von den Wänden reißen und wegwerfen. Er hätte sich alles gern noch einmal in Ruhe angesehen! Ihm bleibt, die Einnahmen zu verbuchen:
13 Gulden 13 Groschen Meister Lucas zu Wittenberg von etlicher Arbeit lauts seiner Zettel – unverschämt, Zettel nennen sie seine sauberen Rechnungen! – *ingleichen 3 Gulden 3 Groschen vor 1 Stück Farbe und anderes.*

Reformatio

Lucas Cranach d. Ä.:

Frauen vertreiben Geistliche (Ausschnitt)

Quer über den Marktplatz läuft in eigenartig gebückter Haltung ein schreiender Mönch, ihm folgt auf den Fersen eine Frau mit einem Dreschflegel, den sie kraftvoll schwingend immer wieder auf Kopf und Rücken des Geistlichen niedersausen läßt, dabei ruft sie:
»Verführerin, Sündenpfuhl, Schlangengezücht, Teufelsbuhle, läufige Hündin! Die Frau ist das Übel aller Übel, eine Schlange und Gift, wider das es keine Arznei gibt, dazu eine Pein und Marter!« Jeden Begriff mit einem vehementen Schlag bekräftigend. »Ich will es Hochwürden eintränken: Frauen sind sehr wohl Menschen, Frauen haben eine Seele, Frauen hat unser Herr Jesus genauso – drei Schläge – genauso erlöst wie Mannsbilder! Uff!« Völlig außer Atem bleibt sie vor Cranachs Haus stehen und ringt nach Luft. »Laufen, Schreien, Prügeln, das ist zuviel auf einmal.« Sie stützt sich auf den Dreschflegel. Der Mönch verschwindet hastig in Richtung Stadtkirche. Meister Lucas, als stiller Beobachter im Torweg, schmunzelt.
»Dem habt Ihr aber eine gehörige Lektion erteilt, Gevatterin, was hat er Euch denn getan?«
»Meister Lucas! Gott zum Gruße, Ratsherr! Werdet Ihr mich verklagen?«
Mit ihrem Dreschflegel macht sie durchaus nicht den Eindruck, als ob sie sich fürchten würde.
»Dieser niederträchtige Mönch! Stellt sich auf einen Stein am Wege in unserer Vorstadt und predigt Buße. Ist schon recht, denn wir sind allzumal Sünder, aber allzumal und nicht allein die Frauen! Ihr könnt Euch seine Litanei nicht vorstellen – Mädchen sind nur mißratene Jungen, schreit er, und wahre Ausbunde an Schlechtigkeit. Papst Pius der Zweite soll gesagt haben: Wenn du eine Frau siehst, denke, es sei der Teufel, sie ist eine Art Hölle! *Ihr Lasterweiber, Kußmäuler und Sausuhlen. An euch mästet sich der Satan wie an leckeren Bissen. Grausam verschlingt ihr die Geweihten des Herrn. Löwinnen seid ihr, die mit gesträubter Mähne leichtsinnige Männer zu blutiger Umarmung an sich zerren, wütende Nattern, die im maßlosen Sinnenrausch Christus von seinen Priestern reißen wie das Haupt vom Leibe*, keifte er. Seit der Synode von Macon

frage sich die heilige Kirche, ob man nicht wenigstens die löblichen Frauen am Tag der Wiederauferstehung des Fleisches zuerst in Männer verwandeln müßte, ehe sie das Paradies betreten könnten. Ich kann all die schandbaren Worte nicht wiederholen, mit denen er unser Geschlecht verunglimpft hat. Die Männer rückten schon von uns ab, als ob wir nach Schwefel röchen. Da packte mich der Zorn, und ich nahm einen Dreschflegel und lehrte den Verleumder das Evangelium!«
»Meint Ihr, das sei die rechte apostolische Art?« schmunzelt Lucas.
»Ja, allerdings! Unser Herr Christus hat die Händler auch mit Geißelhieben aus dem Tempel getrieben, und gut hat er daran getan.«
»Gevatterin, Ihr gefallt mir! Wie kommt's, daß Ihr so bibelfest seid?« fragt Lucas.
»Ich kann lesen und schreiben und habe das Neue Testament unseres Predigers studiert – des Abends, nach der Arbeit –, da stehen so wichtige Sachen darin, das ist aller Müh und Plage vielemal wert. Und ich habe kein einziges Wort von Jesus gefunden, das sagt, Frauen seien schlechter als Männer, im Gegenteil, er hat unsereins immer verständnisvoll behandelt und selbst dann noch ein Wort für uns eingelegt, wenn wir offensichtlich gesündigt hatten. Nein, mit dieser allgemeinen Abwertung der Frau muß es ein Ende haben! Und das Recht sollte auch geändert werden, Ratsherr: es geht nicht an, daß ein Ehemann seine Frau schlagen, verkaufen, töten kann, ganz wie es ihm beliebt, christlich ist das nicht!«
Cranach nickt zustimmend. »Nein, christlich ist das wahrlich nicht und auch nicht menschlich. Ich muß zurück an meine Arbeit, Gott mit Euch, Gevatterin!«
Er geht an seinen Tisch und beginnt zu zeichnen, sein Stift fliegt nur so über das Papier.
»Frauen und Kinder verjagen Geistliche!« murmelt er amüsiert vor sich hin.

Johannes nimmt mit der Linken vorsichtig die Stütze vom Gemälde, die seine rechte Hand beim Malen entlastet; er kann den Pinsel nicht mehr halten, die Finger verkrampfen sich. Es ist zuviel. Wenn er nicht malt, schreibt er, und immer mit rechts. Er reibt und massiert und geht ein wenig auf und ab. Langsam läßt der Schmerz nach. Schon sitzt er wieder vor dem Bild. Er darf die Falten eines Frauenrockes malen. Kunstvoll hebt er durch lange Striche mit dunkler Farbe die tiefen Falten hervor, während er auf die oberen Partien einfach weniger aufträgt, damit der

helle Untergrund durchscheint, anstatt erst alles im satten Samtrot zu malen und dann mit Weiß zu arbeiten. So spart man Farbe, und Farbe ist teuer. Wie gut, daß Cranach allen Malerbedarf über die eigene Apotheke bezieht! Wenn man allein an die Kosten für die Lapislazulisteine denkt, die, zermahlen und mit Öl verrieben, ein herrlich transparentes Blau ergeben! Aber dieses Blau benutzt nur der Meister selbst und sehr sparsam.
Darüber wundert Johannes sich immer aufs neue: Lucas Cranach ist der zweitreichste Mann in Wittenberg, er führt ein Unternehmen größten Stils mit den verschiedensten Sparten, kann es sich sogar leisten, die Druckerei aufzugeben. Doch seine eigenen Ansprüche sind einfach und bescheiden. Er trägt die Kleidung, die der Hof ihm jeden Sommer und jeden Winter liefert – freilich nach seinen eigenen Entwürfen! Er reitet das Pferd, das des Kurfürsten Hafer frißt, und er gönnt sich nur ganz selten Lapislazulifarbe. So, der Samtrock ist fertig. Die schwarzen Samtschnüre auf dem Mieder darf der kleine Lucas malen. Zeit für Johannes, die Abrechnungen zu machen.

Da ist die Aufrechnung der Stadt für das Winterhalbjahr 1528:
Winterschoss von Häuser der Bürger auf Michaelis gefallen:
27 Groschen Lucas Kranach
1 Schock Lucas Kranach
8 Groschen Lucas Malers Bude
5 Groschen Lucas Maler
2 Groschen 7 Pfennig Lucas Cranach

Freiheit und Großzügigkeit sind ja gut und schön, knurrt Johannes, aber sie könnten sich endlich einmal entscheiden, wie sie den Meister nun nennen wollen und wie seinen Namen schreiben.

Winterschoss von Höfen der Gärtner auf Michaelis gefallen:
5 Groschen Lucas Kranach
Winterschoss von Rodemarkischen Hufen auf Michaelis gefallen:
4 Groschen Lucas Kranach
Winterschoss von Garten auf Michaelis gefallen:
2 Groschen Lucas Kranach

1 Groschen 9 Pfennig Lucas Kranach vom Segermachers Garten.
Winterschoss von Breiten auf Michaelis gefallen:
12 Groschen Lucas Kranach
Zins von Rodemarkischen Hufen auf Michaelis gefallen:
12 Groschen, Lucas Kranach
Tischgeld, Bachgeld, Schildwachen, Torwachen, Torhüter und Brückengeld von Häusern der Bürger auf Michaelis gefallen:
6 Groschen 10 Pfennig Lucas Kranach
6 Groschen 10 Pfennig Lucas Kranach
3 Groschen 10 Pfennig Lucas Malers Bude
6 Groschen 10 Pfennig Lucas Maler
Befreite des Rats: 6 Groschen 10 Pfennig Lucas Cranach
Winterschoss von Pferden und Rindvieh auf Michaelis gefallen:
1 Groschen 3 Pfennig Lucas Kranach
Steuer zum Baue von Häusern der Bürger gefallen:
20 Groschen Lucas Cranach
20 Groschen Lucas Cranach
5 Groschen des Malers Bude
20 Groschen Lucas Maler.
Befreite des Rats: 20 Groschen Lucas Cranach.
Baugeld von Höfen der Gärtner:
1 Groschen Lucas Cranach
Vor Ziegelsteine aus dem 3. Ofen der hinteren Scheune:
2 Schock 30 Groschen Lucas Cranach. 5 Wagen.
Vor Ziegelsteine aus dem 4. Ofen der hinteren Scheune:
Mauerstein: 30 Groschen Lucas Cranach von 4 Wagen.
Vor Ziegelsteine aus dem 5. Ofen der hinteren Scheune:
Mauerstein: 30 Groschen Lucas Cranach von 1 Wagen
Ohmgeld von geschanktem Wein von Bürgern:
1 Schock 34 Groschen 6 Pfennig Lucas Cranach
von 21 Eimern, das Ossel zu 9 Pfennig geschankt,
ist Rheinwein gewesen
58 Groschen, idem von 15 Ohm Rheinwein, das
Ossel zu 9 Pfennig geschankt.
28 Groschen, von 7 Eimern Rheinwein, das

Ossel zu 8 Pfennig geschankt.
7 Groschen Lucas Cranach von 4 Eimern Gutterbockischem Wein, das Ossel zu vier Pfennig geschankt. Diesen Wein hat Lucas Cranach im ganzen Jahr ausgeschankt.
Braugeld von getanen Gebrauen:
15 Groschen Lucas Cranach von 6 Gebrauen.
Heerfahrtssteuer, so auf Befehl unseres gnädigsten Herrn, seiner kurfürstlichen Gnaden, 200 Mann auf zwei Monate zu besolden, auf die liegenden Güter der Bürger geschlagen, von jedem silbernen Schock 1 Groschen, laut den Schatzregistern so hierüber gehalten:
23 Schock 25 Groschen 7 Pfennig Lucas Cranach
von 1405 Schock 36 Groschen
Selbsteinschätzung der Bürger für diese Steuer.
Lucas Cranach. 700 Schock oder 2000 Gulden das große Haus der Apotheke.
280 Schock oder 800 Gulden das Haus am Markt bei Ambrosius Reuther.
210 Schock oder 600 Florin das Haus an der neuen Gasse, die Windmohlen genannt
52 Schock 30 Groschen oder 200 Florin das kleine Haus an der neuen Gassen.
63 Schock oder 180 Florin 2 rodemarkische Hufen
56 Schock oder 160 Florin die Breite
12 Schock 36 Groschen oder 36 Florin ein Hof und Garten vorm Elstertor.
14 Schock oder 40 Florin die Bude hinter den Mauern, Matthes Segermachers gewest.
3 Schock 30 Groschen oder 10 Florin Matthes Segermachers Garten.
Summa 1405 Schock 36 Groschen.

Nun die Selbsteinschätzung für die Heerfahrtssteuer:

das große Haus, die Apotheke	2000 Gulden
das große Haus am Markt bei Ambrosius Reuter	800 Gulden
das Haus an der neuen Gasse, die Windmühlen genannt	600 Gulden

das kleine Haus an der neuen Gasse	150 Gulden
zwei rothemärkische Hufen	180 Gulden
die Breite (eine Wiese mit Obstbäumen)	160 Gulden
ein Hof und Garten vor dem Elstertor	36 Gulden
das Haus von Jhenin	40 Gulden
die Bude hinter der Mauer, Matthes Segermacher gewest	40 Gulden
Matthes Segermachers Garten	10 Gulden
Summa	4016 Gulden

Johannes rechnet. Insgesamt versteuern wir ein Grundvermögen von 4016 Gulden. Damit Franz sich hier auskennt, falls ich nicht dasein sollte, will ich ihm die Münzmaße dazuschreiben:

1 Guldengroschen = 1 Taler = 1 Florin
1 Guldengroschen = 21 Zinsgroschen
1 Schock = 60 Zinsgroschen

Mit Schock rechnet man nur, sie werden nicht geprägt. In geprägtem Geld hat ein Schock den Wert von 2 Gulden und 18 Groschen.
Johannes gähnt. Warum einfach, wenn es auch kompliziert geht! Mir brummt der Kopf, ich wollte kein Geldverleiher sein.

Magister Philippus Melanchthon ist oft in der Werkstatt. Er sieht dem Meister bei der Arbeit zu, beugt sich über die Lehrlinge und Gesellen, korrigiert, macht Vorschläge, greift wohl auch selber zum Griffel, um seine Worte zu verdeutlichen. Wort und Bild müssen einander ergänzen, sagt er. *Bilder sind mißverständlich, besonders die schönen alten Darstellungen religiöser Themen, sie müssen durch die beigegebene Schrift interpretiert werden, damit sie dem Betrachter das wahre Licht des reinen Glaubens vermitteln.*
Johannes schätzt den kleinen Gelehrten, der mühelos über alles Wissen seiner Zeit verfügt und damit jongliert wie Artisten mit bunten Bällen.
»Johannes«, bittet Melanchthon, »kannst du mir helfen?« Er sucht auf dem Regal mit Stichen und Schnitten. »Hier sind ja Hunderte von Blättern. Ich suche Sophrosyne, 1523 zu einem Gedicht von mir gedruckt, als Ende einer Schrift …«
Johannes steht auf und humpelt zu ihm. »Besonders gut kenne ich mich hier ja auch nicht aus, aber es wurde erst vor kurzem Ordnung geschaf-

fen. Unter dem Erscheinungsjahr müssen wir suchen, wartet, 1521, 1522, 1523 – hier, seht, meint Ihr dies?«
»Ja, das ist es, sogar mit griechischem Text. Seht, dies Bild haben wir, Meister Lucas und ich, gewissermaßen zusammen gezeichnet, eine sehr moderne Fassung der Dame Mäßigung.«
»Darf ich Euch bitten, mir den Text zu übersetzen? Ich bin des Griechischen nicht mächtig.«
»Gern –«, Melanchthon liest:

»An die Sophrosyne
Wer hat dich, Sophrosyne, so am Katheder aufgstellt?
Kinder. Wer ist der Maler, der dich gemalt hat? Lukas.
Wozu trägst du den Sproß? Ich liebe die Zarten und die
Jungen. Aber er hat eine Rose wachsen lassen. Es ist eine
sehr schöne Rose. Warum keimt sie in den wilden Disteln
gedreht hervor? Du siehst den Weg zur Tugend, schwierige
Schönheit. Ich bewundere deinen Schmuck, du erstrahlst
mit Halsketten von glänzendem Stein? Wie es sich geziemt,
ich hasse deswegen schlechte Sitten. Was aber bedeutet
das Buch? Fremder, mir liegt all dies am Herzen, die Er-
kenntnis des Heilgen und des Guten zu gewähren.«

»Laßt mich, Magister, Euer Schüler sein, und erklärt mir bitte, welche Weisheiten mich die zart gewandete und geschmückte Dame lehren will!«
»Gut. In der Antike und in den vergangenen Jahrzehnten bezog sich die Mahnung der Mäßigung hauptsächlich auf die Sucht der Menschen zur Unkeuschheit. Carmina moralia wie zum Beispiel das des Gregor von Nazianz waren Preislieder auf die Jungfräulichkeit. In der Antike zeigte man Sophrosyne mit dem die Leidenschaften zügelnden Zaum. In neuerer Zeit malt man sie beim Mischen von Wein und Wasser, das symbolisiert den harmonischen Ausgleich der Gegensätze. Für unser Blatt haben Meister Lucas und ich gemeinsam überlegt, was wir dem Schüler durch Bild und Wort vermitteln wollten. Wir wählten eine elegante Dame Tugend: sie trägt ein durchsichtiges Gewand, offene, gelockte Haare, Schmuck – eine so attraktive Persönlichkeit wird gern als Ideal angenommen.«
»Aber bedeutet Mäßigung nicht eher Askese als Eleganz?«

»Gute Frage nach dem alten Verständnis! Ich lehre: *Ein maßvolles Verhalten soll sich nicht nur nach oben, gegen den Luxus, wappnen, sondern auch darauf achten, den Verzicht nicht zum Ungepflegten, Unzivilisierten hin zu übertreiben. Maßhalten, harmonisiertes Gleichgewicht, enthält sich beider Extreme. Kultur beinhaltet für mich Zivilisation und Bildung.*«

»Verstehe ich Euch recht, Ihr versteht Zivilisation in diesem Zusammenhang als Gepflegtheit?«

»So ungefähr. Eine gebildete Tugend sollte für mich auch kultiviert sein. Die Sophrosyne hier praktiziert diesen Anspruch, sie liest in einem Buch. Als ich diesen Text verfaßte, war ich Rektor unserer Wittenberger Universität und hatte so die Möglichkeit, durch neue Universitätsstatuten das gesamte Studium auf diese Einheit von Tugend und Wissen hin auszurichten.

Siehst du, in unserer Zeit kommt alles zusammen, die alten Werte werden in Frage gestellt und neu definiert. Denke nur an das Abendmahl, den Zölibat und Luthers Eheverständnis, Fasten und Beichte, den Umgang mit Bildnissen in den Kirchen. Eine einmalige Chance für einen Lehrer, moralische Erziehung des Charakters und intellektuelle Bildung des Geistes zu vereinen und für dieses Ideal neue Ordnungen der Schulen und Universitäten aufzustellen.«

»Man nennt Euch gern den Praeceptor Germaniae, Magister Melanchthon. Nun verstehe ich, warum.«

»Ach, das ist viel zu hoch gegriffen, ich höre dergleichen ungern. Diesem soeben angesprochenen Tugendideal fühlen sich Meister Lucas und ich verpflichtet, darum verwirklichen wir es in Wort und Bild. *Bildung ist nach meinem Dafürhalten die unbedingte Voraussetzung für Frömmigkeit. Buchwissen vermittelt die Erkenntnis des Heiligen und Guten, Bücher sind Quellen auch der Religion und Theologie*, das sage ich den Bildungsgegnern um Andreas Bodenstein von Karlstadt immer wieder. Wobei mir einfällt, daß ebendieser Andreas Karlstadt 1509 ein Lobgedicht auf Meister Lucas schrieb, er rühmte die unvergleichlichen Qualitäten des Malers ebenso wie dessen Lateinkünste: ›*Seinem Munde entströmt voller Scharfsinn lateinische Rede, doch der Verkleinerer Schar schweigt mit Verachtung er tot*.‹ Wortgewaltig ist er schon, dieser Prophet des einfachen Lebens, der den Maler lobt und die Bilder zerstört. Die Wahl des griechischen Textes, den du nicht verstehst, Johannes, weist auf das griechische Neue Testament als Buch der Bücher hin.«

»Warum trägt Sophrosyne einen Strauß aus Disteln mit einer Rose?« Melanchthon lacht. »Steinig und dornig ist der Weg zur Tugend, doch nach allen Mühen wird der Adept durch die Tugend reichlich belohnt, das zeigt die Rose, die sich über die Disteln erhebt.«
»Ja, ich erinnere mich an eine verwandte Darstellung, wartet – ich glaube, im Narrenschiff.«
»Richtig, du meinst Herkules am Scheidewege, der zu wählen hat zwischen Virtus mit dem Distelstrauch und Voluptas zwischen Rosen. Hier siehst du nun, was ich meine, wenn ich fordere, daß Sprache der Kunst als Deutung beigegeben sein muß! Ich will meinen gemischten Lebensstrauß mit Disteln und Rosen anders verstanden wissen als der Verfasser des Narrenschiffs! Meine Konzeption betont die Einheitlichkeit, nicht die Scheidung, sie umfaßt alle Tugenden und Wissenschaften, die auf einem zweifellos oft schweren Weg zu einem Ziel führen, das aller Mühen wert ist. Darum wurde dieser Holzschnitt zum Emblem meines Rektorates, moralische Erziehung und intellektuelle Bildung und Hinführung zur Heiligen Schrift postulierend.
Ach Lucas, da seid Ihr ja! Habt Ihr den Druckstock für dieses Blatt im Hause?«
»Gott zum Gruße, mein lieber Philippus. Laßt sehen! Leider habe ich den Holzblock nicht, Joseph Klug druckte die erste Ausgabe.«
»Richtig«, nickt Melanchthon, »ich erinnere mich. Nun ja. Lucas, laßt uns über die Illustration zu den neuen Texten …«
Der Meister legt den Arm um die schmalen Schultern des Gelehrten und geht mit ihm zu seinem großen Tisch. Johannes hört nicht mehr, was sie sprechen. Wort und Bild, Bild und Wort – mächtige Verkündiger des neuen Religionsverständnisses!

»Doch, doch, Meister, ich arbeite, seht nur!«
Johannes sitzt auf einem Schemel neben Barbara Cranach und zeichnet den Kopf der kleinen Anna. Er hat ein Stückchen des bräunlichen Ölpapiers, auf dem Lucas zum Beispiel Luther, Vater und Sohn, porträtierte und beide ganz besonders gut gelangen, wie Johannes findet.
»Gut«, nickt Lucas. »Du hast wirklich Talent, Johannes. Wie du mit wenigen Strichen das Charakteristische dieses stupsnasigen kleinen Gesichts wiedergegeben hast, das gefällt mir! Barbara«, wendet er sich an seine Frau, »wie du weißt, fahre ich morgen nach Leipzig zur Messe. Nun ist ein Prozeß angefallen, heute durchgeführt und das Urteil gesprochen

worden. Du weißt, bei der Vollstreckung muß ein Mitglied von jeder Wittenberger Familie anwesend sein. Würdest du uns bitte vertreten?«

»Um was handelt es sich denn?«

»Hast du wirklich noch nicht davon gehört? Eine Kindsmörderin. Sie wird gesäckt werden.«

»Nein, da gehe ich nicht hin!« Barbara wird steif am ganzen Körper, so wehrt sich alles in ihr.

»Meine Liebe, ich würde mir das auch nicht ansehen wollen, aber es ist nun einmal unsere Pflicht.«

»Nein. Laß Johannes gehen, oder nimmst du ihn mit nach Leipzig?«

»Nein. Aber, so lieb er uns auch sein mag, er ist kein Mitglied unserer Familie! Die Söhne kommen mit mir …«

»Ich will auch nicht, daß sie so etwas mit ansehen müssen.«

»Also, Barbara, so gehe bitte. Johannes soll dich begleiten. Es wird schnell getan sein.« Gegen dieses Wort des Meisters gibt es keinen Widerspruch.

Am Tage der Hinrichtung machen sich Barbara und Johannes auf den Weg zum Markt, wo auf den vier dafür vorgesehenen Steinen das Schafott bereits aufgebaut ist. Die Delinquentin steht, gar erbärmlich anzusehen, im Armsünderkittel, die Hände auf dem Rücken gefesselt, barfuß vor dem hohen Gericht. Wenn ich meine Kutte trüge, hätte ich einen Vorwand, zu ihr zu gehen und sie zu trösten, denkt Johannes. Schon beginnt das Schauspiel; denn als ein solches wird diese Amtshandlung von vielen Bürgern angesehen. Der Markt ist überfüllt, die Leute hängen aus den Fenstern der Häuser, Väter lassen ihre Kinder auf den Schultern reiten, damit sie besser sehen können, es herrscht großes Gedränge, weil jeder so nah wie möglich an das Schafott heran möchte. Dazwischen bieten Händler Krapfen und Wein feil, der Duft des frischen Gebäcks ist allgegenwärtig.

Der Richter fragt den einen Schöppen:

Ist es Zeit, Stunde, und am Tage, ein Hochnothpeinlich Halß-Gerichte zu heben, und zu bestellen?

Der Schöppe antwortet:

Herr Stadt-Richter, es ist Zeit, Stunde und am Tage ein Hoch=Nothpeinlich Halß=Gerichte zu hegen und zu bestellen.

Nun fragt der Richter den anderen Schöppen:

Ob die Banck zu einem Hoch=Nothpeinlichen Halß-Gericht zur Gnüge besetzet?

Und der Schöppe antwortet:
Diese Banck ist zu einem Hoch=Nothpeinlichen Halß=Gerichte zur Genüge besetzet.
Hierauf spricht der Richter:
Weil Zeit, Stunde und am Tage, auch die Banck zur Gnüge besetzet, ein Hoch=Nothpeinlich Halß-Gerichte zu heben und zu bestellen, so hege und bestelle ich solches im Nahmen der heil. Dreyfaltigkeit, Gottes des Vaters, Gottes des Sohnes, und Gottes des Heil. Geistes. Auch im Nahmen und von wegen des Durchlauchtigen Chur-Fürsten. Wie auch wegen E. Edl. Hochws. Raths der Chur-Stadt Wittenberg. Ich hege und bestelle es mit Urthel und Recht zum dritten mahl. Einem jeden zu seinen Rechten. Ich gebiethe Recht, und verbiethe Unrecht, will auch allen Frevel und Muthwillen hiermit gäntzlich aufgehoben und verbothen haben. Es soll auch niemand vor diesem Hoch=Nothpeinlichen Halß=Gerichte vor= oder abtreten, er thue es denn mit Verlaub, und wer dafür etwas zu thu, der soll sein Wort anbringen mit Bescheidenheit.
Der Richter fraget den dritten Schöppen:
Ob er des Chur=Fürsten auch E. Edl. und Hochws. Raths Hoch=Nothpeinlich Halß=Gerichte geheget, daß es zu Rechte Krafft und Macht hat?
Der dritte Schöppe antwortet:
Es ist geheget, daß es zu Rechte Krafft und Macht hat.
Der Richter befiehlet dem Marckmeister solches auszuruffen:
Marckmeister:
Also: Ihr Herren. Es haben meine gebiethenden Herren allhier ein Hoch=Nothpeinlich Halß-Gerichte geheget und bestellet, wie sich das zu Rechte ereignet und gebühret. Sie habens geheget von wegen Gottes des Allmächtigen, auch von wegen des Durchl. Fürsten und wegen E. Edl. und Hochws. Raths dieser Churstadt Wittenberg zum ersten, andern und dritten mahl. Es soll auch niemand vor dieses Hoch=Nothpeinlich Halß=Gerichte vor= oder abtreten, er thue es denn mit meiner Herren Verlaub.
Hierauf bringet der Scharff-Richter seine Klage an, sagend:
Ehren=Vester und Wohlwis. Herr Stadt=Richter, ich bitte mir zu vergönnen, für dieses Hoch=Nothpeinliche Halß=Gerichte zu treten.
Darauf saget der Richter:
Es sey dir vergönnet.
Scharff=Richter:
Ehren=Vester Herr Stadt=Richter, ich frage, ob dieses Hoch=Nothpeinliche Halß=Gerichte einem jeden zu seinem Rechte geheget sey?

Der Richter:
Ja.
Scharffrichter:
Herr Richter, ich bitte weiter mir, mein Klage wider diese arme Sünderin vorzubringen, nachzulassen.
Richter:
Es sey dir vergönnet.
Scharffrichter:
Ich klage diese arme Sünderin an zu Halß und zu Bauch, zu Leib und Leben, und alles, was sie um und an hat, daß sie sich an Gott, und seine heilige Geboth versündiget, und ihr Kind getötet, und bitte sie zu fragen, ob sie der That geständig, oder ob Urtheil und Recht vorhanden sey.
Hierauf befiehlet der Stadt=Richter den Gerichts=Schreiber, das Urthel abzulesen.
Das Urthel lautet auf Säcken.
Der Richter fraget die arme Sünderin, ob sie geständig sey?
Sie antwortet:
Ja.
Der Richter bricht den Stab über sie.
Scharffrichter:
Weil Urthel und Recht vorhanden, und diese peinlich Angeklagte der That geständig, wo will ich sie von Leben zum Tode bringen, daß sie dergleichen hinführo lassen müsse, und nicht mehr begehe, und bitte, da mir meine Kunst fehlen mögte, nur ein frey und sicher Geleit wieder zu den meinigen zu verschaffen.
Der Richter befiehlt dem Marckmeister solches auszuruffen.
Marckmeister:
Wenn über Zuversicht dem Scharffrichter mißlingen würde, daß ihm ein frey und sicher Geleite ertheilet sey, derowegen sich weder Adel noch Unadel an ihm vergreiffen soll, bey Leib und Lebens=Straffe.
Der Scharffrichter bittet ihm zu vergönnen abzutreten. Er stellt sich neben die Delinquentin.
Der Richter fraget den vierten Schöppen:
Ich frage, ob ich Macht habe, des Durchl. Fürsten und E. E. Hochws. Raths Hochnothpeinlich Halß=Gerichte wiederum aufzuheben?
Der Schöppe antwortet:
Ja Herr Richter ihr habt es Macht.
Der Richter:

So hebe ich es auf im Nahmen Gottes des Vaters, und Gottes des Sohnes, und Gottes des heiligen Geistes.

Der Büttel geht als erster mit bärbeißigem Gesicht und großen Schritten, hinter ihm führt der Scharfrichter die Delinquentin am Strick, es folgt das hohe Gericht und die Menge der Wittenberger, lärmend und drängend.
»Kommt«, Johannes zupft Barbara am Ärmel, »laßt uns weggehen, es wird niemandem auffallen!«
Aber die Meisterin schüttelt den Kopf.
»Leider würden es viele sehen und uns verklagen, bei meinem Mann und beim Rat!«
Also lassen sie sich voranschieben über den alten Friedhof, durch die Dresdener Straße in das Armsündergäßchen zum fließendes Wasser führenden Streng.
Jetzt geht alles entsetzlich schnell. Der Scharfrichter zwingt die junge Frau, in einen Leinensack zu steigen, dann stopft er vier Tiere zu ihr hinein: einen Hund, der zu verblüfft ist, um sich zu wehren, eine Katze, die macht dem Henker zu schaffen, sie faucht und kratzt und wäre ihm fast entkommen, eine Schlange und einen laut protestierenden Hahn. Der Henker verschnürt den Sack, bindet ihn an eine Stange und taucht ihn ins Wasser, zieht ihn wieder hoch, taucht ihn erneut, zieht ihn hoch – der Schweiß rinnt ihm übers Gesicht von der Anstrengung. Die Menge begleitet dieses Tun mit anfeuernden Rufen, zunächst durcheinander, dann im Chor:
»Hau-ruck! Hau-ruck!«
Unter dem nassen Tuch zeichnen sich wilde Bewegungen ab, Schreien tönt auf und erstickt sofort wieder im Wasser. Johannes sieht Barbara an: sie ist leichenblaß und schwankt.
»Kommt!« sagt er energisch, stützt sie und führt sie am Ufer entlang fort; sie sträubt sich auch nicht länger. Ihm selbst ist speiübel.
»Mag sein, sie ist des Todes schuldig als Kindsmörderin, warum kann man ihr dann nicht einen schnellen und schmerzlosen Tod geben?« knurrt Johannes vorwurfsvoll.
»Welcher Tod ist schnell und schmerzlos?«
»Enthaupten, Henken –«
»Habt Ihr es ausprobiert, Meister Johannes? Wie oft muß der Henker zwei- oder dreimal zuschlagen, wie oft brechen die Halswirbel beim Auf-

hängen nicht und das Opfer zappelt noch eine ganze Weile und erstickt kläglich? Außerdem werden Frauen wegen des Anstandes nicht gehenkt. Frauen werden gesäckt, verbrannt, lebendig begraben ...«

»Hört auf, das ist ja entsetzlich, woher wißt Ihr das?«

»In unserer guten Stadt Wittenberg wird die Rechtsordnung jedes Jahr auf dem Marktplatz verlesen, als Warnung für die Bürger, auf daß sie sich nicht vergehen!«

»Und wo bleibt die Gnade? Denkt an Jesus und die Ehebrecherin: Wer ohne Sünde ist, der werfe den ersten Stein!«

»Johannes, es ehrt Euch, daß Ihr mit der armen Sünderin fühlt und sie Euch leid tut, aber in einer Stadt muß Ordnung herrschen! Wollt Ihr Räuber und Mörder frei ausgehen und weiter rauben und morden lassen? Sollen die Händler auf dem Markt betrügen dürfen, wie sie wollen? Die Menschen sind leider böse, und die Obrigkeit ist dazu eingesetzt, die Verbrechen, soweit es Menschen möglich ist, zu vermeiden. Darum müssen auch alle bei Hinrichtungen zusehen, damit sie hautnah wissen, was dem Übeltäter droht. So ähnlich, nur mit viel besseren Worten, würde Luther Euch die Sache darstellen.«

»Ich weiß«, nickt Johannes, »ich weiß. Und Kardinal Albrecht ebenfalls. Und erst recht der Papst. Dem Verstand leuchtet es ein. Aber mein Herz ist nicht ruhig dabei – Jesus hätte ein Erbarmen mit den armen Sündern, in seinem Reich würden sie nicht gequält werden ...«

»In seinem Reich, Meister Johannes, wird es keine Sünder geben und darum der Strafe nicht bedürfen.«

»So glaubt Ihr, sein Reich sei erst im Jenseits?«

»Ja, natürlich, so werden wir gelehrt.«

»Ich denke, es lebt jetzt und hier, in unseren Herzen.«

Barbara sieht ihn fragend an.

»Wenn Ihr recht hättet, dann könnten wir ja auch das Glück seiner Gegenwart spüren, jetzt und hier.«

Johannes nickt nachdrücklich. »Ja, so ist es.«

Sie haben das Cranach-Haus erreicht.

Johannes pinselt eifrig an seinem Jagdgemälde und hört, wie der Meister Franz einen Brief diktiert; eine leise Eifersucht regt sich in ihm – nein, man kann nicht alles haben!

»Schreib an den Herzog Albrecht von Preußen:

Gnädigster Herr, ich hab E. F. Gn. im nächsten Weihnachten Markt ge-

schrieben der Bücher halben, die ich E. Gn. vor zweien Jahren geschickt hab auf E. Gn. Schrift, und hab E. Gn. ganz untertänig gedient und solches Geld vorgestreckt. So hat mir E. Gn. wieder gechrieben, daß mir Sebastian Startz soll solches Geld erlegen. So hat er mir 100 Florin zu Nürenburg entricht und das hinterstellig Geld hat er mir zu entboten, daß er mirs nicht entrichten könne, ich solle E. Gn. um das hinterstellige mahnen. So bitt ich E. E. Gn. ganz untertänig, wolle mir die hinterstellig Summe verschaffen, daß ich solches Geld möge auf Peter u. Pauli empfangen, ich habe jetzund sie darauf gehoffet. So hab ich sie müssen borgen, auf Peter u. Paulis zu bezahlen. So bitte ich E. E. Gn. wolle meine Not ansehen und nicht lassen, das will ich mein Leben lang um E. E. Gn. verdienen und befehle mich E. E. Gn. am Freitag in Ostermarkt zu Leipzig im 29. Jahr.

Gib mir's zum Unterschreiben, so. Und lege eine Aufrechnung bei.«
Franz nickt. »Johannes, kannst du mir die Lieferung an den Herzog Albrecht von Preußen heraussuchen?«
»Hier bitte.«
»Danke«, Franz nimmt die Liste in Empfang und kopiert sie:

100 Florin vor 200 Postillen der Sommerteil von
Advent bis auf Ostern von Christoffel
Schrammen genommen
14 Florin 14 Groschen vor 44 Sommerteil von
Hans Luft gekauft.
39 Florin vor 156 Sommerteil Postillen klein Model
von Peter Fogel kauft.
3 Florin 2 Groschen vor 2 große Postillen von Melcher
Lotter kauft.
9 Florin 15 Groschen vor ein Corpus Juris.
5 Groschen vom Sakrament 4 Büchlein
2 Groschen vor 3 Büchlein vom Papsttum.
1 Florin vor Angelus super maleficus.
6 Florin vor ein Kinderbüchlein.
5 Groschen 3 Pfennig vor 1 Postillen
von Heiligen.
12 Florin Hans Fritz Fuhrmann von Dansca, sein
12 Zentner gewesen, hat der Bücher ein
Teil zu Leipzig geladen.

26 Groschen vor 3 Fass und einzuschlagen.
Summe 183 Florin 6 Groschen 8 Pfennig.
Auf solche Summe hab ich von Sebastian Starzt 100 Florin zu Nüremberg empfangen.

»Ärgerlich, diese Mahnerei! Bestellen können die großen Hansen, aber aufs Zahlen vergessen sie dann. Sind wir wirklich so knapp, daß wir für dreiundachtzig Florin sechs Groschen acht Pfennig Kredit aufnehmen müssen?«
»Klappern gehört zum Handwerk, lieber Franz.«

Johannes ist gern in Torgau. Das weitläufige Schloß, wo ihm in den unzähligen Räumen die verschiedensten Formen Cranachscher Produktion begegnen, ist ihm gleichsam ein großes, buntes Buch. Hier findet er Anregungen und Mustervorlagen für seine eigene Arbeit: Von den bemalten Stoffbahnen an den Wänden übernimmt er die Fähigkeit, mit leichter Hand Geschichten zu erzählen, Geschichten aus den antiken Mythen, aus der Bibel, aus der Chronik der Wettiner, Ereignisse wie Jagden, Turniere, Kriege. In den langen Fluren und den Repräsentationsräumen hängen die Porträts der Fürsten und Fürstinnen, an denen er die Entwicklung von den düsteren alten Bildern, die ihre Personen steif und martialisch darstellen, zu den lebendigen Wiedergaben seines Meisters studieren kann, welch letztere ihn besonders bei Kerzenschein manchmal in Versuchung bringen, sich noch einmal umzuschauen, weil ihm war, als habe eine junge Dame ihn angelächelt. Da sind die ornamentalen Verzierungen an Rahmen und Decken, die Bemalungen der Möbel und Gebrauchsgegenstände.
Heute hat Johannes die ehrenvolle Aufgabe, am Gemälde der vierzehn Nothelfer in der Stadtkirche einen kleinen Schaden auszubessern. Er geht am hellen Mittag hin. Das durch die Fenster hereinflutende Sonnenlicht bringt die Farben der Tafel zum Leuchten. Johannes legt seinen Pinsel nieder und schaut. Unwillkürlich schüttelt er den Kopf. Was sind das für Heilige? Er ist von Kindheit an gewohnt, die Personen der biblischen Geschichten und der Märtyrerlegenden als vollkommene Gestalten zu sehen, im Gegensatz zu den unvollkommenen menschlichen Wesen seiner Umgebung, schlank, asketisch, edel bis in die Fingerspitzen. Hier hingegen – wenn er nicht wüßte, was dargestellt wird, würde er sagen, hier treffen sich Menschen, wie sie ihm auf seinen Wanderungen begegnet sind:

Da ist der bärbeißige Ritter mit seiner Fahne, mit hochgeklapptem Visier, die Augen unbeirrbar geradeaus gerichtet, seinem Ziel verschworen, weder fähig noch willens, sich mit sterbenden Kindern, mit Frauen oder alten Leuten auf seinem Weg zu befassen; drei jüngere Kriegsleute, auch sie gewappnet, aber ohne Helm, etwas aufgeschlossener, wenigstens aufmerksam, vielleicht zweifelnd; der feiste Mönch mit blanker Tonsur, aus der die Feuchtigkeit für Sturm und Regen aufsteigen kann – so man Franz' »wissenschaftlichen« Theorien Glauben schenkt –, versonnenen Blickes, die Mundwinkel pessimistisch nach unten gezogen, hat die eine Hand um ein Tier gelegt, das vertrauensvoll zu ihm aufblickt. Drei Bischöfe mit juwelenglitzernden Tiaren, nicht unbedingt Menschen, an die er sich in Kummer und Not würde wenden wollen: unsicher, mißtrauisch der eine, obwohl er eine Kerze trägt, die hell leuchtet, grau, verächtlich grausam der andere und zwischen beiden einer, dem man zwar Opfermut und unbeirrbaren Glauben zutrauen könnte, aber Nächstenliebe? Johannes weiß nicht so recht.
Vorn in der Mitte mit dem gewaltigen Baum als Stützstab Christopherus – sein Gewand hat ein Geselle gemalt, soviel steht fest, beim Meister wären die Muster viel plastischer. Zu schade, daß er nicht hier ist, Johannes verlangt es, mit ihm über diese Darstellung zu sprechen. Das ist, der aufwendigen Kleidung zum Trotz, ein einfacher Mensch, ein Fischer und Fährmann, Johannes tritt näher heran: sein Gesicht, das ist nicht des Meisters Christopherus! In der Werkstatt gibt es eine Zeichnung von 1505, er weiß es genau, er hat sie unlängst einsortiert, die den Kopf dieses Heiligen darstellt, dieses Gesicht sucht Johannes und sieht es mit seinem inneren Auge, den Christopherus, der täglich vielen Leuten begegnet und sich seine Gedanken macht über Hochmut und Elend, Reichtum und Armut, Kraft und Schwäche der Menschen und über die Willkür des Schicksals. Gerade von ihm, dem Grübler und Zweifler, läßt sich das Gotteskind durch die gefährlichen Fluten tragen, ihm, dem Starken, Sturmerprobten, wird es fast unerträglich schwer. Dieses Gesicht hat etwas mit dem Meister zu tun. Nicht daß die Züge ihm ähnlich sähen, aber die Auseinandersetzung mit der Welt und mit Gott, die sich darin spiegelt, das fühlt Johannes, diese Auseinandersetzung ficht Lucas neben all den vielen anderen Aufgaben, die er meistert, in sich aus. Die Geister der Finsternis sind nicht vergessen – sie wirken irgendwie freundlich und eher des Erbarmens als des Abscheus wert, und natürlich ist ein Hirsch da, ganz vorn sogar, sorgfältig ausgeführt und liebenswürdig.

Johannes nimmt Rot auf den Pinsel und bessert den Mantel des Christopherus aus. Er seufzt dabei ein wenig vor Befriedigung. Wie gut es doch das Leben mit ihm meint! Er darf tatsächlich tun, was er am liebsten möchte, und verdient noch seinen Lebensunterhalt damit. Wie wenigen seiner Zeitgenossen ist das gegeben.

Es ist keine freudige Heimkehr aus Leipzig diesmal. Der große Wagen rumpelt schwer beladen durch den Torweg; die Kinder springen lachend um ihn herum, weil sie wissen, Meister Lucas bringt ihnen immer etwas mit von der Messe, aber er steigt so düster und in sich gekehrt vom Pferd, daß sie still werden und schweigend beim Abladen helfen. Sein Töchterlein Ursula weint ein wenig vor Enttäuschung.

Schweren Schritts geht Lucas gleich in die große Stube und setzt sich auf seinen Stuhl, Barbara bringt ihm Wein. Er hält ihre Hand, nimmt abwesend einen Schluck. Johannes steht in der Tür, unsicher, ob er vielleicht besser gehen sollte. Der Meister winkt ihm.

»Setz dich zu uns, Johannes. Meine Nachrichten betreffen auch deine Rechnungen. Mein Vater ist verstorben. Ja. Ein Mensch wird erst wirklich erwachsen, wenn der letzte Elternteil ihn verläßt. Sie mögen noch so weit entfernt wohnen, auch krank und gebrechlich sein und viel mehr der Hilfe bedürfen, als daß sie welche gewähren könnten, allein die Tatsache, es gibt sie noch, verleiht ein Gefühl des Geborgenseins in der doch immer fremden Welt voller Bedrohungen – irgendwie. Und wenn sie gegangen sind, stehst du allein dem Leben gegenüber, in voller Verantwortung.

Mein Vater war es, der mir den ersten Stift, die ersten Farben schenkte, mir die Hand führte, sich freute, daß ich Maler werden wollte! Viel zu lange war ich nicht bei ihm, nun kann ich es nie mehr sein. Gott sei seiner Seele gnädig.

Auch Meister Albrecht Dürer ist von uns gegangen – er lehrte mich viel! Erinnerst du dich der Apostelbilder, Johannes, und unseres Gesprächs während des Reichstages in Nürnberg? Hätten wir doch länger bleiben können. Wie viele schöne, wichtige Werke hätte Meister Albrecht der Welt geschenkt, weilte er noch unter uns. Nun denn, so geht das Leben dahin –«

Er streicht sich über die Haare, und Johannes bemerkt auf einmal die grauen Strähnen. Geht das Leben so schnell dahin? Jetzt, hier, heute hat Johannes keinen Sinn für die Weisheiten seines Ordens; im Augenblick liebt er seine Welt, so, wie sie ist, und möchte sie festhalten mit den Menschen, die um ihn herum sind.

Johannes notiert:
Die Erben des Hans Maler sel. in Cronach sind Mathes Maler für sich und seinen Bruder Lucas, sowie die Schwäger Hans Krauß, Michel Fleischmann und Barthel Sunder – also hat der Meister drei Schwestern! –, sie verkaufen Wiesenbesitz für 61 Florin.
Na ja, das durch fünf geteilt, ist es der Mühe wert? Die Fuhren an Holz und Sandsteinen, die Cranach an diverse Baustellen liefert, bringen solche Sümmchen schnell ein, da hat etwa der Rat der Stadt entrichtet:

> *8 gr. für Siegelwachs und Tintenmaterial, die der Stadtschreiber aus Cranachs Apotheke bezogen hat,*
> *2 sch. 37 gr. 1 pf. für Holz und Werkstücke, die Cranach zum Bau des Rathauses und der Ratsscheune hergeliehen hatte und ihm bisher umbezahlt blieben, sind ihm dies Jahr allzuerst entrichtet.*
> *3 sch. 30 gr. für Malerarbeit an einem Torgebäude des Rathauses.*

Gut so. Damit kann man wohl locker 83 Florin ausgleichen, auf die einen Herzog Albrecht von Preußen immer noch warten läßt. Was ist denn das noch für eine Quittung, die ich da am 24. Mai ausgestellt habe? Ach ja, über 150 Gulden, die die Dame Regina von Guttenberg den Cranachschen Erben vermacht hat.
Johannes hebt den Kopf. Interessant sind all diese Zahlen schon, sie sagen auch eine Menge aus, aber manchmal möchte ich zu gern mehr wissen! Wer ist diese Regina von Guttenberg? War sie sehr reich? Hat sie den Cranachs all ihr Geld vererbt, vor allen Dingen: warum?
»Leg die Feder nieder, Bruder, und nimm den Pinsel auf. Hier naht die Ablösung!«
»Franz, bist du aber guter Dinge!«
»Kann man auch sein; die Zeitläufte gefallen mir, es ist eine Lust zu leben!
Du wirst dich vielleicht erinnern: Anno domini 1526 bekannten sich die Städte Celle und Wismar zur Wittenberger Richtung, und jetzt folgen uns Braunschweig und Goslar auch! Doktor Luther kann gar nicht nach-

kommen, so rennt man ihm das Schwarze Kloster ein mit Bitten um die neue Gottesdienstordnung und um gute Theologen, die mithelfen sollen, das kirchliche Leben zu regeln.«

»Wie wär's mit dir?«

»Das hat noch Weile. Mir gefällt es viel zu gut hier.«

Obwohl oder gerade weil er zu Hause keine Ruhe findet, sitzt Luther mit bei Cranachs zu Tisch. »Du arbeitest viel für Herzog Georg, den Katholischen, Lucas?« fragt er mit Augenzwinkern.

»Ja, der Bärtige gab mir einige Aufträge, die gutes Geld einbringen«, bestätigt der Meister.

Luther nickt. »*Wir stehen alle auf derselben Basis – Rom und Wittenberg sind durch ein großes gemeinsames Erbe verbunden. Ich habe niemals an den Grunddogmen der Kirche, die von den Konzilien der ersten christlichen Jahrhunderte aufgestellt wurden, gerüttelt. Eine Sache muß nicht allein deshalb schlecht sein, weil der Papst sie für gut hält. Man darf auch nicht etwas als christlich verkünden, nur um die Römischen zu ärgern. Narrenwerk wäre das. Christus fand auch im jüdischen Volk der Pharisäer und Schriftgelehrten Mißbrauch, aber verwarf deshalb nicht alles, was sie hatten und lehrten. Wir bekennen aber, daß unter dem Papsttum viel christliches Gutes, ja alles Christliche gut sei und auch von daselbst an uns hergekommen sei: Wir bekennen nämlich, daß im Papsttum die rechte heilige Schrift sei, rechte Taufe, rechtes Sakrament des Altares, rechte Schlüssel zur Vergebung der Sünde, rechtes Predigtamt, rechter Katechismus, wie das Vaterunser, die Zehn Gebote, die Artikel des Glaubens. Ich sage, daß unter dem Papst die rechte Christenheit ist, ja der rechte Ausbund der Christenheit und vieler frommer, großer Heiliger. Wir schwärmen nicht so wie die Rottengeister, daß wir alles verwerfen, was der Papst unter sich hat.* Also, mein lieber Lucas, arbeite du getrost für Georg den Bärtigen, und erzähle ihm und den Seinen mit deinen Bildern vom wahren Glauben.«

Johannes und Silberbart sitzen eifrig malend vor nahezu gleichen Gemälden, Jagdszenen, die sie minutiös ausführen: Burg und Stadt im Hintergrund, eine kleine Insel in der Mitte, von der aus Hirsche in den schmalen Fluß, der das Eiland umgibt, getrieben werden. Am anderen Ufer warten die fürstlichen Jäger mit ihren Hunden, die Armbrust im Anschlag. Manche jagen von einem Kahn aus mit Spießen, auch Damen sind dabei.

Alles wird fertiggemalt bis auf die Gesichter, die der Meister jeweils dem aktuellen Besucherstand entsprechend schnell einfügen kann.
»Du glaubst ja nicht, wie beliebt diese Jagdszenen sind!« erzählt Silberbart. »Wir können gar nicht genug davon auf Lager haben. Unser Kurfürst liebt die Hirschhatz genauso sehr, wie sein Vater, Friedrich der Weise, es tat. Ich male gern das Blattwerk der Bäume und Sträucher und die Prachtgewänder, die Tiere überlasse ich dir, Johannes. Sieh nur, diese herrlichen Vorlagen von den Wildschweinen!«
Johannes nimmt die Zeichnungen entgegen. »Ja, wie die Hunde den Eber anfallen! Pack sie wieder ein, ich muß jetzt Hirsche malen.«
»Friedrich der Weise war als junger Fürst ein berühmter Turnierkämpfer«, erzählt Silberbart. »Hier in Wittenberg auf dem Markt fanden die Turniere statt; er blieb fast immer Sieger. Das war vielleicht ein Riesendurcheinander von Pferden, Rittern, Schwertern und Lanzen, zu Boden polternden Rüstungsteilen, Schabracken, Gewändern, Federbüschen – ich frage mich, wie die gewußt haben, wer ihr Gegner war!«
»Ich kann es mir vorstellen, ich habe mir des Meisters Zeichnungen angesehen. Wie konnte er nur alles so genau beobachten und malen! Es muß ein Höllenlärm gewesen sein!«
»Ach, nicht unbedingt. All die vielen Zuschauer ringsherum verharrten in atemloser Stille vor Spannung. Du hörtest das Galoppieren der Pferde, das Aufeinandertreffen und Splittern der Lanzen, das Klirren der Schwerter, den dumpfen Fall eines aus dem Sattel gehobenen Ritters, die metallischen Geräusche der Rüstungen, manchmal den Protestschrei eines Pferdes – besonders laut war das nicht.«
»Gab es viele Verwundete?«
»Ja schon, aber es waren meist leichte Verletzungen: Prellungen, Verstauchungen, mal ein paar gebrochene Glieder, guter Verdienst für die Wundärzte und die Apotheke.«
»Beschreibe es mir bitte einmal ganz genau, wie geht das denn vor sich, wenn zwei Ritter aufeinandertreffen?«
»Also: Vor dem Turnier besuchen alle Teilnehmer die Frühmesse und bringen Gott in Schwierigkeiten, weil sie allesamt mit heißer Inbrunst und aus naheliegenden Gründen seinen Beistand erflehen. Häufig stärken sich die Herrschaften danach bei einem Frühstück im Freien, derweilen die Knappen und Knechte die Rösser aufzäumen – Wiehern, Waffenklirren, Flüche, Befehle, Gebete –, auf einer Mauerkrone oder der Tribüne fiedeln Musikanten. Jedermann nutzt diesen willkommenen An-

laß, sich und seinen Wohlstand gebührend zur Schau zu stellen, Damen und Herren sind gleichermaßen üppig und bunt herausgeputzt. Endlich rufen die Herolde zu den Waffen. Die von Kopf bis Fuß in Eisen verpackten Kontrahenten lassen sich in den Sattel helfen, auch das Pferd ist natürlich gepanzert und mit prächtiger Schabracke geschmückt. Man reicht den Kämpfern ihren Wappenschild und die Turnierlanze. Sie grüßen zu den Gästen hinauf, vor allem natürlich zu den Damen. Dann reitet jeder zu seiner Barriere, die mit bunten Bändern geputzt ist; dreißig Doppelschritte sind sie nun voneinander entfernt. Die Buhurttrommel wird geschlagen – die Helmvisiere müssen geschlossen werden. Kannst du dir vorstellen, wie das ist? Gerade noch Teil eines überaus farbigen, intensiven Lebens, versinkst du schlagartig in gefängnishaftem Dunkel, nur ein winziger rechteckiger Sehschlitz zeigt dir deinen Gegner – du packst die Lanze fester, nimmst alle Kräfte zusammen, dein Herz pocht wie wild gegen die eiserne Halsbeuge –, der erste Fanfarenruf. Du senkst die Lanze. Du fühlst durch deine gepanzerten Schenkel das Beben deines Pferdes – das zweite Hornsignal! Wild schlägt ein Schrei aus vielen Kehlen: dein Pferd schießt los wie ein Pfeil, seine Hufe donnern, du betest, du fluchst, umklammerst die Lanze, und dann das schreckliche Geräusch des Knackens, Splitterns, Brechens der Lanzen. Es gibt, wie immer im Leben, zwei Möglichkeiten: Entweder liegst du am Boden, mehr oder weniger marode, oder du sitzt noch im Sattel und hast gewonnen! Wenn du fähig bist, dir selbst das Visier zu öffnen, stehen deine Chancen aller Wahrscheinlichkeit nach gut. Den Verlierer hieven die Knappen auf eine Bahre und tragen ihn unbeachtet von der Walstatt, während alles dem Sieger zujubelt. Er hat nicht nur Ruhm und Ehre und die Gunst der Damen gewonnen, sondern auch die Rüstung des Geschlagenen und sein Roß.«

»So eine Ausrüstung ist sicherlich teuer!«

»Du sagst es! Für den Gegenwert kannst du dir gut und gern drei Bauernhöfe mit Land und Vieh und Knechten kaufen. Manch ein Ritter verliert auf diese Weise sein väterliches Erbe.«

»So ein Wahnsinn, warum tun sie es dann?«

»Nun, es muß ein ungeheuerer Nervenkitzel sein, sagt man, beides ist drin, Sieg oder Niederlage. Manche erkämpfen sich auf diese Weise ein Vermögen.«

»Und Friedrich der Weise gewann immer?«

»Immer.«

»Was hat er mit den vielen Rüstungen und Rössern angefangen?«
»Die meisten Ritter lösen natürlich ihre Rüstung aus, sie müßten sich ja sonst eine neue anfertigen lassen, und so ein Turnierpferd auszubilden braucht seine Zeit, darum sind sie sehr teuer.«
»Ach so, deswegen sagst du, man kann sich auf diese Weise ein Vermögen gewinnen. Hm, aber eine sehr gefährliche Art, reich zu werden. Es muß doch fast unmöglich sein, in dieser winzigen Zeitspanne zwischen Start und Zusammenprall die unhandliche Lanze noch zu bewegen, um richtig zu treffen!«
»So geht das auch nicht! Du weißt aus Übung und Erfahrung, wie hoch und in welchem Winkel du sie einstemmst, und hältst sie, komme, was da wolle, fest, und wenn dein Pferd auf der Spur bleibt und das des Kontrahenten auch, dann hast du deine Chance.«
»Du redest, als ob du selbst gekämpft hättest!«
»Habe ich nicht, aber als Junge habe ich mich viel auf Turnierplätzen herumgetrieben.«
»Du hast mir ja nun den Zweikampf anschaulich beschrieben. Auf den Bildern des Meisters wuseln jedoch viele Ritter zwischen den Barrieren durcheinander.«
»Das sind Mannschaftskämpfe, eine wilde Sache, die ich nicht gut finde, aber sie sollen sich bei den sogenannten einfachen Leuten großer Beliebtheit erfreuen. Hast du eigentlich schon eine Hirschhatz hier in den Gassen der Stadt erlebt?«
»Nein. Wie soll das wohl gehen?«
»Es ist eine große Volksbelustigung, alle beteiligen sich beim Treiben des Wildes, du kannst dir vorstellen, wieviel Spaß das den Kindern macht. Die Jäger haben in den engen Straßen leichtes Spiel; wer hier nicht sein Wild zur Strecke bringt, hat selber schuld. Meister Lucas pflegte mit der Tafel in der Hand unter der Haustür zu stehen und die gehetzten Tiere zu zeichnen.«
»Ich weiß nicht«, Johannes schüttelt den Kopf, »ich finde das grausam. Das Wild hat ja gar keine Chance zu entkommen.«
»Hat es bei den kurfürstlichen Hatzen sowieso nicht. Sieh dir doch unser Bild an!«
»Aber wo bleibt das ritterliche Element, der ehrliche Kampf zwischen Mensch und Tier?«
»Ach Johannes, hast du nicht mitbekommen, daß die Ritter dieses Schlages ausgestorben sind? Mit der Technik unserer modernen Waffen ist die

Niederlage der Tiere von vornherein festgeschrieben. Wie soll sich ein Hirsch gegen einen Pfeil wehren, der ihn von hinten trifft und von einem Schützen abgeschossen wird, der viele Ellen von ihm entfernt im Gebüsch versteckt ist?«

»Nur zu wahr«, bestätigt Johannes traurig, »es gibt eben keine Gerechtigkeit auf Erden.«

»Wenn du die Tiere auch noch mit einbezogen haben willst, ganz gewiß nicht.«

»Johannes!« ruft Franz aus der Schreiberecke. »Hilf mir bitte weiter, wieviel Zimmer haben die Gebäude Schloßstraße eins nach dem Ausbau?«

»Dreiundachtzig beheizbare Zimmer, sechzehn Küchen, die Malerwerkstatt, die Druckerei, den Weinausschank, die Apotheke.«

»Danke!

»Hier, für Euch!« ruft ein Lehrling und legt Johannes eine Flugschrift auf den Tisch:

Kurzer Begriff, welchermaßen der grausam wütende Tyrann und Erbfeind der ganzen Christenheit, der Türk, die christlich weitberühmte und fürstliche Stadt Wien in Österreich im Jahr nach Christi Geburt 1529 belagerte

Und als die Feinde am Sonntag, den 26. Tag Septembris, fünf große Lager gewaltiglich aufgeschlagen [hatten], *ist der türkische Kaiser samt seinem Bassa* [Pascha], *Sandschagbegen* [Distriktsbefehlshabern] *und Janitscharen* [Elitetruppen des Sultans] *in nachfolgender Ordnung zu Felde gelegen. Und als er merkte, daß sich jedermann zur Wehr setzte und die Stadt nicht aufgeben wollte – er hatte ernstlich gehofft, jedermann würde fliehen und er könne die Stadt ohne Widerstand erobern und deshalb aus großen Hochmut, Verachtung und Eile sein schweres Geschütz alles etliche Meilen unterhalb Wiens, ungefähr um Kosmorn, gelassen.*

Und da also aus Gnaden Gottes und ritterlicher Gegenwehr seine Anschläge und Vorhaben keinen Fortgang nahmen, hat er sich (wie die Kriegsverständigen sagen) mit großem Vorteil, Vorsicht und Listen, mit aufgeworfenen Gräben und verborgenen Schanzen gelagert. Obwohl die Janitscharen als des Kaisers Garde, auf die er all sein Herz und sein Vertrauen setzte, gehalten war, allein auf seinen Befehl zu hören, haben sie sich doch täglich abgewechselt. An die fünf- oder sechstausend kämpften täglich ohne Unterlaß mit ihren Handröhren und Flitschbögen beson-

ders am Kärntner Tor in der Vorstadt. Sie lagen hinter den öden und verbrannten Mauern, aus denen sie ihre Schanzen und Schießlöcher gemacht haben. Vom St. Augustins Kloster an bis hinab vor den Kärntner Turm mühten sie sich wie sonst nirgendwo um die Stadt mit Graben, Sprengen, Stürmen und stellten das gewaltigste, unglaubliche Schießen mit Schlangen und Falkonetten [schwerem und leichtem Geschütz]. *Damit haben sie an St. Stefans Kirchturm und Dach (darauf die nützlichste und beste Wacht gehalten worden), auch durch die meisten Dächer der Bürgerhäuser und in alle Gassen der Stadt geschossen und mit Handröhren und Flitschen oder Handbögen dergleichen stündlich ohne Aufhören dermaßen vollbracht, daß sich die in der Stadt auf der Mauer zwischen den Zinnen nirgendwo haben sehen noch blicken lassen. Denn die Janitscharen haben hinter dem Gemäuer ganz sicher und gewiß geschossen und sehr viele Knechte beschädigt. Es ist auch keiner in der Kärntnerstraße sicher gegangen noch gestanden. Sogar ohne Unterlaß sind die Handbogenpfeile, die eines Teils fast köstlich mit Perlen geschmückt waren, und die Handrohrkugeln wie der Hagel nieder in die Gassen und auf die Rinnen und Dächer gefallen …*
Den achten Tag Octobris, auch die Tage davor, haben die Feinde unterhalb des Kärntnertores die Stadtmauer 13 1/2 Klafter [ca. 20 m] *lang und nicht weit davon abermals einen Teil der Mauer bis über die Mitte unterhackt* [untergraben] *und am gemeldeten Tag Pulver untergefüttert, in der Meinung, dieweil sie die Mauer auswendig unterhackt, dieselbe hinein in die Stadt wärts zu sprengen. Als das in der Stadt vermerkt wurde, hat man die Mauer allenthalben mit großen starken Bäumen unterspreizt, und da die Feinde das Pulver angezündet haben, ist dasselbe durch die Gnade Gottes, und nochmals öfter, ohne Schaden aufgefahren und ihnen das Sprengen mißraten …*
Vom 9. bis auf den 12. Octobris haben die Feinde täglich und stündlich geschossen, sie sind in die Gräben und hinauf bis an die Mauern gelaufen und haben ein Lärmen nach dem anderen angefangen. Dagegen haben die in der Stadt im gleichen Fall auch nicht gefeiert, sondern mit großem und kleinem Geschütz ohne Unterlaß gegen sie gearbeitet, und daneben die ganze Zeit der Belagerung auf St. Stefans Turm und St. Claren Platz mit Heerpauken, Trompeten, Posaunen und Schalmeien gehofiert, auch Trommeln und Pfeifen stündlich nach Kriegsordnung gebraucht, das hat die Feinde doch verdrossen, und sie haben ohne Zweifel ein sonderlich Entsetzen ob solchem Trotz gehabt …

Von dem 12. Tag bis auf den 14. Octobris zum Abend sind die Feinde still gewest ... Danach zur Nacht fingen die Feinde heftiger an zu schießen denn je zuvor. Und ungefähr um 11 Uhr zu Mitternacht sind die Janitscharen aus den Vorstädten mit großem Geschrei abgezogen, und alle ihre Lager, auch was aufrecht geblieben an den nächst umliegenden Dörfern und in der Vorstadt an Häusern haben sie angezündet, und am Freitag, den 15. Octobris, ist der türkische Kaiser vor Tage auch aufgebrochen und mit ihnen verrückt [abgezogen] ...
Also hat der allmächtige barmherzige Gott diese Stadt Wien, an welcher der Königlichen Majestät und dem heiligen Reich dieser Zeit gar merklich viel gelegen, samt allen Fürsten, Grafen, Herren usw. von vielen bösen Freunden und grausamsten Feinden, den Türken, gnädiglich erledigt und errettet.
Demselben sei allein Lob, Ehr und Preis immer und ewiglich. Amen.

Amen, beschließt auch Johannes seine Lektüre. Und warum sind sie abgezogen? Das wüßte ich wirklich gern! Ob eine Krankheit in ihrem Lager ausgebrochen ist? Oder haben Probleme in der Heimat sie zum Abzug bewogen? Werden wir es je erfahren? Hauptsache ist, sie sind fort. In offener Feldschlacht hätten die Unsrigen diese ungeheuren Massen niemals schlagen können. Jetzt sind wir fürs erste vor ihrer Grausamkeit gerettet.
Er ist noch allein in der Werkstatt. Die Tafel auf der Staffelei des Meisters ist zugedeckt. Er geht mit seiner Kerze heran und hebt das Tuch.
»Nein«, stammelt er erschrocken, »nein, bitte nicht!«
Vor dunklem Hintergrund blickt Lucas ihn an. Die Haare verschmelzen mit der schwarzbraunen Umgebung und engen das Gesicht mit den in die Stirn hängenden Strähnen ein – Augen, Nase, Wangen und ein wenig vom geschlossenen Mund treten deutlich hervor, das Kinn verliert sich im Bart, der sich in breitem Streifen über die Oberlippe legt, die Nase scharf betont, tiefe Falten unterstreichen die Wangenknochen, die Augen, in Falten eingeschlossen unter drückenden Brauen, darüber ist ein wenig von der Stirn sichtbar. Was läßt Johannes so erschrecken? Er denkt an Dürers Zeichnung, an Lucas' Selbstbildnis in dem Gemälde von der Heiligen Sippe, was hat sich so verändert?
Cranach ist alt geworden. Nachdenklich war sein Blick immer, nun sprechen Leid, Kampf, Enttäuschung, Sorge, aber auch Verständnis und Güte aus seinen Zügen. Ein sympathischer Mensch. Was hast du nur,

fragt Johannes sich selbst, was macht dich denn so beklommen, läßt dich heftig protestieren? Ach, der Cranach Dürers ist ein jugendlicher Ritter, im Aufbruch, die Welt zu erobern, mit straffen, energischen Zügen! Dieser Meister hat das alles schon hinter sich, sein Gesicht ist weich geworden, und die Zeit, die zwischen dem einen und dem anderen Porträt liegt, ist ein Stück meines Lebens, eine so reiche und faszinierende Zeit hier in der Werkstatt mit diesem Menschen.
Ein großartiges Gemälde. Johannes deckt es schnell wieder zu.

Judith

Lucas Cranach d. Ä.
Judith und Holofernes

Voller Stolz, als handele es sich um ein persönliches Verdienst, versteuert Johannes im Jahre 1530 ein sechstes Haus im Besitz seines Meisters. Mehr Mühe macht ihm die Schlußabrechnung für das Hallische Stift Albrechts von Brandenburg – 156 Bildtafeln wurden geliefert! Während seine Feder die langen Zahlenkolonnen schreibt, denkt er über die Situation der Werkstatt nach. Die Zeiten ändern sich. Es gibt kaum noch Aufträge für große katholische Altarwerke. Wie gleicht der Meister den Beschäftigungsrückgang seiner Belegschaft aus?

Johannes hebt den Kopf und sieht sich um. Venus blickt ihn in vielen Formaten und Variationen an, Paris mit seinen drei Damen ist häufig vertreten, die Quellnymphe, die ihn einst in des Meister eigener Ausführung so verwirrt hat, wird nun eifrig von Gesellen kopiert, Herkules tritt auf. Meister Lucas hat die Rückenansicht eines nackten Mannes gezeichnet, seine genaue Kenntnis der menschlichen Anatomie ist es, die seine Personen so naturnah wirken läßt. Die großen Darstellungen der verschiedenen Zeitalter mit hohem Aufgebot an nackten Menschen sind weniger nach Johannes' Geschmack – der Mönch in ihm wehrt sich dagegen. Da sind ihm die Lehrstücke des Neuen Testamentes doch lieber, »Lasset die Kindlein zu mir kommen« oder »Christus und die Ehebrecherin« – ein Exemplar davon steht gerade auf Cranachs Staffelei.

Wieder einmal ist die Handlung ins Jetzt und Hier gerückt, Kleidung und Haartracht erlauben da keinen Zweifel. Die Person Christi, Liebe und Verständnis ausstrahlend, beherrscht das Bild, er hält die Hand der rührend jungen Frau, der Johannes diese Sünde gar nicht zutraute. Es ist eine gewisse Müdigkeit in Jesu Blick, in der Bewegung seiner Hand, mit der er den Selbstgerechten, die in Hut und Händen die Steine schon bei sich tragen, wehrt – als frage er sie: »Wie oft soll ich es euch denn noch sagen und vorleben, ihr ungläubiges Geschlecht?« Wie eine lebendige Barriere steht er zwischen den Unduldsamen, die ihn mit erhobenem Zeigefinger an das Gesetz gemahnen, und denen, die zumindest zweifeln und nachdenken, auch keine Steine bei sich haben. Ein solches Bild ist ganz im Sinne der Vorstellungen und Absichten Melanchthons – eine Bilderzählung als Ergänzung des Wortes.

Margarethe Fleischmann, eine Schwester des Meisters, stirbt in Kronach. Lucas reitet zum Leichenbegängnis und überläßt Johannes die Abrechnung mit der kurfürstlichen Kanzlei für die Fertigstellung des Wittenberger Schlosses. Wegen der Lieferung von Baumaterial für die Begradigung der Stadtmauer zwischen Schloß, Elbtor und Elstertor kommt es zu Meinungsverschiedenheiten zwischen Johannes und dem Stadthauptmann. Seit er malen darf, beschäftigt er sich gar nicht mehr so gern mit den Rechnungen und Briefen, so ist das Bessere der Feind des Guten!

Luther sitzt in der Küche des Cranach-Hauses neben Barbara auf der niedrigen Bank, wo die Magd das Gemüse zu putzen pflegt.
»*Es will's nicht mehr tun mit mir, ich sehe es wohl*«, seufzt er, »*die Jahre treten hinzu. Mein Kaput ist ein Kapitelchen geworden, wird aber weitermachen und ein Paragraph, zuletzt ein Sätzchen werden. Mich plagen Kopfweh und Halsschmerzen. Ich habe genug geschafft. Meine Stunde mag kommen, wann es Gott beliebt. Ich bin der Krankheit und des Alters überdrüssig, ja des Lebens.*«
»Wieviel Jahre zählt Ihr eigentlich?« fragt Barbara.
»Siebenundvierzig. Kannst du mir denn nicht du sagen nach all der Zeit, Barbara? *Ich hoffe, daß ich die verdammte Welt nicht mehr lange zu sehen brauche. Sie haßt mich, und ich fühle Ekel vor ihr und Verachtung.*«
»Aber Martin, wie sprecht Ihr – sprichst du denn? Du, so ein berühmter Mann, den alle ehren und lieben!«
»Red nicht so daher, Barbara, das mag vielleicht einmal gewesen sein. Nun ist es nicht mehr. *Mich sucht statt dessen Satans Gesandtschaft heim – obwohl ich drei Stunden des Tages im Gebet knie. Mein Stube wird mir zu einer Wohnung der Dämonen – du kannst es dir nicht vorstellen. Ich sehe fliegende Fackeln – beim Gewitter gestern zuckte vor meinen Augen eine Feuerschlange wild verkrümmt vom Turmdach nach dem Hain, verschwindet und ist plötzlich wieder da, jetzt aber als ein Flammenstern – der Teufel! Eine Ohnmacht überfällt mich, und seit dem plagt mich schlimmes Sausen im Kopf.*
Was soll es nur geben mit diesem Reichstag! Böse Vorzeichen werden vermeldet: In Dresden brennt es. Aus Speyer wird ein schreckliches Gesicht gemeldet: unzählige Gespenster wollten übern Rhein und erzwangen sich die Überfahrt, der eine Fährmann starb im Schreck. Sie

trugen Kutten, riefen laut, daß sie nach Augsburg auf den Reichstag kämen.«
»Das ist ja entsetzlich!« Barbara schlägt die Hände vors Gesicht. »Ach Martin, auch mich plagen Dämonen und Gespenster, aber wenn solches sogar einem so heiligen Mann wie dir angst macht ...«
»Hier seid ihr!« ruft Cranach. »Was sitzt ihr denn da auf dem kleinen Bänkchen? Martin, wie siehst du denn aus? Fühlst du dich nicht gut?«
»Nein, ganz und gar nicht, mein lieber Lucas. *Wenn ich jetzt stürbe und man mich aufschnitte, so würde man sehen, daß mein Herz ganz und gar verschrumpft ist vor Leid und Kummer meiner Seele.«*
»Und wo du nun lebst und ich dich betrachte, sehe ich, daß du mein lieber Freund bist, ein Mann Gottes, gelehrt und weise, gütig, voller Verständnis und Liebe für seine Mitmenschen! Ein wenig müde und auch traurig über die Zeitläufte – wer wäre das nicht? Kannst du mir einen Menschen nennen, der es erleben durfte, daß alles so kam, wie er es sich wünschte? Wie wäre das Gute als solches zu erkennen, wenn nicht am Gegenpol, dem Bösen? Laß mich alten Mann nicht Stroh dreschen, Martin, und dir vorschwatzen, was du selbst viel besser weißt und viel treffender in Worte fassen kannst. Es erfordert viel Geduld, deine Krankheiten und Schmerzen zu ertragen. Aber es wird ja auch immer wieder besser! Du darfst nicht an deinen Tod denken, wir alle brauchen dich so sehr, als Mensch, als Freund und als Lehrer, der uns zu Gott bringt. Sei ehrlich, bei aller Mühsal ist es doch auch wieder schön, so wichtig für die anderen zu sein.«
»Wenn sie nur besser hören wollten.«
»Äußerlich hat es den Anschein, als würden sie schlecht hören, aber was deine Worte in ihren Herzen bewirken, das sieht man nicht gleich und ist sehr wohl vorhanden. Du weißt, wie lange manches Samenkorn in der Erde liegt, bis es aufgeht.«
»Das hast du schön gesagt, Lucas«, murmelt der Reformator dankbar.
»Komm!« Lucas zieht den Müden hoch. »Wir gehen in die Stube, du setzt dich in meinen bequemen Stuhl, Barbara bringt uns vom guten Malvasier, richtet uns auch einen Imbiß an.«
Luther läßt sich überreden. Er ißt und trinkt.
»Wenn ich meinen Leib so recht anfülle mit Speise und Trank, findet Satan darin keinen Platz mehr!« sagt er.
Barbara hört es. Sie kann dem nicht zustimmen. Bei ihr bewirkt vieles Essen Beklemmungsgefühle; der überfüllte Magen drückt ihr die Luft

ab und stört das Herz, sagt Katharina Lutherin, ihre Freundin. Und in dieser Bedrängnis von Kurzatmigkeit und Herzrasen haben die Geister noch leichteres Spiel mit ihr. Sie wischt sich über die Augen. Jetzt ist hellichter Tag, sie ist von Menschen umgeben, was soll, was kann ihr geschehen?

»Eingetan werden soll ich wieder wie weiland auf der Wartburg«, erzählt Luther. »Meine Person sei zu gefährdet auf dem Reichstag in Augsburg außerhalb der sächsischen Hoheit. Darum darf ich nur mitkommen bis zur letzten kurfürstlichen Veste in Coburg. Ich muß wohl tun, was sie sagen.«

Er hebt seinen Becher und nimmt einen langen Trunk.

Es ist kaum zu glauben, was dieser Mann leistet. Ob der Tag für ihn mehr Stunden hat als für gewöhnliche Menschen? fragt sich Johannes. Georg Spalatin ist eine einflußreiche Persönlichkeit am kursächsischen Hof, einer der ältesten und treuesten Freunde Luthers. Friedrich der Weise hatte den schwierigen Bruder Martin nie gesprochen, alles, was er für ihn tat, wurde durch Spalatin vermittelt, den Politiker, Geistlichen, Erzieher des Prinzen, Begründer und Verwalter der Universitätsbücherei, späteren Superintendenten und Visitator der Gemeinden. Und zu all diesen seinen Betätigungsfeldern hat ihn der Kurfürst zum Hofhistoriographen ernannt und mit der Erforschung der sächsischen Geschichte beauftragt. Spalatin erfüllt diese Aufgabe, indem er eine Chronik der Sachsen und Thüringer schreibt.

Nun steht er in der Werkstatt am großen Tisch mit dem Meister und bespricht die Illuminierung seines Werkes. Johannes ist gerade mit einer komplizierten Abrechnung beschäftigt, die seine ganze Aufmerksamkeit erfordert, macht aber trotzdem lange Ohren und schnappt den einen oder anderen Gesprächsfetzen auf wie »rund achtzehnhundert Zeichnungen« – »möglichst schnell« – »viele Maler gleichzeitig arbeiten lassen«. »Johannes, komm bitte zu uns!« ruft Cranach endlich. »Wir brauchen einen Organisator für dieses umfangreiche Unterfangen. Wie ich dich kenne, hast du schon mitbekommen, daß es sich um eine Chronik handelt, die wir mit Bildern schmücken dürfen. Merke dir alles, was wir jetzt besprechen, gut, denn deine Aufgabe soll es sein, das Werk an mehrere Meister zu vergeben, wobei du besonders darauf achten mußt, daß zusammenhängende Bücher von jeweils einem Künstler bearbeitet werden. Obwohl ich die Art und Weise der Darstellung genau vorschreiben werde, hat jeder natürlich seinen eigenen Stil, den der Kenner herausfindet.«

»Ich wünsche mir Techniken, die einen farbigen, nahezu gemäldeartigen Eindruck vermitteln!« sagt Spalatin.

Cranach nickt. »Wir werden zunächst flüchtige Skizzen in schwarzer Kreide machen, die auf den im Text frei gelassenen Bildflächen das ausgewählte Motiv andeuten – hier will ich selbst mitwirken, so gut es meine Zeit erlaubt. Ihr könnt Euch diese Entwürfe anschauen und uns sagen, ob sie Euren Vorstellungen entsprechen; Änderungen sind in dieser Phase noch möglich. Danach werden die festen Umrisse von Landschaften, Gebäuden und Figuren mit der Feder in brauner oder schwarzer Tusche ausgeführt. Nun folgt das flächige Auftragen der Farben, darüber sollte mit dem Pinsel akzentuierend laviert werden, Höhungen mit Weiß, Gelb oder Rosa endlich lassen die Illustrationen plastisch wirken.«

»Verschwinden dabei nicht die Umrisse?« fragt Spalatin.

»Doch, aber zum Schluß werden mit dunklen Feder- und Pinselstrichen noch einmal die Konturen, dekorative Details und Schatten herausgearbeitet.«

»Und was geschieht, wenn hier Fehler gemacht werden? Da die Illustrationen in den Text hineingemalt sind, kann man ja nicht einfach das ganze Bild austauschen.«

»Nicht nötig, Korrekturen lassen sich immer noch durchführen. Man übermalt mit Deckweiß oder klebt kleine Papierstreifen auf.«

Spalatin nickt.

»Also, Johannes, hast du alles behalten? Du bist nicht nur der Organisator dieses Objektes, sondern auch mein Springer. Sollte sich herausstellen, daß eine Illustration nachträglich eingefügt werden muß und der Meister des entsprechenden Kapitels nicht mehr greifbar sein, wirst du zeichnen. Ich traue dir die Fähigkeit zu, dich in die Sichtweise eines Kollegen einzufühlen und auf seine Art, gewissermaßen mit seinem Pinsel, zu malen. Und nun schick einen Lehrjungen nach Franz, damit er sich der Rechnungen annimmt, und mach dich an die Arbeit.«

Johannes nickt. Er hat etwas von achtzehnhundert Zeichnungen gehört. Zwölf Künstler braucht er mindestens. Er setzt sich an den Tisch und studiert das Werk; während sich in seiner Vorstellung eine Gliederung bildet, erfüllt ihn ein warmes Gefühl der Dankbarkeit und des Stolzes. Ihn ausgerechnet hat der Meister für diese wichtige Aufgabe auserwählt. Welch ein Vertrauen auch in seine malerischen Fähigkeiten!

Johannes trifft Franz auf dem Markt, wo er in ein lebhaftes Gespräch mit anderen Studenten vertieft ist.
»Bedarfst du meiner? Ich komme schon!« ruft er eifrig, als er Johannes' ansichtig wird.
»Weißt du, es ist jammerschade, daß keiner von uns beiden mit nach Augsburg zum Reichstag reitet. Diesmal wird es noch viel interessanter als je zuvor! Der Kaiser hat endlich Zeit für Deutschland. Nachdem er den Papst das Fürchten gelehrt und im letzten Jahr Frankreich in die Schranken verwiesen hat, beglückt er nun die deutschen Fürsten mit der gnädigen Einladung, jeder möge sich über die Religion erklären; er aber beabsichtige, strenge Maßregeln anzuwenden, wenn die milderen versagen sollten.«
»So ist also die Religion eine Sache der Fürsten, der Politiker geworden. War das Luthers Plan?«
»Johannes, du bist furchtbar. Du fragst mit unschuldigem Augenaufschlag Dinge, die kein Weiser in einem Jahr beantworten kann.«
»Versuch es!« lacht der Gerügte.
»Durch die Reformen der Lutheranhänger zerfiel in vielen Städten und Dörfern die von der katholischen Kirche durchgeführte Organisation und Ordnung. Denke bitte nur an die Auflösung der Klöster und die Güter und Schätze, die dadurch herrenlos wurden: Wem sollten die Fronbauern ihre Abgaben bringen, wer verwaltet nun die Ländereien, wer führt die Reichtümer einem guten Zweck zu? Luther in seiner Herzenseinfalt übertrug die Verantwortung dafür den Fürsten, sie sollten all die frei gewordenen Ländereien an sich nehmen, sie verwalten und aus dem Erlös der Armut und dem Elend im Lande steuern. Du weißt vielleicht, daß wir hier in Wittenberg einen gemeinen Kasten haben, in den das Geld der Klöster fließen soll, um dann den Bedürftigen ausgeteilt zu werden. Der Plan klingt gut, aber die *von Gott eingesetzte Obrigkeit*, wie Luther so gern sagt, besteht aus fehlbaren Menschen. Neuerdings bekennen sich die Fürsten gern zum neuen Glauben, und zwar möglichst mit all ihren Untertanen, säkularisieren die Klöster und streichen die fetten Pfründen ein, natürlich zum eigenen Vorteil und nicht zugunsten irgendwelcher heruntergekommener Armer, versteht sich. Der Herzog von Württemberg par exemplum verdoppelte seine Einnahmen durch die Reformation! Die deutschen Fürsten fühlen sich befreit von höherer Autorität. Das ist die eine, negative Seite. Sie muß in Kauf genommen werden, denn die umgewandelten Gemeinden bedürfen der Aufsicht

und Organisation; man kann sie ja schlecht den katholischen Bischöfen unterstellen!
Da aber nach Luthers Meinung jeder Prediger ein Bischof ist, weil es eine Hierarchie unter wahren Christen nicht gibt, sage mir, wer soll die Prediger anstellen und ihre Besoldung regeln? Die ganze Gemeinde, so wollte Luther es haben, allein das funktioniert nicht, eine derart mündige *Gemeinde* in diesem seinem Verständnis gibt es nur ganz selten, also vertraut er die Organisation den Fürsten an, womit er bei unseren Herren hier in Sachsen ganz gut fährt. Immerhin haben sie sich auch Hilfstruppen in Form von theologischen Visitatoren ausgebeten – unsere Reformatoren und besonders Melanchthon und Luther selbst haben viel Mühe gehabt, im Lande umherzureisen und die Gemeinden zu organisieren. Inzwischen gibt es doch so etwas wie Bischöfe, nämlich die Superintendenten. Hier fortzufahren führt jetzt freilich zu weit – kurzum, auf diese Weise, gewissermaßen durch die Hintertür, ist die evangelische Reform eine Sache der Fürsten und ein Politikum geworden, wie sich auf dem Reichstag neuerlich zeigen wird.«

Cranach empfängt die beiden ungeduldig.
»Wo treibt ihr euch denn herum? Gibt es Neuigkeiten aus Augsburg?«
»Noch nicht«, antwortet Franz.
»Franz, ich habe eine neue Aufgabe für dich: Du sollst Vorleser für uns sein. Ich habe hier Luthers Übertragung des Buches Judith in die deutsche Sprache. Meine Maler sollen nicht nur gute Handwerker sein, sie sollen auch die christliche Botschaft mit dem Pinsel verkündigen …«
Johannes drängen sich Erinnerungen auf: das Skriptorium in Rom, sein Pult, das weiße Blatt, auf das er mit schönen Buchstaben schrieb: Wie lieblich sind die Füße derer, die den Frieden und das Gute verkündigen. Dieser Satz hatte ihn so tief beeindruckt. Wie unglücklich war er über seinen Auftrag, der ihn zwar auf den Weg brachte, aber nicht, um das Gute zu verkündigen. Nun darf er es doch tun, und zwar mit dem Pinsel!
»… Um die biblischen Geschichten in diesem Sinne zu malen, muß man sie aber gut kennen. Und da wir gerade viele Aufträge für Judith-Bilder haben, will ich euch den nötigen Hintergrund liefern. Franz soll uns die Geschichte vorlesen! Zeichnen, Malen und Zuhören schließen einander ja nicht aus. Und daß es gerade die Judith-Geschichte ist, paßt gut zum Tagesgeschehen. Denn wie Judith, nur von ihrer Magd begleitet, ins Lager der Assyrer ging, auf Gottes Hilfe vertrauend, so ziehen unsere Für-

sten in Augsburg ein, wo der katholische Kaiser mit seinem gewaltigen Anhang ihrer harrt.«

Einige Tage später steht Franz mitten in der Werkstatt und liest.

»Aus Luthers Vorrede auf das Buch Judith

Etliche meinen nun, das Buch Judith sei weniger eine historische Geschichte als ein Gedicht eines heiligen geistreichen Mannes, der des ganzen jüdischen Volkes Glück und Sieg wider all ihre Feinde, ihnen von Gott wunderbar verliehen, anschaulich zeigen und als ein Vorbild darstellen wollte. Gleich wie Salomo in seinem Hohen Lied auch von einer Braut dichtet und singet und doch damit keine Person und menschliche Geschichte, sondern das ganze Volk Israel und sein Schicksal meint. Und wie der heilige Johannes in der Apokalypse und Daniel in seinen Büchern viele Bilder und Tiere malen, mit denen sie die christlichen Kirchen und Königreiche meinen. Und selbst Christus, unser Herr, bedient sich im Evangelium gern der Gleichnisse und Gedichte und vergleicht das Himmelreich mit zehn Jungfrauen, mit einem Kaufmann und Perlen, mit einer Bäckerin, einem Senfkorn, auch mit Fischern und Netzen, Hirten und Schafen und so fort.

Solch eine Art gefällt mir gut. Ich denke, daß der Dichter wissentlich und mit viel Fleiß sich den Irrtum von Namen und Zeiten zu Hilfe genommen hat, um den Leser zu vermahnen, dieses Buch als ein geistliches, heiliges Gedicht zu erkennen und zu verstehen.

Die Namen reimen sich hier aus den Maßen gut: Denn Judith heißt Judäa, das bedeutet das jüdische Volk – versinnbildlicht durch eine keusche heilige Witwe, Gottes Volk ist immer eine verlassene Witwe, dennoch keusch und heilig, sich rein erhaltend im Wort Gottes und im rechten Glauben, sich kasteiend und betend.

Holofernes heißt Prophanus dux, vel gubernator – heidnischer, gottloser oder unchristlicher Herr oder Fürst –, das sind alle Feinde des jüdischen Volkes.

Bethulia bedeutet Jungfrau. Eine Stadt dieses Namens ist

> nirgendwo bekannt. Es soll gezeigt werden, daß zu jener Zeit die gläubigen frommen Juden einer reinen Jungfrau zu vergleichen waren, ohne Abgötterei und Unglauben, ganz wie sie in Jesaja und Jeremia beschrieben werden – denn sie blieben auch in großen Nöten unüberwindlich.
> Ich halte es durchaus für möglich, daß man damals solche Gedichte spielte, wie man bei uns die Passion und andere Heiligengeschichten spielt, um das Volk und die Jugend in einfachen Spielen und Bildern Gottvertrauen zu lehren, fromm zu sein und alle Hilfe und allen Trost in allen Nöten von Gott zu erhoffen, und das wider alle Feinde.
> Darum ist es ein feines, gutes und nützliches Buch, von Christen wohl zu lesen. Denn die Worte, die die handelnden Personen hier sprechen, soll man verstehen, als rede sie ein heiliger Poet oder Prophet aus dem heiligen Geist, der im großen Welttheater durch solche Personen dargestellt wird und mit ihrem Munde predigt …«

Ein Schreiber des kurfürstlichen Hofes stürmt herein:
»Neue Nachrichten vom Reichstag!«
Sofort ist Judith vergessen, Franz klappt sein Buch zu, nicht ohne den Zeigefinger als Lesezeichen zwischen die Seiten zu klemmen.
Der Schreiber stellt sich in Positur, räuspert sich und beginnt zu lesen:
»Als Karl V., der Kaiser des heiligen Römischen Reiches, sich der Stadt Augsburg nahte, zogen ihm die Fürsten, zahlreicher als je auf einem Reichstag, entgegen. Um den päpstlichen Legaten gebührend zu empfangen, knieten alle entblößten Hauptes nieder, sogar der Kaiser und sein Bruder, König Ferdinand, nur unser Kurfürst und einige andere protestantische Fürsten blieben aufgerichtet stehen. Campeggi thronte hoch über allen Fürstlichkeiten auf seinem Maultier und erteilte die Benediktion.
Es folgte der große Einzug: Zuerst kam die Wache des Kaisers, zwei Fähnlein rasch angeworbener Landsknechte, darunter altgediente Söldner, die in Italien gekämpft und den Papst in der Engelsburg bedroht hatten; wie reich ihre Beute gewesen sein muß, sah man an ihren goldbestickten Wämsern aus üppiger Seide. Nun die Aufgebote der Kurfürsten, ein jedes in eigner Farbe. Daß wir nur ihre prächtigen Gewänder sehen könnten! Seide und Damast, Goldbrokat, Karmesin sind da reichlich verbraucht

worden. Die Sachsen trugen braune Lederkoller. Der Kaiser ritt unter einem dreifachen Baldachin, streng spanisch in Schwarz gekleidet, neben ihm, aber außerhalb des Baldachins, Ferdinand und der päpstliche Legat. Unser Herr trug nach altem Brauch das Schwert des Kaisers.
Die Prozession endete im Dom, wo der Kaiser und die ganze Menge vorm Hochaltar niederknieten. Kurfürst Johann von Sachsen und der Landgraf Philipp von Hessen aber blieben stehen.
Am nächsten Morgen bestellte der Kaiser die evangelischen Fürsten zu sich: Johann von Sachsen, Philipp von Hessen und den greisen Markgrafen Georg von Brandenburg.
Nach dem Gottesdienst geleitete die Kavalkade den Kaiser in sein Quartier, die bischöfliche Residenz. Karl V. ließ die führenden Protestanten sofort in sein Zimmer rufen. König Ferdinand, der bereits einigermaßen Deutsch gelernt hatte, vermahnte sie, ihre Pfarrer dürften in Augsburg nicht predigen. Landgraf Philipp von Hessen erklärte, diese Forderung müsse abgelehnt werden. Die Predigten verkündigten nur das reine Wort Gottes! Der Kaiser wiederholte gereizt seinen Befehl. Der betagte Hohenzoller, Markgraf Georg von Ansbach, trat vor ihn hin, legte die Hand an den Hals – was er sagte, konnte der Kaiser nicht verstehen, da er kein Deutsch spricht. Ferdinand übersetzte: ›Er meint, er sei bereit, auf der Stelle niederzuknien und sich durch den Henker den Hals abschlagen zu lassen, ehe er von seinem Evangelium läßt.‹ Karl, der aufgeregte Szenen nicht mag, ließ sich hoheitsvoll dazu herab, halb deutsch, halb flämisch zu sprechen: ›Löver Fürst, niet Kopf ab, niet Kopf ab!‹ Dann stellte er noch eine zweite Forderung: Die Fürsten hätten vollzählig an der Fronleichnamsprozession des nächsten Tages teilzunehmen. Die Protestanten erklärten: ›Aus Ergebenheit gegenüber kaiserlicher Majestät wären wir bei der Prozession mitgezogen, da die Sache aber nun zu einer Glaubensfrage wird, müssen wir Abstand nehmen.‹
In der Predigt-Frage wurde ein Kompromiß geschlossen: Die Protestanten gaben nach, und der Kaiser versprach, daß auf seiner Seite ebenfalls Stillschweigen herrschen solle – es dürfe nur der Text ohne Auslegung verlesen werden.
Albrecht von Mainz aber, Eck und Campeggio wurden über diesen Beschluß sehr zornig und verbreiten Lügen jeder Art und Verdrehungen«, schließt der Mann mit einer knappen Verbeugung, rollt sein Textblatt säuberlich zusammen und verläßt den Raum.
»Ruhe, Ruhe!« ruft Meister Lucas in die aufbrandenden Diskussionen.

»Wir haben den Bericht gehört. Was wir darüber denken, kann der Sache weder nutzen noch schaden – Augsburg ist weit! Also ist es das beste, die Arbeit wiederaufzunehmen und von Nebukadnezar zu hören.«
Es dauert dennoch eine Weile, ehe sich Ruhe und Aufmerksamkeit wieder einstellen.
»Das Buch Judith!« beginnt Franz:

> »Nebukadnezar, der König von Assyrien, regierte in der großen Stadt Ninive und stritt im zwölften Jahr seines Königreiches wider den Mederkönig Arphaxad. Und die Völker, die am Wasser des Euphrates, des Tigris und des Hydaspes wohnten, halfen ihm und schlugen die Meder.
> Da wurde das Reich Nebukadnezars mächtig und sein Herz stolz. Und er sandte Botschaften an alle, die in Kilikien, Damaskus, auf dem Libanon, Carmel und in Kednar wohnten, auch an die Menschen in Galiläa und auf dem großen Felde Esrelon, in Samaria und jenseits des Jordan bis gen Jerusalem, ins ganze Land Gosen und bis ans Gebirge des Mohrenlandes. Aber sie alle wollten sich ihm nicht unterwerfen und ließen die Boten in Schanden wieder heimziehen. Da ward der König Nebukadnezar sehr zornig gegen all diese Länder und schwor bei seinem Königsthron und Reich, daß er sich an allen rächen wollte.«

»Wie mich das an unseren Heiligen Vater erinnert!« sagt Silberbart, seinen Pinsel auswischend. »Hat er nicht auch Anspruch erhoben auf Italien und außerdem die Oberhoheit über des Kaisers Reich angestrebt, in dem die Sonne nicht untergeht? Duldet er nicht auch keine fremden Götter neben sich?«
»Langsam, langsam«, protestiert Johannes, »laß die Kirche im Dorf. Immerhin will er nicht selbst angebetet werden, sondern erkennt allemal noch die Heilige Dreifaltigkeit als höchste Instanz an! Außerdem brauchst du für die Tatsache, daß die Mächtigen immer mächtiger werden wollen, weder den Papst noch Nebukadnezar zu bemühen, diese Binsenweisheit veranschaulichen dir schon die kleinen Jungen bei ihren Spielen. Hör dir nur an, wie da ein Anführer die anderen herumkommandiert und immer noch ein bißchen mehr von ihnen verlangt. Die Macht erscheint mir wie eine Sucht mit fest vorgegebenen Symptomen:

alles oder nichts, es liegt einfach in ihrer Natur. Gegen dieses Gift ist wohl kaum ein Mensch immun, auch kein Kirchenfürst.«
»Und kein Meister mit großen Aufträgen«, beschwert sich Cranach, der die letzten Worte mitgehört hat. »Vielleicht könnten die Herren Philosophen wenigstens mit ihren Händen malen, während ihr Geist die Welt auseinandernimmt.«
Franz fährt mit dem Vorlesen fort:

> »... Und Nebukadnezar forderte seinen Feldhauptmann Holofernes auf und sprach: Zieh aus wider alle Reiche, die gegen Abend liegen, und besonders gegen die, die mein Gebot verachtet haben. Du sollst kein Reich verschonen und mir alle festen Städte untertänig machen.
> Da berief Holofernes die Obersten des assyrischen Heeres ein und rüstete das Volk zum Krieg, wie sein König ihm geboten hatte: hundertzwanzigtausend Fußsoldaten und zwölftausend berittene Schützen. Und er ließ all sein Kriegsvolk vor sich herziehen mit unzähligen Kamelen, großen Vorräten an Proviant und Ochsen und Schafen ohne Zahl.
> ... Er zog auch über den Euphrat und kam nach Mesopotamien und zerstörte alle großen Städte, die er fand, vom Bach Mambre an bis ans Meer, und nahm die Grenzen ein von Kilikien bis an die Grenzen Joppe, die gegen Mittag liegen. Er führte hinweg die Kinder Midian und raubte all ihr Gut, schlug alle, die ihm widerstrebten, mit der Schärfe des Schwertes. Danach reiste er in der Erntezeit hinab nach Damaskus. Er verbrannte all ihr Getreide, er ließ ihre Bäume und Weinberge niederhauen, und das ganze Land fürchtete sich vor ihm.
> Da sandten die Könige und Fürsten aus allen Städten und Landen Boten zu ihm und sprachen: Wende deinen Zorn von uns, denn es ist besser, daß wir Nebukadnezar, dem großen König, dienen, dir gehorsam sind und lebendig bleiben, als daß wir umkommen und gewönnen gleichwohl nichts ...
> Da zog Holofernes vom Gebirge herab mit dem ganzen Kriegsvolk und nahm die festen Städte und das ganze Land ein. Und er machte die Besten der Besiegten zu seinen Knechten. Alle im Lande erschraken so sehr, daß die Regen-

ten und Vornehmsten aus allen Städten ihm mit dem Volk entgegengingen und ihn als ihren Herrn anerkannten. Sie empfingen ihn mit Kränzen, Kerzen und Reigen, Pauken und Trompeten. Und dennoch konnten sie trotz solcher Ehrerbietung keine Gnade vor ihm erlangen. Denn er zerstörte ihre Städte und ließ ihre Haine niederhauen. Denn König Nebukadnezar hatte ihm geboten, alle Götter in den Landen zu vertilgen, auf daß alle durch Holofernes bezwungenen Völker ihn allein als Gott preisen sollten …

Da die Kinder Israel, die im Lande Juda wohnten, dies alles hörten, fürchteten sie sich sehr vor ihm, Zittern und Schrekken kam sie an; denn sie sorgten, er möge der Stadt Jerusalem und dem Tempel des Herrn auch so tun wie all den anderen Städten und Götzenhäusern. Darum sandten sie Boten im ganzen Lande umher bis nach Jericho, besetzten die Festungen auf den Bergen und machten Mauern um ihre Siedlungen und schafften Vorrat für den Fall des Krieges … Und alles Volk schrie mit Ernst zum Herrn, und sie und ihre Frauen demütigten sich mit Fasten und Beten. Die Priester aber zogen Säcke an, die Kinder lagen vor dem Tempel des Herrn, und den Altar des Herrn bedeckte man mit einem Sack. Und sie schrien zum Herrn einmütiglich … Und der Hohe Priester Jojakim ging umher und vermahnte das ganze Volk Israel …

Sie verharrten in ihrem Glauben, beteten zum Herrn von ganzem Herzen und baten ihn, daß er sein Volk Israel besuchen solle.«

In der gemütlichen Stube im Schwarzen Kloster sitzen Katharina Lutherin, Barbara Cranach und Katharina Melanchthon in der Fensternische beisammen.

»Philippus hat in einer Confessio die Lehren Luthers zusammengefaßt und dem Reichstag vorgelegt, und unsere deutschen protestantischen Fürsten haben alle unterschrieben, selbst Philipp von Hessen, der ja den Schweizern nahesteht – die konnten den Satz über das Abendmahl nicht akzeptieren und setzten ihre eigene Formel auf. Die Straßburger waren mit beidem nicht einverstanden und reichten noch ein anderes Bekenntnis ein. Die Wiedertäufer fanden gar kein Gehör.

Und am 25. Juni dieses unseres Jahres des Herrn 1530 wurde das Augsburger Bekenntnis meines Mannes öffentlich verlesen.«

»Und Martin konnte nicht dabeisein«, bedauert Käthe Luther.

»Ja«, bestätigt Barbara, »dann täte sich Philippus bestimmt leichter. Es ist fürwahr nicht einfach, sich in dieser Situation richtig zu verhalten. Einerseits heißt es, *sei untertan der Obrigkeit*, also schulden wir dem Kaiser Gehorsam, und andererseits müssen wir Gott mehr gehorchen als den Menschen.«

»Luther hat mir dazu etwas geschrieben«, wirft Käthe ein, »ich will es euch gern vorlesen, ist aber nicht so leicht zu verstehen. Hört:

Aber nun will er selbst – Karl V. – uns Frieden schaffen, daß er allein die Ehre habe, die ihm auch allein gebührt. Nicht daß wir hiermit Kaiserliche Majestät verachten, sondern bitten und wünschen, daß K. M. nichts wider Gott und kaiserliches Recht vornehme. Wenn sie aber das täte (da Gott vor sei), so wollen dennoch wir als die treuen Untertanen nicht glauben, daß Seine Kaiserliche Majestät es tue, sondern denken, daß es andere Tyrannen unter dem Namen K.M. tun, und so K.M. Namen und der Tyrannen Werk unterscheiden, gleichwie wir Gottes Namen, den die Ketzer und Lügner führen, auch unterscheiden und Gottes Namen ehren und die Lügen meiden, also sollen und können wir der Tyrannen Vornehmen gar nicht billigen noch annehmen, das sie unter K.M. Namen treiben, sondern sind schuldig, K.M. Namen beizustehen, helfen bei Ehren halten und nicht gestatten noch einwilligen in solchen Mißbrauch wider Gott und kaiserliches Recht, so daß wir nicht auch mit teilhaftig werden und auf unser Gewissen laden solche fremde Schuld und Sünde, Mißbrauch und Schande K.M. Namens. Denn man soll die Majestäten ehren und nicht schänden lassen.«

»Martin, wie er leibt und lebt, er will nun einmal nichts auf den Kaiser kommen lassen!« sagt Barbara. »Übrigens, wie leibt und lebt er denn?«

»Ach, es könnte besser sein. Sein Magen und seine Galle sind doch so empfindlich, und wenn er nicht seine gewohnte Speise bekommt, beeinträchtigt das sofort sein Wohlbefinden. Diese Schmerzen und Beklemmungen legen sich dann auf die Seele, er kämpft mit feurigen Erscheinungen und Dämonen – aber in Wirklichkeit drückt ihn nur sein Magen, sein Herz, die Leber.«

»Du meinst also, die Gespenster sind gar nicht wirklich?« fragt Barbara.

»Genau. Wenn sein Blut zu matt durch den Körper rinnt, hört er Töne und sieht anders als in gesundem Zustand, verstehst du? Und das Unwohlsein, die Schmerzen verstärken noch diese Eindrücke seiner Sinne. Wenn ihm der Kopf weh tut, sehen seine gequälten Augen Lichtpünktchen, farbige Ringe, blitzartige Phänomene. Seine Phantasie macht Dämonen daraus. Er braucht nun einmal für alles eine exakte Erklärung, so ist er, und wenn er sie nicht finden kann, denkt er, es kann doch nichts in meinem eigenen Leben geben, was mein geschulter Verstand nicht aufzeigen kann, und so müssen es eben Teufel und Dämonen sein.«

»Kätha, wenn du ihm da nicht unrecht tust!« gibt Barbara zu bedenken. »Glaubst du denn nicht an den Teufel?«

»Schon, als Widersacher Gottes; aber ich kann mir nicht vorstellen, daß er jederzeit so in unser Leben eingreift.«

»Da muß ich euch etwas erzählen«, Barbara beugt sich unwillkürlich vor, »neulich predigte im Armsündergäßchen ein hagerer Mönch. Er sagte: Als Luzifer aus dem Himmel gestürzt wurde und mit ihm alle seine Engel, fielen sie auf die Erde. Sie verwandelten sich in Dämonen, Teufel und unreine Geister. Sie verseuchten die Welt. Sie kamen nicht nur von außen, nein, sie nahmen Wohnung in den Herzen, auch hier wuchs das Böse und bedrohte die Menschen. All diese Gespenster versuchen, uns vom rechten Weg abzubringen. Man muß sich das so vorstellen, erklärte der Mönch, als tauche man ins Meer. So, wie man da dann ganz von Wasser umgeben ist, genauso sind wir von Dämonen umgeben. Teufel, Hexen, böse Geister, Magier und Ketzer quälen uns, sind schuld an Krankheit und Not und Mißgeschick. Es gibt Menschen mit der Begabung, diese Geistwesen zu sehen. Mir ist manchmal, als gehörte ich zu ihnen.«

Käthe legt den Arm um Barbara. »Bitte, rede dir das nicht ein. Gebrauche doch deinen gesunden Menschenverstand! Es gibt keine bösen Geister hier in Wittenberg. Was du zu sehen glaubst, sind Träume, die haben nichts mit der Wirklichkeit zu tun, jedenfalls nicht so, wie du denkst – sie sind nur Abbilder deiner Sorgen und Ängste! Erinnerst du dich an unseren Weg in die Vorstadt letzten Freitag? Hinter dem Ufergesträuch schimmerte es weißlich in der frühen Morgendämmerung. Das hätte Nebel sein können, aber auch ein nasses Hausdach mit Gauben oder Wasser mit kleinen Inseln; letzteres traf zu, es waren die Elbauen. Nur ein Beispiel dafür, wie leicht wir zu täuschen sind.«

»Gut, mag sein. Aber ich sehe die Fratzen doch am hellichten Tag in den Zimmerecken«, jammert Barbara.

»Ich will dir zeigen, wie es dazu kommen kann. Sieh jetzt bitte genau in die Sonne!«

»Warum, das tut meinen Augen weh!«
»So schlimm ist das nicht, es reicht auch schon. Und nun schau auf die Fußbodenbretter. Was siehst du?«
»Gar nichts Genaues, helle Streifen, Punkte –«
»Aha, sind das Geister?«
»Welch ein Unsinn«, antwortet Melanchthons Frau statt ihrer, »ein jeder weiß, das kommt von dem grellen Licht! Mit der Kerzenflamme oder dem Feuer kann man ähnlich spielen, Kinder tun das gern.«
»Ja«, klagt Barbara jämmerlich, »dagegen läßt sich nichts sagen. Und doch bewegen sich die Dämonen in den dunklen Ecken.«
»So nimm eine Kerze und leuchte die Ecke aus; wirst du dann wohl Gespenster finden?«
»Natürlich nicht«, Katharina Melanchthon wird ärgerlich, »Geister sind unsichtbar! Mein Mann sollte hiersein, er kennt sich aus mit solchen Erscheinungen.«
Käthe Luther schluckt, um nicht hart zu erwidern.
»Ja?« fragt Barbara hoffnungsvoll. »Ich will ihn gleich nach seiner Heimkehr danach fragen. Und außerdem, Käthe, würde ich mich nie trauen, mit der Kerze in die Ecke zu gehen, wo die Fratzen sind.«
»Ich wollte, sie kämen, wenn ich da bin! Dann könnte ich dich überzeugen!« sagt die Lutherin mutig.
»Das wünsche ich mir auch«, nickt Barbara eifrig, »nur, ich bin sicher, sie werden sich nicht trauen; vor dir haben sie bestimmt Angst! Ach, Kätha, du verstehst mich nicht! Ich habe sogar das Gefühl, du nimmst mich nicht wirklich ernst, aber das ist so deine Art, ich weiß, dein berühmter Humor. Hier hilft er mir leider ganz und gar nicht. Die dunklen Geister sind in mir, du kannst sie nicht vertreiben, für einige Zeit vielleicht, solange du bei mir bist, aber nicht ein für allemal! Irgendwann kommen sie wieder und haben mich in ihrem Würgegriff. Das macht mir von Tag zu Tag mehr angst! Ich fürchte mich vor dem Einschlafen, denn im Traum bin ich ihnen wehrlos ausgeliefert, und ich fürchte mich vor dem Alleinsein, besonders in der Dunkelheit ...«
»Meisterin!« Eine Magd knickst schüchtern. »Der kleine Korbinian hat Fieber, ob Ihr wohl kommen möchtet?«
»Einer von den Malschülern, die hier im Hause leben – Kätha, gehst du mit zu ihm, du verstehst dich besser auf Krankheiten als ich. Magisterin, entschuldigt mich bitte, wir sehen uns ein andermal.«
Katharina Melanchthon nickt würdevoll und rafft ihre Röcke.

Franz liest in der Werkstatt:

> »Und es ward dem Holofernes berichtet, daß die Kinder Israel sich rüsteten und sich wehren wollten und wie sie die Klippen am Gebirge eingenommen hatten. Da ergrimmte Holofernes und sprach zu seinen Obersten und Hauptleuten: Saget an, was ist das für ein Volk, ... daß sie allein von allen anderen im Morgenland uns verachten und uns nicht entgegenkommen, um von uns Frieden anzunehmen?
> Achior, der Oberste aller Kinder Ammon, antwortete ihm: Mein Herr, willst du es wirklich hören, so will ich dir die Wahrheit sagen, was dies für ein Volk sei. Dies Volk ist aus Chaldäa gekommen und hat zuerst in Mesopotamien gewohnt; denn sie wollten den Göttern ihrer Väter in Chaldäa nicht folgen. Darum wandten sie sich ab von den Sitten ihrer Väter, welche viele Götter hatten. Sie nämlich wollten dem einzigen Gott des Himmels dienen, der ihnen gebot, von dannen zu ziehen und in Haram zu wohnen ...

Nun folgt zusammengefaßt die Geschichte Israels, die uns ja allen bekannt ist. Achior beschließt seinen Bericht:

> Sie sind oft vertrieben worden von vielen Völkern und weggeführt in fremde Lande, weil sie abgewichen waren von den Geboten ihres Gottes. Aber sie sind neulich aus dem Elend zurückgekehrt, nachdem sie sich wieder zu dem Herrn, ihrem Gott, bekehrt haben und wohnen wiederum in Jerusalem, wo ihr Heiligtum ist.
> Darum, mein Herr, laß ausforschen, ob sich das Volk versündigt hat an seinem Gott. Wenn ja, so wollen wir hinziehen, und ihr Gott wird sie dir gewißlich in die Hände geben. Haben sie sich aber nicht versündigt, so können wir wider sie nichts ausrichten, denn ihr Gott wird sie beschirmen, und wir werden zum Spott des ganzen Landes werden ...
> Holofernes ergrimmte und entgegnete: Wie kannst du es wagen, uns weiszusagen, das Volk Israel werde Schutz erlangen von seinem Gott? Wenn wir sie schlagen werden wie einen

einzigen Mann, so wirst du sehen, daß es keinen anderen Gott gibt als Nebukadnezar! Meinst du aber, deine Weissagung sei richtig, so sollst du nicht erschrecken noch erblassen. Wie es ihnen ergehen wird, so soll auch dir geschehen. Denn ich will dich jetzt zu ihnen schicken, daß ich dich mit ihnen strafe.

Er befahl seinen Knechten, Achior zu greifen und nach Bethulia zu führen, in die Hände der Kinder Israel ... Sie brachten ihn auf eine Seite des Berges, banden ihn mit Händen und Füßen an einen Baum, stießen ihn hinunter und ließen ihn hängen.

Die Kinder Israel aber kamen, banden ihn los und nahmen ihn mit in ihre Stadt ... Er berichtete ihnen alles. Da fiel das Volk auf sein Angesicht und betete den Herrn an, weinte und sprach: Herr, Gott des Himmels und der Erde! Sieh an ihren Hochmut und unser Elend! Erbarme dich gnädiglich deiner Heiligen und beweise, daß du die nicht verläßt, die auf dich trauen.

... Des anderen Tages befahl Holofernes seinem Kriegsvolk, wider Bethulia zu ziehen.

Ihr könnt euch vorstellen, wie den Israeliten zumute war, als sie von dem großen Heer in ihrer Bergfeste eingeschlossen wurden. Die Assyrer fanden ihre Brunnen außerhalb der Stadtmauer und bewachten sie, so daß die Menschen in der Stadt kein Wasser hatten. Da war groß Heulen und Wehklagen, und das Volk verlangte, sich dem Holofernes zu ergeben. Osias aber stand auf, weinte und sprach:

Liebe Brüder, habt doch Geduld und laßt uns noch fünf Tage auf Gottes Hilfe harren, ob er uns Gnade erzeigen und seinen Namen verherrlichen will. Wird uns diese fünf Tage nicht geholfen, so wollen wir tun, wie ihr gebeten habt.

Nun tritt Judith auf, eine wohlhabende Witwe. Sie sagt:

Wer seid ihr, daß ihr Gott versucht? Damit werdet ihr keine Gnade erlangen, sondern Zorn und Ungnade. Wollt ihr etwa dem Herrn Zeit und Tag vorschreiben, wann er helfen soll?

> Der Herr aber ist geduldig, darum lasset uns ablassen vom Leid und seine Gnade mit Tränen suchen; denn Gott zürnet nicht wie ein Mensch, er läßt sich versöhnen.

Judith tat Buße in Sack und Asche, sie betete und entwickelte einen Plan; denn sie glaubte, daß mit der Kraft Gottes auch eine Frau den Sieg erringen könne.

> Gedenke, o Herr, an deinen Bund und gib mir ein, was ich reden und denken soll, und gib mir Glück dazu, auf daß dein Haus bestehen bleibe und alle Heiden erfahren, daß du Gott bist und kein anderer außer dir.

Sie badete sich, salbte sich mit wohlduftenden Ölen, zog schöne Kleider an, schmückte sich mit Schmuck und Geschmeiden.

> Und der Herr erwies ihr Gnade, daß sie lieblich anzusehen war ... Und sie gab ihrer Magd eine gepichte Haut voll Wein und einen Krug mit Öl, auch einen Sack, darin hatte sie Feigen, Mehl und Brot, reine Speise, die sie essen durfte.

Sie nahm Abschied von ihren Landsleuten und ging mit ihrer Magd aus dem Stadttor hinaus zu den Wächtern der Assyrer. Ihre Schönheit beeindruckte die Soldaten. Sie gab vor, dem Feldherrn die Stadt verraten zu wollen, und wurde zu Holofernes gebracht. Sie gefiel ihm sehr, und er sprach zu ihr:

> Sei getröstet und fürchte dich nicht, denn ich habe nie einem Menschen ein Leid zugefügt, der sich dem König Nebukadnezar unterworfen hat. Und hätte dein Volk mich nicht verachtet, so hätte ich keinen Speer wider sie aufgehoben. Aber nun sage mir, warum du sie verlassen hast und zu mir gekommen bist.
> Judith antwortete ihm und sprach: Du wollest deine Magd gnädiglich hören. Wenn du tust, was deine Magd dir raten wird, so wird der Herr dir Glück und Sieg geben.

Judith verspricht, bei Holofernes zu bleiben, ihm die Stadt zu verraten, und bedingt sich nur aus, ihre eigene Speise zu essen und frei ein und aus gehen zu dürfen, um zu beten. Am Abend des vierten Tages veranstaltete Holofernes ein Gastmahl nur mit seinen nächsten Dienern und sprach zu Bagoa, seinem Kämmerer:

> Gehe hin und überrede das hebräische Weib, daß sie sich nicht weigere, zu mir zu kommen. Denn es ist eine Schande bei den Assyrern, daß ein solches Weib unbeschlafen von uns gehen sollte und hätte einen Mann genarrt. Da kam Bagoa zu Judith: Schöne Frau, Ihr solltet Euch nicht weigern, bei meinem Herrn zu Ehren zu kommen und mit ihm zu essen und zu trinken und fröhlich zu sein.
> Judith antwortete: Wie dürfte ich es meinem Herrn versagen? Alles, was ihm lieb ist, das will ich von Herzen gern tun mein Leben lang.
> Und sie stand auf und schmückte sich und ging zu ihm hinein und stand vor ihm. Da wallet Holofernes' Herz, denn er war heiß entflammt für sie. Er sprach zu ihr: Sitz nieder, trink und sei fröhlich, denn du hast Gnade gefunden bei mir. Und Judith antwortete: Ja, Herr, ich will fröhlich sein – mein Leben lang bin ich so hoch nicht geehrt worden. Und sie aß und trank vor ihm, was ihre Magd ihr bereitet hatte. Holofernes war fröhlich mit ihr und trank so viel, als er sonst nicht zu trinken pflegte.
> Da es nun sehr spät wurde, gingen seine Diener fort in ihre Zelte, sie waren allesamt betrunken. Bagoa machte die Kammer des Holofernes zu und ging davon. Und Judith war allein bei ihm in der Kammer. Da nun Holofernes im Bette lag, trunken war und schlief, sprach Judith zu ihrer Magd, sie solle draußen vor der Kammer auf sie warten. Und Judith trat vor das Bett und betete heimlich mit Tränen und sprach: Herr Gott Israels, stärke mich und hilf mir gnädiglich, das Werk zu vollbringen, das ich mir im Vertrauen auf dich vorgenommen habe, auf daß du deine Stadt Jerusalem erhöhest, wie du es versprochen hast.
> Nach diesem Gebet holte sie sich das Schwert, das an der Säule des Bettes hing, zog es heraus, ergriff Holofernes am

> Schopf, sprach abermals: Herr Gott, stärke mich in dieser Stunde. Und sie hieb zweimal in den Hals mit aller Macht, danach schnitt sie ihm den Kopf ab, wälzte den Leib aus dem Bett und nahm auch die Decke mit sich.«

»Halt ein, Franz«, unterbricht Silberbart, »steht da wirklich nicht mehr? Hat sie ihm nun beigewohnt oder nicht?«
»Ich weiß nicht«, Franz schüttelt den Kopf, »ich habe alles vorgelesen. Es ist wahrscheinlich, daß er nicht eher geruht hat; doch sie kann ihm auch ein Schlafmittel in den Wein gegeben haben, darauf fiel er in sein Bett und schlief wie ein Toter. Denn normalerweise widerfährt einem erfahrenen Krieger solches nicht, er spürt die Gefahr instinktiv und erwacht, auch wenn er noch so betrunken ist, beim leisesten Geräusch, ganz bestimmt aber, wenn sein Schwert aus der Scheide gezogen wird. Das ging doch nicht mit rechten Dingen zu!«
»Nein, natürlich nicht«, mischt Johannes sich ein, »Gott hatte schließlich seine Hand im Spiel. Habt ihr Luthers Vorwort schon vergessen? Ihr laßt euch ja vollkommen hineinziehen in die Geschichte, was zweifellos ein Kompliment für den Erzähler ist, aber nicht Sinn der Sache. An den äußeren Handlungen sollen innere Entwicklungen sichtbar gemacht werden.«
»Richtig«, mischt sich der Meister ein, »das ist der springende Punkt! Genau so verstehe ich unsere Gemälde. Durch die farbige und anschauliche Darstellung in den Gewändern unserer Zeit wird der Interessent angesprochen und, wenn ihr so wollt, verführt, sich auf die Darstellung einzulassen. Es soll ihm ja so ergehen wie Silberbart, daß er zunächst alles für bare Münze nimmt. Hat er sich erst einmal eingelebt, dann wird er hoffentlich nach und nach erkennen, was wirklich gemeint ist. Vielleicht geht es ihm auf einer langen Wanderung oder im Traum plötzlich auf; der Verstand mag sich nicht mehr erinnern, was eigentlich der Auslöser für dieses Erleben und Begreifen ist. – Aber hören wir unsere Geschichte zu Ende.«
»Ja«, sagt Franz, »es gelang ihr, mit der Magd und dem Sack, in dem das Haupt des Holofernes war, unbehelligt das Lager der Feinde zu durchqueren, die Wachen zu passieren und vor die Stadt zu kommen, dort rief sie:

> Tut die Tore auf, denn Gott ist mit uns, er hat Israel Sieg gegeben!

Auf ihren Wunsch hin zogen die Israeliten sofort hinaus und griffen die Belagerer an. Als die Assyrer das ihrem Feldherrn melden wollten, entdeckten sie die kopflose Leiche und das Verschwinden der Hebräerin. Kopflos, verwirrt, entsetzt ließen sie sich fast widerstandslos in die Flucht schlagen: von Knaben, wie unser Text sagt.

> Danach kam der Hohe Priester Jojakim mit allen Priestern von Jerusalem nach Bethulien, um Judith zu sehen. Sie priesen sie und sprachen: Du bist die Krone Jerusalems, du bist die Wonne Israels. Du bist eine Ehre des ganzen Volkes, daß du solch löbliche Tat getan und Israel eine so große Wohltat erwiesen hast, daß Gott uns wiederum errettet hat. Gesegnet seist du vor Gott ewiglich. Und das ganze Volk sprach: Amen. Amen.
> Da sang Judith dem Herrn dies Lied und sprach:
> Spielet dem Herrn mit Pauken und Zimbeln, singet ihm ein neues Lied, seid fröhlich und rufet seinen Namen an!
> Der Herr ist's, der den Kriegen steuern kann, Herr heißt sein Name.
> Er streitet für sein Volk, daß er uns errette von all unseren Feinden ...

Wie mich das an Luther erinnert – *Singet dem Herrn ein neues Lied!«*
»Da wird Judith nun gepriesen über die Maßen«, schaltet sich Barthel ein, »und ist doch eine heimtückische Mörderin. Heiligt der Zweck die Mittel? Du sollst nicht töten, heißt, denke ich, das Gebot!«
Stille.
»Sieh dir meine Judith an, ihren nachdenklichen Gesichtsausdruck, bedenke ihr Weinen und Beten!« sagt Lucas.
»Das erwächst aus der Angst um das Gelingen des gefährlichen Plans, Meister – von Eurer Interpretation wollen wir einmal absehen –, nicht ein einziges Wort zeugt von Gewissensbissen oder Skrupeln!«
»Du vergißt, was dieser Holofernes den Völkern des Morgenlandes angetan hat und auch Israel antun will!« wirft Franz ein.
»Nein«, Barthel läßt sich nicht beirren, »oder ist es richtig, daß einer sterbe für das Volk, wie die Pharisäer anläßlich des Falles Jesu sagten?«
»Ihr verharrt schon wieder in der Realität der Geschichte, versucht endlich einmal, den Sinn herauszufinden«, mahnt der Meister.

»Werden wir grundsätzlich«, meldet sich Johannes zu Wort. »Im Alten Testament habe ich dauernd genau dieses Problem: Da wird verfolgt und gesiegt und ermordet und ausgerottet, was wider Israel streitet oder anderen Göttern dient. Das Gebot *du sollst nicht töten* bezieht sich offenbar nur auf die eigenen Leute, oder?«
»Das Böse muß doch bekämpft und ausgerottet werden«, meint Silberbart.
»Das Böse, ja«, Johannes bohrt weiter, »aber die Bösen, will sagen, Menschen, irregeleitet, grausam, Verbrecher, aber doch Menschen, Nächste im Sinne Jesu, die er gesucht und geliebt hat, selbst seinen Henkern hat er noch vergeben, dürfen sie *ausgerottet* werden?«
»Wenn Luther nur hier wäre«, wünscht sich Franz. »Du vermischst das geistliche mit dem weltlichen Reich. Der Seele wird vergeben, sie wird in Liebe angenommen, so sie bereut, der Körper aber muß die Strafe für seine Taten erdulden; das zu gewährleisten ist Aufgabe der von Gott eingesetzten weltlichen Obrigkeit. Hier ist das Töten gerechtfertigt.«
»Lautet so Luthers Lehre?« hakt Silberbart nach.
»Eine eindeutige Antwort zu finden fällt mir schwer«, gesteht Franz, »allerdings, was zum Beispiel Aufrührer angeht, so gibt es keinen Zweifel, denkt an die Bauern, da ist Luther ohne Wenn und Aber für Hinrichtung, weil man den Brandstifter daran hindern muß, den Menschen das Haus über dem Kopf anzuzünden.«
Johannes schüttelt traurig den Kopf. »Du überzeugst mich nicht. Wie soll der Sünder Einsicht gewinnen und sich weiterentwickeln, näher zu Gott kommen, wenn man ihn tötet und er keine Möglichkeit mehr hat, diese Seelenarbeit zu leisten?«
»Und wie sollen die Menschen, die nicht rauben und morden, sich entwickeln und näher zu Gott kommen, wenn Verbrecher sie ungestraft umbringen können?« höhnt Silberbart.
»Zurück zu Judith!« beschließt der Meister. »Euer Problem ist gewichtig, allein wir werden es nicht lösen. Luther sieht die Geschichte Judiths als ein Gleichnis für die Geschichte der Juden – manche unserer Reformatoren sehen sie vielleicht als ein Gleichnis der Reformation! Jetzt fragt mich nicht, für wen Holofernes steht! Ich bin kein Mann der Politik. Ich bediene mich der Gunst der Stunde – da die Judith im Gespräch ist, biete ich Bilder von ihr an. Wir haben gehört, was über sie geschrieben steht, und damit den nötigen Hintergrund für lebendige Darstellungen. An die Arbeit, Herrschaften!«

Nach Feierabend steht Johannes vor den beiden Bildtafeln, die gerade zu dem Thema gemalt werden, sie sind fast fertig. Links sieht man das Gastmahl des Holofernes, rechts im Feldherrnzelt Judith, das Schwert noch in der Rechten, mit der Linken hebt sie das Haupt des Holofernes in den Sack der Magd. An den Zeltplanen lehnen von außen die Soldaten, einige spielen, einer liest, andere recken ihre Spieße hoch.

»Du hast lange genug gearbeitet, Johannes, mach Schluß!« Cranach hat das Licht gesehen.

»Meister, da, ganz links neben dem Baum, das seid Ihr ja, mit weisendem Finger, als wolltet Ihr den Holofernes warnen. Habt Ihr gar Mitleid mit ihm?«

»Ich weiß nicht ganz genau, Johannes, ich glaube schon. Da vertraut er nun einmal und liebt, wie er eben zu lieben fähig ist, und das wird ihm zum Verhängnis. Aber es wäre auch zu spät gewesen. Die Tat ist schon so gut wie geschehen – siehst du, hinten in dem ersten der kleinen Zelte spielt sie sich bereits ab. Der Gedanke schafft die Wirklichkeit. Alles ist nur ein Theaterspiel, ein Gleichnis. Es ist spät, laß uns schlafen gehen. Gute Nacht, Johannes.«

Tod

OPERA BONA
DESPERANDV TIBI PRORSVS: CV OIA
DEI MANDATA NEGLIGENTER MEA VERO
AVXILIANTE FEMINA STRENVE SP PEREGISTI

Lucas Cranach d. Ä.
Der Sterbende (Ausschnitt)

Franz zieht mit dem Zeigefinger Kreise auf der Tischplatte:
»Ich glaube, Johannes, ich kann mir eine Vorstellung davon machen, was Meister Lucas sich bei seinen Judith-Tafeln denkt! Luther hat nämlich recht gehabt: es ging nicht gut aus mit dem Augsburger Reichstag.«
Die beiden Freunde sitzen in der Schenke in einer Ecke für sich allein, Johannes hat gelernt, einige Becher Wein zu trinken.
»Zunächst ließ es sich ja ganz gut an, am 25. Juni 1530 – wir sollten uns dies Datum merken – wurde Melanchthons Bekenntnis unseres Glaubens öffentlich vorgelesen. Spätere Geschlechter werden diesen 25. Juni vielleicht den Todestag unseres Heiligen Römischen Reiches deutscher Nation nennen, für uns jedenfalls ist der Kaiser noch sehr lebendig. Die Fronten standen sich von der Stunde der Verlesung an endgültig kampfbereit gegenüber. Karl V. gab den Evangelischen bis zum April 1531 Frist zur Unterwerfung – bei Weigerung sollen sie die Schärfe des Schwertes spüren.«
»Also tatsächlich Krieg! Es ist nicht zu fassen, wie schnell sich die Dinge in diese furchtbare Richtung hin entwickeln. Was sagt Luther dazu?«
»Er versucht, den Erzbischof Albrecht von Mainz zur Mäßigung zu überreden, er schrieb ihm:
Hier bitte ich nun aufs untertänigste, weil keine Hoffnung da ist, daß wir in der Lehre eins werden, E. K. F. G. wollten samt anderen dahin arbeiten, daß jedes Teil Friede halte und glaube, was es wolle, und lasse uns auch glauben diese Wahrheit, die jetzt vor ihren Augen bekannt ist und untadelig befunden ist. Man weiß ja wohl, daß man niemand soll noch kann zum Glauben zwingen, dies steht auch weder in des Kaisers noch des Papstes Gewalt. Denn auch Gott selbst, der über alle Gewalt ist, hat noch nie einen Menschen mit Gewalt zum Glauben drängen wollen; was unterstehen sich denn solche seine elenden armen Kreaturen, nicht allein zum Glauben, sondern auch zu dem, das sie selbst für falsche Lügen halten müssen, zu zwingen? Wollt Gott, E. K. F. G. könnte, oder wer es wäre, jetzt auch ein Gamaliel sein, der solchen Rat des Friedens vorschlüge!
Eine Epistel, jedem Mächtigen übers Bett zu hängen, jedoch nicht Lu-

thers letztes Wort in dieser Sache, denn, *wenn die Papisten einen Krieg anfangen und die Evangelischen sich gegen diese Bluthunde zur Wehr setzen würden, so sei das nicht Aufruhr, sondern Notwehr*. Das Unrecht der Papisten gilt ihm als erwiesen, sie handeln *wider alles göttliche und weltliche Recht*, weil sie *mutwillig uns verdammen und die Lehre ausrotten wollen*.

Den Kaiser hält Luther nach wie vor für integer, nur aus Schwäche habe er den *Schälken und Bösewichtern nachgegeben*. Wenn er allerdings tatsächlich zum Krieg gegen das Evangelium aufriefe, dann handele er nicht nur gegen *Gott und göttliches Recht, sondern auch wider seine eigenen kaiserlichen Rechte, Eide, Pflichten, Siegel und Briefe*. Dann würde ihm niemand Folge leisten, der nicht helfen wolle, *des Teufels Reich [zu] bauen*.

Damit hat Luther wieder einmal in der Theorie alles eindeutig klargestellt, jetzt muß es gelebt werden. Und das werden wir zu leisten haben, Johannes. Zwar noch nicht gleich morgen, denn der Kaiser ist augenblicklich nicht in der Lage, in Deutschland zu kämpfen, aber es ist nur eine Frage der Zeit; sobald er sich stark genug fühlt, wird er es tun.«

»Und dann gnade Gott den Menschen, wenn Landsleute und Christen aufeinander losgehen. Das ist ja schlimmer als bei Judith und den Medern. Und alles Protestieren und Zur-Vernunft-Mahnen hilft nicht?«

»Hilft nicht! Es geht um Macht und Einfluß, Johannes, und da kennt der Mensch kein Pardon! Die Religion wird bloß als Aushängeschild mißbraucht.«

»Weißt du, ich muß an den Kupferstich von Meister Dürer denken: Ritter, Tod und Teufel, auch ein prächtiges Gleichnis für unsere Situation.«

»Und wer ist wer? Zum Beispiel der Ritter ohne Furcht und Tadel, also Luther, paßt einfach nicht in seine Rüstung, er ist zu korpulent.«

»Franz, ich kenne dich ja nicht wieder! Ich denke, du verehrst Luther?«

»Natürlich. Aber das macht mich nicht blind. Er lästert ja selbst über seinen dicken Wanst. Übrigens, wie gibt sich denn unser Meister so als einer der beiden Wittenberger Stadtkämmerer und Finanzrat?«

»Wie immer, da ist keine Veränderung zu merken, außer daß er noch weniger Zeit hat.«

»Ach ja, ich hatte es vergessen: Du verehrst Lucas Cranach!«

Barbara Cranach geht über den Markt auf der Suche nach frischem Geflügel.

»Gott zum Gruße, Bärbelchen!«
»Gott zum Gruße, Frau Meisterin.« Das Mädchen knickst.
»Du bist ja ordentlich erwachsen geworden, seit ich dich zum letztenmal gesehen habe. Du warst schon lange nicht mehr bei uns. Warum kommst du nicht mehr?«
»Ich, ich ...«, Bärbelchen errötet, »ich heirate nun auch bald; der Vater hat einen Mann für mich gefunden.«
»So! Und, magst du ihn?«
»Nun ja – ich kenne ihn kaum! Ein Kaufmann aus Halle.«
»Aber Bärbelchen, ich dachte, der Schreiber Johannes und du, ihr ...«
Bärbel sieht der Meisterin gerade in die Augen. »Es ging nicht. Er hat ein Gelübde getan.«
»Was, unser Johannes? Hat er das zu dir gesagt?«
Sie nickt.
»Davon weiß ich ja gar nichts. Dann kann ich auch verstehen, warum du nicht mehr bei uns sein magst. Komm, wir gehen zum Stand der Leineweber. Ich will dir ein gutes Stück Tuch kaufen für deine Aussteuer.«
»Danke, Frau Meisterin!«
Wieder knickst Bärbel. Die empfindsame Barbara merkt, das Mädchen kann sich gar nicht freuen, die Erinnerung tut ihm weh.
Bei Tisch faßt Barbara Johannes ins Auge und erzählt: »Heute traf ich unser Bärbelchen auf dem Markt. Ihr erinnert Euch doch noch ihrer, Johannes? Sie half Euch, als Ihr das Bein gebrochen habt.«
Johannes wird rot und sehr verlegen. Er nickt nur mit gesenktem Kopf.
»Sie wird bald heiraten – einen Kaufmann aus Halle.«
»Das ... das kann doch nicht wahr sein!« protestiert der Mönch. Barbara sieht ihn aufmerksam an, sagt aber nichts mehr.
Später, wieder an seiner Staffelei, hadert Johannes. Wie kann sie das tun, einen anderen nehmen?
Sollte sie sich vielleicht ihr Leben lang die Augen nach dir ausweinen?
Ja. Nein, natürlich nicht. Aber geht es nicht auch ohne Heirat?
Sollte sie ins Kloster gehen?
Du bist schrecklich nüchtern, Joshua, es ist nicht auszuhalten. Fühlst du denn kein bißchen mit mir?
Doch, und genauso mit Bärbel.
Aber hier und jetzt leide ich, da mußt du mir beistehen – du hast mich doch wohl mehr lieb als das Mädchen!
Warum sollte ich?

Weil, ja weil wir immer miteinander reden, und ich bin …
Was bist du?
Nun, etwas Besonderes. Du sprichst zu mir.
Jede Seele ist etwas Besonderes, ich spreche auch zu jeder, so sie mich hören will.
Hast du uns etwa alle gleich lieb?
Ja, Johannes, ich habe euch alle gleich lieb.
Das, das halte ich nicht aus. Ich glaubte, ich …
Johannes! In allen Seelen lebt Gott!
Liebst du Gott in mir?
Darauf will ich dir jetzt lieber nicht antworten, ich fürchte, du könntest es nicht ertragen.

»Weißt du, Johannes, diese Schreibereien wachsen mir nachgerade über den Kopf!« ruft Franz. »Wer soll sich da noch auskennen. Dauernd wechselt das Hoflager zwischen Torgau, Weimar und Coburg. Kannst du mir erklären, was dieses Durcheinander soll?«
»Die sächsischen Kurfürsten pflegen von jeher gern zwischen verschiedenen Hofhaltungen hin und her zu reisen: Friedrich der Weise bevorzugte neben Wittenberg Torgau, Altenburg und Lochau. So ein Hof erfordert großen Aufwand, und da wir inzwischen bei fünfhundert Personen angekommen sind, die zum vollzähligen kursächsischen Hof gehören, ist es ökonomischer, diese Last zu verteilen.«
»Fünfhundert Personen für unseren kleinen Fürsten? Erlaube, so ist es doch! Wieviel hat dann der Kaiser um sich! Wer gehört denn alles dazu?«
»Ich will versuchen, dir die Frage zu beantworten. So oft war ich ja auch nicht bei Hofe. Zunächst einmal der Kurfürst mit seiner Familie und seinen unehelichen Kindern –«
»Was, die auch?«
»Natürlich, bei Friedrich dem Weisen waren es zum Beispiel die Bastarde Sebastian und Fritz, ferner der intime Berater Spalatin, die Mitglieder von Rat und Kanzlei und Hofgericht, die Inhaber der höheren Hofämter, wie Marschall, Schenk, Hofdiener und Räte, der Sekretär, Priester, Organist, Sänger, Stallmeister, Stubenheizer, Drechsler, Barbier. Nicht zu vergessen das zahlreiche Jagdpersonal und all die sonstigen Diener und Dienerinnen. Meister Lucas gehört ebenfalls mit zum Hof und hat seinen Platz an der Tafel; er bekommt sommers wie winters sein Hofgewand geliefert, aber er ist selten dort anwesend.«

»Weißt du, in seiner Position braucht unser Meister sehr viel Geschick: einerseits ist er Mitglied des Hofes und Angestellter des Fürsten, andererseits Ratsherr und Kämmerer der Stadt, also Vertreter der Bürgerschaft.«
»Du meinst, er müsse zween Herren dienen?«
»Genau! Und schließlich hat er auch eigene Interessen und ist Luthers Freund.«
»Hinzu kommen die Belange der verschiedenen Zweige seines weitläufigen Unternehmens! Ja, Meister Lucas hat fürwahr viele Eisen im Feuer, wie der Volksmund zu sagen pflegt. Er hat sie alle jederzeit im Auge, schafft es, allen gerecht zu werden, und ist trotzdem immer ruhig und freundlich zu jedermann, bereit, zuzuhören, zu raten, zu helfen.«
»Johannes, bei aller Verehrung, ist es nicht nahezu unglaublich, wie er das alles schafft?«
»Er nennt es Organisation.«
»Halt, dabei fällt mir ein: Ihr könnt nicht mehr lange mit mir rechnen. Ich habe meinen Magister –«
»Was, und das sagst du so nebenbei!« Johannes springt auf und umarmt den Freund. »Meine Gratulation, Franz. Das ist ja wunderbar!«
»Und vom nächsten Semester an bin ich als Lehrer an der Universität.«
»Potz Blitz! Redest du dann noch mit mir kleinem Schreiberling?«
»Wann wirst du Malergeselle?«
Johannes antwortet nachdenklich: »Das ist eine gute Frage.«

Ein fein gekleideter, offensichtlich adliger Herr betritt die Werkstatt und geht zielstrebig auf das Judith-Bild zu. Er stellt sich davor in Positur, das linke Bein zierlich abgespreizt, die eine Hand in die Hüfte gestemmt, die andere nachdenklich am Kinn.
»Erstaunlich«, lispelt er arrogant, »es trifft genau! Da haben wir den Tyrannen beim Mahl auf dem Höhepunkt seiner Macht, und gleich nebenan ohne Kopf. Bedeutungsvollerweise ist die Tötung auch schon auf dem ersten Bild im Hintergrund dargestellt. So soll es sein. Die fromme protestantische Partei wird sich mit Gottes Hilfe vom Tyrannen befreien. Judith sollte zur Schutzpatronin des Schwäbischen Städtebundes erkoren werden.
Meister Cranach bekennt sich zur protestantischen Moral – er hat sich selbst als Mahner hineingemalt. Großartig. Ich möchte das Bild kaufen! Ist der Meister im Hause?«

Johannes heißt einen Lehrling, den Herrn zu Lucas in die große Stube zu bringen.
»Lackaffe«, knurrt Franz.
»Auch mir mißfällt es, wenn man uns so auf die protestantische Linie festlegt. Das ist nicht gut fürs Geschäft«, hört Johannes sich sagen und schüttelt innerlich den Kopf über sich selbst. Wo bleiben seine Grundsätze?

Der Ernstfall ist eingetreten. Einer der Meister, die an der Spalatin-Chronik arbeiten, verläßt über Nacht Wittenberg, weil sein Vater in Hamburg gestorben ist. In seinem Buch fehlt jetzt noch ein Bild. Unmöglich, auf seine Rückkehr zu warten. Johannes nimmt sich das Blatt vor. Es geht um ein halbes Königreich.
Max, ein zehnjähriger Malschüler, schmiegt sich an ihn.
»Was malst du?« fragt er.
»Eine alte Geschichte, Max, aus dem Sachsenlande. Es gab einmal einen König Hermenfried, der hatte einen bösen Bruder. Er raubte dem König sein halbes Reich!«
»Und warum hat Hermenfried sich nicht gewehrt?«
»Hat er, aber sein Bruder war stärker.«
»Wie? Konnte er besser mit dem Schwert kämpfen?«
»Sie haben es nicht persönlich im Zweikampf ausgetragen.«
»Schade! Ein Turnier ist fein!«
»Sie ließen ihre Ritter und Reisigen kämpfen, und der Bruder hatte mehr und bessere Truppen.«
»Das macht gar nichts«, widerspricht das Kind altklug, »dann muß man eben listig sein!«
»König Hermenfried war es nicht, mein Junge, darum verlor er die Hälfte seines Landes. Er selbst machte sich nicht allzuviel daraus, ihm genügte das, was ihm verblieb. Seine Königin aber, Frau Almaberga, empfand es als eine große Schande. Sie deckte ihm die Tafel immer nur zur Hälfte, damit er ständig daran erinnert wurde, daß er nur die Hälfte von dem besaß, was ihm rechtmäßig zustand.«
»Und hat es ihm etwas ausgemacht?«
»Wohl kaum, er hat in Frieden weitergelebt und nicht versucht, das Land von seinem Bruder zurückzuerobern.«
»Hm, ich sehe, hier malst du die Tafel mit schön geschnitzten Beinen und das Tischtuch, das nur bis zur Mitte geht – aber prächtige Gefäße hast du auch auf die leere Hälfte gestellt!«

»Ja, sie sollten dem Herrscher zeigen, was er an Gutem entbehrte.«
»Der König gefällt mir. Almaberga mag ich nicht; auch wenn sie so tut, als wolle sie ihn bedienen, sieht ihr Gesicht gar nicht freundlich aus. Die Fransen am Tischtuch, Johannes, darf ich die bunt machen? Bitte, ich will auch ganz sorgfältig sein!«
»Gut, Max.«
Eifrig, die Zunge ein wenig herausgestreckt, pinselt der Kleine die Fransen an.
»Verflixt, jetzt sind die grünen Streifen breiter geworden als die blauen, weißen und roten. Bist du mir nun böse, Johannes?«
»Laß sehen. Das ist nicht so schlimm. Da haben sich die Stickerinnen wohl verzählt, kann ja vorkommen. Nein, ich bin dir nicht böse. Aber nun laß mich weitermachen, es sollen noch zwei Hofdamen mit aufs Bild.«

Ein Glas mit Märzbechern schmückt die Tafel, im frühlingshaft frischen Garten jubilieren die Vögel, doch die Stimmung der Speisenden ist bedrückt.
»Nun ist es geschehen«, konstatiert Melanchthon, »am 27. Februar unseres Jahres 1531 hat Landgraf Philipp von Hessen mit fünf Fürsten und zehn Städten den Schmalkaldischen Bund geschlossen. Jetzt stehen sich die religiösen Fronten in Waffen gegenüber.«
»Ja«, bestätigt Luther unwirsch, »es muß wohl so sein. Über ein Jahrzehnt lang habe ich jeden Kampf für das Evangelium abgelehnt, allein mit Hilfe des Wortes wollte ich obsiegen, jetzt bin ich anderen Sinnes. Wird ein Krieg daraus, so werde er daraus. Wir haben genug gebeten und getan.« Bekräftigend setzt er seinen Becher hart auf den Tisch.
»Noch haben wir eine Galgenfrist!« sagt Lucas. »Die Türken rücken immer näher. Der Kaiser hat alle Hände voll zu tun, dieser Gefahr zu trotzen. Solange der Türke nicht besiegt ist, wird es keinen Kampf um den Glauben in deutschen Landen geben.«
»Und zum Thema Wiedertäufer hätte ich gern deine Meinung, Martin!« bittet Melanchthon. »Ich muß das Gutachten für den Kurfürsten fertigmachen. Sollen sie wirklich mit dem Schwert hingerichtet werden?«
»Ich erinnere mich Eurer Stellungnahme vor drei Jahren, Doktor Luther«, meldet sich Franz zu Wort. »Ihr sagtet: *Doch es ist nicht recht und ist mir wahrlich leid, daß man solche elenden Leute so jämmerlich ermor-*

det, verbrennt und greulich umbringt. Man sollte einen jeglichen glauben lassen, was er will. Und Ihr rietet Verbannung als Strafe an.«
Luther drückt entschlossen das Kinn auf die Brust. »Die Zeiten haben sich geändert. Sie sind Gotteslästerer geworden und stören den öffentlichen Frieden empfindlich. *Wiewohl es grausam anzusehen ist, daß man sie mit dem Schwert straft, so ist doch grausamer, daß sie die Geistlichkeit verachten und keine eindeutige Lehre treiben, und rechte Lehre unterdrücken, und dazu die weltliche Herrschaft zerstören wollen. Aber die Todesstrafe soll erst angewandt werden, wenn alle Bekehrungsversuche gescheitert sind. Dies ist die generelle Regel, nach der man mit den Wiedertäufern verfahren soll. Aber möge unser gnädiger Herr zu allen Zeiten neben der Bestrafung Gnade walten lassen, je nach Umständen und Fall.*«
Johannes sieht den Reformator entgeistert an. Er ist so tief enttäuscht, daß es ihm die Sprache verschlägt. Das sagt Martin Luther?
Er ist auch nur ein Mensch, Johannes, bedenke das.
Joshua, er weiß es doch besser!
Sieh ihn an, seine finstere äußere Entschlossenheit zeigt nur seine innere Zerrissenheit. Er ist selbst unglücklich über seine Worte.
Warum spricht er sie dann aus?
Die Umstände zwingen ihn dazu.
Warum läßt er sich zwingen, er, der tapfer gesagt hat, er wolle nicht nachgeben, und wenn die Welt voll Teufel wär'?
Den Teufeln kann er wohl besser widerstehen als seinem Freund Melanchthon!
Die Stimme des Magisters Philippus bringt Johannes in die Realität zurück.
»Übrigens, Meister Lucas, was Ihr wissen solltet: In meiner Schrift zur Rhetorik, unter den genera dicendi, habe ich Euch erwähnt. Die Malerei ist ein gutes Beispiel für die Stilgattungen. Ich schrieb:
Für die Urteilsbildung ist es sehr zuträglich, die verschiedenen Stilgattungen zu kennen. Die Verschiedenheit der menschlichen Geister bringt nämlich unterschiedliche Formen oder, wie es die Griechen nennen, Charaktere der Werke hervor. Das betrifft nicht nur die Rhetorik, sondern auch die meisten anderen Disziplinen.
Dabei sind gewisse Stufen zu beachten, nach denen sich die Stile ordnen lassen, d. h. die niedrige Gattung und die ihr entgegengesetzte hohe Gattung. Die dritte Gattung ist die mittlere, die reicher als die erste Gattung ist, zugleich aber hinter der höchsten etwas zurücksteht. Man kann diese

Unterschiede leicht bei Bildwerken feststellen. Dürer malte bzw. zeichnete alles im erhabensten Stil und durch reichstes Linienwerk variiert. Die Bilder des Lucas sind demgegenüber schlicht, obwohl sie durchaus auch eine liebliche Schönheit haben, zeigt der Vergleich, wie sehr sie sich von den Werken Dürers unterscheiden. Matthias [Grünewald] *hielt gleichsam die Mitte.«*
»Soso«, brummt Meister Lucas, »ja, Albrecht ist der Größte von uns allen.«
Johannes steht auf und geht in die Werkstatt. Magister Melanchthon wirkt auf den ersten Blick gern demütig und bescheiden, aber in Wirklichkeit erscheint er ihm sehr von sich überzeugt! Er jedenfalls empfindet es als Unverschämtheit, Lucas Cranach in seinem eigenen Hause als mittelmäßig zu bezeichnen! Und diesen Mann hat der Meister auch noch porträtiert.

»Ich möchte nur zu gern wissen, wo Doktor Luther die neunhundert Gulden hernimmt!« sinniert Franz.
»Welche neunhundert Gulden?« fragt Johannes treuherzig.
»Mit denen er einen Garten vor der Stadt mit Fischweiher und Obstbäumen gekauft hat, *am Saumarkt* geheißen.«
»Kein schöner Name!«
»Und Luther hat nun nichts Eiligeres zu tun, als seine Frau, die glücklich über den neuen Besitz ist, Saumärkterin zu heißen.«
»Sie wird ihm schon zu erwidern wissen!« lacht Johannes. »Aber wo er das viele Geld her haben soll, kann ich dir auch nicht sagen – bei uns hat er es jedenfalls nicht geliehen!«

Der Geselle Jobst stürmt aufgeregt in die Werkstatt:
»Daß unser Meister nicht da ist! Er wird es sich nie verzeihen. Seine Gnaden, Kurfürst Johann, hat in Schweinitz einen Schlag erlitten! Luther und Melanchthon fahren gerade hin!«
Sie treffen ihn nicht mehr bei Bewußtsein an.
»Also hat Gott den frommen, beständigen Fürsten, da die Religion und Polizei, das Kirchen- und weltlich Regiment wohl bestellet war, aus diesem armseligen Leben abgefordert«, kommentiert Luther. Am 18. August 1532 hält er unter Tränen die Leichenpredigt über 1. Thess. 4, 13–18. Seinen teuren Fürsten, der an den Erlösungstod Christi fest geglaubt habe, brauche die Sünde nicht mehr zu beschweren. *»Darum, Teufel,*

fahre hin mit meiner Gerechtigkeit und Sünde. Habe ich etwas gesündigt, so friß du den Mist davon, der sei dein, ich bekümmere mich nicht darum, denn Jesus Christus ist gestorben.«
Hans Cranach trauert dem Fürsten nach. Er hat schon einige Male für ihn arbeiten dürfen und mit ihm gesprochen. Hans malt sehr gut für sein Alter, auch schon selbständig. Aber heute sitzt er vor seiner Staffelei mit einem Büchlein.
»Johannes, hilf mir bitte. Ich komme mit dieser Schrift nicht zurecht.«
»Was hast du denn da? Zeig her – die Ars moriendi, das Sterbebüchlein der fünf Anfechtungen, das ist freilich eine schwere Lektüre für einen so jungen Menschen wie dich.«
»Sieh die Holzschnitte an, Johannes! In seiner letzten Krankheit und Gefahr des Todes versuchen die Anfechtungen den Sterbenden zu überreden, wie Teufel sehen sie aus. Wer sind sie, und was sagen sie?«
»Zuerst kommt der Unglaube daher, er sagt dem Sterbenden, daß er alle Hoffnung fahrenlassen solle, denn mit dem Tode sei alles aus, danach komme nichts mehr!«
»Das ist doch gar nicht wahr, wir gewinnen doch das Himmelreich!« begehrt Hans mit großen Augen auf.
»Richtig! Die Anfechtungen sind ja auch Sendboten des Teufels, die die Seele in die Hölle entführen wollen. Als nächste steht Frau Verzweiflung am Totenbett, zählt dem Kranken alle seine Sünden auf, besonders die, die er nicht gebeichtet hat, und heißt ihn ob seiner Bosheit verzweifeln. Die Ungeduld flüstert ihm ein: All dein Leiden ist sinnlos, keiner von deinen Angehörigen nimmt daran Anteil, sie warten alle nur auf dein Erbe! Dagegen wehrt sich der Dünkel des Patienten: er rechnet auf, was er alles im Leben geleistet hat, und schmückt sich selbst mit goldenen Kronen. Und zu guter Letzt meldet sich der Geiz; wie schrecklich ist es, alles, was man so mühsam erworben hat, zurücklassen zu müssen, sich von allem, was man liebt, zu trennen!«
»Das ist ja entsetzlich, Johannes, hilft denn keiner dem Sterbenden?«
»Doch, natürlich, Hans, sieh, nach jeder Versuchung kommen ihm Engel zu Hilfe, weisen ihm den rechten Weg, und schließlich erscheint ihm auch Christus am Kreuz, vertreibt alle Versucher und rettet die arme Seele.«
Lucas der Jüngere schiebt sich auf Johannes' Schoß.
»Was schaut ihr da an? Puh, das ist ja der Tod! Laßt sehen – handelt das ganze Buch nur vom Sterben?«

»Ja«, erwidert Hans ernst.
»Ach, ist das traurig! So viele Bilder, die alle nur mit dem Tod zu tun haben. Schade, ich sehe lieber andere Sachen – das Leben ist wunderbar lang, und der Tod ...«, sein Gesicht wird ernst, und er spricht langsamer, »der Tod kommt doch erst ganz zum Schluß und geht schnell!«
»Mitten in dem Leben sind wir vom Tod umfangen, Lucas«, sagt Hans. »Frag nur Johannes!«
Johannes streicht Lucas die Locken aus dem Gesicht.
»Hans hat recht. Sieh doch, jetzt ist sogar unser Kurfürst gestorben. Gestern haben wir die Köchin des Nachbarn zu Grabe getragen, erinnerst du dich? Und die Zwillinge der Nachbarin, gerade vier Wochen alt, sind nicht mehr aufgewacht. Gevatter Tod steht immer neben uns. Aber deswegen brauchst du keine Angst zu haben! Du hast es ja eben selbst gesagt, das Sterben geht ganz schnell, und dann, dann sind wir bei Gott. Das ist so schön, wie wir es uns gar nicht vorstellen können. Da vergessen wir all unsere Nöte und Schmerzen –«
»– und auch die schönen Bilder, die der Herr Vater gemalt hat?« fragt Lucas ängstlich.
»Nn ... nein, die sicher nicht«, stottert Johannes. »Was hast du da gezeichnet, Hans, laß sehen!«
Er nimmt das Blatt. »Das – bin ja ich! Aber wieso hast du mich als Mönch dargestellt?«
Hans sieht ihn prüfend an. »Weil du so aussiehst«, entscheidet er.

»Das ist nun meine letzte Abrechnung für euch«, konstatiert Franz, »ihr habt ja eine Menge Tücher bemalt in der letzten Zeit und beachtlich viele profane Arbeiten erledigt: an der Befestigung von Wittenberg mitgeholfen, eine Lade mit Gold, Silber und Grünspan verziert, in Lochau Maler- und Bildschnitzerarbeiten ausgeführt, die Schießfenster und Tore der Festung angestrichen, Malerarbeiten im Zeughaus, sogar Geweihkronleuchter für die Schosserei und fürs Schloß sind verrechnet worden.«
»Spotte nicht, Herr Magister, das bringt alles gutes Geld. Und wer wird hier nun statt deiner helfen?«
»Ich weiß es nicht, Herr Maler. Das ist nicht meine Sorge!«
»Schade. Ich dachte, du kennst vielleicht jemanden.«
»Nein. Viel zu schwierig, Johannes, denn schließlich ist es eine Vertrauensstellung. Was hier über den Tisch geht, sollte nicht von den Dächern posaunt werden, oder?«

»Ja. Da hast du recht. Da müssen wir wohl selber zusehen. Die Meisterin hat auf den Abend ein besonderes Essen für dich vorbereiten lassen – sieh, da kommt sie ja schon selbst!«
In der Tat, Barbara bewegt sich schweren Schrittes auf die beiden zu. Johannes erhebt sich schnell und hilft ihr, sich auf seinen Stuhl zu setzen.
»Ist Euch nicht gut, Ihr seht so bleich aus?« fragt Franz erschrocken.
»Nein, mir ist überhaupt nicht gut. Katharina Luther und ich, wir waren in der Vorstadt, um bei einer Niederkunft zu helfen. Es war entsetzlich! Eine armselige Hütte, dunkel, schmutzig, die Frau lag auf dem nackten Boden, ganz ausgemergelt war sie, nur Haut und Knochen. Das Kind wollte nicht kommen, sosehr sie sich auch quälte. Katharina ist eine gute Hebamme, ihr wißt das, aber all ihre Hilfe brachte nichts. Ich höre das pfeifende Keuchen –«, sie hält sich mit beiden Händen die Ohren zu, »ich sehe ihren weit aufgerissenen Mund, aus dem kein Ton mehr herauskam, sie war zu schwach zum Schreien, und das Blut, all das viele Blut, wie es in die Erde sickert. Katharina kniet auf dem blutigen Flecken und hält in ihren Armen das Neugeborene, faltig und erbärmlich anzuschauen, das Köpfchen hing nach hinten herunter, es hat nicht einmal geschrien – tot. Und die Mutter auch. Ich kann es nicht ertragen! Katharina wusch sie, aber ich bin fortgelaufen. Dieses furchtbare Bild – und die bösen Geister in den dunklen Ecken der Hütte ... Wo ist Lucas?«
Johannes wagt es, seinen Arm um die Schultern der Meisterin zu legen.
»Kommt, ich geleite Euch in die Stube! Franz, lauf in die Küche, hole die Magd, sie soll heißen Wein mitbringen.«
»Der Tod«, murmelt Barbara, »überall, wo ich hinsehe, grinst er mir höhnisch entgegen. Käthe ist so tapfer, sie kämpft mit ihm, aber ich, ich bin ihm verfallen. Ich fürchte mich so sehr. Lucas, daß du endlich da bist!«
Der Meister kommt ihnen entgegen und nimmt sie Johannes ab.
»Barbara, was ist denn, meine Liebe?«
»Der Tod, Lucas, die bösen Geister – du darfst nicht fortgehen! Bleibe bei mir, bitte, bitte, bleib immer bei mir.«
Das kann er nicht, denkt Johannes traurig, selbst wenn er es wollte.

Der neue Fürst, Johann Friedrich der Großmütige, ist Cranach und seiner Werkstatt gewogen. Zum Angedenken an seine beiden Vorgänger bestellt er sechzig Täfelchen, auf denen Friedrich der Weise und Johann der Beständige gemalt sein sollen, unter den Bildern sollen Gedichte vom Leben der Fürsten berichten. Alle in der Werkstatt beteiligen sich an diesem großen Unternehmen, die Malbuben dürfen die Schrift anbringen. Fritz hat sich ausgebeten, den Text für Friedrich den Weisen zu schreiben, er kann ihn schon auswendig:

Fridrich bin ich billich genand
Schenen Frid ich erhielt im land.
Durch gros vernunfft geduld und glück
Widder mancher ertzbösen tück.
Das land ich zieret mit gebew
Und stifft ein hohe Schul auff's new,
Zu Wittenberg im Sachssen land
Inn der weit die ward bekand
Denn aus derselb kam Gottes wort,
Und that gros Ding an manchem ort,
Das Bepstlich Reich stortzt nidder
Und bracht rechten glauben widder.
Zum Kaiser ward erkorn ich
Des mein alter beschweret mich.
Dafur ich Kaiser Carl erwelt
Von dem mich nicht wand gonst noch gelt.

Für Johann den Beständigen zu schreiben, ließ Johannes sich nicht nehmen:

Nach meines lieben bruders end
Bleib auff mir das gantz Regimend.
Mit großer sorg und mancher Fahr [Gefahr]
Da der Bawr toll und töricht war.
Die auffrur fast inn allem land
Wie groß fewr im wald entbrand.
Welches ich halff dempffen mit Gott,
Der deutsches land erret aus not.
Der Rottengeister feind ich war,
Hielt im land das wort rein und klar.
Groß drawrn bitteren Haß und neid
Umb Gottes worts willen ich leid.
Frey bekand ichs aus hertzem grund
Und personlich selbst ich da stund.

Meister Lucas legt seinen Pinsel ab und sagt:
»Da fällt mir noch eine Geschichte von Friedrich dem Weisen ein: Ich arbeitete an einem Bildnis der Dame Katharina, Tochter des Grafen von Henneberg. Friedrich kam, sah mir zu und sagte: ›*Lieber, malet mir die Henne nur wacker und lustig, denn sie ist eine gute Henne gewesen, und hat dem Hause Sachsen ein gut Ey gelegt*‹, nämlich die Grafschaft Henneberg als Mitgabe, als sie den Kurfürsten Friedrich den Strengen heiratete.«
»Herr Vater, bitte, darf ich dieses Täfelchen haben?« schmeichelt Lucas der Jüngere.
»Laß sehen!« Der Meister nimmt das kleine Bild in die Hand. »Wo hast du es her?«
»Ich, ich fand es in der Schublade. Es ist eine heilige Katharina, nicht wahr? Ich erkenne sie an Schwert und Rad.«
»Gut!« lobt der Vater.
»Aber was ist das für ein Material? Holz ist es nicht, dazu ist es zu dünn, Papier auch nicht, dazu ist es zu fest.«
»Es ist Palimpsest, das heißt ein Stück altes Pergament. Vielleicht stammt es aus einem Missale; hier auf der Rückseite kannst du noch zweispaltige Texte erkennen, siehst du es?«
»Ja!« staunt der Junge. »Dann war es in einem dieser schönen alten Meßbücher?«
»Wahrscheinlich. Ich habe die obere Seite stark sauber geschabt und sorgfältig bearbeitet, mit Weiß grundiert und dann darauf gezeichnet.«
»Warum hast du dies alte Pergament benutzt?«
»Es ist sehr haltbar. Und das ist wichtig für eine Vorlage, die zur Übertragung auf andere Bildträger benutzt werden soll. Siehst du die feinen Löcher in den Konturen und den wichtigsten Binnenlinien der Figur? Du kannst das Pergament jetzt umgekehrt auf eine Holztafel für Malerei, auf einen Holzstock für den Holzschnitt und auf eine Metallplatte für den Kupferstich legen. Nun siebst du feinen Kohlenstaub oder schwarzen Kreidestaub, was gerade zur Hand ist, durch die Löcher und hast die Zeichnung übertragen!«
»Au fein, das ist eine gute Idee!«
»Mit Papier könntest du das nicht oft machen, es wäre viel zu schnell verdorben.«
»Ja, das leuchtet mir ein. Darf ich ein Bild damit machen, bitte! Ich habe drüben eine kleine grundierte Holztafel!«

»Ja, versuche es. Arbeite sorgfältig, damit du nichts verschmierst. Dann packst du die Vorlage ordentlich wieder ein und malst dein Bild aus. Wenn es fertig ist, zeigst du es mir. Ist es gut gelungen, schenkst du es der Mutter.«
»O ja, so wollen wir es machen. Danke, Herr Vater.«

»Hast du nun endlich Feierabend?« Franz steht ungeduldig neben Johannes' Tisch.
»Wie sollte ich wohl«, lächelt Johannes, »nachdem du mir nicht mehr hilfst, Herr Magister.«
»Ach, ich möchte lieber hier sitzen und rechnen als in vier Tagen schon meine Antrittsvorlesung halten!«
»Du wirst es bestimmt sehr gut machen, und es ist doch eine große Ehre!«
»Ja, ja. Aber ich bin furchtbar aufgeregt. Wie soll ich sie aufbauen? Über welches Thema soll ich sprechen? Hast du jetzt Zeit?«
»Ja, habe ich.«
»Gut. Also hier ist die Antrittsrede Melanchthons *De corrigendis adolescentiae studiis* –«
»Über die Neugestaltung des Universitätsstudiums? Das ist interessant, laß sehen.«
»So warte doch! Ich möchte es dir vorlesen, dann übe ich mich gleich im Vortrag.«
»Auch recht.«
»Ich möchte durchaus nicht unbescheiden und für mich unangemessen in dieser Versammlung das Wort ergreifen, Herr Rektor magnifice und hochansehnliche Professoren. Mich halten gewöhnlich meine Veranlagung und meine stille Art des Studiums von derartigen Festveranstaltungen und einer solchen hochlöblichen Gelehrtenversammlung fern. Mich hätte auch heute vor allem die Schwierigkeit der Aufgabe, die ich zu unternehmen im Begriffe stehe, abschrecken können, wenn mich nicht die Liebe zur wahren Wissenschaft und die Pflicht meines Amtes dazu gemahnten, daß ich euch allen die schönen Studien und die wiedererwachenden Wissenschaften aufs angelegentlichste empfehlen möchte.«
»Das ist unser Melanchthon, wie er leibt und lebt!« unterbricht Johannes. »Eigentlich ist er ja still und bescheiden, einzig die Christenpflicht, seinem Nächsten mit dem Licht der Wissenschaft leuchten zu müssen,

bringt ihn dann dazu zu tun, was er im Grunde gar nicht mag, aber wenn er einmal dabei ist, kann er nicht mehr davon lassen –«

»Silentium! Lausche gefälligst aufmerksam der Rede des Weisen!

Ich habe es nämlich auf mich genommen, ihre Sache gegen diejenigen zu verfechten, die sich allgemein in den Schulen die Titel und Vorrechte von Gelehrten, aber als Ungelehrte mit barbarischen Mitteln, nämlich durch Gewalt und Betrug, angemaßt haben und die bis heute zumeist mit unlauteren Absichten die Menschen in ihrem Fortschreiten hemmen.

Auch jetzt noch suchen nicht wenige die deutsche Jugend, die in den letztvergangenen Jahren allenthalben an diesem erfreulichen wissenschaftlichen Wettstreit teilzunehmen begonnen hat, mit höchst plumpen Argumenten gleichsam aus ihrer Bahn zu reißen: Das Studium der humanistischen Wissenschaften sei zu schwierig und habe demgegenüber zu geringen Nutzen; das Griechische eigneten sich nur gewisse Personen an, die ihre Zeit vertun und damit prahlen wollten; das Hebräische sei von zweifelhaftem Werte, indessen gingen die Wissenschaften der ursprünglichen Art zugrunde, die Philosophie werde achtlos beiseite gelassen; und was derartige Beschuldigungen mehr sind. Wer vermöchte nicht einzusehen, daß einer, der sich mit jener Schar von Ungelehrten auseinandersetzen will, nicht nur ein Theseus, sondern wohl gar ein Herkules sein müßte? …

Die Schulbildung, die sogenannte Grundausbildung in Grammatik, Dialektik und Rhetorik, muß man sich so weit aneignen, daß man im Reden und im Denken geschult ist und nicht unvorbereitet den Höhen der Wissenschaft zustrebt. Zum Lateinischen muß die Kenntnis des Griechischen treten, damit man bei der Lektüre der Historiker, Redner und Dichter überall auf den Kern der Sache selber trifft …«

»Ich könnte mir vorstellen, daß in nicht allzuferner Zukunft diese Literatur in meisterhaften Übersetzungen vorliegen wird und man sich die Mühe, die alten Sprachen zu erlernen, sparen kann«, wirft Johannes ein.

»Schweig still, du moderner Ketzer, keine Übersetzung kann die Qualität des Originals haben! Fallen dir nicht für jeden lateinischen Begriff mehrere deutsche Worte ein, wenn du die Sache richtig bedenkst? Könntest du den Vers eines Psalms oder zum Beispiel den Anfang des Johannes-Evangeliums nicht so oder so oder vielleicht noch anders ausdrücken? Wie arm muß da jede festgelegte Übersetzung bleiben! Aber weiter mit Magister Philippus:

Hast du dir gleichsam diese Wegzehrung verschafft, im abgekürzten Ver-

fahren und ohne Beschwerde, wie Platon sagt, dann gehe an die Philosophie heran. Denn ich bin durchaus der Auffassung, daß einer, der etwas Bedeutendes in der Theologie oder in der Öffentlichkeit leisten will, wenig erreichen wird, wenn er nicht seinen Geist zuvor in den Geisteswissenschaften – denn das meine ich mit ›Philosophie‹ – mit Überlegung und in gehörigem Maße geschult hat …«

»Da stimme ich ihm zu! Auch ein jeder Maler sollte so gebildet werden, um so besser könnte er mit seinen Bildern den Menschen das Wesentliche zeigen!«

»Einerseits hast du recht, und dein Meister ist fürwahr ein Kenner der Antike und der modernen Theologie, andererseits solltest du bedenken, wo das wohl hinführt, wenn eure Lehrbuben erst noch einige Semester studieren sollten, ehe sie Geselle würden.«

»Man könnte ihnen vieles nahebringen, wenn man während des Malens und Zeichnens auch ihre Ohren beschäftigen würde, ähnlich, wie du es mit der Judith-Geschichte getan hast!«

»Ich glaube, Meister Lucas würde sagen: Viel zuviel Aufwand – unmöglich! Es ist ein interessantes Projekt, wir müssen ein andermal drauf zurückkommen, heute bin ich zur sehr mit meiner Antrittsvorlesung beschäftigt. Also, diese Probleme der Jugenderziehung wären ein gutes Thema, ein anderes ist der Frieden! Erasmus von Rotterdam hat hierzu eine *Querula pacis undique gentium ejactae profligatae* verfaßt.«

»Eine Klage des Friedens, der bei allen Völkern verworfen und niedergeschlagen wurde? Laß hören!«

»Ach, genug und übergenug Christenblut ist schon vergossen worden – wenn der Gedanke, daß es Menschenblut ist, zu wenig Eindruck macht –, genug ist zum gegenseitigen Verderben gewütet, genug ist schon den Furien und der Unterwelt geopfert worden, lange genug wird schon das Spiel gespielt, das Türkenaugen erfreuen kann. Werdet doch endlich einmal ein wenig weise nach dem allzulange erduldeten Elend des Krieges! Den bisherigen Wahnwitz mag man dem Schicksal zuschreiben. Den Christen gefalle, was ehedem den Heiden gefiel: das vergangene Übel zu vergessen. Alsdann befleißigt euch des Strebens nach Frieden in gemeinsamen Beratungen, und zwar so, daß der Friede nicht mit Hanfschnüren, sondern mit starken, stahlharten Fesseln zuammengebunden wird und niemals mehr auseinandergerissen werden mag.

Euch Fürsten rede ich an, von deren Wink das Wohl der Menschen am meisten abhängt, die ihr das Bildnis des Fürsten Christus unter den

Sterblichen verkörpert. Erkennt die Stimme eures Königs, die euch zum Frieden aufruft. Merkt darauf, daß der ganze, von so langwährendem Unheil erschöpfte Erdkreis euch flehentlich darum bittet. Und hat jemand noch irgendeinen Kummer, so ist es billig, daß er ihn der Seligkeit aller zum Opfer bringe. Die Aufgabe ist zu gewichtig, als daß sie aus geringfügigen Ursachen verzögert werden dürfte.
Ich spreche euch an, gottgeweihte Priester, erklärt das deutlich mit allem Fleiß, wovon ihr wißt, das es Gott am wohlgefälligsten ist. Tut von euch, was ihm am meisten verhaßt ist.
Ich sage euch, Theologen, predigt das Evangelium des Friedens, verkündet es immer wieder mit lauter Stimme vor den Ohren des Volkes.
Ich rede euch an, Bischöfe und andere geistliche Würdenträger: möge euer Ansehen Geltung haben, den Frieden mit ewigen Banden zu sichern. Euch, Oberste und Amtleute, rede ich an, daß der Weisheit der Könige und der Andacht der Bischöfe euer Wille zur Seite stehe.
Ich spreche euch insgesamt an, die ihr euch des christlichen Namens rühmt, schließt euch einmütigen Herzens in dieser Frage zusammen, beweist hier, wieviel die Eintracht des Volkes wider die Gewaltherrschaft der Mächtigen auszurichten vermag. Dazu sollen alle Menschen gleichermaßen mit ihrem Rat beitragen. Die ewige Einigkeit möge verbinden, was mit so vielen Mitteln die Natur zusammenfügte, mit den meisten aber Christus. In gemeinsamer Hingabe mögen alle das betreiben, was die Seligkeit gleichermaßen umschließt. Hierzu verlocken alle Dinge. Erstens der Sinn der Natur und, wenn ich es so nennen darf, die Menschlichkeit. Alsdann Christus, der Fürst und Stifter aller menschlichen Seligkeit. Dazu kommen so viele Annehmlichkeiten des Friedens und so viele Nachteile des Krieges.«
»Großartig!« begeistert sich Johannes. »Wann hat er es geschrieben?«
»1517!«
»O Gott – der Herr vergebe mir die Anrufung Seines Namens –, und was hat es bewirkt? Nichts, nichts und weniger als nichts! Wurde es denn nicht gelesen?«
»Ja und nein. Wissenschaftler, Philosophen, Studenten, literarisch interessierte Menschen haben es sicherlich mit Eifer studiert –«
»– aber natürlich nicht die, auf die es ankommt: die Fürsten, die Bischöfe, die Kriegsleute.«
»Nein, sie haben es wahrscheinlich nicht gelesen, aber selbst wenn, meinst du, sie würden ihren Sinn ändern? Ich muß da an den reichen

Mann denken, der im Jenseits selbst in den Qualen der Hölle Gott anfleht, er möge den seligen Armen zurückschicken auf die Erde zu seinen Brüdern, damit sie gewarnt würden und ein besseres Leben als er führten. Der Herr antwortet ihm: Sie haben die Propheten. Aber sie glauben ihnen ja nicht, ereifert sich der Reiche, den Armen kennen sie, auf ihn würden sie hören. Gott in seiner Weisheit sagt nein. Es stimmt, auf niemanden hören die Menschen, und es gibt keine Rettung vor ihrer Bosheit. So. Und worüber soll ich nun sprechen?«

»Über alle drei Themen, Franz: über die Notwendigkeit, die Jugend mit dem richtigen Rüstzeug für das Leben zu versehen, über die Segnungen des Friedens und über die Unfähigkeit des Menschen zur Vollkommenheit.«

»Großartig. Du solltest die Rede halten. Wo hast du studiert, Johannes?«

»In meinem Herzen.«

»Weißt du, ich werde euch sowie das Leben und Arbeiten hier in der Werkstatt sehr vermissen. Dieser Ort erscheint mir wie ein Umschlagplatz an einem großen Strom, dem Strom des Lebens. Er spült euch Waren der großen Welt herein, ihr übernehmt sie mit Stift, Stichel, Pinsel und verwandelt sie durch eure Darstellung in Botschaften, geistige Botschaften, die von allen verstanden werden können. Der Abschied von euch kommt mich wie ein wenig sterben an – ich muß diese mir vertraute, verständliche Welt verlassen und gehe durch ein großes Tor in ein Land, von dem ich erst wenig weiß.«

»Das hast du schön gesagt, Franz, ich denke, du wirst ein guter Lehrer! Und du kannst jederzeit zu uns kommen, auch ohne hier zu arbeiten.«

»Das ist richtig, ja, danke. Ich weiß, du hast keine Zeit, meine Vorlesung zu hören. So leb denn wohl, Gott mir dir, Bruder.«

»Ich will dir mein Lob aussprechen, Johannes!« sagt Meister Lucas. »Die Arbeit an der Spalatin-Chronik läuft hervorragend, besser hätte ich selbst es nicht machen können.

Nun bist du wieder sehr mit dem Schreibkram belastet ohne Franz! Aber es gibt Erleichterung. Wir geben den Buchhandel im Marktplatz 3 auf. Du weißt selbst, was für ein riskantes Geschäft das ist. Die versprochenen Zahlungen bleiben aus, Anleihen müssen zurückgezahlt werden: es ist nicht notwendig, daß wir uns solchen Ärger, ja Prozesse an den Hals hängen. Wir haben auch ohne das unser Auskommen.

Christian Döring verkauft seinen Verlag mit allen Privilegien, Druckstökken und Pressen für 1127 Gulden an die Buchhändler Bartholomäus Vogel, Christoph Schramm, Moritz Goltz – nur zu deiner Information. Kein neuer Gehilfe in Aussicht?«

»Ich kenne niemanden, Meister, Franz ebensowenig. Er meinte überdies, in diesen unsicheren Zeiten sei es nahezu unmöglich, jemanden zu finden, dem man vertrauen kann.«

»Da mag er recht haben. Wir müssen einen anderen Weg suchen, dir die Arbeit zu erleichtern. Lassen wir doch die einzelnen Zweige unseres Unternehmens selbständig abrechnen. Ihre Einnahmen und Ausgaben haben sie ja bis jetzt auch aufschreiben müssen, nun sollen sie am Monatsende die Summe ziehen, dann hast du nur das Ergebnis der Abrechnung zu übertragen. Du selbst machst bloß die Aufstellung für die Werkstatt und kontrollierst die anderen ab und an einmal.«

»Das ist gut, Meister, so müßte es gehen, ja, danke.«

»Und malerisch solltest du dich dieser Buhlschaften annehmen, sie sind im Augenblick sehr gefragt. Ich weiß zwar nicht, was die Leute dabei finden, wenn junge Frauen und junge Männer sich älteren Männern und Frauen um des Geldes willen hingeben, allein es bringt ordentlich was ein, also wird es gemacht.

Aber zuerst mache bitte das Bildnis unseres Kanzlers fertig, ich habe das Gesicht bereits ausgeführt.«

»Doktor Gregor Brück? Welche Ehre.«

»Ja.« Cranach lacht. »Hoffentlich kommt Käthe Luther nicht in die Werkstatt. Sie ist gar nicht gut auf ihn zu sprechen. Und Hans kann die Tafel Herkules im Dienst von Omphale allein malen und signieren.«

»Das wird ihn freuen! Er arbeitet ausgezeichnet und hat schon seinen ganz persönlichen Stil.«

»Das höre ich nicht so gern, Johannes. Wir sollten alle so einheitlich malen, daß der Kunde gleich sieht: Cranach-Werkstatt! Ich nehme mich selbst keineswegs aus. Was ist denn Besonderes an Hans' Bildern?«

»Nichts, was aus dem Rahmen fiele, nur eine gewisse Wärme und Sanftmut, etwas, nennen wir es einmal: Liebliches.«

»Nun gut, ich will darauf achten. Laß ihm ein Petschaft schneiden. Und notiere in deinen Büchern: Ab anno domini 1534 darf Hans Cranach alle Schriftstücke, Rechnungen, Quittungen selbständig unterzeichnen und mit unserer gefiederten Schlange siegeln! Ich reise übrigens mit Luther zu einem Religionsgespräch nach Dresden, halte du derweilen hier die Stellung.«

So geschieht es. Auf dem Michaelis-Markt im Oktober 1534 quittiert Hans Cranach den Jahressold seines Vaters *auf Lebenslang 100 Florin auf ein Jahr*.
Gegenüber von Johannes' Tisch steht eine lebensgroße Venus mit Amor als Honigdieb auf der Staffelei. Ihre lockende Nacktheit beunruhigt ihn nicht mehr, zu gut kennt er inzwischen die weiblichen Körper dank der Bilder. Er entziffert die Inschrift:
»So schadet uns auch die kurze, vergängliche Wollust, die wir begehren: mit traurigem Schmerz ist sie vermischt.«
Johannes nickt versonnen. Ja, Bärbelchen, mit traurigem Schmerz. Wie es dir wohl geht mit deinem Kaufmann?

In Cranachs Weinausschank gönnt sich Johannes einen guten Malvasier. Ein Student tanzt in den Raum, springt, ein Blatt schwenkend, auf den Tisch und singt: »Der Papst ist tot – es lebe der Papst! Am 25. September 1534 ist Klemens VII., seine Heiligkeit Ja-Nein, gestorben! Alessandro Farnese wurde nach kurzem Konklave gewählt und nennt sich Paul III.«
Johannes stellt seinen Humpen ab. Klemens VII. – er sieht ihn lebendig vor sich mit der roten Samthaube, Zorn in den Augen, Unentschlossenheit in der Stimme. Hat ihm nun ein anderer die Entscheidung, Himmel oder Hölle, abgenommen?
Johannes, mahnt seine Stimme, in was für Kategorien denkst du denn? Willst du menschliche Strukturen auf die Ewigkeit übertragen?
»Er hat viel gewollt und gewagt und alles verspielt!« hört er einen Professor, der mit am Tisch sitzt, dozieren. »Eigentlich war er ja kaiserlich gesinnt, wandte sich aber dann Frankreich zu, um den Kaiser in die Schranken zu verweisen. Das brachte ihm die große Niederlage und anno 1527 den Sacco di Roma ein. Drei Jahre später ließ sich dann Karl V. in Bologna von ihm zum Kaiser krönen. Die Reformation in Deutschland konnte Klemens nicht unterdrücken und trotz weitestem Entgegenkommen in Eheangelegenheiten Heinrichs VIII. die Loslösung Englands von der katholischen Kirche nicht verhindern –«
Johannes verläßt die Schenke, geht hinüber in die Stadtkirche. Während er für die Seele Klemens' VII. betet, fällt es ihm mit einem Male ein: Für ihn sollte er den Maler Lucas ausspionieren, nun ist der Auftrag hinfällig! Es gibt keine schriftlichen Unterlagen, der Dominikaner hatte vom Ruhen der Arbeit gesprochen; jetzt hat sie sich erledigt! Er ist frei – ist er

frei? Vergißt die heilige Inquisition? Als Organisation war sie wohl nicht eingeschaltet – oder? Wenn er es nur genau wissen könnte!
Gib dich zufrieden, sagt es in seinem Kopf.
Seufzend konzentriert Johannes sich wieder auf seine Gebete.

»Kätha, was würde Martinus sagen, wie oft des Tages sollte man beten, um sicher in Gott geborgen zu sein?« fragt Barbara Cranach ihre Freundin, während sie eifrig flicken.
»Wie gut, daß du mich das gerade jetzt fragst, da ich die Antwort ganz genau weiß! Luther hat nämlich seinem ältesten und besten Freunde, wie er zu sagen pflegt, dem Barbier Peter Beskendorf, eine kleine Schrift zu diesem Thema verfaßt. Martin führt aus: Eigentlich soll das ganze Tagewerk des Christen durch seine Gottgefälligkeit Gebet ohne Unterlaß sein, doch dürfe man sich dadurch nicht vom rechten Gebet gewöhnen. Darum ist es gut, daß man früh morgens lasse das Gebet das erste und des Abends das letzte Werk sein. Er zeigt am Vaterunser, wie man aus jeder einzelnen Bitte Gedanken für das eigene Gebet entwickeln kann, das jeweils in der Weise gesprochen werden soll, nach der man *warm und lüstig ist*. Aus dem Buche soll nicht gelesen werden, damit kein *Geplapper und eitel Gewäsch wie etwa beim Rosenkranzbeten daraus werde. Gleich wie ein guter Barbier seine Gedanken, Sinne und Augen bei der Arbeit haben müsse, so wolle auch das Gebet das Herz einzig und ganz allein für sich haben. Ihm selbst ist das Paternoster das liebste Gebet, an ihm sauge er wie ein Kind, trinke und esse wie ein alter Mensch, kann sein nicht satt werden. Doch auch die zehn Gebote oder jedes Kapitel der heiligen Schrift könne man zu solch einem Feuerzeug nehmen und in seinem Herzen damit Feuer aufschlagen.*«
»Ja, er kann das, wo er sich so gut damit auskennt und es ein Leben lang studiert hat!« seufzt Barbara. »Aber ich? Was fiele mir wohl ein?«
»Doch«, ermutigt Katharina Luther sie, »es geht wirklich, Barbara, besonders leicht mit dem Vaterunser. *Unser täglich Brot gib uns heute* – dazu fällt einem doch auf der Stelle vieles ein: die Sorge, wie man mit all seinen Leuten heil über den Winter kommt, ob es wieder eine Teuerung geben wird, daß die Saat gut aufgeht und die Ernte reichlich wird, das Bier muß beim Brauen gelingen und das Brot im Ofen, hoffentlich zerschlägt kein Hagel das zarte Gemüse im Garten, und die Armen sollen auch satt werden – so viele Bitten!«
»Ja«, nickt die Meisterin, »nun verstehe ich, wie es gemeint ist. Da fällt

mir gewiß viel ein! Und morgens als erstes und abends als letztes beten, das will ich tun. Wenn ich mit Gottes Namen auf den Lippen einschlafe, werde ich gute Träume haben. Da hat dein Mann dem Beskendorf fürwahr ein schönes Geschenk gemacht!«

»Nun ist es soweit, mein Sohn«, der Meister legt Lucas dem Jüngeren beide Hände auf die Schultern, »merke es dir gut, dieses Jahr 1535, von Stund an bist du Mitglied der Werkstatt, und als äußeres Zeichen dafür ändern wir unser Wappentier: die Flügel zeigen nicht mehr nach oben. Daran kann jedermann sehen, seit wann du voll anerkannt bist.«
»Bravo!« rufen die Lehrlinge, die Gesellen, Johannes steht auf und wünscht allezeit gutes Gelingen.
»Dein Eintritt ist gesegnet, der neue Flügel des Torgauer Schlosses soll ausgemalt werden. Dazu müssen sechs Mitarbeiter abgestellt werden, und du, mein Sohn, sollst mit dabeisein.«
Etwas später, als alle wieder an der Arbeit sitzen, erzählt Silberbart:
»Es gibt noch eine gute Neuigkeit. Unserem Landesherrn, Herzog Johann Friedrich, wird endlich die sächsische Kurwürde bestätigt. Drei Jahre hat er darauf warten müssen. Die Kaiserlichen sehen in ihm den führenden Gegenspieler Karls V., weil er einer der Bundeshauptleute der Schmalkaldener ist. Aber sie tun ihm unrecht, er wurde es eher widerwillig. Nur, wer weiß das schon? Und so leben wir hier in Sachsen gefährlich, denn wenn der Kaiser die Türkenfrage erledigt hat und auch mit den Franzosen fertig ist, wird er wahrscheinlich eine militärische Entscheidung in Sachen Religion herbeiführen, und zwar hier.«
Johannes schüttelt den Kopf. »Mußt du diesen Wermutstropfen in den Becher unserer Freude gießen, Silberbart?«
Der knurrt nur: »Man wird doch wohl die Wahrheit sagen dürfen.«

»Welches Datum schreiben wir heute?« fragt Cranach bei Tisch.
»Den 27. März 1535!« antwortet Johannes prompt.
Luther tritt ein. Er ist bleich, aufgeregt und fahrig, wie man ihn nicht kennt.
»Lucas, es ist etwas Furchtbares geschehen«, keucht er und greift nach seinem Herzen.
»Setz dich«, bittet Lucas, »komm, nimm einen Schluck Wein. Du bist ja schier außer Atem.«
»Ich bin gerannt, so schnell mich die Beine trugen. Der Büttel hat gerade den Peter Beskendorf eingetan.«

»Was? Den Barbier?« fragt Barbara ungläubig.
»Ja, den Barbier, meinen Freund. Du mußt helfen, Lucas. Der Schwiegersohn des Beskendorf, ein übler Landsknecht, ist gestern nacht heimgekehrt, hat sich betrunken, seine Frau geschlagen, auch den Schwiegervater bedroht, der wehrte sich, und so ist es im Handgemenge passiert: Beskendorf hat den Tunichtgut erstochen. Dafür wird er sein Leben lassen müssen! Aber er ist kein Mörder! Wir müssen ihm helfen. Ich habe einen Brief an kurfürstliche Gnaden geschrieben, bitte, hör ihn dir an, ob es so recht ist:

Vorbittschreiben des Dr. Luther an Churfürsten Johann Friedrich

Gnade und Friede in Christus und mein armes Vater Unser.
Es werden E. L. Fürst. Gn. nun leider wol erfahren haben, was der böse Geist uns am Oster-Abend hat zugefügt und mit dem jemmerlichen Fall Meister Peters zu großem Aergernis und Freude der Feinde des Evangelii. Ich weiß selbst nicht schier, was und wie ich hierinnen E. Chr. Fürst. D. schreiben und bitten soll. Es ist geschehn, Nhu bitte ich gancz unterthenigklich E. L. F. G. wollten hyrinn ein gnediges Mittleiden auch mitt uns allen haben und die Schärffe des Rechts nicht suchen lassen (wiewohl ich nicht weiß, noch gründlich erfharen kan, welcher hyrinn Unrecht hatt, so mancherlei sind die Rhede). Es ist ja Meister Peter bis dahero und sonderlich zu Herzog Friedrich Zeiten, wohlgehalten, angenem und für einen redlichen Mann erkandt und gehalden, und kompt noch in seinen letzten Stunden noch ein solch Unglück und solte ehr nun auch durch öffentlich Gericht seinen alten Kopf so schändlich am Galgen lassen, oder unter den Galgen herhalten, das were doch ja erbermlich.
Wenn nun E. L. F. G. als Obersterrichter an Gottes statt Ihm wollten gnedig sein, und Ihm sein Leben (das nu auf der Gruben ohne das gehet) gennen, das were mein und unser aller hoheste Bethe, E. L. F. G. wolten um Christus willen Hierinn ein gnediges Bedenken nehmen und den elenden, verlaßenen und one des hochbetrübten Mann Hülff und Rath fürstlicher Güthe noch erzeigen, wie Sie von Gottes Gnaden solch czu thun wol werden bewegt und vermanet werden, Amen, Christus unser lieber Herr, seh E. L. F. G. ewiglich Amen

1535 Donnerstags in Osterie E. L. F. G.«

Luther faltet die Hände über dem Papier und senkt bescheiden sein Haupt.

»Zweierlei, Martin, verlangst du da von mir: Einmal soll ich den Rat der Stadt davon überzeugen, den Peter Beskendorf nicht zu verurteilen und ein Gnadengesuch an den Kurfürsten zu richten, und zum anderen soll ich dann am besten persönlich hingehen und Seine Gnaden überreden, diesem Gesuch zu willfahren.«

»So ist es, mein Lucas, du hast es wieder sofort mit dem dir eigenen Scharfsinn erfaßt.«

»Lenke nicht ab, und versuche nicht, mich mit Komplimenten zu ködern!« wehrt sich Cranach.

»Nein, nein, ich weiß ja, es ist kein leichtes Unterfangen. Aber du kennst den ehrlichen Menschen doch auch durch all die Jahre, bitte, Ratsherr, erbarm dich seiner, auf daß Christus sich am Ende deiner Tage deiner erbarme.«

»Diese Druckmittel, lieber Martin, mag ich nicht! Ich bin, der ich bin, und ich tue, was ich für richtig halte, ohne nach Strafe oder Lohn zu schielen. Sei's drum.«

Er steht auf, nimmt den Bittbrief und verläßt ohne ein weiteres Wort den Raum.

Wie es ihm gelungen ist, den Stadtrat zu überzeugen, und was es ihn an Worten beim Kurfüsten gekostet hat, erzählt Meister Lucas nicht.

Peter Beskendorf wird nach geschworener Urfehde frei – er zieht auf Nimmerwiederkehr zum Elstertor hinaus, von Luthers guten Wünschen begleitet.

»Dieses Bild, Johannes, muß ganz besonders sorgfältig verpackt werden, es geht auf eine längere Reise«, weist der Meister an.

»Wer ist denn die Dame?«

»Die Schwester unseres Kurfürsten. Ich habe sie in Weimar porträtiert. Das Bildnis ist für den Herzog von Pommern bestimmt; wenn es ihm gefällt, wird er sie hoffentlich heiraten.«

»Das ist ja wie im Märchen, Meister! Der Prinz sieht das Bildnis der holden Prinzessin und verliebt sich in sie – er muß sie besitzen, und koste es sein Leben!«

»Du bist ein hoffnungsloser Gefühlsmensch, Johannes! Das sind geschäftliche Verhandlungen wie andere mehr, es geht um Güter und Länder und Einflußsphären.«

»Gut, gut, Meister. Trotzdem, möge Euer Bild Erfolg haben!«
»Übrigens, Kurfürst Joachim II. von Brandenburg hat einen Passionszyklus, ähnlich dem in Halle, für seine Stiftskirche in Berlin bestellt! Das ist ein großer Auftrag, der mich doppelt freut: die Katholiken haben also doch noch Aufträge für uns, und ich kann die Passion gestalten. In meiner Jugend habe ich mit Holzschnitten begonnen, das Thema fesselt mich so sehr, ich möchte es gern endlich ganz und allein zeichnen, komme jedoch nie dazu. Nun bietet sich die Gelegenheit, Pflicht und Neigung zu vereinigen. Möchtest du nicht auch einmal die Leidensstationen unseres Herrn malen?«
Johannes nickt versonnen. »Ich möchte es sehr gern, Meister, aber ob ich es kann?«
»Solche Überlegungen hat ein Maler nicht anzustellen, Johannes. Du siehst eine Szene, du nimmst dir Papier und Stift und bringst sie in die Wirklichkeit, du kannst gar nicht anders. Manchmal bist du sehr unzufrieden mit deiner Abbildung, sie genügt dem Original in deinem Kopf überhaupt nicht, manchmal ist sie so einigermaßen zu erkennen, und manchmal, ganz selten, gelingt es dir, genau das in die Wirklichkeit zu bringen, was du siehst. Das ist das reinste Glück! Jedesmal, wenn du den Stift ansetzt, kann es zu diesem Erfolg kommen, vergiß es nicht, jedesmal!«

Sterben

LASSET DIE KINDLEIN ZV MIR KOMEN VND WERET INEN NICHT, DEN SOLCHER IST DAS REICH GOTTES · MARC: AM·X ·

Lucas Cranach d. J.:
Christus segnet die Kinder

Ein Schrei gellt durchs Haus. Alle, die in der Werkstatt sind, springen auf und suchen den Ursprung. Im Torweg steht die Meisterin, die Hände vors Gesicht geschlagen, von wildem Schluchzen geschüttelt, zu ihren Füßen liegt, auf der Seite, ein Dominikaner – tot. In seinem Rücken steckt ein Pfeil, der ihn in dieser seltsamen Stellung abstützt, aus den weit geöffneten Augen scheint noch immer Zorn zu sprühen. Meister Lucas legt die Arme um seine Frau, wiegt sie wie ein Kind.

»Ruhig, ruhig, Barbara, ich bin ja da. Es geschieht dir nichts. Ruhig, meine Liebe.«

Sie läßt die Arme sinken.

»Ich ... ich wollte auf den Markt gehen, da stürzt er hier herein und liegt plötzlich auf dem Boden, die Arme ausgebreitet wie ein Gekreuzigter; ich beuge mich zu ihm nieder, drehe ihn um, so weit es eben ging mit diesem Pfeil – er sieht mich an, stammelt *Papstesel*. Wie bitte, frage ich, was wollt Ihr mir sagen? Aber sein Kopf fällt zurück. Wer hat den Pfeil abgeschossen? Warum? Was bedeutet Papstesel?«

Johannes beginnt zu zittern. Das ist *sein* Dominikaner!

Barthel dreht ihn vorsichtig wieder auf den Bauch. »Es ist ein Zettel am Pfeilschaft!« ruft er und löst das Papier. Da steht: »Fluch und Tod den Inquisitoren.«

Silberbart ist auf die Straße gelaufen, kommt schwer atmend zurück. »Nichts zu sehen von einem Schützen.«

»Barthel, lauf zum Rathaus«, ordnet der Meister an, »sie sollen den Mönch holen und aufbahren und der Sache nachgehen. Silberbart, du bleibst hier bei ihm.«

Der Torweg füllt sich mit Neugierigen.

»Liebe Nachbarn, es ist, wie ihr seht, ein Mord geschehen«, sagt Cranach ruhig. »Ich veranlasse alles, um ihn aufzuklären. Ihr könnt mir dabei hier gewiß nicht helfen, denkt lieber nach, ob ihr jemanden mit einer Armbrust gesehen habt, und haltet eure Augen offen! Und nun geht bitte, ich möchte das Tor schließen.« Mit sanfter Gewalt drängt er die Leute hinaus und schiebt die Torflügel zusammen. Dann wendet er sich wieder Barbara zu, nimmt ihre Hand.

»Komm, meine Liebe, ich bringe dich hinein. Siehst du, es ist alles geregelt. Du darfst dich nicht so sehr erschrecken! Dergleichen geschieht in der Welt. Mitten in dem Leben sind wir vom Tod umfangen. Wenn es dich tröstet: Der Mönch hat nicht lange gelitten.«
»Aber so plötzlich und unvorbereitet vor seinen Richter treten zu müssen –«, schluchzt sie.
»Ein Diener Gottes sollte immer bereit sein, meine Liebe, er war es gewiß«, tröstet Lucas. Johannes steht zitternd daneben.
»Auch du solltest wieder in die Werkstatt gehen, mein Freund!« sagt Cranach. »Mir scheint, dich friert hier heraußen.«

»So«, beruhigt Cranach in der Stube, »setz dich hier in meinen Stuhl, meine Liebe. Gut, daß du kommst, Sanne«, wendet er sich an die Köchin, »mach Rotwein heiß, nimm vom besten, tu ein wenig Baldrian hinein, auch Gewürznelken und etwas vom Zucker aus den Kolonien.«
Er streicht über die zitternden Hände seiner Frau. »Nun erzähl es mir noch einmal ganz genau. Wo kam der Mönch her?«
»Das weiß ich nicht. Ich betrat gerade die Durchfahrt, da stürzte er herein.«
»Konnte er noch gehen?«
»Vielleicht einen Schritt, er fiel sofort.«
»Stak der Pfeil schon in seinem Rücken? Wurde er erst in der Einfahrt getroffen?«
»Auch das kann ich dir nicht sagen. Stell dir vor, du kommst da hinein, es ist ja dort etwas dunkel, und genau vor dir ist eine Gestalt, die sogleich zu Boden fällt. Den Pfeil sah ich erst, als er schon dalag – vorher war mir sein Rücken abgewandt.«
»Das ist richtig. Hast du vielleicht das Sirren des Pfeiles gehört?«
»Nein. Es war viel Lärm im Hof, wie immer. Lucas, was soll das bedeuten, daß er *Papstesel* gesagt hat?«
»Das möchte ich auch gern wissen. Damit ist ein Pamphlet gemeint, von Luther und Melanchthon verfaßt, *Deutung Papstesels zu Rom und Mönchskalb zu Freiberg funden*, nicht gerade schmeichelhaft für Seine Heiligkeit und für die Ordensleute. Aber es ist lange her, daß es gedruckt wurde, gewiß über zehn Jahre! Sicherlich sind die Blätter noch im Umlauf. Sollte der Dominikaner auf dem Weg zu mir gewesen sein, um sich zu beschweren? Hat die Inquisition ihre Hand im Spiel? Und wer ist der Mörder?

Ein Mensch, der durch die Schergen des heiligen Offiziums großes Leid erlitten hat, dem ein Verwandter, ein Freund dahingemordet wurde, der selbst nach Folter und Todesgefahr irgendwie entkommen ist? Ich muß aufs Rathaus.«
»Ach Lucas, laß mich jetzt nicht allein!«
»Aber du bist nicht allein, Barbara! Sieh, da kommt Sanne mit deinem Wein, er wird dich beruhigen. Das Haus ist voller Menschen, die du kennst und die dir zugetan sind. Ich bin auch bald zurück.«

Johannes ist dem Wort des Meisters nicht gefolgt. Er bleibt in dem dunklen, feuchtmodrigen Durchgang und beugt sich über den Toten, drückt ihm die Augen zu, murmelt Gebete. Dabei arbeitet es fieberhaft in seinem Kopf. Was hat der Mitwisser, der wohl einzige Mitwisser seines Geheimnisses, gewollt? Ihm sagen, daß der Auftrag erledigt ist? Ihn vors Gericht fordern? Ihn strafen ob seiner Säumigkeit? Ist nun, da er tot ist, alles vorbei, verweht wie ein Spuk in der Nacht?
Joshua, ist es zu Ende?
Ja, es ist zu Ende.
Wird nichts mehr nachkommen?
Nein.
So hätte ich meine Freiheit und meinen Frieden?
Deine Freiheit und deinen Frieden, soweit du selbst dir beides zugestehst.
Ich mir zugestehe. Als ob ich meines Glückes Schmied sei.
Du sagst es, nur du allein bist für dein Leben verantwortlich.
Deine Worte sind hart, Joshua, wer kann sie hören?
Lautes Pochen am Tor unterbricht das Zwiegespräch. Barthel ist mit dem Büttel zurück. Auch der Meister tritt gerade hinzu. »Wieso kommst du allein? Ihr sollt den Toten abholen!«
»Nein, Ratsherr, so einfach geht das nicht. Wo sollen wir ihn denn unterbringen? Er muß über Nacht schon hierbleiben. Gibt es einen Anhaltspunkt, von wo er kommt?«
Knarrend werden beide Torflügel wieder aufgeschoben, der Amtsdiener kniet nieder und untersucht den Dominikaner. Er leert seine Taschen aus – ein paar Münzen, sonst nichts. Kein Hinweis auf Identität und Herkunft.
»Das beste ist, wir bahren ihn auf dem Markt auf und lassen ausrufen, daß die Bürger kommen und ihn ansehen sollen, vielleicht kennt ihn einer!«

»Gut«, nickt der Meister.
»Ihr habt gewiß Böcke und eine Tischplatte in der Werkstatt, Meister Cranach. Laßt das durch Eure Leute besorgen.«
Lucas winkt Johannes, der sich auf den Weg macht. Es ist seltsam leer in seinem Kopf. Eigentlich sollte er unendlich erleichtert und froh sein, aber er empfindet gar nichts.
Lehrjungen bringen die Platte. »Was ist mit dem Pfeil? Sollen wir ihn herausziehen?«
»Ich mach's«, sagt der Büttel. Mit einem Ruck reißt er ihn hoch, ein wenig Blut und Gewebewasser sickern nach. Gemeinsam drehen sie den Körper auf den Rücken und legen ihn aufs Holz, falten die Hände um das Kreuz des Rosenkranzes. Vier Mann tragen die Platte, zwei folgen mit den Böcken, der Meister geht hinterdrein. Johannes bleibt unterm Tor stehen.
Endlich kehrt er in die Werkstatt zurück, setzt sich an seinen Schreibtisch. Da ist die Bezahlung für das große »Messen-Bild« im Torgauer Schloß zu verbuchen, im Wittenberger Schloß soll eine Decke mit Engeln und Wolken ausgemalt werden, ein großer Auftrag für Torgau steht ins Haus: die Uhrzeiger sollen vergoldet werden, der große Knauf auf dem Hausmannsturm und 86 Knäufe auf Giebeln. Johannes rechnet aus, daß hierzu der Meister mit beiden Söhnen, vier Gesellen und zwei Lehrknaben hinfahren muß und wohl einige Zeit beschäftigt sein wird. Die Feder kratzt über das Papier. Es tut ihm gut, zu arbeiten und nicht zu denken.
Cranach kehrt schon bald zurück.
»Hört her!« ruft er mitten in der Werkstatt. »Der Fall scheint gelöst! Ein Torwächter kam ins Rathaus und berichtete folgendes: Ein Reiter sei durchs Stadttor galoppiert, so überraschend und schnell, daß er ihn nicht habe aufhalten können. Der Mann hatte eine Armbrust auf dem Rücken. Mehr war nicht herauszubringen, außer daß das Pferd ein Rappe und der Reiter schlicht und unauffällig gekleidet war. Als unser Wächter auf dem Turm ankam, war der Fliehende nicht mehr zu sehen. Erstaunlich, nicht wahr? So schnell kann er doch gar nicht geritten sein! Ob er sich in den Elbauen verborgen hält? Die Stadtsoldaten sind ausgeschwärmt, um ihn zu suchen, und Wächter halten auf allen Türmen nach ihm Ausschau.«
Sie finden ihn nicht. Es meldet sich auch niemand, der den Mönch identifizieren kann. Der Dominikaner wird endlich auf Kosten des Rates an der Friedshofsmauer begraben. Johannes gibt ihm als einziger das Geleit. Es gelingt ihm, ehrlichen Herzens zu beten:

»Herr, gib ihm die ewige Ruhe, und das ewige Licht leuchte ihm. Laß ihn ruh'n in Frieden.«
Einige Tage wird noch auf dem Markt und in den Schenken über die Geschichte gesprochen, dann gerät sie in Vergessenheit. Sie wird in keiner Chronik erwähnt.

»Weißt du noch, Lucas, wie du so stolz darauf warst, die Miederschnüre malen zu dürfen?« fragt Johannes den jungen Meister, »und jetzt malst du die Gesichter! Ich muß diese neue Fassung von *Christus und die Ehebrecherin* immer wieder ansehen. Fast alles ist anders. Die Parteien haben die Seiten gewechselt, jetzt stehen die Guten rechts und die Bösen links von Jesus. Die Sünderin wird an beiden Händen gehalten, sie hält das Haupt geneigt und die Lider gesenkt, und der Herr – verzeih mir, Lucas –, er ist so anders, er wirkt erdenfern, nicht mehr in unsere Verwirrungen verstrickt. Sicherlich tue ich dir unrecht, aber der Jesus deines Vaters auf den alten Bildern ist mir so nah.«
»Das kann ich gut verstehen, Johannes, mir ist er auch lieb. Den Jesus habe übrigens nicht ich gemalt, sondern Hans.«
»Und der Vater führte das Gesicht des Pharisäers zur Linken Jesu aus mit dem Wald von einem Bart und der hingestreckten Hand, nicht wahr?«
»Ja, so ist es.«
»Doch, ich muß mich korrigieren, es ist ein ausdrucksstarkes Bild, alles, was recht ist. Und nun sollte ich endlich die Torgauer Abrechnung machen.«

Arbeiten am Torgauer Schloß, durchgeführt von Lucas Cranach mit zwei Söhnen, vier Gesellen und zwei Lehrlingen Mai bis September 1536

Cantate. 30 Gulden Meister Lucas Cranach von den Speren [Uhrzeigern] *am Hausmannsturm zu malen und zu vergolden.*
49 Gulden 4 Groschen von 91 Knäuf auf die Giebel zu malen und vergolden, von jeglichem 12 Groschen.
4 Gulden idem von dem großen Knauf aufs Hausmannsturm zu vergülden. Solchs Gold ist alles sein gewesen.
204 Gulden 51 Buch Feingold von Leipzig geholt bei Wolfin

Brennßdorff und Caspar Wolesthlachen, jedes Buch vor 4 Gulden. Solch Gold hat Meister Lucas zu den Stuben und Rosen, auch am Feinwerk, so vergüldet, verbraucht laut seiner übergeben Zetteln.
8 Gulden 12 Groschen auf seine Person Maler gangen sechs Person haben Lohn empfangen, darunter sein zweiter Sohn, jeglicher 11/2 Florin, die anderen jeglicher 1 Florin. Meister Lucas samt zwen Lehrknaben haben nicht Lohn empfangen.
16 Gulden für die Holztafel darauf das Evangelium von der Ehebrecherin gemalt, zu Wittenberg gemacht.
16 Gulden vor die Tafel und das Futter [Futteral-Kiste] *zu machen darauf der Lazarus gemalt.*
10 Gulden vor die zwo Tafeln in die Saalstuben, Maria Bild und Lukretia, hat er zu Wittenberg gemacht.
2 Gulden 12 Groschen für 36 Ellen Ulmer Leinwand, ein Ellen für anderthalb Groschen, darauf Christus und der Papst gemalt in der Saalstuben.
1 Gulden 18 Groschen für 26 Ellen Leinwand, darauf die 26 Wappen in die Gewehrstuben gemalt.

»Weißt du, Johannes«, sagt Lucas der Jüngere, »die Arbeit in der Spiegelstube macht mir viel Spaß –«
»Erklär mir bitte, was ist die Spiegelstube?«
»Du kennst den Wendelstein im Torgauer Schloß?«
»Freilich, es ist mir immer wieder ein Vergnügen, diese runde Treppe rauf oder runter zu steigen und dabei durch die filigranen Steinmetzarbeiten, die Felsen in Spitzenwerk verwandelten, nach unten zu schauen.«
»Ganz oben im Wendelstein gibt es eine Stube, zwischen den schönen Fenstern mit Spiegeln ausgestattet, es ist eine Pracht! Das Sims dort haben Paul Ryß, Hans Rentz und ich vergoldet, der Vater selbst aber hat den Fries ausgemalt, und Barthel, der Lehrknabe, war sehr beschäftigt, uns mit allem Notwendigen zu bedienen. Du weißt, was es für ein Umstand war, die acht Rahmen mit den gemalten Tüchern für die Decke nach Torgau zu bringen, wir brauchten zwei Pferde vorm Wagen, aber als wir sie dann glücklich angebracht hatten, war es der Mühen wert. Die Bilder von Wasserjagden an der Decke spiegeln sich, durch die Lichtre-

flexe entsteht der Eindruck, als bewegte sich das Wasser, auch die Tiere und Jäger – dazu überlagern sich die Abbilder der zwölf Tafelgemälde an den Wänden mit den Jagdszenen. Daher hast du, sobald du in die Stube kommst, das Gefühl, um dich herum bewege sich farbiges Leben. Das ist märchenhaft.«

»Wirkt es nicht auch ein bißchen umheimlich?«

»Vielleicht für ängstliche Naturen, besonders in der Dämmerung – Mutter würde sich da nicht wohl fühlen, aber mir gefällt es! Ganze vier Tage haben wir daran gearbeitet – nun ist alles fertig. Schade!«

»Daß ihr euch nur von Stund an ordentlich benehmt!« brummt der Meister, in die Werkstatt tretend. »Und laßt es ja nicht an der nötigen Ehrfurcht fehlen: Ich bin Bürgermeister und oberster Gerichtsherr unserer schönen Stadt Wittenberg!«

»Vivat! Hoch soll er leben!« rufen die Gesellen.

Ein großes Fest wird im Cranach-Haus gefeiert: Tochter Ursula heiratet! Die Stadt schenkt Wein im Werte von neunzehn Groschen, vier Pfennigen, der Hof sendet zehn Doppelschaugroschen, einen Hirsch und zwei Rehe. Barbara weiß nicht, wo ihr der Kopf steht, die Köchin Sanne ist hochrot im Gesicht, als würde sie gleich der Schlag treffen, so heizt ihr die Arbeit am Herd ein, Gäste schwirren in allen Räumen umher. Der Brautvater sitzt am Kopfende der prächtig gedeckten Tafel, Luther zu seiner Rechten, auch Johannes hat hier seinen Platz.

»An den Kindern sehen wir am besten, daß wir alt werden«, bemerkt Lucas zu Luther, »nun ist das Urselchen eine Ehefrau und verläßt mein Haus; habe ich ihr nicht gestern erst ein Bilderbuch gemalt? Und Hans will unbedingt auf Wanderschaft gehen, nach Italien, er liegt mir damit dauernd in den Ohren. Barbara mag nichts davon hören – so weit fort in diesen unruhigen Zeiten, und ganz unrecht hat sie damit ja nicht. Andererseits verstehe ich den Jungen gut. Wie viele Anregungen habe ich in Österreich und den Niederlanden gewonnen! Und Albrecht Dürer rühmte die italienischen Maler und die südlichen Landschaften über alle Maßen. Er könnte auch in Bologna die Rechte studieren, das würde ihm wohl zustatten kommen bei der Verwaltung unseres Unternehmens! Was meinst du, Martin?«

»Wir sind in Gottes Hand, wo wir gehen und stehen, in Bologna so gut wie in Wittenberg. Wenn Hans es als seinen Weg ansieht, dort zu lernen, so laß ihn in Gottes Namen ziehen. So oder so wird sich sein Schicksal erfüllen.

Ich weiß, wie einem Vater ums Herze ist, wenn sein Kind von dannen zieht, und wie sehr er sich sorgt. Aber daß sie aufbrechen und uns hinter sich lassen, ist der Lauf der Welt, und irgendwann müssen wir's erdulden.«
»Danke, Martin. So soll es denn wohl sein.«

Als Hans aufbricht, eilen alle im Hof zusammen, um Abschied zu nehmen. »Ihr Lieben, seid doch nicht traurig!« bittet er. »Ich weiß mich vor Freude ja gar nicht zu lassen, wo ich nun endlich tun kann, was ich mir schon lange, lange wünsche! Ich werde aufmerksam alles beobachten, was es unterwegs zu sehen gibt, und in mein Buch schreiben und zeichnen, damit ihr nach meiner Rückkehr daran teilhaben könnt! Liebe Frau Mutter, so weint doch nicht. Ihr werdet mich bald glücklich und wohlbehalten wiedersehen.«
Und schon ist er zum Tor hinaus. Mit hängenden Köpfen gehen sie an ihre Arbeit zurück, während die Meisterin über den Markt hinüber zur Stadtkirche läuft und den Himmel mit ihren Gebeten bestürmt.

Die Malbuben sind nicht bei der Sache; einer nach dem anderen laufen sie hinaus auf den Marktplatz. Dort tun sich wundersame Dinge! Ein großes quadratisches Podest wird aufgebaut mit mehreren breitstufigen Treppen, rechts und links davon entstehen aufsteigende Tribünen, fremde Menschen zimmern, hämmern, lachen. Ihre Wohnwagen sind bunt bemalt, die Pferde struppig und mager. Es ließe sich herrlich Verstecken spielen zwischen alldem Durcheinander und Fangen, indem man um die Balken und Wagen tobt. Man findet Holzreste, Nägel, bunte Stoffetzen, so etwas kann ein Maler gut gebrauchen! Eifrig spähen die Jungen durch die Fenster oder versuchen, einen Blick in offene Wagentüren zu werfen: Schauspieler sind immer von Geheimnissen umweht. Es wird eine Theateraufführung geben! Sie halten schon nach günstigen Plätzen in den Bäumen oder auf einem Wagendach Ausschau; denn es fehlt ihnen das Geld für den Eintritt.
»He, Jungs, packt doch mal mit an!« ruft einer der Fremden. »Ihr könnt euch freien Eintritt verdienen.«
Das lassen sie sich nicht zweimal sagen. Eifrig schleppen sie Bretter für die Bühne und vergessen darüber die Zeit. Zum Glück ist der Meister nicht im Hause. Sanne, die Köchin, ist zwar sehr ärgerlich, daß sie das kleine Volk vom Marktplatz zum Essen holen muß – aber ihr Schimpfen läßt sich ertragen.

»Hier am Brunnen werden jetzt erst einmal die Hände ordentlich gewaschen. Himmel, wie ihr ausseht! Wißt ihr denn wenigstens, was gespielt werden soll?«
»Freilich: der Würzburger Totentanz! Das wird ein Spektakel: Der Papst tritt auf, auch die Kaiserin, der Erzbischof und überhaupt ganz viele Herrschaften in prächtigen Gewändern.«
»Dafür sind eure Gewänder alles andere als prächtig! Wie soll man die wieder sauber bekommen?«
»Ach Sanne, seid nicht böse, wir reiben sie mit den nassen Händen ab, seht Ihr, so –«
Max setzt seinen Einfall gleich in die Tat um.
»Nein, nein!« schreit die Köchin. »So macht ihr aus dem Staub erst recht Flecken. Ach, ihr seid unleidlich, marsch, rein ins Haus!«

Ein milder Sonntagnachmittag im Oktober. Lustig flattern die bunten Fahnen der Schausteller an den mit Bändern umwundenen Stangen, die Musikanten spielen auf. Wie sich der Marktplatz verändert hat! Jobst, einer der Maljungen, zieht einen Fetzen Papier und einen Stift aus der Tasche, um die bunte Szenerie aufzuzeichnen. An der Seite des Platzes, wo es zur Stiftskirche geht, ist auf einem Podest die Bühne errichtet; im Hintergrund stehen verkleidete Aufbauten. Rechts und links säumen Tribünen mit Bänken für die gut zahlenden Zuschauer die Bühne. Voller Erwartung nimmt man seine Plätze ein: Honoratioren der Stadt und wohlhabende Bürger steigen über die knarzenden Treppchen zu den Bankreihen, die Malbuben sitzen hoch oben auf der letzten Bank und schaukeln so wild, daß die ganze Tribüne in Bewegung gerät. Johannes spricht ein Machtwort. Vor der Bühne haben die Schausteller fast den ganzen Marktplatz mit roten Seilen eingezäunt, hier sind die Stehplätze für das einfache Volk. Da geht es lustig zu wie auf der Kirchmess: Bauern verhandeln ihr Korn und ihre Pferde in lauter Wechselrede, Frauen stillen ihre Säuglinge, Kinder toben umher und spielen um die Erwachsenen herum Ringelreihen und Fangen – fast bedauern die Malbuben, nicht dort unten geblieben zu sein –, fliegende Händler preisen ihre Waren an: ein Mann verkauft aus einem großen, brodelnden Kessel Würstchen, die Bäckerin bietet frische Krapfen an, deren Duft Appetit macht, es gibt Wasser, Wein und Bier gegen den Durst. Die Kiepe des Holzschnitzers aus dem Erzgebirge ist mit buntem Spielzeug behangen, in der Hand läßt er einen Hampelmann verführerisch tanzen. Ein Buchhändler bietet in seinem Bauchladen Totenbüchlein feil. Endlich wird die große Trommel geschlagen, und Stille breitet sich auf dem Markt aus – nur die Fähnchen knattern im Wind.

Der Vorhang wird zurückgezogen und gibt den goldenen Thron des Papstes frei, der da in all seiner Pracht und Macht sitzt, die Tiara auf dem Kopf, den Hirtenstab in der Hand. Von links unten kommend, hinkt und krabbelt eine seltsame Gestalt nach oben, ein weißes Skelett mit einer blitzenden Sense in der einen und einem Stundenglas in der anderen Knochenhand: Stöhnen des Publikums empfängt den Freund Hein, den Schnitter Tod, den Sensenmann. Er winkt dem Papst mit der Sanduhr – eine Flöte tönt klagend und lockend zugleich.

»Ich war ein heilger Papst genannt,
dieweil ich lebt, ohn Furcht bekannt.
Nun werd' ich geführet freventlich
zu dem Tod. Ich wehr mich üppiglich.«

Die Flöte wird lauter. Der Tod erwidert unbeeindruckt:

»Herr Papst, merkt auf der Pfeifen Ton,
Ihr sollet danach springen schon,
es hilft davor kein Dispensieren,
der Tod will Euch den Tanz hofieren.«

Gar zierlich verneigt sich das Skelett, stellt die Sanduhr auf der ersten Thronstufe ab und bietet dem Papst die Hand. Willenlos ergreift er die knöchernen Fingerspitzen und läßt sich als erster zum Reigen führen, der ernst und getragen von den Musikanten gespielt wird. Hinter den Personen schließt sich der Vorhang, und nachdem sie ihren Tanz absolviert haben, kommt der Kaiser in prächtiger Rüstung auf stolzem Roß hervor. Auch ihm winkt der Sensenmann und ruft ihn mit der Flöte.

Der hohe Herrscher ist befremdet, empört ruft er:

»Ich konnt das Reich in hohen Ehren
mit Streit und Fechten wohl gemehren,
nun hat der Tod überwunden mich,
das ich bin weder Keiser noch Menschen glich.«

Der Tod stellt dem Kaiser ein kleines Treppchen zum Absteigen bereit und spricht:

»Herr Kaiser, Euch hilft nit das Schwert,
Zepter und Krone sind hier unwert.
Ich hab Euch an die Hand genommen,
Ihr müßt in meinen Reigen kommen.«

Der Herrscher steigt vom Pferd und tanzt in eleganter Haltung den Todesreigen. Die Zuschauer sind so gefangen von der Handlung, daß sie gar nicht merken, wie hinter dem Vorhang ein neues Bild vorbereitet wird: ein reich geschmücktes Gemach mit goldenem Himmelbett, auf weichem, seidenem Pfühl liegt, wunderschön anzusehen, die Kaiserin. Sie klagt:

»Wollust hätt meiner stolzer Leib,
so ich lebt als eines Kaisers Weib.
Nun hat mich der Tod zu Schanden bracht,
daß mir kein Freud ist mehr erdacht.«

Der Tod dreht eine Pirouette und spottet:

»Ich tanz euch vor, Frau Kaiserin,
springt mir nach, der Reigen ist min.
Die Speerbrecher sind von Euch gewichen,
der Tod hat Euch allein erschlichen!«

Und sie muß mit ihm gehen. So wird einer nach dem anderen abgeholt: Der König. Der Kardinal. Der Patriarch. Der Erzbischof. Der Herzog. Der Bischof. Der Graf. Der Abt. Der Ritter. Der Jurist. Der Chorherr. Vierundzwanzig Menschen werden aus ihrem Alltag herausgerissen. Jeder hat dringende Gründe vorzubringen, warum er gerade jetzt nicht sterben kann, nicht sterben darf, wie wichtig er in seinem Amt für den Erhalt der Welt ist. All ihren Protesten sind die drängenden Fragen gemeinsam: Warum gerade jetzt, warum gerade ich?
Der Arzt, der so viele Menschen durch *»Harn schauen«* gesund gemacht hat, weiß kein Mittel gegen seine eigene letzte Krankheit. Mit *»Kisten und Kasten voll«* will der Kaufmann den Tod bestechen. Das *»Nünlein«*

[Nönnlein] klagt, es habe sein Leben lang Gott auf den Knien gedient, aber auch das wird nicht akzeptiert: *»Was hilft mich nun mein Beten?«* Der Koch kann *»des Köstleins nicht finden, den Sensenmann zu überwinden«*. Die Edelfrau möchte sich eigentlich an der Musik erfreuen, doch *»dis Tanzgesang hie fälschlich lügt«*. Dem Chorherrn – er hat jahrelang so *»manch lieblich Melodie«* gesungen – tun die Pfeifentöne in den geübten Ohren weh. Wie oft hat der Bauer sein schweres Los beklagt und sich den Frieden des Todes gewünscht, nun will er nichts von ihm wissen. Der einzige, der sich kaum wehrt, ist der Krüppel. Zeitlebens war er ausgeschlossen, verlacht und verachtet, nun endlich kann er mit all denen, die ihm nur Verachtung gezeigt haben, im Reigen gehen, diese Genugtuung versüßt ihm die Todesangst.

Alle gemeinsam umrunden sie, vom Skelett angeführt, die Bühne, und der Prediger spricht dazu das Schlußwort.

»O Mensch, sieh, wie du tust,
wann in der Erd du faulen mußt.
Du warst noch so hoch oder so weis,
du mußt werden der Würm Speis,
gedenk, du mußt manchen schönen Tag
liegen und faulen in dem Grab.
Und niemand nit weiß von dir.
O armer Mensch, wes warten wir?
Wir wissen weder Zeit noch Stund,
morgen tot, heute gesund.
Niemand weiß seines Lebens Frist
als lang, als ein kleines Weilen ist.
Wir warten des, das niemand sicht,
das uns Herz und Leben zerbricht.

O Mensch, kehr von Sünden und ruf an
Mariam, die dir helfen kann.
Geb Gott die Seel, er dir sie gab,
so machst du an dem Jüngsten Tag
vor Gott fröhlich erstahn,
willst du von Sünden lahn.«

Dumpf klingen die Paukenschläge – der Vorhang schließt sich.

Barbara Cranach ist tief beeindruckt. In ihre Gedanken versponnen, geht sie mit gesenktem Kopf über die Straße, durch den Torweg, ins Haus, in die Stube – ein Stöhnen läßt sie aufschauen: am Ende des Tisches sitzt in seinem Stuhl Lucas, den Kopf tief über Papiere und Skizzenbücher gebeugt. Noch hat er sie nicht wahrgenommen. Barbara erschauert, irgend etwas Eisiges, Schreckliches ist hier: Mitten in dem Leben sind wir vom Tod umfangen, geht es ihr durch den Sinn, sie hört die dumpfen Paukenschläge. Skizzenbücher, sie tritt näher, eines ist aufgeschlagen: eine Zeichnung, eine Landschaft, sie kennt diese Art – wer zeichnet so?
»Hans!« schreit sie.
Lucas fährt hoch, steht auf, umschlingt sie weinend.
»Hans«, murmelt sie, über Haare, Schultern, Hände ihres Mannes streichend, »sag nichts, Lucas. Hans ist tot.«

Stille breitet sich in den Cranachschen Häusern und Höfen aus, keiner spricht über das Notwendige hinaus, selbst die Malbuben sitzen schweigend und auffallend brav an ihren Plätzen. Die Meisterin bringt Johannes ein Gedicht. Der vierundzwanzigjährige Johannes Stigel hat es zum Gedenken an seinen Freund Hans Cranach verfaßt. Es ist lateinisch. »Übersetze es mir, und schreib es mir auf«, bittet sie, »damit ich es immer aufs neue lesen kann.«
Johannes nickt und spitzt die Feder:

Auf den frühen Tod Johann Lucas, Sohn Cranach's

Tot bist du also, Geliebter! Es täuschte die Fama uns nicht,
Kunde zuerst die gebracht deines Verscheidens hierher?
Unter dem fremden Bezirke des Himmels erlagst du der Parze,
Welchen sie schmeichelnd geschont unter dem Heimatgestirn?
Willig zu täuschen doch sonst, warum täuschte die Fama nicht jetzo?
Völlig entbehren der Treu sollte sie mindestens hier ...
Teuerster Jüngling Johannes, dem Cranach, dem Vater, geborner,
Welch feindselig Gestirn dir und den Deinen ich klag'?
Du, der so trefflich an Geist, wie nicht geringer an Kunst,
Scheidest unzeitig dahin, in der zartesten Blüte der Jugend,
Längeren Lebens war keiner so würdig als du.

Saat so welkt sie hin, die erhoffte des fleißigen Pächters,
Wenn sie unzeitiger Sturm, wenn sie das Wetter verderbt.
Als dich freute zu gehen an fernere Küsten erliegst du,
liegest mit Erde bedeckt, Fremdling, von niemand gekannt.
Und mit dir in die Urne versinken die Hoffnungen alle,
Welche das Sachsenland kürzlich von dir noch gefaßt.

Die zu verheißen es wagten, du werdest dereinst so erhaben,
gleich wie Dürer es war, prangen in eurer Kunst.
Selbiges sagten die Träume, die grundlose Worte nicht sagen,
Künden in nächtlicher Weil', was ist der Wahrheit gemäß …

Offene Trauer bezeugtet des Vaters, des treuen und klugen,
Daß er im Herzen erlitt nimmer so bitteres Leid.
Nicht der männliche Ernst, die Gewohnheit kann es nicht mindern,
Siegend, das männliche Herz kämpfet darnieder der Schmerz.
Wälder, belaubte, zu malen er hatte im Sinne, und Taxus
Bleichenden, was er gemacht, siehest du nur an dem Platz.
Zweige zu bilden von Edens Baume, die grünen, begann er,
Dessen so süßer Geschmack Even Verderben gebracht:
Anderes hatt' er im Sinne, die Rechte sie formte Cypressen,
Sicheren Todesfall deutet dieses für ihn.

Barbara klagt um die Wette betrübt mit dem Gatten, sie sieget
Weinend, nimmer als würd' wieder als Mutter sie froh …

Banne, o Mutter, die Tränen, verbanne die leere Befürchtung!
Rücksichtslos ist der Tod, achtet nicht Tränen im Aug'.
Halte in Tränen ein Maß und dem Schmerze die Zügel verkürze,
Vater, du bringst den Sohn damit nicht wieder zurück.
Bleibet dir jetzo und sei er, ich flehe! der andere Lucas,
Gleiche er jenem an Geist, gleiche er ihm an Talent.
Er mag trocknen die Tränen und lindern die Schmerzen des Vaters,
Alles er reichlich besitzt, was dir das Weinen verwehrt.

Doch du würdig, Johannes, beglückteren Loses, so wert, daß
Freundlich gesinnet dir sei himmlischer Götter Verein;
Sei's, du bewohnest elysische Flur, sei's himmlische Zone,
Lebest darinnen vereint unter der Seligen Chor;
Laß dies Klagegedicht, dir gesandt von der Heimaterde,
Irgendein Lüftchen von hier bringen vernehmlich dem Sinn!
Vielleicht schreibet ein Freund, der Gerechtigkeit ehret und Rechtes,
Diese nur wenigen Vers' auf das dich bergende Grab:
Unter dem Hügel lieget Johannes, von Cranach's Geschlechte,
Lucas Malers Sohn, Maler er selber auch war.
Hätte das Schicksal vergönnt, daß er sehe ein billiges Alter,
Wahrlich er würde des Ruhmes höchster geworden der Kunst.
Deutschland klaget den Geist, es beklaget den trefflichen Meister,
Welschlands Boden birgt das ihm fremde Gebein.

Johannes streut Sand über die Schrift. Er hat schon die Hand erhoben, um einem Malerbuben zu winken, läßt sie aber wieder sinken, nein, das muß er der Meisterin wohl selber bringen, so schwer es ihm auch fallen mag.
Cranach ist die meiste Zeit außer Hauses beschäftigt: in Torgau gibt es viel Arbeit, als Bürgermeister muß er im Rathaus sein, selten sitzt er vor seiner Staffelei. Er sieht elend aus und spricht so wenig wie möglich. Er arbeitet wie besessen.
Der 1. Dezember 1537 ist ein grauer, trüber Tag. Dunkler Himmel hängt tief über der Stadt. Es wird auch mittags nicht richtig hell. Beim Abendessen sitzen alle gefaßt zu Tisch, stillen hastig ihren Hunger und verlassen den Raum, in dem schwere Schatten umzugehen scheinen. Lucas und Barbara bleiben allein zurück, schweigen erschöpft, starren trostlos auf die gefalteten Hände.
Fast unwirsch schauen sie auf, als die Magd Besuch hereinbringt: Katharina und Martin Luther.
»Ach Martin, daß du kommst«, beginnt Lucas, »vielleicht kannst du mein Herz etwas beruhigen. *Es ist ja nicht nur, daß wir einen lieben und gehorsamen Sohn verloren haben. Über unsere natürliche Liebe und Neigung hinaus plagt uns das Gewissen und läßt uns Tag und Nacht keine*

Ruhe. Waren wir nicht seines Todes Ursache? Denn wir haben ihn dahin geschickt, wo ihn das Schicksal ereilte!«

Luther antwortet:

»Wenn das gülte, so wäre ich so hoch eine Ursache als ihr: denn ich habe es euch und ihm getreulich geraten. Wir haben's aber nicht in der Meinung getan, daß er sterben sollte, unser Gewissen gibt uns Zeugnis, daß ihr ihn viel lieber lebendig wüßtet, ja viel lieber selber stürbet, und all euer Gut lieber verlieret.«

Lucas weint. Luther wendet sich ihm zu: *»Lieber Meister Luca, halt stille, Gott will euren Willen brechen, denn er greift einen gern an, da es ihm am wehesten tut, zur Tötung unseres Adam.«*

Cranach nickt nur stumm. Vor ihm liegen die Skizzenbücher seines Sohnes, er blättert darin: »Sieh, Martin, von Nürnberg bis zum Gardasee hat er Tagebuch geführt: hier siehst du Gebäude und Landschaften aus Tirol, hier das Jagdschloß Sigmundsburg bei Fernstein, das muß ihm gut gefallen haben, er hat es auf einer ganzen Seite sorgfältig ausgeführt. Wie schön ihm diese jungen Frauen gelungen sind – eine Judith, schaut her! *In silentio et spe erit fortitudo vestere*, in Schweigen und Hoffnung wird euere Stärke sein.

Hat er dieses Äffchen nicht ausgezeichnet wiedergegeben, seine verschiedenen Stellungen – er war ein guter Beobachter –, was steht darunter: *Täte Lügen so weh wie Steine tragen, würde oft mancher Maler sein Maul halten. – Ich hoffe und schweige.*

Ich hoff noch. Schweig, meid den Neid.
Sein Not niemand klag,
An Gott nicht verzag.
Glück kumpt alle Tag.
Geduld stillt Hader.
Verlust macht trauern. ---«

Lucas schlägt die Hände vor sein Gesicht. Barbara legt ihren Kopf auf Käthes Schulter, die sie gleich liebevoll umschlingt, beide weinen bitterlich. Verlust macht trauern!

Johannes fertigt die Post ab, dabei gerät ihm ein Schreiben des Meisters in die Hand. Lucas dankt dem Gothaer Pfarrer Friedrich Myconis für das zum Tode von Hans durch Magister Jan Woezer überbrachte Beileidsschreiben.

»Ich hätt Euch viel zu schreiben, hab aber viel zu schaffen. Der allmächtig Gott will mich der Welt ganz müd machen ...«, liest Johannes. Ja. Viel zu schaffen, das ist wohl wahr. Die Werkstatt muß neu organisiert werden. Hans hatte vielfältige Aufgaben erfüllt, die man für die Zeit seiner Abwesenheit nur provisorisch umverteilt hatte, nun wird der zeichnungsberechtigte, selbständige Vertreter des Hauses Cranach nicht mehr wiederkehren. Lucas der Jüngere muß in seine Fußstapfen treten, Johannes ist wieder fest in die Organisation, den Ein- und Verkauf eingebunden. Vieles nimmt der Meister selbst auf sich, Tag und Nacht arbeitet er, gönnt sich keine Ruhe, er sagt, er könne nicht schlafen.
Traurig verbucht Johannes eine Bezahlung aus Torgau für Hans Cranach, der einundzwanzig Wochen am Schloß gearbeitet hat, sowie für zwei Tücher, Himmelfahrt Christi und Höllenfahrt des Papstes, Bildnisse Philipps von Braunschweig, des Erzbischofs von Köln, der Kaiser Otto und Sigismund; elf Tücher für die Stammstube.

25. August 1538, ein schöner Sommerabend: Cranachs und Luthers sitzen im Hof unter den Bäumen, genießen ihren Wein.
»Das Zauber- und Hexenwesen greift um sich, daß es nicht mehr zu ertragen ist!« klagt Luther. *»Sie holen die Eier aus den Hühnernestern, Milch und Butter stehlen sie – mit denselben soll man keine Barmherzigkeit haben. Wegen ihres Bundes mit dem Teufel sollen sie zu Recht verbrannt werden. Es ist nicht wegen des Milchdiebstahls, sondern um der Lästerung willen, die sie wider Christus tun.«*
»Ich kenne dich nicht in diesen Worten, Martin!« empört sich Katharina. »Wie magst du solch arme Frauen grundsätzlich zu einem so grausamen Tod verurteilen, glaubst du wirklich und wahrhaftig, daß sie es mit dem Teufel treiben?«
»Aber sie bekennen es doch und beschreiben es ausführlich!«
»Ja, unter der Folter! Bei diesen entsetzlichen Qualen würde wohl ein jeder alles bekennen und beschreiben, was man von ihm verlangt! Das kannst du nicht ein Geständnis nennen.«
»Sicherlich – wo man die Wahrheit anderweitig ausforschen kann, darf man die Folter nicht anwenden, um Gott nicht zu versuchen. Die Folter dient ja nur dazu, ein Geständnis herbeizuführen, ohne dieses wäre doch eine rechtmäßige Verurteilung nicht möglich.«
»Vielleicht ist sie ja nicht rechtmäßig, weil das durch die Folter erzwun-

gene Geständnis nicht der Wahrheit entspricht«, gibt Käthe zu bedenken.

»Käthe, rede nicht von Dingen, die du nicht verstehst!« fährt Luther ihr hart über den Mund. *»Magister Spalatino zeigte mir unlängst an, wie ein Mägdlein aus Altenburg bezaubert ward, daß sie Blut weinete, und wenn die Zauberin an einem Ort wäre, man sie doch gleich nicht sähe noch von ihr wüßte, wo man doch ihre Gegenwart fühlte. Mit solchen soll man zur Strafe eilen! Die Juristen wollen zu viele Zeugnisse und Beweise haben, sie verachten die göttlichen Gesetze. Ich habe dieser Tage einen Ehehandel gehabt, da das Weib den Mann mit Gift umbringen wollte und das Eidechsen gebrochen hat. Und da man sie peinlich befragte, wollte sie dennoch nicht bekennen. Denn solche Zauberinnen sind stumm und verachten die Pein. Der Teufel läßt sie nicht reden. Solche Taten geben Zeugnis genug, daß man sie hart bestrafe, um andere zum Exempel abzuschrecken.«*

»Herr Doktor der Theologie!« Käthe richtet sich in ihrem Stuhl auf. »Hast du es je miterlebt, wie so ein armes Wesen geschunden und gequält wird?«

»Mein Herr Käthe, werde nicht persönlich! *Wie die Juristen fein künstlich disputieren und von mancherlei Art der Rebellion und Mißhandlung wider die hohe Majestät reden und unter anderem erzählen, daß derjenige, wenn er von seinem Herrn feldflüchtig und treulos wird und wenn er sich zu den Feinden begibt, all diejenigen erkennen sie zur peinlichen Frage an Leib und Leben. Also auch, weil die Zauberei ein schändlicher und greulicher Abfall ist, da solch einer sich von Gott, dem er gelobt und geschworen ist, zum Teufel, der Gottes Feind ist, wendet, so wird er sie billig an Leib und Leben strafen.«*

»Ach Martinus, wenn du auf den Abfall von Gott kommst und die Gefährdung der menschlichen Seele durch den Teufel, dann bist du nicht dazu zu bewegen, körperliches Leid zu beachten. Wir wissen das. Mutet dir deine Krankheit nicht auch manchmal sehr starke Schmerzen zu?«

»Das kennst du zur Genüge. Wenn der Stein mich plagt, würde ich gern sterben, nur damit die Qual ein Ende hat.«

»Würdest du diese Schmerzen einem anderen Menschen wünschen?« Luther in seiner Herzenseinfalt antwortet ehrlich und merkt nicht, daß sie ihn in eine Falle lockt. »Keinem Menschen, nicht meinem ärgsten Feind, auch einem Mörder nicht, möchte ich diese Schmerzen zugemutet wissen.«

»Danke, mein Lieber«, Käthe legt ihre Hand auf die seine, »da spricht dein mitfühlendes Herz. Die Folter aber ist tausendmal schlimmer!«

»Woher willst du das wissen?«

»Ich habe eine der Hexerei Angeklagte im Turm besucht, ich habe ihre Hände und Füße gesehen, die nur noch blutige Klumpen waren, versucht, die Schmerzen ihrer gebrochenen Glieder zu lindern, die Brandwunden zu behandeln. Und sie war unschuldig.«

»Wer sagt das?«

»Ich kannte sie über viele Jahre, ich habe mit ihr Kranke gepflegt und Kindern auf die Welt geholfen, manche Nacht haben wir zusammen an einem Leidensbett gewacht, um Gotteslohn.«

»Aber – hat sie gestanden?«

»Sie hat gestanden, Martinus, weil sie die Qualen nicht mehr ertragen konnte. Wie lange würdest du mit Steinschmerzen widerstehen?«

Luther senkt den Kopf. »Ich weiß nicht, Kätha.«

»Sie war unschuldig, aber sie bestätigte alles, was man wollte, und sehnte sich nach dem erlösenden Tod, dem Flammentod! Du, Martin, solltest deine Stellung zur Folter revidieren.«

»Ich kann nicht, Kätha, alles, was ich gesagt habe, ist längst gedruckt in die Welt hinausgegangen.«

»So schreib es neu, gib zu, daß du dich geirrt hast!«

»Ach, meine Kaiserin, Frauensinn! Als ob das so einfach wohl wäre!«

»Martin«, mischt sich Cranach ein, »in aller Welt bist du berühmt für deinen Mut und deine Ehrlichkeit.«

»Mein Männlein!« Luther streckt Melanchthon die Hände entgegen, der über den Hof kommt und sich mit an den Tisch setzt. »Wir sprechen von Hexen und Zauberei. Was hältst du davon? Gibt es dergleichen?«

»Aber gewiß, ich habe es selbst erlebt! *Als ich in Tübingen war, sah ich in jeder Nacht Flammen, bis sie in einem gewaltigen Rauch aufgingen. Gleichfalls erschienen mir in Heidelberg Gestalten wie fallende Sterne. Sie kamen jede Nacht. Es sind ohne Zweifel Teufel, die unter den Menschen herumschweifen.«*

»Solche Geschichten weiß ich auch!« bestätigt Luther. *»Auf der Wartburg habe ich einen Sack mit Haselnüssen verschlossen. Als ich nachts zu Bett ging, kam ein Poltergeist über die Nüsse und hob an und quiezt eine nach der anderen an die Betten, mächtig hart. Doch ich fragte nicht danach. Wie ich ein wenig eingeschlafen war, da hob an der Treppe ein fürchterliches Poltern an, als würfe man einen Schock Fässer hinunter, so*

ich doch wußte, daß ich die Treppe mit Ketten wohl verwahrt hatte, so daß niemand heraufkommen konnte. Da stand ich auf und ging, um zu sehen, was sei: da war die Treppe zu.«
»Martin, was hältst du von Mäusen und Katzen?«
»Schweig, Kätha, du machst dich über mich lustig. Mit dem Teufel ist nicht zu spaßen.« Er nimmt seinen Becher und tut einen tiefen Schluck. »So, und damit wir auch was zu lachen haben an diesem schönen Sommerabend, will ich von einer ganz besonderen Teufelsaustreibung berichten, die unser guter Doktor Pomer unlängst vorgenommen hat. *Man sagt ja, daß gestohlene Butter stinkt und solche Weiber vom Teufel fixiert werden. Aber Dr. Pomers Kunst ist die beste. Denn als seinen Kühen die Milch gestohlen wurde, streifte er flugs die Hosen ab und setzte einen Wächter in eine Asch* [Gefäß] *voll Milch. Er rührte es um und sprach: ›Nu frett, Tüfel.‹ Daraufhin ward ihm die Milch nicht mehr entzogen.«*
Die Herren lachen herzhaft, Käthe Luther wirft den Kopf in den Nacken und verzieht den Mund. Aber sie getraut sich nicht, zum Thema Folter zurückzukehren.
»Siehst du, Magister Philippus hat die Geister auch gesehen, Kätha. Glaubst du mir nun?« flüstert Barbara. Käthe streicht ihr über die Hand und schweigt. Dämmerung sinkt über die Dächer herein. Ein leichter Wind rauscht in den alten Bäumen im Hof.
»Lucas«, Käthe wagt noch einen Anlauf, »Ihr wart nun ein Jahr lang Bürgermeister und Gerichtsherr unserer Stadt. Da konnte es Euch leicht begegnen, daß Ihr in einem Kriminalfall die Folter anordnen müßtet. Würdet ihr es tun?«
Lucas runzelt die Stirn und überlegt eine Weile.
»Katharina, Gott in seiner Weisheit hat mich davor bewahrt. Sollte ich noch einmal Bürgermeister werden und sollte er mich dann mit dieser Problematik konfrontieren, werde ich meine Entscheidung treffen und sie Euch wissen lassen.«

Es ist kein gutes Jahr für die Menschen in Sachsen. Es gab eine Mißernte. Die Junker haben das Getreide gehortet und verkaufen es jetzt zu Wucherpreisen. Die Armen hungern. Luther verklagt den Rat der Stadt, er solle Abhilfe schaffen. Cranach unterstützt ihn; allein der Rat ist machtlos. Katharina Luther bekommt Rechnungen über große Getreidemengen und findet heraus, daß Luther das Korn auf Kredit gekauft und an die Armen verteilt hat.

Der Meister selbst malt ein neues Lutherbild, das den nunmehr Sechsundfünfzigjährigen gewissermaßen auf dem Höhepunkt seiner Macht zeigt: massig und gesetzt, mit der Bibel in der Hand, Sicherheit und Zuversicht im Blick – Verkörperung des nach dem Nürnberger Religionsfrieden erfolgreich scheinenden Reformators.
Der Hamburger Franz Tymmermanns steht staunend davor und fragt Johannes:
»Wieviel Bilder Luthers habt ihr inzwischen in die Welt gebracht?«
»Die Frage kann dir wohl kaum jemand beantworten«, Johannes schüttelt den Kopf, »Herr Stigel behauptet, es seien an die tausend allein von der Hand des Hans Cranach. Das ist gewiß übertrieben, aber wir haben sehr viele geliefert über die Jahre.«
»Ist das Geld für mich ordnungsgemäß eingetroffen?«
»O ja, mit einem langen Schreiben des Senats.«
»Tatsächlich? Darf ich wissen, was darin steht?«
»Ich denke schon, es ist lateinisch abgefaßt, soll ich es dir übersetzen?«
»Ja, bitte, sei so freundlich.«
»Also höre: *Item 20 tal. 5. Sol. 10 den. sind bezahlt für Kleidung und Reisegeld Franz Tymmermanns, des Sohnes eines Bürgers dieser Stadt, den der Rat wegen seines erprobten Talentes in der Malerkunst zur Ausbildung auf gewisse Jahre dem berühmten Maler und Wittenberger Bürgermeister Lucas Cranach empfohlen hat, unter der Bedingung, nach vollendeten Lehrjahren, ohne Wissen und Zustimmung des Rates sich sonst nirgends als hier in seiner Vaterstadt niederzulassen, zufolge seiner schriftlichen, in der Kämmerei aufbewahrten Verpflichtung*. Hast du aber Glück, daß die Stadt dir deine Ausbildung bezahlt! Wahrscheinlich bist du sehr begabt, ich bin richtig gespannt auf dein erstes Bild!«
Tymmermanns verschränkt schüchtern die Hände. »Ach, da mach dir mal keine übertriebenen Hoffnungen! Ich bin ja hier, um zu lernen.«

Barbara Cranach und Käthe Luther gehen durchs Elstertor, jede einen großen Korb am Arm, eine Wöchnerin besuchen. An der Stadtmauer liegt ein Bündel armseliger Kleider, Käthe dreht sich danach um.
»Warte, Barbara, was ist das? Ich glaube, hier müssen wir helfen!«
Schnell ist sie hingegangen, bückt sich: »Eine alte Frau! Sagt, geht es Euch nicht gut? Kommt, ich helfe Euch auf!«
Barbara ist einen Schritt zurückgeblieben, es scheint ihr nicht ganz geheuer zu sein.

Die Frau öffnet die Augen, streckt hilfesuchend eine Hand aus, stöhnt. Käthe greift nach dieser Hand, zieht daran, um der Kranken das Aufstehen zu erleichtern, die aber sinkt kraftlos zurück, dabei reißt der mürbe Stoff ihres Kleides unter dem Arm. Käthe schreit leise auf: in der Achselhöhle ist eine dicke, dunkel gefärbte Beule.

»Die Pest«, stammelt sie, »Ihr habt die Pest.«

Die Kranke wirft den Kopf von einer Seite auf die andere, stöhnt: »Wasser, bitte, Wasser.«

Käthe greift in ihren Korb, holt einen Zinnbecher heraus. »Bitte, Barbara, hole etwas Wasser bei den Torwächtern.«

Barbara nickt, nimmt den Becher und eilt davon. Als sie zurückkommt, kniet Käthe auf dem Boden, hält den Kopf der Kranken in ihrem Schoß. Sie nimmt den Becher entgegen, setzt ihn an die Lippen der Frau: »So, hier, frisches Wasser! Das wird Euch guttun.«

Die Frau tut einen langen Schluck, dreht dann verzweifelt den Kopf, würgt und erbricht sich, eine ekle Flüssigkeit ergießt sich über Käthes Rock. Krämpfe schütteln den ausgemergelten Leib, der sich immer wieder stoßweise entlädt. »Ver – zeiht bitte!« stottert die Arme in einer kurzen Atempause. Käthe streicht ihr über das schweißnasse Haar.

»Das macht nichts, es erleichtert Euch bestimmt.« Sie umfaßt die zukkenden Schultern, legt eine Hand an die Stirn. Es braucht nicht lange, so wird die Patientin still, der Kopf fällt ihr auf die Brust, die Arme sinken herab. Käthe läßt sie behutsam aufs Gras gleiten.

»Sie hat ausgelitten«, sagt sie, drückt der Frau die Augen zu, murmelt ein Gebet. Barbara steht stumm und starr vor Entsetzen.

Käthe erhebt sich. »Komm, wir müssen den Rat der Stadt informieren, daß sie die Ärmste gesondert begraben. Ich sage es den Torwächtern.«

»Hast du denn keine Angst, dich anzustecken?«

»Ich werde diese Kleider sofort verbrennen, heiß baden und Meister Paracelsus' Medizin zubereiten. Ich denke, wir brauchen keine Anstekkung zu fürchten. Du bist ja nicht mit ihr in Berührung gekommen. Aber ich gebe dir die Medizin zur Vorbeugung. Weißt du, Martin sagt, die Leute sterben weniger an der Pest als an ihrer eigenen Angst – so oder so sind wir in Gottes Hand. Wenn unser Stündlein geschlagen hat, werden wir dem Tod nicht entrinnen. Bitte, geh du ins Torhaus und sage Bescheid; mit meinem Rock lasse ich mich da besser nicht sehen.«

Barbara geht zum Wächter, der sofort entsetzt herausgestürzt kommt: »Seid Ihr sicher, Doktorin?«

»Ganz sicher, leider, die Beule ist der eindeutige Beweis.«
»Ich laufe zum Rathaus!« ruft er. Ehe er davonrennt, schlägt er die Flügel des Stadttores zu und verrammelt sie.
»Kätha, bist du wirklich sicher, daß ich mich nicht angesteckt habe?«
»Völlig sicher, Barbara. Die Krankheit überträgt sich durch Berührung. Du hast die Frau nicht angefaßt; mich auch nicht, du kannst mir wirklich glauben, ich habe Erfahrung mit dem Schwarzen Tod.«
»Ich weiß. Du und Luther, ihr seid zu den Kranken gegangen, ihr habt sie sogar ins Schwarze Kloster aufgenommen. Ich habe Angst um dich! Du hast die Frau angefaßt, was sie erbrochen hat, ist auf deinem Rock, Kätha!«
»Ja. Es wird Zeit, daß ich mich mit heißem Wasser und viel Seife wasche. Barbara, was ich dir jetzt sage, ist nur eine Vermutung. Mir scheint, die Pest wird durch Körpersäfte übertragen. Wenn etwas von dem Erbrochenen in meinen Mund käme, dann würde ich wahrscheinlich angesteckt. Mache dir bitte keine Sorgen, mir wird schon nichts geschehen! Du bist so bleich – verzeih, fast hätte ich dich gestreichelt. Das kann ich jetzt nicht. Geh auch du sofort in die Badestube, trinke heißes Bier mit Baldrian zur Beruhigung. Heute abend komme ich noch einmal zu dir! Gott mit dir, Barbara.«
»Gott mit dir, Käthe.« Barbara eilt nach Hause, so schnell sie ihre Füße tragen. Sie findet ihren Mann in der Werkstatt.
»Lucas, Lucas!« ruft sie verzweifelt. »Laß uns fortgehen, schnell, schnell, die Pest ist in der Stadt!«

In den Nürnberger *Ratsverlässen* findet sich unter dem 30. September 1539 folgende Notiz:

> *Meister Lucas dem Maler von Leipzig, so den Sterben alher geflohen, ist erlaubt, ein halb Jahr hier zu den Predigern eigenen Rauch zu halten und seine Kunst zu treiben.*

Im Frühjahr 1540 sehen sich Magister Franz und Johannes die große Baustelle am Markt an, wo der neue Teil des Rathauses aus dem Boden wächst.
»Erinnerst du dich des ersten Tages unserer Bekanntschaft?« fragt Franz.
»Freilich, auf dem Weg von Halle nach Wittenberg trafen wir einander«, antwortet Johannes prompt.

»Richtig. Wir sprachen über Kardinal Albrecht. Ich berichtete dir, daß er bei Volk und Adel unbeliebt sei; du wolltest aber nichts davon hören. Diese Abneigung hat sich so gesteigert, daß Seine Eminenz nun tatsächlich die Stadt verlassen mußte, zur Sicherheit seiner Person und seiner Kunstschätze. Er zieht sich in sein Erzbistum Mainz zurück. Seine Schätze verteilt er auf die Kirchen und Klöster des Mainzer Bistums, besonders reich wird seine neue Residenzstadt Aschaffenburg bedacht.«

»Dann werden all unsere Bilder und Altäre auseinandergerissen und zerstreut?« Johannes ist betroffen.

»So kann man es auch nennen.«

Im Hof begegnet Johannes der Meisterin.

»Morgen findet wieder eine Hinrichtung statt. Lucas ist zwar hier, so daß wir nicht für die Familie hinzugehen brauchen, wie damals zu dem schrecklichen Säcken der Kindsmörderin. Trotzdem werden wir es miterleben müssen, weil es draußen auf dem Marktplatz geschieht.« Barbara Cranach steht das Unbehagen im Gesicht geschrieben.

»Wer muß sterben und warum?«

»Johannes, hast du die Geschichte wirklich nicht gehört?«

»Nein, ich war in Lochau.«

»Ach ja, richtig. Der Wittenberger Scharfrichter Magnus Fischer war mit seinem Einkommen nicht zufrieden. Du weißt, er ist auch Abdecker, und aus der Verwertung der Kadaver verdient er sich ein Zubrot. Er und seine vier Knechte dachten sich aus, wie sie mehr tote Tiere erhalten könnten. Sie vergifteten die Weiden rings um Wittenberg.«

»Das kann ich nicht glauben, das ist ja entsetzlich – dem müßten doch ganze Herden zum Opfer gefallen sein.«

»Es ist leider die traurige Wahrheit. Man kam der Sache auf die Spur, alle fünf sind zum Tode verurteilt worden. Die vier Knechte werden morgen auf dem Marktplatz öffentlich verbrannt, und Magnus Fischer soll in Leipzig hingerichtet werden.«

»Verbrannt, hier vor unserer Haustür?«

»Ja. Wir brauchten nicht hinzugehen, wie ich schon sagte, aber dem Rauch können wir nicht entfliehen.«

Johannes nickt betroffen, die Meisterin geht ins Haus. Er steht noch ein Weilchen da und denkt: Was Menschen nicht alles tun um des Geldes willen!

Barbara Cranach ist kaum noch zu Hause, sie sitzt am Bett von Katharina Luther, die eine Fehlgeburt erlitt und mit dem Tode kämpft. Luther ist sehr verzweifelt. Er weiß nicht, worum er beten soll: daß Käthe ihm erhalten bleibe und genesen möge oder aber daß sie von ihren schrecklichen Leiden erlöst werde. Um der Kinder und seiner selbst willen entscheidet er sich für die erste Bitte. Sie wird ihm gewährt. Schmal und bleich hangelt sich seine Frau vom Bett zur Tür an der Wand entlang. Aber ihre Energie und ihr Lebenswille siegen. Barbara kehrt an das Haus am Markt zurück.

Auch Meister Lucas nimmt sich die Zeit, die Lutherin zu besuchen. Er sitzt mit ihr in der gemütlichen Fensternische ihrer Stube. »Du mußt reichlich essen, Katharina, damit du wieder zu Kräften kommst; du bist ja leichter als ein Schneider! Worauf hast du denn Lust, was soll ich dir schicken?«

»Danke, Lucas, ich weiß es gar nicht, ich mag nicht essen.«

»Schlimm. Ich werde dir einen Tee mischen lassen, der das ändert! Und dann bringe ich dir frische Fische, ein gutes Wildbret, die besten Äpfel aus Barbaras Keller, Wein. Na, läuft dir nicht das Wasser im Munde zusammen?«

Käthe lächelt. »Natürlich, Meister! Bürgermeister, würde ich besser sagen – du hast ja wieder die Ehre –, und oberster Gerichtsherr. Wie sich das anhört! Erzähl mir doch, was hast du als solcher zu beschicken?«

»In der Regel handelt es sich um Betrügereien bei Geschäften, die mit Geldstrafen geahndet werden, wenn beispielsweise Händler oder Handwerker ihre Käufer mit falschen Gewichten, falschen Maßen und schlechter Qualität hereinlegen.«

»Gut, solche Leute müssen bestraft werden. Achtest du auch darauf, daß die betrogenen Käufer eine Entschädigung bekommen?«

»Natürlich, sofern man sie noch ausfindig machen kann. Ferner gibt es dauernd Schlägereien und Beleidigungen; meine Maler und die Studenten finde ich da immer wieder rein verwickelt. Schwierig für mich, weil man mich der Befangenheit zeiht! Mein Spezialgebiet sind Erbschaftsangelegenheiten. Wie lange habe ich für die jüngste Tochter aus der zweiten Ehe des Dictus Muschert gegen die Ansprüche der Geschwister aus erster Ehe prozessiert – laß mich überlegen: ja, 1531 ging das los! Und im gleichen Jahr war ich Kurator der Witwe des Simon Topfer. Sie war seine dritte Frau, mit der er vier Kinder hatte, und es existierten auch drei Kinder aus den früheren Ehen. Das sind komplizierte Verfahren, die viel Zeit und Nachdenken kosten. Dagegen war der Mordprozeß dieses Jahr eine klare und schnelle Sache: Paul Groß hat in Pratau einen Menschen erstochen, es gab Zeugen, der Angeklagte gestand. Nein, Käthe, ich kam nicht in die schreckliche Verlegenheit, die Folter anordnen zu müssen – Gott hat mich wiederum davor bewahrt –, aber zur Hinrichtung durch das Schwert mußte ich ihn verurteilen, so ist das Recht!«

»Ja, das sehe ich ein. Wenn der Henker nicht stümpert …«

»Nein, er schaffte es mit einem sauberen Hieb.«

»… dann ist es ein schneller, schmerzloser Tod. Die meisten Menschen, die im Bett sterben, leiden mehr und länger. Freilich, wenn man sich überlegt, daß der Sünder so keine Möglichkeit hat, seine Tat zu bereuen und ein besseres Leben zu führen –«

»Bereut hat er, Käthe, und gesühnt hat er auch durch seinen Tod. Wie willst du die Ordnung aufrechterhalten, wenn Mord nicht geahndet wird?«

»Ja, Lucas, ja, Auge um Auge, Zahn um Zahn. Aber tut die Abschreckung irgendeine Wirkung? Wird nicht all den grausamen Strafen, dem Säcken und Rädern und Brennen zum Trotz immer weitergemordet?«

»Du weißt nicht, ob ohne diese Strafen nicht noch mehr Verbrechen begangen würden.«

»Nein, freilich, da gibt es keinen Beweis. Wieder ein Problem in unserem Leben, für das es keine klare, allgemeingültige Lösung gibt. Auch Martin kennt keine, wenngleich er jetzt hart und laut verkünden würde, daß Recht und Ordnung gottgewollt und von der Obrigkeit um jeden Preis durchzusetzen sind. Wenn aber diese Theorie Realität wird und einen Menschen betrifft, den er persönlich kennt und schätzt, dann bittet und bettelt er und schreibt Briefe, bis er ihn freibekommt.«

»Du denkst an den Barbier. Wir treffen eben immer wieder Dinge an, die sich unserer Einsicht entziehen, wo wir mit aller Mühe nicht vermeiden können, etwas zu sagen oder zu tun, was wir mit gutem Gewissen nicht sagen oder tun wollten. Mir bleiben die Worte im Halse stecken, ich höre Martin: Du mußt deinem Gewissen gehorchen, man muß Gott mehr dienen als den Menschen – ja, und darf ich dann mein Gewissen über Recht und Ordnung stellen und den Mörder frei ausgehen lassen? Beides belastet mich, die Verurteilung so gut wie die Begnadigung. Stell dir nur vor, mein freigelassener Verbrecher mordet wieder? Ich bin dankbar, wenn dieses Jahr um ist und ich der Verantwortung ledig sein werde.«

Wieder wird eine große Hochzeit geplant: Am 20. Februar 1541 heiratet Lucas der Jüngere Barbara Brück, die Tochter des Kursächsischen Kanzlers Doktor Gregor Brück. Der Rat der Stadt schenkt Wein und Karpfen. Brück richtet das Fest aus. Johannes zeichnet Kleider für die Damen, die nach seinen Entwürfen gar prächtig geschneidert werden. Die Meisterin jedoch hat keine Freude am Putz. Seit Katharina Luthers Krankheit ist sie wie eine Fremde im Hause. Sie irrt durch die Flure und Räume, schüttelt gedankenverloren mit dem Kopf, murmelt Unverständliches vor sich hin, schrickt zusammen, wenn ihr jemand begegnet. Am liebsten hält sie sich in der Kirche auf, kniet Stunde um Stunde und starrt mit leeren Augen zu den Fenstern empor. Sie wird immer schmaler und bleicher.

Barbara will sich nicht schmücken, will nicht zum Hochzeitsfest ihres Sohnes gehen. Nur mit Mühe gelingt es Lucas dem Älteren, sie zu überreden.

Johannes bleibt im Hause zurück und hütet die Werkstatt. Es ist ungewöhnlich still. Er läßt die Feder sinken. Nun ist auch der kleine Lucas schon ein Ehemann, bald wird er Kinder haben, die hier in ihren Kittelchen herumspringen und um Papier und Farben betteln. Und ich, was wird aus mir? Ich bin ein seltsamer Mensch, kein Mönch mehr, und doch auch nicht eingebunden in das weltliche Leben. Wie soll es mit mir weitergehen?

Was soll ich tun, Joshua?

Was wünschst du dir?

Wenn ich das so genau wüßte. Malen, ja, malen und zeichnen möchte ich. Und ich möchte bei Meister Lucas bleiben und ihm helfen. Ich liebe es, hier in der Werkstatt zu leben.

Dann lebe hier in der Werkstatt.

Aber meine Gelübde? Kann Gott mir verzeihen, daß ich sie so sträflich vernachlässige?

Ach Johannes, warum wollt ihr immer Gott eure Maßstäbe aufdrängen. Welche Gelübde vernachlässigst du sträflich?

Das der Armut, der Keuschheit und des Gehorsams.

So? Bist du reich, oder jagst du dem Gelde nach? Ich sehe nichts davon. Mit der Keuschheit nimmst du es sehr genau, Bärbel wüßte ein Lied davon zu singen. Und der Gehorsam – nun ja, das ist in der mönchischen Definition im Augenblick nicht deine Sache. Aber was sollte Gott damit zu tun haben?

Ihm habe ich doch diese Gelübde getan.
Johannes, wie kannst du ernsthaft annehmen, es mache Ihm etwas aus, ob ihr im Kloster oder in der Welt lebt?
Aber Joshua, du stürzt eine Grundfeste unseres Glaubens! Du weißt, wir fürchten nichts so sehr wie das Gericht Gottes und die ewige Verdammnis unserer Seele. Ins Kloster zu gehen ist der sicherste Schritt auf Gott zu. Thomas von Aquino hat erklärt, das Ablegen der ewigen Gelübde sei für den Menschen eine zweite Taufe und versetze den Sünder in den Zustand der Unschuld!
Gebrauche bitte deinen Verstand, Johannes! Nach diesem Satz könnte also ein Mörder allein dadurch, daß er Mönch wird, in den Stand der Unschuld zurückkehren. Was für ein Unsinn! Gott ist überall – allgegenwärtig, wie ihr lehrt –, im Wald, auf dem Feld, im Haus, zu Wasser und in der Luft, im Keller so gut wie in der Kirche, auf dem Marktplatz so gut wie im Kloster. Gewiß ist es für manche Menschen beglückend, nur der Hingabe an Ihn zu leben – für Ihn aber ist es nicht von Bedeutung.
Nicht von Bedeutung, so – ja. Verzeih, je länger ich darüber nachsinne, um so klarer wird es mir. Natürlich, Er bedarf unser nicht, für Ihn ist es eins …
Eins, eins ist ein guter Begriff. Einssein mit Ihm – ich habe es schon gesagt – ist überall möglich.
Also habe ich meine ewige Seligkeit nicht verspielt?
Warum solltest du?
Danke. Und ich darf hier bei Meister Cranach bleiben und ihm Menschentreue halten?
Du darfst, solange du willst.
Noch einmal: Danke.
Johannes schrickt auf – da war doch ein stolpernder Schritt, fiel nicht etwas irgendwo im Hause? Er geht dem Klang nach. Im Flur findet er die Meisterin auf dem Boden liegend. Sie atmet hastig und mühsam. Er kniet sich neben sie, versucht, ihr aufzuhelfen.
»Johannes? Du? Nein, nein, ich will nicht aufstehen. Laß mich liegen, bitte, laß mich doch in Frieden liegen. Ich bin so müde, ach so müde …«
»War es denn nicht schön auf der Hochzeit?«
»Hochzeit? Ach ja – mein Sohn, mein kleiner Sohn, auch er geht nun aus dem Hause …«
»Nein, Meisterin, er wird doch nach wie vor den ganzen Tag hier in der Werkstatt sein!«

»Wenn er nicht in Lochau ist oder in Torgau oder in Leipzig oder auf dem Schloß oder ... Sie gehen immer alle fort, Johannes, nur du bist noch hier. Wie schnell das Leben vorbei ist. Ich weiß es so gut. Als ich ein kleines Mädchen war, spielte ich gern auf der Wiese unter den Apfelbäumen, immer gab es da schöne Sachen: erst die Blüten, daraus machte ich Kränze für meine Puppe, dann die kleinen Früchte, die abfielen, damit konnte ich kochen, und endlich die reifen Äpfel, saftig, süß-säuerlich, so erfrischend! Was auf dem Boden lag, durfte ich nehmen. Lucas als Bräutigam ... er war ein gutaussehender Mann ... die Kinder ... Hänschen war besonders anschmiegsam. Ich fühle seine weichen Händchen auf meiner Wange. Meine Haut wird schon spröde und runzelig, und Hänschen ... Ach Johannes, wo ist die Zeit geblieben? Ich denke, ich will auch gehen. All das Leid, all die Angst ... ich bin es müde.«
Johannes schiebt seinen Arm unter ihre Achseln.
»Gestattet, Domina, daß ich Euch ins Schlafgemach geleite! Dort mögt Ihr Euch in aller Bequemlichkeit ausstrecken und ein wenig ruhen, dann wird es Euch gewiß wieder bessergehen. Denkt nur, bald werdet Ihr Enkelkinder haben, die Euch mit weichen Händchen schmeicheln.«
Barbara läßt sich aufhelfen. Sie legt sich so, wie sie ist, aufs Bett.
»Bleib noch ein wenig da, Johannes, und halte meine Hand, bis ich eingeschlafen bin. Du weißt, ich fürchte mich so.«
Johannes nickt und zieht sich einen Hocker neben das Bett. Wie schmal die Hand der Meisterin ist, wie bleich und kraftlos – wie ein Blatt im Herbst, muß er denken. Nun ist Barbara wirklich eingeschlafen.

Sie verläßt das Bett nicht mehr. Sie, die rastlos Tätige, die Beherrscherin von Küche und Keller, die beste Köchin in Wittenberg, bekannt für ihre Gastfreundschaft, strahlend, fröhlich, mit guten Worten für jedermann, liegt teilnahmslos und stumm da. Nach ihren Wünschen befragt, bittet sie nur immer wieder:
»Bleib ein wenig da, und halte meine Hand.«
Wer hat Muße dazu in einem so geschäftigen Hause? Also liegt sie die meiste Zeit über allein, die Hände gefaltet, regungslos, und schaut auf das Fenster, wo der Mittagssonnenschein in Dämmerung und Dunkelheit übergeht – dann kommt Lucas. Sie bewacht seinen unruhigen Schlummer, nun darf sie seine Hand haben, solange es dunkel bleibt. Kaum daß der erste Sonnenstrahl durchs Fenster fällt, muß sie ihn loslassen.

Katharina Luther bringt ihr Äpfel, da weiß sie, daß der Herbst gekommen ist.
»Von meinem Gut in Zülsdorf!« erzählt Käthe. »Martin hat es mir endlich gekauft. Es ist arg verwahrlost. Aber ich werde es schon in Ordnung bringen! Barbara, du mußt gesund werden und mit mir hinausfahren, es wird dir ganz bestimmt dort gefallen!«
Die Kranke sieht sie aus übergroßen Augen an und schweigt.
»Leider kann ich gar nicht lange bei dir bleiben«, entschuldigt sich die Lutherin, »es ist so furchtbar viel zu tun.«
»Ach Kätha, ich bin soviel allein und fürchte mich. Bitte, komm doch jeden Tag herein, auch wenn es nur für kurz sein kann.«
»Verzeih, daraus wird wohl wenig werden.«
»Du bist so nüchtern, Kätha, und so kalt.«
»Erbarme dich, Barbara. Weißt du, was ich um die Ohren habe?«
»Ja, ich kenne das sehr wohl. Auch ich führe ein großes Haus.«
»Aber ich habe noch die Gärten und das Gut dazu und die ewigen Geldsorgen …«
»Laß gut sein, Kätha, so muß ich es wohl allein durchstehen.«
»Ja, das mußt du wohl. Gott befohlen, meine Liebe.«
»Gott befohlen, Domina.«
Käthe geht und bemerkt nicht den bitteren Spott dieser Worte – der letzten, die sie von ihrer Freundin hört.

Ein Sturm kommt auf. Im ganzen Hause klappern Fenster und Türen, im Hof scheppert es, irgend etwas poltert übers Dach. – Barbara richtet sich im Bett auf. Ihr ist so eng, dieses Unwetter benimmt ihr den Atem.
Die Köchin tritt ins Zimmer.
»Sanne, wie gut, daß du da bist, bitte, ruf den Meister!«
»Er malt das Schneeberger Bergwerk für den Kurfürsten, Domina.«
»Dann soll Lucas, mein Sohn, kommen!«
»Er fuhr gestern nach Torgau.«
»So lauf ins Schwarze Kloster und sage Katharina von Bora Bescheid, ich brauche ihre Hilfe, schnell!«
Sanne rafft ihre Röcke und läuft davon. Sie ist bald zurück, allein.
»Die Doktorin ist in Zülsdorf.«
Seufzend sinkt Barbara in die Kissen zurück. »Ist Johannes in der Werkstatt?« fragt sie leise.
»Ich sehe nach«, verspricht die Köchin.

Die Kranke schließt die Augen. Schläft sie ein wenig? Sie weiß es nicht genau, in der letzten Zeit gleiten Schlafen und Wachen ineinander über. Sie spürt eine Gegenwart und öffnet die Lider, ja, da steht er vor dem lichten Viereck des Fensters.
»Du bist so groß, Johannes, das ist mir bislang nie aufgefallen!« sagt sie. »Und wie ein Mönch siehst du aus. Bitte, nimm den Hocker, setze dich zu mir, nur ein Weilchen, bis dieser furchtbare Sturm nachläßt. Mir ist so eng, mir ist so bang. Hörst du, wie es heult in den Kaminen?«
Sie verkrampft die Hände über der Brust und bäumt sich ganz kurz auf; dann sinkt sie zurück in die Kissen und – lächelt.
»Johannes, sterben ist leicht«, sind ihre letzten Worte.

Johannes hält das Trostgedicht an den Meister von Johannes Richius in der Hand. Ihm ist, als höre er Barbaras Stimme: »Übersetze es mir, und schreib es mir auf, bitte, damit ich es immer wieder lesen kann.«
Er setzt sich hin und schreibt tatsächlich:

Welch bedeutender Teil deines Lebens, Lucas, ist mit ihr dahin!
Wie die Rebe dem Ulmbaum, so war sie dir verbunden;
Du warst der Mittelpunkt ihres Herzens, wie sie ein Teil deines Lebens war.
Kannst du noch leben, da sie den Geist in die leeren Lüfte gehaucht hat?
Sie war ein edles Vorbild einer ehrsamen Hausfrau,
die zum Muster zu nehmen jedem Weibe geziemet:
Denn alle Gaben des Geistes, welche man Frauen zuschreibt
und deren mehrere das weibliche Geschlecht allein besitzt,
waren keiner in höherem Maße zuteil als ihr.

Nun spricht der Autor von Hans Cranach. Er nennt ihn die Ehre und die besondere Zier der Künstler. Er erzählt von ihm, daß er in Bologna starb, weil er das Klima Italiens nicht vertragen konnte.

Da keine Hoffnung mehr übrig war,
der schwarze Tod schon die Hände begierig nach ihm ausstreckte,
tritt ein Priester mit Tröstungen zu ihm,

dem er erwidert: »Was schwatzest du?
Nur der Glaube macht selig, keine Verdienste helfen uns;
nur wer glaubt, daß wir durch Christi Tod erlöst sind, ist geborgen.«

Richius läßt es sich nicht nehmen, in diesem Rahmen Cranach zu ermahnen, seine Trauer zu mäßigen wegen der Pflichten gegen die Seinigen, denn nicht nur schade er dadurch seinem Rufe eines weisen Mannes, er sei es zudem dem öffentlichen Wesen, seinem Amte schuldig. Er schlägt auch eine Grabinschrift vor:

Dieser getürmte Hügel umschließet in sanftester Ruhe
Barbara, Trauer und Ruhm Cranach's Hauses zumal.
Keiner, so lange sie lebte, an Frömme sie wich einer zweiten,
Himmlische Wohnung dafür, nach dem Verdienst sie empfängt.
Warum betrauerst ohn' Ende vom Tod die Entriss'ne so heftig,
In den Himmel der Mensch ohne zu sterben nicht dringt.

Ärgerlich legt Johannes die Feder nieder. Nein, mit diesem Richius ist er ganz und gar nicht einverstanden. Da läßt er Hans sagen: *Nur der Glaube macht selig, keine Verdienste helfen uns*, wie es ja auch evangelische Lehre ist, und Barbara soll himmlische Wohnung nach Verdienst empfangen! Wenn er, Johannes, etwas zu sagen hat, soll dieser Spruch gewiß nicht auf den Grabstein seiner Meisterin. Da paßt doch wesentlich besser eine Verordnung ihres Testamentes zu ihr: praktisch, wie sie war, vermachte sie den Sondersiechen zu Gotha fünfzig neue Florin für Leinenhemden zu Weihnachten.

Sturm

Lucas Cranach d. Ä.:

Der heilige Christopherus

»Johannes, ab Januar 1542 kann auch mein Diener Caspar Pfreundt Zahlungen für uns entgegennehmen, du weißt, er ist zuverlässig«, verfügt der Meister.

Johannes nickt, der Diener – nun ja –, und gleich am 5. Januar kommt er auch schon mit zweihundert Florin an.

Nach dem Ostermarkt in Leipzig eröffnet Lucas der Jüngere seinem Vater, daß er mit seinem Schwager Christian Brück in Bologna studieren wolle.

»Nein«, sagt der Vater kurz und entschieden.

»Herr Vater, ich weiß, warum Ihr so denken müßt, ich verstehe Euch auch. Und trotzdem werde ich gehen! Seinem Schicksal kann keiner entrinnen, hier ist es allerorten nicht minder gefährlich als in Italien. Ich brauche diese Erfahrungen, diese Eindrücke, Bologna ist außerdem berühmt für seine juristische Fakultät; dort erworbene Kenntnisse werden unserem Unternehmen zugute kommen. Und ich will über den Tellerrand hinausgucken und einen Teil der Welt sehen, den Teil, der für einen Maler besonders wichtig ist. Bitte, laß uns nicht streiten, ich gehe so oder so.«

»Wenn du das tust«, dem Meister schwellen die Adern an der Stirn, »dann …«

»Vater, haltet ein, sagt nichts, was Ihr später bereuen werdet, aber dann nicht mehr aus der Welt schaffen könnt. Akzeptiert meinen Entschluß. Ich bin kein Kind mehr. Ich weiß, was ich will.«

Lucas schreitet unwirsch auf und ab. Er ballt die Rechte zur Faust in der Linken. Er beißt die Zähne zusammen. Endlich wirft er den Kopf in den Nacken. »Widerwillig, Sohn, äußerst widerwillig, doch muß ich anerkennen: Mir imponiert deine Haltung. Wer in meine Schuhe treten will, muß einen festen Stand haben. Mir scheint, den hast du. Also sei's drum, geh in Gottes Namen in dies verdammte Welschland.«

»Juhu!« ruft der Sohn und umarmt den Vater stürmisch. »Danke! Danke!«

Cranach nickt müde.

Luther beklagt sich über die Zeitläufte. *Deutschland ist gewesen und wird nie wieder werden, was es war. Der Adel strebt nach der Herrschaft über das ganze Land; die Städte dagegen suchen für sich zu sorgen, und das mit Recht: so zerfällt das Reich in sich*. Man könne nur beten und im übrigen es *lassen laufen, fallen, stehen, untergehen, wie es will*.

Lucas der Sohn hat recht mit seiner Vermutung, daß man auch in Sachsen gefährlich lebt. Am 29. Juni 1542 teilt Kurfürst Johann Friedrich den Wittenbergern seinen Entschluß mit, zusammen mit Landgraf Philipp von Hessen als Oberhauptleute des Schmalkaldischen Bundes ins Feld zu ziehen, um den Städten Goslar und Braunschweig zu Hilfe zu kommen. Herzog Heinrich der Jüngere von Braunschweig-Wolfenbüttel, der *unchristliche Tyrann*, versucht, die längst wiederaufgehobene Acht gegen Goslar dennoch zu vollstrecken.
Cranachs Werkstatt muß sich an der Ausrüstung des Heeres beteiligen, Johannes notiert:

Lackierung von 40 Hellebarden
Lieferung von 25 Fähnrichsfahnen
Lieferung von 1900 kolorierten Wappen
Lieferung von 2000 kolorierten Wappenholzschnitten an den Landgrafen von Hessen

und was des schönen Kriegsgeräts mehr ist, von dem er nichts hören mag. Dennoch muß er die Ausführung der Aufträge überwachen und darauf drängen, daß sie so schnell wie irgend möglich erfolgt.
»Also, um Bildchen auszumalen, brauchte ich wahrhaftig nicht von Hamburg hierherzukommen!« murrt Tymmermanns. Alle Mitglieder der Werkstatt sind mit dem Kolorieren der Wappen und Wappenholzschnitte beschäftigt, einer mechanisch zu erledigenden Arbeit, bei der man sich gut unterhalten kann, besonders, da der Meister außer Hauses ist.
»Übe dich in Farbsinn und Genauigkeit und – vor allem – in Geduld! Warum sollte es dir bessergehen als uns allen? Von Zeit zu Zeit sind eben solche Arbeiten zu erledigen, sie garantieren uns die finanzielle Stärke des Cranachschen Unternehmens!« tröstet Silberbart.
»Nun könnten wir die Maljungen gut gebrauchen!« meint Johannes. »Schade, daß sie nicht mehr da sind.«
»Maljungen?« fragt Tymmermanns.
»Ja. Zu Zeiten unserer seligen Meisterin nahmen wir Knaben auf, die von klein an unsere Kunst erlernen sollten, sie wohnten und aßen im Hause

und wurden vom Meister unterrichtet; das brachte eine Menge lustiges Leben in die Werkstatt!« erzählt Johannes.
»Kann ich mir vorstellen«, lacht der Hamburger. »Aber was ich dich gern fragen wollte: Kannst du mir erklären, warum und gegen wen zieht unser Landesherr denn nun in den Krieg?«
»Ich«, meldet sich Jobst, »ich weiß Bescheid. Ich habe nämlich die Ratsstube im Torgauer Schloß ausgemalt und meine Ohren offengehalten. Die Sache verhält sich so: Herzog Heinrich von Braunschweig hat die Stadt Goslar beim Reichskammergericht verklagt, sie habe ein paar Klöster vor den Stadtmauern niederreißen lassen, die gute Angriffsbastionen gegen Feinde waren. Die Stadt hat sich natürlich verteidigt, aber am Ende der Auseinandersetzungen wurde die Acht über sie ausgesprochen. Herzog Heinrich war finster entschlossen, bei nächster Gelegenheit das Urteil an seinen gehaßten Feinden zu vollstrecken.
Die Protestanten versuchten, der Stadt zu helfen. So machten sie zur Bedingung ihrer Teilnahme am Reichstag zu Regensburg 1541, daß der Kaiser die Acht suspendiert. Herzog Heinrich jedoch schrieb, die kaiserliche Verordnung laufe wider die Ordnungen des Reiches und könne ihn nicht binden. Er malträtierte die Bürger von Goslar so sehr, daß sie die Mauern ihrer Stadt nicht mehr verlassen konnten. Ihre Besitztümer, die in seinen Gebieten lagen, zog er ein; die Bauern auf diesen Gütern mußten das Getreide ausdreschen und das Korn in die Hauptorte seiner Gerichte bringen, Renten und Zinsen bei seinen Ämtern zahlen, er ließ das Holz in ihren Forsten schlagen und wegschaffen. Er vergriff sich an den Bauern, die Stadt setzte dafür fürstliche Bedienstete fest.«
»Immer dasselbe«, stöhnt Johannes, »die Herren streiten sich, und der kleine Mann muß es erdulden.«
»Das laß nicht den Fürsten hören!« warnt Silberbart. »Man ist noch immer sehr empfindlich gegen Aufrührer und macht mit ihnen kurzen, schmerzhaften Prozeß!«
»Herzog Heinrich«, fährt Jobst fort, »ließ Straßen verlegen und in den Dörfern Gräben zum Kriegsgebrauch ziehen. Gegen Braunschweig ging er in gleicher Weise vor. Beide Städte waren in Gefahr, in seine Hände zu fallen. König Ferdinand wollte Frieden in seinen deutschen Landen und sandte ihm seine Abgeordneten, um ihn zu warnen. Allein er antwortete, er werde die ergangene Acht vollstrecken, und sollte er darüber Güter und Vermögen zusetzen.

Der Schmalkaldische Bund gab seinen beiden Oberhauptleuten in Speyer Vollmacht, den Bedrohten zu Hilfe zu kommen.
Nach wiederholten Beratungen zu Eisenach erklärten die beiden Hauptleute, unser Kurfürst Johann Friedrich und Landgraf Philipp von Hessen, sie seien entschlossen, Frieden an dem Friedbrecher zu suchen mit hinreichender Macht – denn eine geringe Anzahl könne nicht helfen – und auf Sonnabend Mariä Magdalenä im Felde zu erscheinen.
Landgraf Philipp brachte dreizehn Fähnlein oberländischer, vier Fähnlein niederdeutscher Landsknechte, der Kurfürst fünfzehn Fähnlein Knechte aus beiden Landesarten zusammen; jeder hatte zweitausend Reiter, sie vereinigten sich bei Gandersheim. Braunschweig sandte nicht nur ein paar tausend angeworbene Reiter und Fußsoldaten, sondern auch eine gute Anzahl Bürger und Bürgersöhne, genauso Goslar, so daß die Streitmacht insgesamt zwanzigtausend Mann umfaßte.
Herzog Heinrich vertraut auf seine Festungen, vor allem Wolfenbüttel, wohin er die Getreuesten seiner Ritterschaft und einen Teil der Mannschaften von Städten und Dörfern brachte, die sich so lange behaupten sollen, bis er Hilfe bringt. Er selbst ist mit seinem Sohn unterwegs, um diese Hilfe herbeizuholen.
Das ist der augenblickliche Stand der Dinge. Und unserem Meister bleibt es nicht erspart, mitzuziehen und die Ereignisse dieses Feldzuges zum Ruhme der Fürsten für die Nachwelt im Bilde festzuhalten.«
Jobst hat recht: der siebzigjährige Meister ward vom Kurfürsten zu seiner Begleitung abkommandiert. Und so liegt der alte Mann mit vor der Festung Wolfenbüttel und zeichnet. Er bringt detaillierte Dokumentationen mit zurück nach Wittenberg, zum Beispiel: *Wahrhafftige abcontrafactur, welcher Gestalt die zwen Kur und Fürsten zu Sachssen und Hessen, Herzog Heinrichs der sich der junger von Braunschwig nennt unuberwindlich schlos (wie ers genant) Wolfenbuttel erobert und eingenommen haben*. Der Riesenholzschnitt, für den er acht Stöcke anfertigt, die sorgfältig zusammengestellt werden müssen, ergibt ein Gesamtformat von 67 mal 110 Zentimetern und zeigt eine Vedute aus der Vogelschau. Die Lager der verbündeten Fürsten im Vordergrund sind besonders prächtig ausgeführt. Es werden Vorzugsdrucke auf Pergament angefertigt, sorgfältig koloriert – sie dienen den Heerführern als Geschenke für befreundete Häuser. Auch ein großes und ein kleines Leinwandbild zeigen die Belagerung.
Dem Meister haben der Ortswechsel und die viele frische Luft offen-

sichtlich gutgetan. Er hat an Gewicht eingebüßt, ein frisches Aussehen gewonnen, und die alte Tatkraft ist zurückgekehrt.
Beim Abendessen bittet Luther: »Daß unsere Truppen gesiegt haben, wissen wir. Aber erzähl uns doch Genaueres, wie es dabei zugegangen ist, lieber Meister Lucas!«
»Nach all den Ankündigungen des Braunschweigers glaubten wir, das feste Wolfenbüttel werde sich aufs tapferste verteidigen. Wir sandten einen Trompeter, wie es der Brauch verlangt, der zur Übergabe aufforderte. Die Besatzung antwortete ihm, er möge über drei Jahre wieder nachfragen, und der Hauptmann empfing die Heranrückenden von seinem Turm mit einem Schimpflied. Die Unsrigen begannen in der Nähe zu schanzen, da machten die Belagerten einen Ausfall. Er gelang ihnen sehr gut, jagte den Unsrigen Angst und Schrecken ein. Landgraf Philipp mußte persönlich anwesend sein, damit sie die Arbeit an der Schanze wiederaufnahmen. Der Hesse war unermüdlich unterwegs; in einem Bauernkittel schlich er sich bis hart an die Mauern, um die schwächste Stelle herauszufinden. Genau hier wurde nun das schwere Geschütz bis auf einen Steinwurf weit herangebracht und mit voller Kraft gefeuert. Der Turm, von dem aus wir so spöttisch begrüßt worden waren, stürzte als erster. Die niederdeutschen Knechte wollten stürmen. Aber Gott hatte ein Einsehen: er ersparte den Soldaten und der Stadtbevölkerung dies Äußerste. Immerhin war inzwischen das Land rundherum von uns erobert, auch die übrigen Festen; Herzog Heinrich kehrte nicht zurück, und die Heftigkeit der Angriffe machte solchen Eindruck auf die Besatzung, daß sie sich zur freiwilligen Übergabe entschloß.
Am 13. August dieses Jahres des Heils 1542 zogen wir triumphierend in Wolfenbüttel ein und hißten eine riesige Fahne, auf welcher die Wappen der verbündeten Fürsten, Grafen und Städte zu sehen waren. Der Hofprediger des Landgrafen Philipp hielt die erste evangelische Predigt in der Stadt, und zwar über das Evangelium vom ungerechten Haushalter. Dieser Feldzug hat allen in der Welt gezeigt, daß die Protestanten sich zu einer Macht gemausert haben, mit der man Rechnung halten muß! Kaiserliche Majestät können sie nicht mehr nach Belieben herumstoßen.«
Luther hat ruhig und aufmerksam zugehört. Jetzt seufzt er aus Herzensgrund: »Nur auf das Wort des Evangeliums allein wollte ich meine Botschaft gründen. Nun ist sie doch zum Politikum geworden, und die Mächtigen dieser Welt bedienen sich ihrer nach Belieben. *Meines Blei-*

bens hier ist nicht länger, ich wünschte, ich dürfte hinweggehen von dieser Erde. Gott mich euch!«
Er erhebt sich schwerfällig und verläßt den Raum.

Johannes verbucht:

> *17. März 1543: 4fl. Ausmalung einer Pergamentbibel*
> *18 fl. 15 gr. Einband in schwarzem Samt*

Er schüttelt empört den Kopf: So gering wird die Leistung des Malens veranschlagt!

> *4. Oktober 1543: 123fl. 10g 8 pf. für verschiedene Torgauer Arbeiten, darunter Renndecken, ein Jagdbild, ein gemaltes nacktes Weib, Bildnisse des kurfürstlichen Paares, die an Bernhard von Mila und Christoph von Taubenheim verschenkt wurden.*
>
> *133 Gulden 9 Groschen 2 Pfennig Lucas Cranachen dem Maler zu Wittenberg vor nachfolgende gemacht Arbeit, nämlich*
> *10 Gulden vor zwei Tücher, darauf Herzog Moritz zu Sachsen*
> *samt seiner F. Gn. Gemahl groß abkonterfeit seien.*
> *5 Florin für ein Tuch des Kaisers Contrafaktur*
> *17 Florin 3 Groschen an 15 Guldengroschen vor ein Tuch, darauf das Evangelium gemalt, da man die Kinderlein zu Christo trägt.*
> *5 Gulden 15 Groschen vor eine Lucrezia, so Graf Philippsen von Solms übersandt.*
> *6 Florin 18 Groschen vor eine Tafel, die mein Gestr. Herr Hermann Malsburg haben schenken lassen.*
> *16 Gulden vor die fünf meines gnädigsten Herrn Conterfei samt seiner Churf. Gn. Gemahl und den dreien jungen Herrlein.*
> *6 Florin vor ein Büchlein und davon anzustreichen, darinnen die Ringer und Fechter abgemalt seien.*
> *4 Florin vor vier Wappen an die Kammerwagen*

4 Florin von etlichen Gemälden in der Stuben zu bessern
4 Florin 12 Groschen dem Maler zu Braunschweig Peter Spitzen darum, daß er den Herzogen von Braunschweig Formen, so auf ein Tuch gemacht gewesen, dargeliehen hat.
34 Florin 6 Groschen vor 2 große Tücher, darauf die Belagerung von Wolfenbüttel gemalt ist.
10 Florin 14 Groschen 2 Pfennig Fuhrlohn und Zehrung berührten Malers laut allenthalben seiner Zettel.

Cranach ist zum drittenmal Bürgermeister.
»Gott zum Gruße!« sagt er zu Katharina von Bora, ihr betrübtes Gesicht nicht bemerkend. »Ich freue mich, dich gerade jetzt zu sehen. Komm, setz dich ein Weilchen zu mir, ich möchte dir etwas erzählen, was dich gewiß interessiert. Ich versuche gerade, die Rechtsprechung unserer Stadt zu reformieren. Bisher war es so geregelt, daß die in dreijährigem Turnus regierende Mannschaft des Rates auch das Gericht bildet und Recht spricht.«
»Das verstehe ich nicht, Lucas. Bitte, erkläre mir doch, wie sich der Rat zusammensetzt.«
»Gut. Der Rat unserer guten Stadt Wittenberg besteht aus vierundzwanzig Personen, die drei Ratskollegien bilden, welche jeweils drei Jahre lang die Ratsgeschäfte führen.«
»Ach so. Und bisher hat das regierende Kollegium auch Recht gesprochen?«
»Genau. Das erschien mir jedoch als eine Überlastung einerseits und andererseits vielleicht gefährlich, was die Verquickung von Regierung und Rechtswesen, aber auch von persönlichen Wünschen und Urteilsfindung anbelangt. Also lasse ich die beiden anderen Kollegien, die gerade nicht regieren, die Rechtsprechung ausüben.«
»Das erscheint mir nützlich!« nickt Käthe.
»Du hättest ein Mann und Ratsherr werden sollen, Herr Käthe, du hast einen guten allgemeinen Kopf.«
»Das sagt Martin auch immer. Aber er ist gar nicht damit einverstanden. Er meint, wenn er es noch einmal zu tun hätte, nähme er sich ein Weib aus Marmor, das ihm nicht dauernd Widerworte gibt.«
Cranach lacht. »Das kann ich mir gut vorstellen! Du hast ja auch zu allem deine eigene Meinung und kümmerst dich da wenig um die Haltung deines Eheherrn.«

»Das stimmt, und das bereue ich auch keineswegs. Ich bin offen und ehrlich und stehe zu dem, was ich denke.«

»Wenn du es so formulierst, hört es sich sehr positiv an!«

»Das ist es ja auch«, beharrt Käthe.

»In deinen Augen, aber für Martin ist es schon unangenehm, um nicht zu sagen, ehrenrührig, wenn sein Eheweib ihm in seinem eigenen Hause widerspricht und an der Richtigkeit seiner Ratschlüsse zweifelt.«

»So sollte ich schweigen und herunterschlucken, was ich denke, nur, damit er in den Augen der Welt als der unfehlbare Herr dasteht?«

»Du hast in der Tat eine spitze Zunge, meine Liebe!« lacht Cranach. »Ja, du solltest wirklich manchmal besser schweigen und deine kritischen Sätze herunterschlucken aus Liebe zu deinem Mann.«

»Aus Liebe zu ihm muß ich sie sagen, sonst merkt er ja nicht, wenn er Fehler macht.«

»Heilige Katharina die Große! Merkst du denn, wenn du Fehler machst?«

»O ja, Martin reibt sie mir schon unter die Nase.«

»Das ist auch sein gutes Recht als Ehemann. Du aber sollst ihm nach dem Spruche der Bibel untertan sein. Außerdem, woher willst du denn wissen, daß du recht hast und nicht er?«

»Weil er so oft mit seinen Gedanken in den Wolken hängt und nur an Gott denkt und mich allein läßt mit der Not um unser täglich Brot, womit ich bei dem Grund meines Besuches angekommen bin. Wir haben keinen roten Heller mehr im Hause, Martins Silberbecher sind alle verpfändet, und der Metzger will nicht länger anschreiben, bitte, Meister Lucas, kannst du mir ein wenig Geld leihen?«

Lucas seufzt, geht zum Fenster und dreht ihr den Rücken zu.

»Nein«, sagt er endlich entschieden, »ich will Martin nichts mehr leihen. In dem Punkt hast du recht, er will sich einfach nicht um das Leben seiner Familie kümmern. Wir müssen ihm die Augen öffnen, indem wir ihn dazu zwingen.«

»Ach Lucas, hab Erbarmen. Meister Döring will uns auch nichts mehr geben.«

Er dreht sich um.

»Recht hat er. Es ist mir herzlich leid um deine Tränen, Käthe. Aber ich bleibe bei meinem Wort. Geh zu deinem Mann, und erzähle ihm, daß du nichts mehr borgen kannst. Vielleicht kommt er endlich zur Besinnung.«

Sie nickt einen stummen Gruß und verläßt hastig den Raum. Lucas stapft betont forsch in die Werkstatt zurück.

Sieben Uhr in der Frühe. In der Werkstatt sitzen zwar alle an ihrem Arbeitsplatz, aber die Schatten der Müdigkeit lähmen noch ihre Glieder. Da stürmt der Meister herein wie ein Orkanwind.
»Jetzt ist das Maß voll, Herrschaften!« schreit er zornig. »Meine Geduld ist erschöpft!«
»Vorsicht, Meister«, mahnt Silberbart, »Ihr stoßt das Lapislazuli um.«
»Ja, ja, sorgt euch nur um das Lapislazuli. Es ist kostbar, nicht wahr, darum benutzen wir die daraus gewonnene Farbe nur selten – natürlich! Aber euer Blut, das ist nicht kostbar, das könnt ihr vergeuden, davon habt ihr ja viel zuviel, nicht wahr? Schlagt euch ruhig mit den Studenten, immer drauf! Aber das genügt den Herren ja nicht, nein, ihr müßt die Degen ins Spiel bringen. Daß ihr es nicht geschafft habt, all euer Blut zu vergießen und mucksmausetot zu sein, das wundert mich wirklich, ihr habt euch, weiß Gott, genug Mühe gegeben.
Da bringt es unsere Lutherin tatsächlich fertig, euch wieder zusammenzuflicken, schau an, schau an! Und Meister Lucas kann zum Rat rennen und beruhigen und begütigen und erzählen, alles sei ja ganz anders gewesen, denn die Herren Malergesellen können kein Wässerchen trüben und wollen nur großzügig rote Farbe verschenken, weil wir zuviel davon haben, viel zuviel! Das Wort des Bürgermeisters hat viel Gewicht, o ja, und die Sache wird wieder einmal bereinigt, und heute abend kann es von vorn beginnen.
Schreib es nur auf, Johannes, ja, schreib es auf, bring es in die Offizin, laß es setzen und drucken, damit jeder Geselle es sich übers Bett hängen kann und die Kunst des Lesens daran übt, falls er sie noch nicht beherrscht.
Ab heute, Herrschaften, hole ich euch nicht mehr aus dem Kerker, laßt euch das gesagt sein. Es gibt auch ohne euer Zutun genug Unruhen und Ärger in unserer guten Stadt. Dixi.«
Er greift nach seiner Palette und beginnt mit großen Schwüngen zu malen. Alle eifern ihm eilig nach.
»Doktor Luther ist auch aufs höchste ergrimmt!« flüstert Jobst hinter vorgehaltener Hand. »Er hat gegen das Treiben der Studenten im Speckwald gepredigt. Er wetterte gegen die *genezicht, schäbicht, garstig, stinkend und franzosichten Huren*, die er am liebsten rädern ließe, weil sie

so viel Unheil unter der Jugend anrichten. Höre man nicht auf ihn, so werde der Kurfürst zweifellos mit Gewalt durchgreifen, denn Friedrich der Weise *hat diese Universität nicht gestiftet für Hurenjäger.«*
»Ruhe«, knurrt Cranach, »ich will hier Ruhe bei der Arbeit haben.«

Kaiser Karl V. rüstet zum Krieg gegen Frankreich und gegen die Türken. Er braucht die Unterstützung aller Deutschen. Im Speyrer Reichsabschied von 1544 werden den Protestanten eine Reihe von Zugeständnissen gemacht: Besitz und Nutzung der Kirchengüter für Kirchen und Schulen werden bewilligt, ein freies Konzil zur Behebung der Glaubensspaltung wird für nahe Zeit in Aussicht gestellt. Daraufhin schickt der Papst dem Kaiser ein Tadelsbreve und verurteilt die Beschlüsse des Speyrer Reichstages als Eingriff in die päpstlichen Rechte.
Luthers Kommentar: *Der Papst wird eher den Türken oder den Sultan anbeten als sich reformieren lassen.*

Man schreibt das Jahr des Heils 1544. An Cranachs langer Tafel ist es leerer geworden, besonders am oberen Ende, wo die Familie ihre Plätze hat. Lucas ist heil aus Italien zurückgekehrt, an Wissen und Erfahrung reich, wie er scherzend zu sagen pflegt. Obwohl er einen eigenen Hausstand hat, nimmt er gelegentlich an den Mahlzeiten teil. Nicht mehr mit am Tisch sitzt Tochter Barbara. Sie hat vor kurzem den Schwager ihres Bruders, Christian Brück, geehelicht. Die verwitwete Ursula und Anna, die Jüngste, rahmen den Vater ein. Auch Johannes und Caspar Pfreundt, der Apotheker und Diener, haben hier ihren Platz.
»Es ist richtig und lobenswert, liebe Ursula, daß du wieder heiraten willst«, sagt Cranach, »und ich will dir gern eine zweite Aussteuer geben. Allein dieser Georg Dasch gefällt mir nicht sonderlich, seine Stellung als Hofbeamter ist doch sehr unsicher, und von Haus aus ist er nicht begütert. Ich möchte dich gern in geordneten Verhältnissen wissen. Ich bin ein alter Mann und werde wohl nicht mehr lange meine Hand über dich halten können.«
»Vater«, antwortet Ursula, »bitte, sorge dich nicht. Ich vertraue Dasch und bin dankbar, wieder einen eigenen Hausstand führen zu dürfen und Kinder zu haben.«
»In späteren Zeiten werde ich mich für meine Schwestern verantwortlich fühlen und immer für sie dasein, Vater«, verspricht Lucas der Jüngere ernst.

»Das ist ein gutes Wort, mein Sohn, halte dich daran. Dies soll mein letztes Jahr in den Diensten des Rates sein. Da du dich ja nun nach deinen italienischen Studien in den Rechten so gut auskennst, werde ich dir die Führung unseres Unternehmens mehr und mehr überlassen. So bekomme ich Kopf und Hände frei zum Malen! Als ich jung war und in die Niederlande reiste, dachte ich nur an die Kunst: Wie herrlich, einzig und allein meinen Ideen und ihrer Verwirklichung leben zu dürfen – mit Gedanken über die Möglichkeiten meiner Technik aufzuwachen und abends zu Bett zu gehen, versunken in immer wieder neue Pläne, wie ich die Bilder meiner Phantasie besser umsetzen könnte.
Zurück in Deutschland, wurde ich ins Hofleben eingebunden, lernte, daß ich auf die Hilfe von Gesellen angewiesen war, um den Anforderungen der Fürsten genügen zu können, schuf mir die Werkstatt und kostete den Reiz, Geld zu verdienen, Einfluß und Ansehen zu gewinnen, Besitz zu erwerben, immer wieder neue Möglichkeiten zu finden, mein Unternehmen zu erweitern – ein interessantes Spiel, dem Schach vergleichbar, dabei der Mensch viel zu bedenken hat. Ich habe es gern gespielt und manches gewonnen. Nun darf ich zum Ende meines Lebens an die Anfänge zurückkehren, dir, mein Sohn, das große Spiel überlassen und meinerseits wieder malen, ausgerüstet mit allen Möglichkeiten und Hilfen einer guten Werkstatt. Gott meint es wahrlich gut mit mir.
In den nächsten Wochen will ich ganz in Torgau bleiben. Die Fertigstellung der ersten Kirche, die von Protestanten geplant und für Protestanten gebaut wurde, ist schon etwas ganz Besonderes, und ich will selbst mit Hand anlegen.
Johannes, beschäftige dich mit den Entwürfen für die Hofmode! Du hast eine glückliche Hand im schnellen Malen von Figurinen, du weißt, die Winterkleidung sollte bald in Arbeit gegeben werden.
Magister Melanchthon hat gestern Entwürfe für dogmatische Bilder gebracht, sie liegen auf meinem Tisch; Lucas, nimm dich ihrer an.
Gott mit euch, ich reite nach Torgau!«

Ärgerlich fertigt Johannes einen Boten mit fünfhundert Florin ab, die Johann vom Hofe zugestellt werden müssen. Dieser Herr hat behauptet, daß Cranach ihm 619 Florin schulde, hat das Gericht deswegen angerufen. Die Forderung ist in Höhe von fünfhundert Florin anerkannt worden. Johannes weiß nicht, was er denken soll. Ist es möglich, daß der Meister sich weigert, eine Schuld zu zahlen? Und wieso werden dann nur fünfhundert Florin anerkannt? Entweder besteht die Forderung zu Recht oder nicht. Und doch mag er auch nicht nachforschen, aus einem unguten Gefühl heraus. Lucas Cranach ist durch und durch Geschäftsmann, gehören da manchmal zweifelhafte Manipulationen mit dazu?

Von Torgau aus ist Lucas der Ältere nach Weimar weitergereist, um die neuen Gemächer im dortigen Schloß auszuschmücken.
Das Haus in der Schloßstraße Ecke Elbgasse muß Johannes auf seine Anweisung hin auf Lucas den Jüngeren überschreiben lassen.
»Hier, Johannes, habe ich dir eigenhändig meine Rechnungen aufgeschrieben, damit du es leichter hast und auch wieder zum Malen kommst«, sagt der Meister und legt dem Schreiber einige Blätter auf den Tisch.
»Danke, Meister, das ist aber eine Menge!«
»Freilich, wenn ich mich schon hinsetze, soll es sich auch lohnen.«
Johannes nickt und liest sich die Sache durch:

Item am Sonntag nach Trinitatis bin ich mit 6 Knechten von Wittenberg gen Torgau kommen und am neuen Bau gearbeitet 12 Wochen bis auf den Sonntag nach Bartholomä, da haben wir an der gewölbten Turmstuben angefangen und die Leisten im Fenster vergoldet und die Scheiben im Fenster eingesetzt. Danach haben wir am Erker innen und außen gemalt und … die Türen gebessert, der sein fünf, die man in die Kirchen gemauert hat, nun will ich anzeigen, was für Geld und Farben und Leim darauf gegangen sind.

Die Türen, die in die Kirche führen – so ein Kurfürst hat es gut, geht gleich aus seinen Gemächern auf die Empore und ist beim Gottesdienst, schaut gar von oben auf den Prediger hinab. Er könnte noch näher bei Gott leben als selbst die Mönche.

Ursula heiratet Georg Dasch. Die Hochzeit findet in kleinem Kreis statt – es gibt ja keinen Jungfernkranz mehr zu verschenken. Melanchthon als Freund des Hauses versucht, den Fürsten von Anhalt zu überreden, Dasch in seine Dienste zu nehmen, leider vergeblich.

Während Johannes liebevoll ein Waldstück ausmalt, denkt er wieder einmal über seine Situation nach. Auch er wird älter, schon hat er die ersten grauen Haare. Lucas dem Jüngeren möchte er nicht dienen, sie stehen sich altersmäßig und von der gemeinsamen Ausbildung und Entwicklung her zu nahe. Lucas ist zudem jünger als Johannes, für ihn könnte Johannes nicht mit dieser ursprünglich auch aus schlechtem Gewissen geborenen Verehrung und Hingabe arbeiten.

»Schau her, Johannes!« Lucas der Jüngere tritt an seinen Tisch. »Ich habe für den Fürsten Johann von Anhalt eine Bibel ausgemalt. Bitte schreibe die Rechnung darüber an die Herren Johannes Schultz und Urbanus Parig. Es waren hundertzweiunddreißig Figuren zu je zehn Groschen, hundertvierunddreißig große Buchstaben zu je einem Groschen, dreizehnhundertachtzehn kleine Buchstaben zu je sechs Pfennigen, nach meiner Rechnung sind das hundert Florin und vierzehn Groschen, rechne es bitte nach.«

»Ja, Lucas.« Johannes nimmt die Bibel entgegen; er betrachtet die Miniaturen, und dabei beantwortet sich seine Frage: er wird in sein Kloster zurückgehen und Miniaturen malen. Zwar kann man jetzt für weniger Geld gedruckte Bibeln mit schwarzweißen Holzschnitten kaufen, aber es besteht immer noch Bedarf an kunstvoll gestalteten Missalen, Stundenbüchern und Bibeln. So wird er auf seine alten Tage wieder im Skriptorium sitzen. Er braucht nicht auf den geliebten Geruch des Papiers und der Farben zu verzichten. Eingebunden in die Stille und die Gebete der Brüder, wird seine Seele Frieden finden, und alle Stunden des Tages wird er bereit sein, mit Joshua zu sprechen. Gut.

Stürmisch, ganz wie in alten Zeiten, betritt Luther die Werkstatt und ruft: »Wo ist der Meister?«

Lucas tritt hinter seiner Staffelei hervor. »Ja? Wer braucht mich?«

»Stell dich nicht dumm, Meister Lucas, du hast mich doch gewiß an der Stimme erkannt. Ich bin sehr ärgerlich mit dir. Diese groben, unflätigen Holzschnitte hätten niemals veröffentlicht werden dürfen!«

»Wovon redest du?« fragt der Meister.

»Von der Schrift *Das Papsttum 1545.*«

»Nun, die Schrift ist ja auch nicht gerade zartfühlend.«

»Das ist etwas anderes, du weißt, ich liebe eine deutliche Sprache. *Aber du bist ein grober Maler. Du hättest das weibliche Geschlecht um der Kreatur Gottes und um unserer Mütter willen schönen können. Daneben hättest du den Papst in würdigerer, womit ich meine teuflischerer Gestalt malen können!«*

»Ich, mein lieber Martin, habe das überhaupt nicht gemalt, sondern einer meiner Gesellen, und ich habe es nicht einmal gesehen.«

»Das entschuldigt dich nicht, Meister Lucas! Was diese deine Werkstatt verläßt, trägt deinen Namen, und du hast dafür in der Welt geradezustehen.«

»Martin, du weißt genau, wie es hier manchmal zugeht und wieviel ich außer Hauses bin; wie soll ich da wohl alles sehen und examinieren können.«

»Rede dich nicht heraus!« Luther ist unversöhnlich.

»Muß ich dich daran erinnern, wie oft du dich darüber beklagst, daß man jedes Wort, das du sprichst oder vielleicht nur denkst, aufschreibt, druckt und in alle Länder sendet und du keines zurücknehmen kannst?«

»Das ist etwas anderes. Und all die nackten Weiber, die ihr verkauft und die oft nicht einmal gut gemalt sind, scheinen mir auch keine Garanten für die Seriosität deiner Werkstatt zu sein!« Spricht's und stapft ärgerlich davon. Lucas kehrt kopfschüttelnd an seine Staffelei zurück.

Es ist Mode geworden, Maler bei Cranach ausbilden zu lassen, Tymmermanns aus Hamburg bleibt nicht der einzige. Der kursächsische Kämmerer Hans von Ponikau läßt einen jungen Mann auf seine Rechnung unterrichten. Am 24. April 1545 sendet Johannes dem Kämmerer ein Madonnenbild dieses Schülers mit einem eigenhändigen Brief des Meisters:

Dem gestrengen und ehrenfesten Herrn Hans von Ponikau und Kämmerer meinem lieben großen Förderer.

Gnad und Fried in Christo und mein ganz williger Dienst sei Eurer Gestrengtheit alle Zeit zuvor bereit. Gestrenger lieber Herr, hier schicke ich euch eine Maria mit einem Kindlein, ein Brustbild, hat Euer Maler gemacht, ich hab ihm gar nichts daran geholfen, er hats allein gemacht, da seht Ihr wohl wie er sich bessert. Gestrenger lieber Herr, hier schicke ich Euch drei Quittungen, die machen gleich 100 Florin und bitte, wollt verschaffen, daß solches Geld meinem guten Freund Magister Lorenz Lindemann möchte werden, der will mirs gen Leipzig überantworten, dess will um Eure Strengtheit wieder verdienen und wißt, daß ich mit ganzem Fleiß an der Tafel male in die Kirchen meines gnädigsten Herrn.
Datum Freitag nach S. Georgen im 45. Jahr.

Lucas Cranach Maler zu Wittenberg.

Im Juni ist der Abendmahlsaltar, die »Tafel« für die Kirche in Torgau, fertiggestellt, am 5. wird er eingepackt und von Wittenberg nach Torgau gebracht, am 14. Juni stellt Cranach ihn mit zwei Gesellen dort auf. Das schützende Gitter wird im August montiert werden können.

»Magister Franz! Welch Glanz in unserer Hütte! Du gabst mir lange nicht mehr die Ehre«, freut sich Johannes, als der Freund an seinen Tisch tritt.
»Gott zum Gruße! Johannes, du mußt am 17. November in Luthers Hörsaal kommen, es ist die letzte Chance, denn er will seine Vorlesungen für immer abschließen, und einmal solltest du ihn wenigstens gehört haben. Du hast ja keinen weiten Weg, es wird dich nicht viel Zeit kosten, bitte doch deinen Meister um Urlaub!«
»Das will ich tun, und ich denke, einmal wird er ihn mir gewähren.«
Cranach erlaubt es. Allein wie das Leben so spielt, kann Johannes gerade an diesem Morgen nicht loskommen: prompt bringt ein Bote Post und will seinen Lohn, der Wagen für Torgau steht im Hof, Johannes muß sehen, ob alles verladen ist, Tymmermanns will eine Auskunft, Sanne Geld für den Markt – als er endlich im Hörsaal eintritt, spricht Luther gerade sein Schlußwort:

Das ist nun die liebe Genesis. Unser Herr Gott geb', daß man's nach mir besser mache. Ich kann nicht mehr, ich bin schwach. Bittet Gott, daß er mir ein gutes, seliges Stündlein verleihe.

Er nimmt seine Bibel und verläßt das Katheder. Die Studenten sind stumm vor Betroffenheit. Zum erstenmal wird Johannes deutlich, wie alt und müde der Reformator geworden ist, und ihn kommt die Sorge an, daß er tatsächlich nur ein Mensch ist und sterben könnte.

»Wie, Herr Magister, schätzest du denn das vergangene Jahr 1545 ein?« fragt Johannes seinen Freund Franz bei einem winterlichen Sonntagsspaziergang an der Elbe.
»Gut, mein Lieber, oberflächlich gesehen fing es für die Protestanten sogar sehr gut an! Herzog Heinrich von Braunschweig erschien noch einmal im Felde und machte sich große Hoffnungen, aber die militärische Stärke der Schmalkaldener war so gewaltig, daß die Truppen Heinrichs desertierten, weil sie sich keine Chance ausrechnen konnten. Da-

mit hing der Arme gleichsam zwischen Scylla und Charybdis, zwischen den Soldaten der Evangelischen und seinen eigenen, die ihn zu fangen und auszuliefern drohten, und kapitulierte.
Der Erzbischof von Köln, Hermann von Wied, wollte zur Reformation übertreten; das forderte in der Domstadt die Inquisition auf den Plan, die ihn vorlud. Rat und Universität sind sich nicht einig, der Kaiser hat großes Interesse daran, daß Köln katholisch bleibt, vom Papst ganz zu schweigen. Die letzte Entscheidung steht da noch aus. Dennoch ist allein die Möglichkeit, Köln könnte protestantisch werden, ein Plus für uns.
Im September starb Kardinal Albrecht von Mainz, und sein Nachfolger wurde Sebastian von Heusenstamm, der versprach, hauptsächlich mit den evangelisch Gesinnten seines Adels und seines Kapitels zu regieren, und bat sich vom Landgrafen Philipp einen *christlichen* Kanzler aus. Der Kurfürst von der Pfalz schloß sich der Reformation an, es ist nur noch eine Frage der Zeit, wann er das Abendmahl unter beiderlei Gestalt empfangen wird.
Soweit die Pluspunkte.
Kaiserliche Majestät hat solche ebenfalls für sich gesammelt: Sein Gegner Frankreich ist durch den Krieg mit England gebunden, und mit der Hohen Pforte hat er im Oktober einen Vertrag über achtzehn Monate geschlossen: die Türken halten Waffenstillstand, der Kaiser zahlt einen jährlichen Tribut von zehntausend Dukaten.«
Johannes pfeift durch die Zähne.
»Gefährlich, gefährlich – nun hat er die Hände frei für Deutschland!«
»Du sagst es. Er nahm sofort sein Lebensziel in Angriff: das Konzil zur Reformation der Kirche. Der Kaiser will die Mißstände in der Kirche beseitigen, nur leider nicht im protestantischen Sinne. Obwohl er Frieden in Deutschland braucht, trachtet er, die Evangelischen mit Gewalt zur Unterwerfung zu bringen; der päpstliche Legat versichert ihm, daß ihn der Papst zu diesem Zweck nicht nur mit hunderttausend Dukaten wie für den Türkenkrieg, sondern mit seinem ganzen Vermögen, mit seiner dreifachen Krone unterstützen würde.
Wie du weißt, wurde das Konzil am 13. Dezember 1545 in Trient mit aller Feierlichkeit eröffnet. Zur Rechtfertigung der protestantischen Artikel traten Martin Bucer, Johann Brenz, Erhard Schnepf und Georg Major auf.
Unsere Abgeordneten waren wegen einer lächerlich erscheinenden Forderung zum Abbruch der Gespräche gezwungen. Es wurden nämlich

peinliche Vorsichtsmaßregeln getroffen, um das Geheimnis dieser Verhandlungen zu wahren. Die Protokolle wurden jeden Nachmittag in einen eisernen, mit drei Schlössern versehenen Kasten gesperrt, die Mitglieder des Kolloquiums sollten sich eidlich verpflichten, keinen lebenden Menschen von ihren Verhandlungen zu unterrichten.

Das konnten die Protestanten nicht akzeptieren, sie mußten doch wenigstens den Ständen, die sie entsandt hatten, Bericht erstatten. Sie brachen die aussichtslosen Gespräche ab und verließen das Konzil; hier gab es keine Versöhnung.

Der Papst nahm alle Kräfte, die in der Disziplin der Kirche und ihrer Verbindung mit dem Staate liegen, zusammen. Die zerstreuten Inquisitionen, welche nicht mehr durchdringen konnten, sind jetzt durch ein oberstes Tribunal zu einem einzigen System vereinigt, das sehr bald eine unwiderstehliche Kraft der Vertilgung entwickelte.

Einen Vorgeschmack lieferte die Verbannung, die das Parlament von Rouen über die Waldenser von Meridol aussprach, nach welcher die ganze Ortschaft geschleift werden sollte, *die Häuser, die Zufluchtsörter unter der Erde, die Bäume in den Gärten, die Holzungen rund umher*. Nach einigem Zögern wurde das Edikt 1545 vollstreckt. Meridol und Carbrières wurden von einer kleinen Heerschar überfallen und unter entsetzlichem Massaker zerstört, ein paar tausend unschuldige Bekenner wurden als unwürdig, das Licht der Sonne zu erblicken, vom Erdboden vertilgt. Auf eine Bittschrift der piemontesischen Waldenser gab Franz I. von Frankreich die Antwort, er könne Leute, die er in Frankreich verbrennen lasse, unmöglich in den Alpen schonen. Wozu dieser fanatische Geist führen kann, will ich dir an der Geschichte zweier Brüder verdeutlichen.

Johann Diaz, ein junger Spanier, studierte in Paris. Er las Schriften der Reformation und fand ihre Meinung in den Paulinischen Briefen bestätigt. Er ging nach Deutschland, fand im Hause von Martin Bucer Aufnahme, wurde ganz von den evangelischen Lehren durchdrungen.

Sein Bruder Alfonso war in Rom ein Mitglied der Rota. Er besuchte seinen Bruder in Deutschland. Johann Diaz war ein Mensch, der sein einziges Glück auf Erden darin sah, nach dem einmal gefaßten Entschluß zu leben. Er war es ganz zufrieden, in ärmlichen Verhältnissen den Druck eines Buches von Bucer zu besorgen. Fast mit Gewalt mußte ihm Alfonso beim Abschied ein paar Krontaler zum Geschenk aufdrängen.

Alfonso Diaz, ein fanatischer Katholik, empfand die Ketzerei seines Bruders als Schimpf und Schande für Land und Familie. Einige Tage nach

seinem Fortgang erschien in der Morgendämmerung sein Diener mit einem Brief bei Johann. Als dieser, erst halb angekleidet, sich über den Brief beugte, versetzte ihm der Bote von hinten einen Hieb mit dem Beil in den Nacken, so daß er niederstürzte und sich in seinem Blute wälzte. Alfonso hatte die Tür gehütet. Die Mörder eilten zu ihren Pferden. Man ergriff sie und dachte, sie zu bestrafen, aber der Papst machte geltend, daß sie beide Kleriker seien, und entzog sie den weltlichen Gerichten.
Der Gegensatz, der zwischen den beiden Brüdern bestand, ist derselbe, der im Kolloquium des Konzils zutage tritt. Wie dieser neue Kain gegen den zweiten Abel, sagt Melanchthon, so seien die Feinde der göttlichen Wahrheit gegen alle frommen Gliedmaßen Christi gesinnt.
Nun mache dir selbst deinen Vers auf das Jahr 1545.«
Johannes schüttelt den Kopf. »Ich mag nicht. Was helfen alle meine Spekulationen? Es kommt doch, wie es kommen muß.«

Ein Jungbrunnen nennt Cranach das Bild, das auf seiner Staffelei steht, und Johannes versäumt seine Arbeit darüber, es immer wieder anzusehen. Die vordere Mitte des Bildes dominiert ein großes, viereckiges Wasserbecken, in das drei Stufen hinabführen. Auf einer schön verzierten Springbrunnensäule steht eine nackte Frau mit einem kleinen Kind. Das Wasser des Bades besitzt offensichtlich magische Kräfte. Zur Linken werden viele alte Frauen zu Pferd, zu Wagen, auf einer Trage oder in der Schubkarre von Männern und Töchtern herangebracht und entkleidet. Schwach und erbärmlich hocken sie am Rand und auf den Stufen; aber kaum haben sie die Mitte des Beckens überschritten, so verwandeln sie sich in schlanke, schöne und gesunde junge Frauen, auf die schon stattliche Kavaliere warten. Nachdem sie sich in einem Zelt angekleidet haben, feiern sie an einer nebenan stehenden großen, festlich gedeckten Tafel ihre Wiedergeburt. Musikanten spielen auf.
Auf der rechten Bildseite tummeln sich die jungen anmutigen Gestalten in einer lieblichen und freundlichen Landschaft, während links bei den Alten und Gebrechlichen sich wilde Felsen auftürmen, von einer Festung gekrönt. Eine nackte Schöne hat sich genüßlich auf den Stufen ausgestreckt, in der Haltung der von vielen Gemälden bekannten Quellnymphe – zitiert der Meister sich selbst? Landschaft, Bäume, Sträucher sind reichlich vorhanden und minutiös ausgeführt, wie Johannes es gern mag.
»Nein, Meister Lucas, dies Bildwerk kann mir nicht gefallen«, knurrt

Luther, der, von Cranach und Johannes unbemerkt, hinter sie getreten ist. »Was soll es für eine fromme Wirkung auf christliche Seelen haben, so viele nackte Weiberleut anzuschauen?«

»Gott zum Gruße, Martin.«

»Gott zum Gruße, Herr Doktor Luther.« Die beiden Maler grüßen den Gast erst einmal höflich. Der Reformator sieht krank aus, seine Gesichtshaut ist fahl und faltig, die Augen liegen matt tief in den Höhlen, sein Rücken ist gebeugt.

»Lieber Martin«, beginnt der Meister, »nicht alle meine Bilder sind als religiöse Lehrwerke gedacht. Der Mensch will auch seine Freude haben, Lachen ist gesund.«

»Schon, schon, aber in moralischen Grenzen! Nein, du solltest in deinem Alter vernünftiger sein und deine Zeit nicht an solches Lotterwerk verschwenden.«

Der Meister läßt sich auf seinen Hocker fallen.

»Ei, Martinus, du führst eine starke Sprache.«

»Das ist mein Markenzeichen. Ich habe keine Zeit zu verschwenden mit leichten Worten. Nein, ich muß mich immer mehr aufregen, soviel Mühe für soviel Anreiz zur Sünde – der Teufel mag dich das gelehrt haben.«

»Jetzt ist es aber genug«, der Meister wird unwirsch, »was soll teuflisch daran sein, wenn man die Menschen darstellt, wie der Herrgott sie geschaffen hat?«

»Aus dem Paradies sind wir vertrieben, Lucas, unser Teil ist, die Blöße züchtig zu bedecken, weil sie unsere verdorbenen Seelen sonst zur Sünde reizt.«

»Nicht alle Seelen sind verdorben, und nicht ein jeder denkt beim Anblick von Nacktheit gleich an Sünde.«

Cranach wird nachgerade ärgerlich. Er wirft ein Tuch über sein geschmähtes Bild. »Verdecken wir den Stein des Anstoßes, ehe wir uns noch deswegen zerstreiten.«

»Verdecken genügt nicht, besser, du würdest das Bild zerstören, damit es keinen Anstoß erregt.«

Cranach schnauft zornig. »Laßt es genug sein, Herr Doktor, und kommt mit mir in die Stube, damit ein guter Wein unsere Gemüter beruhigt, denn ich mag mit Euch nicht rechten.«

»Laß nur«, Luther setzt sich auf einen anderen Hocker, »bleiben wir hier. Nichts für ungut, Lucas, verzeih mir altem Manne, wenn ich immer gleich mit der Wahrheit herausfahre. Ich ändere mich nicht mehr. Bin

auch nur gekommen, um Abschied zu nehmen. Morgen fahre ich mit meinen Söhnen gen Eisleben, um die Streitigkeiten der Grafen von Mansfeld schlichten zu helfen. Es wird mir herzlich sauer, ich fühle mich gar nicht gut, dazu die Kälte und die Unbilden des Wetters. Mein Herr Käthe will mich auch nicht ziehen lassen, muß aber, bin es den Herren und meiner alten Heimat schuldig. So lebt denn wohl, Gott mit euch!«
Er gibt Lucas und Johannes die Hand und nickt müde. Lucas geleitet ihn hinaus. Johannes nimmt traurig seine Arbeit wieder auf. Ein schmerzliches Ahnen kommt ihn an, dem er nicht auf den Grund gehen mag. Aber lange hilft ihm dieses Verweigern nicht.

Am Montag, dem 22. Februar 1546, ist ein Gedränge in den Straßen von Wittenberg, wie die Stadt es nie zuvor erlebt hat. Vom Elstertor zur Schloßkirche bewegt sich ein langer, langer Zug. Fürsten und Grafen, Professoren und Studenten, der Rat der Stadt, *dergleichen viel burgerin, matronen, frauen, jungfrauen, viel erlicher kinder, jung und alt, alles mit lautem weinen und wehklagen ... und nechst nach dem wagen, darauf die leich gefaren, ist sein ehelich gemahl die frau doctorin Katharina Lutherin sampt etlichen matronen auf einem weglin hinnach gefurt*, liest Johannes auf einem Flugblatt. Er schämt sich nicht seiner Tränen. Luthers Abschied in der Werkstatt war das letzte Lebewohl gewesen. Er weilt nicht mehr auf dieser Erde. Nie mehr kann man mal eben ins Schwarze Kloster laufen, um ihn zu befragen, nie mehr sich von ihm anschreien und ausschimpfen und – so liebevoll trösten lassen. Wer kennt sich aus mit Gott wie er?

Luther hat mit seiner Prophezeiung recht behalten: sobald er die Augen geschlossen hat, bricht der Sturm los.
Der Kaiser macht sich persönlich zum Reichstag nach Regensburg auf. Unterwegs, zu Maastricht, kommt ihm eine Gesandtschaft der deutschen Kurfürsten entgegen, um sich für ihren Kölner Mitstreiter, Hermann von Wied, bei ihm zu verwenden. Der Kaiser empfängt die Protestanten in aller Gnade. Hermann von Wied habe ja auf keine Warnung geachtet, sagt er und versichert, daß er in dieser wie in anderen Sachen nur mit zeitigem gutem Rate der Kurfürsten, Fürsten und Stände verfahren werde. Johann Friedrich von Sachsen läßt sich damit beruhigen. Die Evangelischen bitten den Kaiser in aller Demut, nicht zuzugeben, daß es in Zeiten, in denen er das Reich verwalte, innerhalb desselben zum Blut-

vergießen durch fremdes Kriegsvolk komme, falls er die Protestanten mit Waffengewalt heimsuchen wolle. Karl V. erwidert: Wie wenig das seine Absicht sei, davon könne sie schon der Anblick seines bewaffneten Gefolges überzeugen, es sei nur das gewöhnliche, eine Garde von fünfhundert Reitern; so fange man keinen Krieg an.

Bei seiner Abreise aus Maastricht verspricht Karl V. seiner Schwester, alles Mögliche zur Pazifikation von Deutschland zu tun und nur im äußersten Falle zur Anwendung der Waffen zu schreiten.

In Regensburg auf dem Reichstag holt ihn die Realität ein: Die Protestanten würden sich nun und nimmer den Beschlüssen des Konzils unterwerfen. Die Kurfürsten von der Pfalz und von Köln sind auf seiten der Protestanten, die Katholiken sehen keine Möglichkeit, sich gegen das Übergewicht ihrer Gegner zu behaupten oder die allgemeinen Angelegenheiten im Sinne des Kaisers zu regeln.

Ich habe darüber gedacht und wieder gedacht, schreibt Karl V. an seine Schwester, *wohlgesinnte und kundige Leute befragt, über ihr Gutachten Beratung gepflogen und bin endlich zu dem Entschluß gekommen, den Krieg zu unternehmen.*

Gnade

Lucas Cranach d. Ä.:
Verdammnis und Erlösung

»Ich weiß nicht«, Cranach schüttelt den Kopf, »unser guter Kurfürst scheint mir ein wenig zu vertrauensselig. Am 5. Juni 1546 wurde der Reichstag mit einer Proposition eröffnet, in der die Hilfe zu einem Unternehmen gegen die Türken zur Sprache kam. Und Johann Friedrich zerbricht sich nun den Kopf, warum diese Hilfe nicht auf den Gemeinen Pfennig bewilligt werde; dabei ist sich der Herr Kaiser mit dem Sultan doch längst einig geworden.«
»Landgraf Philipp«, meint Silberbart, »gibt sehr wohl seiner Meinung Ausdruck, daß die Lage noch nie so gefährlich war.«
Johannes kommt eiligen Schrittes und setzt sich zu Tisch. »Verzeiht, Meister, daß ich zu spät zum Essen bin. Ich war auf dem Schloß. Es gibt neue Nachrichten. Bei aller Kaisertreue fragen sich die protestantischen Fürsten doch nachgerade, warum Karl so gewaltig rüstet, und wagen es sogar, ihn um Auskunft zu bitten. Was, glaubt ihr, hat er geantwortet?«
»Sag es uns, bitte!« drängt Tymmermanns.
»Er denke nach wie vor auf Vergleichung zwischen den Ständen, wer ihm darin folge, der solle seinen allergnädigsten Willen spüren; sollte ihm aber jemand den Gehorsam verweigern, gegen den werde er sein Ansehen brauchen. Der ganze Hof spricht von der Züchtigung der ungehorsamen protestantischen Fürsten. Die Spanier sagen, der Kaiser werde bald die Zähne zeigen – es sei nur um ein paar Meilen in den böhmischen Wäldern zu tun, so könne man auf ebener Straße nach Sachsen gelangen.«
»Da sind unsere Truppen dann doch wohl vor!« meint Silberbart. »Obwohl wir auch schon stärker waren. Kurfürst Joachim von Brandenburg hat die Bestätigung seiner Kirchenordnung mit dem Versprechen erworben, den Schmalkaldischen Bund zu meiden. Herzog Moritz von Sachsen will keine Verpflichtungen auf sich nehmen. Der König von Dänemark hält sich entfernt. Markgraf Hans von Küstrin nimmt Rücksicht auf seinen Schwiegervater Heinrich von Braunschweig und sondert sich ab. Es ist auch nicht gut, daß es gerade jetzt kritisch wird, wo der Bund erneuert werden muß. Was haben denn nun die Beratungen darüber gebracht? Im Dezember 1545 war man in Frankfurt am Main, im April

1546 zu Worms, im Mai und Juni in Regensburg, und noch immer ist nichts beschlossen! Immerhin sind Johann Friedrich und Philipp in Ichtershausen zusammengekommen und haben Beschlüsse gefaßt. Sie wollen sich dem Kaiser da entgegenstellen, wo er angreifen wird, und wollen den Oberbefehl wieder gemeinschaftlich führen. Am 20. Juli gedenken sie sich jenseits des Thüringer Waldes zu vereinigen, mit sechzehntausend Mann zu Fuß und fünftausend Mann Reiterei. Landgraf Philipp hat fremdes und geübtes Kriegsvolk, unser Kurfürst dagegen nur seine eigenen Landsassen.«

»Dazu kommen die Truppen aus den Oberlanden, an die zwölftausend Mann unter dem erfahrenen Obersten Sebastian Schärtlin von Burtenbach«, ergänzt Jobst.

»Wir können nicht auf Hilfe von außen rechnen«, stellt der Meister nüchtern fest, »aber wir sind zuerst gerüstet!«

Johannes seufzt. »Es gibt wohl keinerlei Hoffnung mehr, den Krieg zu vermeiden?«

»Nein.« Cranach schüttelt den Kopf. »Da gibt es keine Hoffnung mehr.«

»Werden sie hierherkommen, um unsere Stadt kämpfen?«

»Das werden sie wohl. Unsere Truppen sind zwar stark, aber wir haben zwei Befehlshaber, das lähmt die Entscheidungskraft. Unsere Verbündeten sind die kleinen Leute, die an Luthers Lehre glauben, der Kaiser aber – nun, der hat gewichtigere Freunde!«

»Und Gott, Meister, sie sagen doch, Gott ist auf unserer Seite.«

»Ach Johannes, jeder Mensch ist ein Kind Gottes, wie sollte er da wohl Partei ergreifen können. Auch der grausamste Spanier des Herzogs Alba kommt zum Sterben, da hilft Gott ihm durch, ihm so gut wie dem Sachsen, dem Bayern, und das ist auch richtig so. Komm, geh mit mir die Stadtmauern und die Wälle inspizieren.«

Wittenberg bereitet sich auf die Belagerung vor. Man trägt sogar die Turmspitzen der Stadtkirche ab, um dort oben Geschütze zu postieren, mit denen man weit schießen kann.

Johannes schreibt eine Abrechnung für das Torgauer Schloß über Malerarbeiten am Schloßbau, für Leinwandbilder: eine Hirschhatz, eine Venus, eine Lucretia; für die Vergoldung einer in Freiberg gegossenen Bronzetafel, für Miniaturbildnisse von einundzwanzig Fürstenpersonen in einem Buch, für die Bemalung des großen Tisches des Herzogs Moritz in Dresden.

Ihm wird dabei das Herz schwer. Die kleinsten Verrichtungen in der Werkstatt kommen ihm so endgültig vor, als würde er sie nie wieder ausführen können, und das ist ihm leid. Wie haben diese ellenlangen Abrechnungen ihn oft geärgert, wenn er so gern gemalt hätte und schreiben mußte. Aber nun verzeichnet er jeden Posten besonders sorgfältig, gewissermaßen Abschied nehmend. Ihm fällt ins Auge, daß die Schrift des Meisters ganz zittrig geworden ist.
Es ist ein strahlender Sommer, die Nachtigallen schlagen, vom Markt weht Blütenduft in den Torweg – eine Fülle bunter Blumen wird dort feilgeboten. Cranach ist unterwegs. Johannes verpackt ein Bündel bemalter Wappen für den Kurfürsten.
»Halt, warte!« hält Lucas der Jüngere ihn auf, als er es dem Boten aushändigen will.
»Hier ist ein Brief für Vater, der soll mit nach Weimar.«
Aber der Brief kommt zurück; Lucas der Ältere ist nicht in Weimar. Wo mag er sein? Reisen ist gefährlich in diesen Zeiten.
»Franz, was ist geschehen, du bist ja ganz bleich?« ruft Johannes dem Freund entgegen, der durch den Torweg kommt.
»In Tirol wird gekämpft, die ersten Schüsse sind gefallen, es gab Tote, nun nimmt das Unheil seinen Lauf.« Er legt den Kopf in den Nacken. »Sieh diese wunderschönen alten Bäume. Noch ist das Grün der Blätter hell, sie sind zart und frisch und zittern im warmen Sommerwind! Wie oft haben wir hier gesessen …«
»Jetzt rein mit euch, wird's bald!« Lautes Geschrei. Einige Gesellen stolpern auf den Hof, der eine blutet aus einer Kopfwunde, der zweite humpelt, ein dritter preßt mit schmerzverzerrtem Gesicht den rechten Arm an den Oberkörper.
»Ab in eure Quartiere, laßt euch vor morgen früh nicht mehr blicken! Hoffentlich geht das gut.« Silberbart ist es, der die Blessierten vor sich hertreibt. Sie gehorchen ihm ängstlich.
»Sie haben sich wieder mit den Studenten geprügelt, am hellichten Tag auf dem Marktplatz. Und der Meister ist nicht da. Anstatt zu arbeiten, treiben sie sich in der Stadt herum. Wenn sie nun vom Büttel erwischt werden, wer soll sie dann aus dem Gefängnis holen?«
»Neue Nachrichten vom Reichstag zu Regensburg!« Ein Drucker kommt atemlos angelaufen. »Der Kaiser hat unseren gnädigen Herrn Johann Friedrich und den Landgrafen Philipp von Hessen am 20. Juli dieses unseres Jahres 1546 in Reichsacht getan! Am selbigen Tage sind

auch die ersten Truppen der Kaiserlichen in Regensburg erschienen: zwölf Fähnlein Spanier, die bisher in Ungarn dienten, und fünfhundert Reiter.«
Der Bote läuft schon wieder hinaus.
»Ja und?« fragt Jobst und stellt sich in Positur. »Wir haben auch Soldaten! Und unser Wittenberg ist eine gepanzerte Feste, an der sie sich ihre Zähne ausbeißen werden. Wir haben unsere drei mächtigen Stadttore und noch vierzehn massive Türme, dazu vierunddreißig Propugnacula ...«
»Was ist das denn?« fragt Johannes.
»Die Bollwerke, die Streichwehren, die aus der Mauer hervorspringen, so daß man von ihnen aus das zwischen zwei Bollwerken liegende Langwerk unter Feuer halten kann, falls sich der Feind so weit vorwagen sollte.
Mauern und Gräben sind in tadellosem Zustand, die Bürger haben ihre Wehr und Waffen, es gibt genügend frisches Quellwasser durch unsere fünf unterirdischen Röhrfahrten, Proviant und Munition sind reichlich vorhanden; sollen sie doch kommen, die Spanier, und sich blutige Köpfe holen!«
Lucas der Ältere reitet in den Hof. Sein Pferd ist erschöpft. Schwerfällig steigt er aus dem Sattel. Es ist um die Zeit der Mittagsmahlzeit, Familie und Maler sind um den großen Tisch versammelt. Der Meister tut erst einmal einen guten Schluck, stellt langsam, bedächtig den Becher ab, wischt sich den Mund. Es ist ganz still im Raum, nur eine dicke Fliege stößt eigensinnig gegen die Butzenscheiben.
»Gott zum Gruße«, sagt Cranach endlich, »und möge Seine Gnade uns alle schützen. Es sieht nicht gut aus. Dem Kaiser sind viele Hilfstruppen zugezogen. Ottavio Farnese, sein Schwiegersohn, führte ihm die päpstlichen Völker zu. Wenn meine Informationen zutreffend sind, hat Karl nunmehr vierunddreißigtausend Mann zu Fuß und fünftausend Mann zu Pferde. Seine Wahlkapitulation, in der er versprach, keine fremden Truppen ins Reich zu führen, hat er auch gebrochen, es sind an die zehntausend Italiener und achttausend Spanier im Heer.«
»Gott steh' uns bei«, stöhnt die Köchin, die gerade mit einer dampfenden Schüssel hereinkommt, »die Spanier sollen ja noch grausamer sein als die Hussern. Sie werden uns alle als Ketzer am Spieß rösten.«
»Laß gut sein, Sanne«, beruhigt Jobst, »wir werden sie in die Flucht schlagen. Und mag der Kaiser auch über mehr Kriegsleute verfügen, so ist doch Gott mit uns.«

Kurfürst Johann Friedrich und Landgraf Philipp sind mit dem Heer der Evangelischen an der Donau. Im Augenblick ist das Kräfteverhältnis dergestalt, daß sie Karl V. mit etwas Fortune besiegen könnten, allein sie nutzen ihre Chance nicht. Sie haben noch immer Bedenken, den Kaiser, ihren obersten weltlichen Herrn, anzugreifen. Karl seinerseits kann sich auch zu keiner Offensive entschließen, obwohl er zahlenmäßig überlegen ist. Schwer lastet die Bedrohung über den Menschen, gleich einer schwarzen Wolke, die sich jeden Augenblick entladen kann; trotzdem geht alles seinen gewohnten Gang.

Ende Oktober schlägt der Blitz ein. Lucas der Jüngere stürzt atemlos in die Werkstatt und läßt sich auf einen Hocker fallen.

»Jetzt ist es geschehen! Herzog Moritz von Sachsen, der Verräter, der Hundsfott, hat sich mit dem Kaiser verbündet und unserem Kurfürsten, seinem leiblichen Vetter, den Absagebrief gesandt. Er will die Kurwürde. Er rückt in unser Land ein. Die Stadttore werden verrammelt, die Mauern besetzt; unser Fürst lagert mit dem Heer an der Donau, sein Sohn hier muß zusehen, wie er Gotha und Wittenberg hält!«

Die Ereignisse überstürzen sich. Am 30. Oktober überschreiten die böhmischen Truppen des Kaisers die Grenze. Eilig wirft sich ihnen das vogtländisch-thüringische Landvolk auf den Höhen von Adorf entgegen und wird mühelos über den Haufen gerannt. Schutzlos liegt das Land, liegen die friedlichen, unbefestigten Städte. Herzog Moritz verspricht ihnen Rettung vor den kaiserlichen Truppen, wenn sie ihm huldigen; bei ihrer Religion will er sie auch lassen und sogar sich gegen seinen Vetter Johann Friedrich *nach aller Gebühr halten, wofern derselbe sich mit kaiserlicher Majestät versöhne*. Diesen Vertrag nehmen die Städte, eine nach der anderen, an: Zwickau, auf das sich der Kurfürst besonders verlassen hatte, ebenso Bornau, Altenburg, Torgau.

Allein Gotha und Wittenberg bleiben treu. Wittenberg ist die Hauptfestung, schier uneinnehmbar dank der Schanzarbeiten der letzten Jahre.

Am 7. November in aller Frühe klopft Franz an Johannes' Kammertür.

»Steh auf, Bruder, Herzog Moritz rückt an! In der Stadt ist Panik ausgebrochen. Gestern erging die Anordnung, die Universität aufzulösen. Hörst du nicht den Lärm? Die Professoren fliehen in wilder Angst. Es schneit heftig. Die Straßen sind verstopft von den Flüchtlingswagen. Greise, Frauen, kleine Kinder kauern in der Eiseskälte auf ihren Habseligkeiten und treiben ihre Pferde hastig ins Ungewisse.

Ich habe die Lutherin mit ihren Kindern gesehen, wo will sie hin? Was für ein Elend! Melanchthon geht mit seiner Familie nach Zerbst, ich schließe mich ihm an. Der Stadtpfarrer Bugenhagen bleibt. Was ist mit euch?«
»Wir bleiben«, antwortet Johannes.
»Künstler haben einen Sonderstatus, falls denn die Spanier verstehen, daß ihr solche seid. Willst du nicht doch lieber mit mir reiten?«
Johannes schüttelt den Kopf. »Ich verlasse meinen Meister nicht.«
»So will ich dich umarmen, auf daß wir uns in besseren Tagen wiedersehen! Gott mit euch!«
»Gott mit dir, Franz!«
Sie umfassen sich fest, dann dreht Franz sich schnell um und poltert die Treppen hinunter. Johannes rinnen die Tränen übers Gesicht. Er kann sich sein Leben ohne den Freund nicht vorstellen.
»Johannes!« ruft es von unten. Der Meister und die Altgesellen erwarten ihn am Fuß der Treppe.
»Wir gehen jetzt ins Schloß und bringen die wertvollsten Kunstwerke in Sicherheit«, ordnet Cranach an. »Jobst und Barthel, ihr spannt die Pferde vor den Wagen und kommt in den Schloßhof. Wir andern gehen zu Fuß. Nimm deinen Umhang, Johannes, es ist sehr kalt.«
Der Sturm treibt ihnen den körnigen Schnee ins Gesicht, der sie wie mit tausend Nadeln sticht. Die frostige Kälte beißt ihnen in Nasen und Ohren, die Augen beginnen zu tränen. Es ist kein Vorwärtskommen. Wagen, Menschen, Vieh versperren die Straßen. Ein weinendes Kind läuft in Johannes hinein, klammert sich an seinen Umhang.
»Mama, Mama!«
»Mein Gott, Annchen, da bist du ja.« Eine vermummte Frau reißt die Kleine in die Arme.
»Platz da!« Mit den Hellebarden schaffen sich zehn Gewappnete Raum. Ein Hund drängt durch Johannes' Beine. All diesen lebensvollen Geräuschen zum Trotz senkt sich der Schnee unerbittlich auf alles nieder, bedeckt Wagen, Menschen, Tiere mit einem dicken Vlies und dämpft die Bewegungen zu geisterhaften Schemen, unwirklich und bedrohlich, gleich einem weißen Totentanz.
Im Schloß herrscht wildes Durcheinander, Diener hasten umher, schleppen Nützliches und Unnützes zu den Wagen, laufen kopflos treppauf, treppab. Meister Lucas steht wie ein Fels inmitten und strahlt Ruhe und Sicherheit aus. Gezielt dirigiert er seine Leute, läßt die Kunstwerke sorg-

fältig in Tücher schlagen; auf ihren Wagen müssen sie freilich bis zum Abend warten, bis die Straßen frei werden.

Die Bauersfrau, die die Gänse liefert, sitzt weinend in der Küche.
»Nun kann ich euch nichts mehr bringen«, jammert sie, »weiß auch nicht, wo ich mit meinen Kindern bleiben soll! Die Hauptleute haben befohlen, die Vorstädte niederzubrennen, riecht ihr den Rauch? Unser Häuschen ist dahin, wo sollen wir bleiben, wovon leben?«
»Ich will den Meister fragen«, sagt Sanne. »Nimm dir derweilen von der guten Suppe aus dem großen Kessel und wärme dich auf.«
Cranach kommt selbst mit in die Küche.
»Wieviel Kinder hast du?« fragt er.
»Sechs«, stammelt die Frau.
»Gut. Ihr könnt in dem Gelaß neben dem Pferdestall unterkommen und hier in der Küche essen. Noch reicht es für alle. Nein, du sollst mir nicht die Hand küssen. Einzig und allein der Gnade Gottes verdanke ich, daß mein Haus noch nicht brennt.«

Johannes steht mit Cranach auf dem einen Turm der Stadtkirche. Sie inspizieren das dort aufgebaute Geschütz. Heute schneit es nicht, es ist einer jener herrlichen Wintertage, an denen bei klirrender Kälte die Sonne vom strahlend blauen Himmel scheint und die schneebestäubte Welt verzaubert. Klar bis an den fernen Horizont liegt das Land vor ihnen: Lustig flackern die rotgelben Feuer vor den Wällen, umlodern Pavillons und Lusthäuschen in den Gärten der Reichen, aber auch die Hütten der Armen, lecken über den weißen Boden, lassen Sträucher und Bäume auflodern und rotglühend zusammenfallen. Wie Zinnsoldaten tanzen die Leute der Bürgerwehr dazwischen umher und helfen dem Feuer. Ein lustig farbenfrohes Spiel das Ganze!
»Warum, Meister, wird alles Land ringsum verheert? Die Leute werden ja bettelarm dabei. So bald gibt es in diesen Gärten kein Obst mehr.«
»Das ist der Krieg, Johannes, und sein hartes Gesetz der verbrannten Erde. Wie wir dem Feind nichts gönnen, finden wir, wenn er abgezogen ist, auch selbst nichts mehr. Der Schaden dort unten wird in der Tat sehr groß, auch für die Reichen, allein die Hauptleute können nicht dulden, daß sich die Feinde so nah an den Wällen festsetzen und Schutz finden. Da, da – siehst du, da kommen sie!«
Johannes legt zum Schutz gegen das Sonnenlicht die Hand über die Au-

gen. Tatsächlich, klein und fern zunächst tauchen Reiter auf, die aber schnell größer werden.
»Ja«, bestätigt Cranach, »es gibt leider keinen Zweifel, das sind Hussern, kroatische, wallachische und polnische Grenzer, wildes Volk. Will Moritz unsere Stadt im Handstreich nehmen? Laß uns schnell herabsteigen.«
Die Glocken aller Kirchen läuten Sturm, Hörner rufen, die Männer eilen auf die Wälle, die meisten erst halb gerüstet, ihre Waffen schleppend, im Laufen den Helm überstülpend, den Harnisch schließend: am 18. November 1546 läßt Moritz stürmen. Johannes liegt zwischen den Frauen in der Stadtkirche betend auf den Knien. Die Maler verachten ihn deswegen; sie stehen alle auf den Mauern. Als Johannes nach Hause gehen will, tragen zwei Gesellen einen Verwundeten heran, der laut schreit. Es ist der Bäcker. Eine Kanonenkugel hat ihm ein Bein abgerissen, das Blut schießt aus der Wunde.
»Haltet an!« ruft Johannes und zerrt seinen Gürtel vom Leib. Er windet ihn um den Beinstumpf, zieht ihn, so fest er kann, zusammen, schiebt sein Messer durch den Knoten und dreht die Schlinge noch enger. Der Verwundete bäumt sich auf vor Schmerz und verliert das Bewußtsein. Die Blutung steht.
»Kannst du zaubern?« fragt eine Frau mit mißtrauischem Blick.
»Lächerlich«, knurrt Johannes, »ich habe die Ader abgebunden. Bringt ihn nach Hause, und du, Gevatterin, ruf den Medicus.«
Er reinigt sich die blutigen Hände im Schnee. Der Bäcker hat eine Chance zu überleben, aber was soll dann aus ihm werden? Seinen Beruf kann er als einbeiniger Krüppel nicht mehr ausüben. Er wird auf die Armenhilfe angewiesen sein.
Die Angreifer werden zurückgeschlagen. Herzog Moritz befiehlt keinen neuen Sturm. Auf eine Belagerung ist er nicht vorbereitet. Sein Heer verteilt sich auf die Dörfer der näheren Umgebung. Wochenlang ist die Stadt eingeschlossen und muß ständig mit einem neuen Angriff rechnen. Endlich kommt ein Bote vors Tor mit der frohen Kunde: Der Kurfürst und sein Heer nahen in Eilmärschen! Die Bürger jubeln und feiern. Am 21. Dezember ist Johann in Fulda, am 24. in Langensalza. Herzog Moritz zieht am 25. und 26. Dezember seine Truppen von Wittenberg ab und wirft sein bestes Fußvolk nach Leipzig. Die Straßen nach Wittenberg sind wieder frei! Viele Flüchtlinge kehren zurück, auch Katharina Luther.
Johann Friedrich hat Schwierigkeiten mit seinen Truppen. Nässe, Kälte,

schlechte Nahrung, Krankheiten setzen ihnen zu. Und der Sold bleibt aus, drei Monate schon sind die Landsknechte ohne Bezahlung, haufenweise laufen sie davon. Dennoch erobert er sein Land zurück, belagert Leipzig, bis ins Erzgebirge streifen seine Truppen – zwar muß er von Leipzig abziehen, doch bleiben seinem ungetreuen Vetter neben dieser Stadt nur Freiberg und Dresden.

Cranach kann die allgemeine Freude nicht teilen.
»Der Krieg dauert zu lange«, erklärt er, »uns geht der Atem aus. England und Frankreich haben Frieden geschlossen und interessieren sich wieder für Deutschland. Zwar ist die Rede von einer großen Geldsumme, die der französische König den Protestanten zugute kommen lassen will, um den Kaiser zu schädigen, zwar nähern sich Preußen und Dänemark unserer Partei. Aber der Kaiser wird wohl kaum tatenlos zusehen. Er wird nicht zulassen, daß wir uns erholen und im Frühjahr erfrischt und verstärkt, mit reichlichen Geldern versehen, gegen ihn stehen!
Ulm ist vom Schmalkaldischen Bündnis abgefallen, der Herzog von Württemberg hat nicht standgehalten, Augsburg widersteht dem Kaiser nicht länger.
Da du mein Schwiegersohn wirst, lieber Caspar Pfreundt, übergebe ich dir die Apotheke. Ich weiß, du wirst sie in meinem Sinne führen. Ich wünsche dir viel Erfolg dabei! Du sollst mit dem Geschäft in die Räume am Markt 4 umziehen.
Johannes, ich wünsche eine genaue Aufstellung meiner Außenstände und Verpflichtungen, wir wollen das alles ordnen und erledigen!
Ich gehe jetzt aufs Rathaus, um meine Ämter als Stadtkämmerer und Bürgermeister niederzulegen.«

Die großen Tafeln des Reformationsaltars, an deren Planung noch Luther beteiligt war, sind fertiggestellt, sie werden in die Stadtkirche gebracht und dort aufgebaut. Johannes überwacht den Transport und die Montage.
In diesen Gemälden hat Cranach seine Vorstellung, mit dem Pinsel zu predigen, in schöner Deutlichkeit verwirklicht und am siebten Artikel von Melanchthons Augsburgischer Konfession veranschaulicht: *Die Kirche ist die Versammlung aller Gläubigen, bei denen das Evangelium rein gepredigt und die heiligen Sakramente dem Evangelium gemäß gereicht werden.*

Johannes muß jedesmal schmunzeln, wenn er sieht, wie Magister Melanchthon auf der linken Tafel tauft, obwohl er gar kein Pfarrer ist. Aber Luther hat ja immer wieder betont, daß jeder Gläubige Priester sei. Das Abendmahl an einem runden, von einer durchgehenden Bank umschlossenen Tisch zu feiern ist eine ungewohnte Darstellungsform, die Johannes gefällt; die Größen Wittenbergs verkörpern die Jünger. Lucas der Jüngere reicht Luther, der als Junker Jörg abgebildet ist, den Becher, das weist auf die Wiedereinführung des Kelches beim Abendmahl. Auf der rechten Seite wird die Beichte gezeigt: Johannes Bugenhagen hat die Kraft, zu binden und zu lösen, versinnbildlicht durch die beiden Schlüssel. Er spricht gerade einen reumütigen, einsichtigen Sünder von seiner Schuld frei, der unverbesserliche Unbußfertige wird dagegen mit gebundenen Händen entlassen.

Aber am liebsten mag Johannes die Predella. Der dargestellte Raum erinnert ihn mehr an eine Krypta als an eine Kirche, er erscheint abgeschlossen, abgeschirmt, hat keine Fenster und wirkt durch die gelblichen Steine der Wände und des Fußbodens dennoch hell und erfüllt von Licht. In der Mitte Jesus am Kreuz, sein Lendentuch hat sich gelöst und flattert in weiten Schwüngen, wie der Meister es zu malen pflegt. Um ihn herum ist viel Freiraum. Zu seiner Linken springt aus der Wand die Kanzel hervor, auf der Luther predigt. Mit dem ausgestreckten rechten Arm weist er auf Christus, seine linke Hand ruht auf der Bibel. Rechts von Jesus die andächtig lauschende Gemeinde, auch Frauen und Kinder, vorn die Lutherin mit ihrem Sohn Hans, im Hintergrund vor der Wand weißhaarig der Meister. So versteht Johannes Kirche. Jesus, der das Licht der Botschaft, die auch einem abgeschlossenen, ummauerten Raum Helligkeit, Wärme, Geborgenheit schenkt, verkörpert, einer, der das Evangelium verkündigt, und die Menschen, die durch die Gnade verbunden sind – Männer, Frauen, Kinder. Was trennt mich von diesem Glauben? fragt er sich. Ihm fallen nur Traditionen und Verordnungen der Päpste ein. Ob die wirklich zählen vor Gott, so gewichtig sind, daß um ihretwillen gemordet und gestorben und das Land durch Krieg verheert werden muß?

Am 21. März 1547 bricht Karl V. von Nördlingen auf und führt sein Heer nach Norden. Er ist schwer krank, man sagt, er sehe einer Mumie gleich. Von heftigen Gichtanfällen gequält, muß er in einer Sänfte reisen und in Nürnberg mehrere Tage rasten. Sein eiserner Wille treibt ihn bald weiter, er will und muß die Sache jetzt zur Entscheidung bringen. Anfang April vereinigt er sich mit seinem Bruder, dem deutschen König Ferdinand, und Moritz von Sachsen. Am 18. April ist er in Gnadstein, von da aus zieht er östlich über Rochlitz, Coldlitz und Leisnig zur Elbe. Er sitzt zu Pferde, wenn auch mit verbundenem Fuß. Tizian malt ihn in voller Rüstung auf einem stolzen Rappen, mit der langen Lanze in der Hand. Kurfürst Johann steht jenseits des Stromes bei Mühlberg.

An Cranachs Tisch sitzt ein Bote aus dem kurfürstlichen Lager:
»Wir werden siegen, wir werden sie zu Paaren treiben und aus dem Lande jagen!« verkündet er mit strahlenden Augen. »Laßt mich von unserer Heimkehr aus Süddeutschland erzählen. Ohne Widerstand zu finden, kamen wir nach Halle. Wir zogen mit großer Pracht ein, unser Kurfürst wurde von zwei Herzögen, von Braunschweig und Lüneburg, einem Fürsten von Anhalt, einer zahlreichen Schar von Grafen und Herren, seinem Bruder und einem seiner Söhne begleitet. Zuerst umritt er nach alter burggräflicher Gewohnheit den Roland, der wieder am Roten Turm aufgestellt worden war. Rat und Bürgerschaft leisteten ihm Huldigung ...«
»Meister, Meister, kommt in den Hof, schnell!« ruft ein Lehrjunge. »Ein gräßliches Zeichen ist geschehen, das jedermann greuliche Bedenken macht! Von Bitterfeld wurde ein Wundertier hergeführt, von einer Kuh geboren, Ihr sollt es abkonterfeien!«
»Ich komme gleich«, wehrt Cranach müde ab, »laßt mich zuerst in Frieden essen. Und gebt dem armen Tier auch Heu, gegebenenfalls seinen beiden Köpfen!«
Mit seinem Skizzenbuch auf dem Hof, datiert er die Seite: 25. April 1547 und beginnt zu zeichnen, als ein Soldat hereinstürzt: seine Uniform ist blutig und zerfetzt, sein Gesicht verschmutzt, er humpelt.
»Es ist alles verloren!« ruft er. »Wir sind geschlagen, der Kurfürst ist gefangen.«
»Kommt«, sagt Lucas und legt ihm den Arm um die Schultern, »kommt herein, setzt Euch, hier, trinkt erst einmal.« Er gießt ihm Wein in einen Zinnbecher.
Der Soldat schluckt hastig, ein bißchen Flüssigkeit rinnt ihm übers Kinn und zeichnet ein sauberes Weglein auf die schmutzige Haut.
»Wir sind schon seit Mitternacht vor den Toren«, stammelt er, »aber sie wollten uns nicht einlassen, sie hielten uns für Feinde. Der Kaiser, König

Ferdinand, Herzog Moritz, sie setzten plötzlich mit ihren Truppen über die Elbe; es waren ihrer so viele, so entsetzlich viele, Ihr könnt es Euch nicht vorstellen! Der Kurfürst hatte den Rückzug befohlen, allein zu spät, sie holten uns auf der Lochauer Heide ein und fielen über uns her. Nach kurzem Kampf verloren die Unsrigen den Mut und flohen. Kurfürst Johann hielt stand und versuchte, sie aufzuhalten, aber es folgte ihm keiner mehr. So wurde er blutüberströmt gefangengenommen – ich sah es! Ich ließ mich fallen und lag wie tot, bis alle Feinde vorüber waren. Meine List gelang, hier bin ich nun, in Sicherheit – wie lange?«
Die Anstrengung, die Schmerzen, die Schrecken überwältigen ihn, er fällt mit dem Kopf auf den Tisch.
»Legt ihn erst einmal auf mein Bett!« ordnet Lucas an. »Dann, Sanne, richte ihm eine Kammer. Die Kurfürstin wird es nun wohl auch wissen. Ich will sofort zu ihr gehen.«
Die Verwirrung, die Angst in der Stadt sind unbeschreiblich: wieder läuten die Glocken, gellen die Hörner, krachen die Geschütze. Die Tore werden geschlossen gehalten, kein Wagen darf Wittenberg verlassen.
Die Wächter auf den Türmen halten jedoch vergeblich Ausschau, die Kaiserlichen bleiben aus – ein Tag vergeht nach dem anderen. Langsam beruhigen sich die Menschen, viele flüchten zum zweitenmal aus der Stadt, auch Katharina Luther mit ihren Kindern.

Der gefangene Johann Friedrich wird vor seine Feste Wittenberg gebracht. Der Kaiser soll gesagt haben: »Ich kam, sah, und Gott siegte.« Der Protestant Johann Friedrich aber, der sich als Kämpfer für Gottes Sache verstand, wird der Rebellion und der Ketzerei angeklagt und zum Tode verurteilt. Er ist sehr ruhig und gefaßt; als man ihm das Urteil mitteilt, spielt er mit dem Herzog Ernst von Braunschweig, der mit ihm gefangen wurde, Schach. Er unterbricht nicht sein Spiel, sondern legt das Urteil wie ein anderes Papier neben sich und sagt zum Herzog: *»Vetter, gebt acht auf Euer Spiel! Ihr seid matt.«* Über alle Furcht um sein persönliches Schicksal erheben ihn die Gewißheit einer anderen lebendigen Gemeinschaft, der er von jeher angehört, und sein reines Gewissen. Vielleicht vertraut er auch darauf, daß dies Urteil nicht endgültig sei.
Der Kaiser findet heraus, wie stark Wittenberg befestigt ist. Moritz, der ihm zunächst 15000 Schanzgräber stellen wollte, kann nicht mehr als dreihundert aufbringen, die spanischen Truppen sind nicht gewillt, ihm seine Städte zu erobern, und der Bischof von Arras meint, man müsse

Gott nicht weiter versuchen, nicht immer Wunder erwarten; bei einem Anfall [Sturm] auf Wittenberg könne man leicht die besten Leute und überdies die gerade erlangte Reputation der kaiserlichen Stärke verlieren; sehr viel besser sei es, wenn man dem Gefangenen die Todesstrafe in ewiges Gefängnis umwandle und ihn dafür verpflichte, seine Festungen, zunächst Wittenberg, zu übergeben. Der Kaiser läßt sich überzeugen und betraut den Bischof mit den Verhandlungen.
Als erste Bedingung fordert er von Johann Friedrich, sich den Beschlüssen des Tridentiner Konziliums, überhaupt den Anordnungen des Kaisers in bezug auf die Religion zu unterwerfen. Das weist der Kurfürst strikt zurück: Keine Gefahr des Leibes und Lebens werde ihn jemals dazu bewegen. In den weltlichen Angelegenheiten zeigt er sich zugänglich. Er erkennt an, daß er die Kurwürde und alle seine Lehen verwirkt hat. Moritz, der nun Kurfürst von Sachsen wird, muß sich jedoch verpflichten, den Söhnen Johann Friedrichs ein Einkommen von 50 000 Gulden zu lassen. Mit der Unterzeichnung der Wittenberger Kapitulation willigt Johann Friedrich in die Übergabe seiner Festungen ein.
Der Wittenberger Rat ist sich nicht schlüssig, ob er dieser Botschaft trauen kann oder sich besser bis zum letzten Mann wehren solle. Der gute Doktor Pomer bestimmt sie, den gefangenen Fürsten zu Rate zu ziehen. *»Er hat uns lieb, seine Gnaden wird uns nichts Schädliches raten«*, sagt er.
Johann Friedrich muß die Übergabe fordern. Also läßt die Kurfürstin die Stadttore öffnen – allerdings hat sich der Rat ausbedungen, daß nur deutsche Truppen einziehen und die Italiener und Spanier, die »Hussern«, draußen bleiben müssen, was auch geschieht.
Mit großer Pracht zieht der Kaiser in das *Ketzernest* ein, neben ihm reitet Herzog Alba. Die Wittenberger stehen stumm Spalier, äußerlich trotzig und innerlich zitternd: Was wird mit Luthers Leichnam geschehen? Hatte Alba nicht gedroht, seine Gebeine wie die eines Hundes in alle Winde zu zerstreuen? Totenstill ist es in der Schloßkirche, als Karl V. und Herzog Alba das Grab des Reformators erreichen. Keiner versteht, was die beiden spanisch miteinander reden; doch dann spricht sich in Windeseile die Übersetzung flüsternd herum. »Ich kämpfe mit Lebenden, nicht mit Toten«, hat der Kaiser gesagt.

Karl schlägt sein Lager bei Piesteritz auf. Er läßt den Maler Lucas Cranach durch einen Boten zu sich beordern.

»Laßt mir ein wenig Weile«, sagt der Meister, »ich will gleich mit Euch reiten. Bemüht Euch solange in die Stube, und nehmt mit einem Imbiß vorlieb.«
Mißtrauisch bedient Sanne den fremden Reiter.
Cranach setzt sich zu Johannes an den Schreibertisch.
»Dies, mein lieber Johannes, ist ein Einschnitt in unserem Leben. Ich gehe, meinen gefangenen Fürsten zu sehen – ja, ich weiß, der siegreiche Kaiser fordert mich zu sich –, aber ich werde mir wünschen, bei meinem Herrn zu sein. Ich weiß nicht, wie es ausgehen wird. Mag sein, ich bin in einigen Stunden heil wieder hier, mag sein, es kommt anders.
Du bist eines Tages hier aufgetaucht, Johannes, ich weiß nichts von deiner Vergangenheit. Du hast mir treu gedient und bist mir ans Herz gewachsen fast wie ein Sohn. Auf vielen Wegen hast du mich begleitet oder während meiner Abwesenheit die Geschäfte für mich geregelt. Du hast für mich gemalt, geschrieben und organisiert und an allem hier im Hause herzlichen Anteil genommen.
Heute kannst du nicht mehr mit mir gehen. Ich allein muß vor dem Kaiser erscheinen. Es ist das beste für dich, wenn du uns nun verläßt und in deine Vergangenheit zurückkehrst, falls das möglich ist.«
Johannes sieht den Meister an, beider Augen füllen sich mit Tränen. Johannes senkt den Kopf.
»Ich kann zurück, es ist wohl auch an der Zeit, daß ich gehe. Ich – bin ein Mönch.«
»Hm«, nickt Cranach, »fast habe ich es mir manchmal gedacht. Darf ich wissen, welcher Observanz?«
»Franziskaner.«
»Ja. Wie ein solcher hast du auch gelebt, selbst in meinen Hofgewändern. So laß uns Abschied nehmen, Gott mit dir, Pater Johannes.«
»Gott mit Euch, Meister.«
Sie umarmen sich, dann lösen sie sich entschlossen voneinander. Beide packen ein Felleisen, bei Johannes enthält es seinen ganzen Besitz: seine Kutte, eine gedruckte Bibel aus der Cranach-Offizin, sein Skizzenbuch. Johannes geht noch einmal in die verlassene Werkstatt, in die Ecke, wo das Bild von Christus und Maria hängt, das ihn so ergreift.
»Joshua!« murmelt er. Hat der Herr nicht die Lider bewegt?
Auch der Meister im pelzverbrämten Mantel tritt noch einmal ein.
»Da bist du noch? Warte!« Behutsam löst er die Zeichnung von der Wand und reicht sie Johannes hin.

»Nimm sie mit dir zum Andenken an uns!«
»Aber Meister«, stammelt Johannes ungläubig, »sie wird doch als Vorlage gebraucht.«
»Ich kann eine neue machen oder, besser noch, mein Sohn. Wer weiß, was hier noch gemalt wird! Nimm sie mit, und denke an uns.«
»Danke.« Glücklich hält Johannes das Blatt in Händen, verwahrt es sorgfältig in seinem Skizzenbuch. Alle, denen er Lebewohl sagen möchte, sind außer Hauses – nicht einmal Sanne, die Köchin, ist da. Im Hof hilft er dem Meister aufs Pferd und sieht ihm nach, wie er mit dem fremden Boten davonreitet. Dann macht er sich auf den Weg, die Collegienstraße entlang zum Elstertor. Es ist ein klarer, kalter Tag. Es riecht nach Schnee, genauso wie damals, als er mit Franz in Wittenberg ankam.
Bist du da, Joshua?
Ja, wie immer, du solltest es wissen.
Ich vergesse es immer wieder. Mein Herz ist so traurig.
Ich weiß.
Wo soll ich hin?
Du kennst dein Ziel.
Zurück in mein Kloster?
Vielleicht brauchst du so weit nicht zu gehen.
Du meinst, ich solle mir das nächste Franziskanerkloster suchen?
Dem steht nichts entgegen.
Ja, du hast recht. Dort werde ich stille sein, beten, malen, mit dir sprechen. Wie war es bunt und laut und schön in der Welt! Nun will ich sie verlassen. Mein Herz will glücklich sein in dir.

Mit gesenktem Haupt reitet Cranach durch das Heerlager des Kaisers. Er, der bei ähnlichen Anlässen stets dazu verpflichtet war, Zelte, Truppen, Pferde, Fouragewagen, Sicherheitswälle zu zeichnen, will das alles hier nicht sehen, es ist des Feindes. Der gewaltige Galgen mit Leiter und Strick fällt ihm ins Auge. Er registriert, daß Karls Zelt zwischen dem Flüßchen Streng und dem Wiesenhof aufgeschlagen ist. Karl empfängt ihn betont huldvoll und herablassend. Er sagt:
»Ich habe eine trefflich gemalte Tafel als Geschenk deines Fürsten erhalten, den ich neulich in der Schlacht gefangengenommen habe. Ich weiß aber nicht, ob sie von deiner eigenen Hand oder von der deines Sohnes stammt ...«

Warum soll es dir da besser als anderen ergehen, denkt Cranach.

»... Da ich nun hörte, daß du noch in Wittenberg lebst, habe ich dich sehen wollen.

Mein Knabenbild, das du als junger Maler von mir gemacht hast, besitze ich noch immer in meinem Haus zu Mechelen. Wie habe ich mich als kindliches Modell dabei angestellt?«

Cranach erzählt ihm von der Skizze des jungen Hundes, die den unruhigen Prinzen interessierte und gerade lange genug stillhalten ließ, daß der Maler sein Gesicht porträtieren konnte.

Man bietet ihm einen Teller voller Goldmünzen als Geschenk an. Aus Höflichkeit nimmt Cranach mit spitzen Fingern einige Münzen, er unterdrückt den Stolz, der sagen möchte, ich bedarf Eurer Dukaten nicht, so ihr mir meine Güter nicht konfisziert.

Gutgelaunt gewährt ihm der Kaiser, einen Wunsch zu äußern. Kniefällig bittet er um kaiserliche Milde für seinen gefangenen Fürsten.

Lachend, mit betont eleganter Handbewegung heißt der Kaiser ihn aufstehen.

»Ihm wird nichts geschehen, er wird als Geisel in meinem Troß mitgeführt werden, er ist mir gar nicht mehr so wichtig, wenn ich nur den anderen, Philipp von Hessen, schon hätte!«

Cranach versucht, die Erlaubnis zu erwirken, Johann Friedrich zu sehen, aber Karl windet sich mit Komplimenten, Fragen und Diskussionen über bekannte Maler und Bilder geschickt um die Antwort herum. Er erteilt keine Absage, gibt aber auch nicht die Erlaubnis. Ehe Cranach so recht weiß, wie ihm geschieht, hat man ihn wieder hinauskomplimentiert. Er blickt um sich die Lagergassen entlang, wo mögen die Gefangenen sein? Ein Husar führt ihm sein Pferd vor und hilft ihm unmißverständlich in den Sattel, also macht er sich auf den Heimweg.

Um sich abzulenken, denkt er an die Bilder, die er retten konnte: Dürers Marter der Zehntausend, die Anbetung der Könige, einen niederländischen Altar mit der Gefangennahme Christi, das Dreikönigsbild und den Sebastiansaltar Burgkmairs. Die Gegend, durch die er reitet, ist wüst und schrecklich, die Bauern sind alle geflüchtet, haben das Vieh weggetrieben; auf den Feldern sieht der einsame Reiter greuliche Dinge, von Hunden zerfleischte Leichen, verwundete Soldaten, hilflos sich selbst überlassen. Die Höfe sind ausgeplündert und niedergebrannt, die Obstbäume abgehauen. Cranach treibt sein Pferd an.

Am 6. Juni 1547 ziehen die letzten kaiserlichen Truppen aus Sachsen ab, Kurfürst Moritz nimmt die Huldigung der Wittenberger Bürgerschaft entgegen. Als Caspar Pfreundt Cranach dazu abholen will, findet er den Meister im Bett.
»Laß mich«, sagt er, »ich bin krank« und dreht sich zur Wand.
Am 8. Juni lädt Cruziger, der Rektor der Universität, die geflüchteten Professoren brieflich ein, ihre Lehrtätigkeit in Wittenberg wiederaufzunehmen. Herzog Moritz bemüht sich, die Stadt für Studierende interessant zu machen.
Ein Diener Johann Friedrichs, der nun heimatlos geworden ist, erzählt, daß *die Spanier und anderes welsches Kriegsvolk des Kaisers Caroli* die Bilder Cranachs im Torgauer Schloß zerstört hätten, *allein der Ursache halber, daß solche Gemälde die Vergleichung Christi und des Papstes enthielten.*
»Da muß es sich dann wohl um das Passional Christi und Antichristi gehandelt haben«, sagt der Meister, »das ist nicht schlimm, davon gibt es noch genug Exemplare in der Welt!« Aber der Diener will auch von Gemälden und Altären wissen, die der fremden Soldateska zum Opfer gefallen seien. Cranach nimmt es seltsam ruhig und gefaßt auf. Ihm ist, als sei seine Seele erstarrt, unfähig, Trauer oder Zorn zu empfinden.
Sein Hofamt ist außer Kraft gesetzt; Johann Friedrich ist seiner Kurwürde und teilweise seines Fürstentums beraubt. Wie schlecht es um seine Finanzen bestellt ist, weiß Cranach gut. Denn zusammen mit dem Kämmerer Hans von Ponikau stellt er ihm einen Privatkredit von fünftausend Gulden zur Verfügung. Moritz, der nun den Kurhut trägt, hat zwar schon öfter Aufträge an Cranach vergeben, aber jetzt hat er wohl genug andere Dinge im Kopf. Es ist still in den Räumen, auf den Höfen am Markt. Cranach fühlt sich alt, müde und krank.
Am 14. August wird ein Brief Johann Friedrichs gebracht, darin steht: *begehren wir, du wellest Dich furderlich zu uns anher gegen Augsburg verfügen.*
Cranach widerstrebt. Es ist gewiß das erstemal in seinem langen Leben, daß er seinem Fürsten etwas verweigert. Er läßt Lucas den Jüngeren an seiner Statt schreiben:
Darauf ich E. F. Gn. untertänig nicht verhalten will, daß ich zur Zeit nicht reisen kann, da ich den Schwindel im Haupt habe und oft vierzehn Tage nicht aus dem Haus kommen kann.
Im September bringt Cranach immer noch Kunstschätze und Denkmä-

ler in Sicherheit. Er läßt ein steinernes Bildnis Johann Friedrichs aus der Schloßkirche in sein Haus schaffen, eine schwierige Aktion.

»Wie sich die Zeiten ändern«, grübelt Cranach mit Lucas dem Jüngeren, Anna und ihrem Mann, Caspar Pfreundt, bei Tisch. »Früher haben wir Kunstwerke geschaffen, jetzt verstecken wir sie. Wie still es im Hause geworden ist und wie still in meinem Leben!«
Er geht in die Werkstatt, nimmt das Skizzenbuch zur Hand, horcht auf das Geräusch, das der Stift auf dem Papier macht. Wenn er die Augen hebt, fällt sein Blick unwillkürlich auf den kleinen Tisch, an dem Johannes zu sitzen pflegte. Er ist leer – keine Papiere häufen sich mehr darauf. Cranach findet nicht die verständnisvollen, aufmerksamen Augen des Mönchs, der dort so viele Jahre arbeitete. Ich hätte ihn doch nicht fortschicken sollen, denkt er. Aber nun ist es zu spät.
Für so vieles ist es zu spät: Nie mehr kann er seiner Barbara die zitternde Hand halten und sie trösten, ihr versichern, daß nichts Übles geschehen wird, weil er doch bei ihr ist – er ist nicht bei ihr gewesen, als sie ihn so dringend brauchte, und ihr ist Übles geschehen. Nie mehr wird ihn sein Sohn Johannes mit diesen großen, suchenden Augen ansehen, Lob und Anerkennung erbittend, die er ihm nicht gegeben hat. Auch die andere Barbara, die Frau seines Sohnes Lucas, ist schon tot; er weiß so wenig von ihr, hat sich keine Zeit für sie genommen. Nie mehr poltert Luther in die Werkstatt, schimpfend und fordernd, mahnend und tröstend – beim letztenmal hat er ihm noch böse Worte gegeben –, und er war doch eine so liebe Seele und ein guter Freund. Und seine Fürsten – zweien von ihnen kann er nicht mehr dienen, und der dritte ...
Cranach stützt sich schwer auf den Tisch und steht stöhnend auf.
Sein Schwiegersohn Christian Brück stürmt herein, wirft den Federhut auf den Tisch, zieht die prächtigen Handschuhe ab, unwillkürlich greift Cranach nach dem Stift, dieser gutaussehende junge Mann in farbenfroher Hofkleidung ist ein herrliches Modell für ein Bild! »Gott zum Gruße, Vater, ich freue mich, Euch bei guter Gesundheit zu sehen!«
»Gott zum Gruße, Christian – danke, ja, es geht mir besser. Und du, woher kommst du?«
»Aus dem Lager des Kaisers und von unserem Fürsten Johann Friedrich. Er hat mir aufgetragen, mit Euch zu sprechen. Er teilt Euch *sein gnädiges Begehren* mit, *Euch aus untertänigem Mitleiden zu uns gegen Augsburg zu verfügen, damit uns in der langwierigen Verhaftung die Zeit nicht*

langweilig werde. Seht, der Fürst sehnt sich nach Eurer Gesellschaft, nicht nur, damit Ihr für ihn malt und zeichnet, sondern weil Ihr für ihn ein Freund seid, der ihm seit Kindertagen vertraut ist und der auch die beiden Kurfürsten Friedrich den Weisen und Johann den Beständigen gekannt hat. Kommt doch mit mir, Vater! Seht, es ist Sommer und eine gute Reisezeit. Der Fürst hat auch schon alles in die Wege geleitet, die Reise über Weimar ist organisiert, sie soll ohne sonderlich Geschrei stattfinden, um Moritz nicht aufmerksam zu machen, Pferde und Verpflegung werden gestellt, was zögert Ihr?«
»Ich zögere ja gar nicht, Christian, ich gehe mit dir. Es gilt nur noch, einiges zu regeln. Ich muß mein Testament machen, all meine Habe und mein Unternehmen auf meinen Sohn übertragen, das Apothekenprivileg erneuern lassen, Matthias Gunderam bevollmächtigen, diesen leidigen Prozeß mit Hans vom Hof zu Ende zu führen; denn ich werde wohl kaum nach Wittenberg zurückkehren.«
»Wer weiß das?« Christian zieht die Schultern hoch. »Vielleicht ziehen wir hier dereinst wieder in unserer alten Würde und Herrlichkeit ein. Das Fähnlein Glück ist wetterwendisch, warum sollte es sich nicht wieder auf unsere Seite hin bewegen?
Oh, habt Ihr dies Bild selbst gemalt?«
Brück steht vor einem Porträt Cranachs. Der Meister nickt.
»Ja, das habe ich, im letzten Jahr war es, 1549. So sehe ich mich selbst in diesem meinem siebenundsiebzigsten Lebensjahr. Es soll hierbleiben.«

Am 23. Juli 1550 kommen sie in Augsburg an. Johann Friedrich freut sich sehr, Cranach wiederzusehen; um ihn zu halten, läßt er gleich einen Vertrag auf Lebenszeit ausstellen und gesteht ihm auch rückwirkend für die Zeit von Michaelis 1546 bis Ostern 1547 ein halbes Jahresgehalt zu. Allein die fürstliche Kasse ist im Exil wenig zuverlässig, Cranach muß sich seinen Lebensunterhalt selbst verdienen, und er arbeitet soviel wie in seinen besten Zeiten.
»Sagt mir, Vater, wie geht es Euch?« fragt sein Schwiegersohn Christian Brück, der ihn besucht.
»Besser, als ich zu hoffen wagte! Von Gefangenschaft ist ja nicht allzuviel zu spüren; ich kann mich am Hofe des Kaisers frei bewegen. Ich hätte nicht für möglich gehalten, so viele Menschen kennenzulernen, so viele Aufträge zu bekommen. Ich fühle mich fast wie in meinen jungen Jahren,

Christian. Eine besondere Freude ist es mir, Tizian zu begegnen! Endlich einmal jemand, von dem ich lernen kann.«
»Ihr lernen, Vater?«
»Natürlich, und leichter als in meinen jungen Jahren. Denn jetzt ist meine Hand dank der langen Übung fähig, das Neue auch sofort abzubilden. Es ist so interessant für mich zu sehen, wie Tizian den Kaiser porträtiert im Gegensatz zu mir.
Nun male ich fast nur Menschen, Fürsten, Mächtige, Reiche, auch nackte Frauen als Tugenden, und schnell, schnell muß es gehen. Dabei fliegen die Tage meines Lebens dahin, ich weiß nicht, wie. Ich arbeite ganz allein, ohne Lehrjungen, ohne Gesellen, das hat durchaus sein Gutes, es macht mir weniger Sorgen. Ich muß ja nur mit mir selbst Rechnung halten.
Aber mir fehlen die großen Aufträge, die vom Evangelium und von der Gnade Gottes erzählen; ich hätte das früher nicht für möglich gehalten. Ich bin nicht sonderlich fromm, Christian. Martinus hatte seine liebe Not mit mir: über das, was für ihn das einzig Wichtige war, wollte ich nicht reden, meine Zeit war immer zu knapp, ich hatte soviel anderes zu tun, das konnte er nicht verstehen. Ich bin kein Mann der Theorie. Das Leben ist meine Domäne – da war ich immer mittendrin, mit meinem Zeichenstift versuchte ich es festzuhalten, das heutige Leben und die Geschichten der vergangenen Zeiten. Während ich malte, ging das alles gewissermaßen durch mich hindurch, ich erlebte es, indem ich es gestaltete. Ich brauchte nicht die Buchstaben zu lesen, verstehst du? Wie oft malte ich Jesus, und dabei erfuhr ich seine Gegenwart, seine Botschaft, seine Gnade. Denn das Gesetz, Christian, funktioniert nicht; es bleibt uns nur die Gnade.
Das wünsche ich mir, wieder geistliche Themen zu malen. Aber zunächst einmal muß ich wohl oder übel die Herren dieser Welt abkonterfeien und mein Brot verdienen. Lange Zeit war ich nebst deinem Vater der reichste Mann von Wittenberg. Das war schon eine fesselnde Aufgabe, brachte aber auch viel Beschwer. Ich fühle mich gut hier und jetzt, ich bin dankbar, das noch einmal erleben zu dürfen, diese Leichtigkeit, nur für sich selbst verantwortlich zu sein. Meine Mahlzeiten habe ich an der Tafel des Fürsten, mein Bett und ein Tisch zum Zeichnen, meine Staffelei finden Platz in der kleinsten Kammer. So kann ich frei und unbelastet in die Tage hineingehen, Menschen treffen, Menschen studieren, Gespräche führen, malen, malen, soviel ich mag. Was könnte ich mir Besseres wünschen.

Es war richtig, mit dir zu gehen, Christian, und endlich dem Fürsten meine Treue zu erweisen. Ich höre manche Leute reden, als sei es ein besonderes Opfer. Dem ist nicht so, nein. Ich hatte ja befürchtet, es würde ein hartes Leben für mich werden, aber das Gegenteil ist eingetreten. Gott ist doch immer für eine Überraschung gut.«

»Lucas, sieh dir an, was meine Frau mir geschickt hat!«
Johann Friedrich reicht Cranach Blätter, auf denen schlichte Holzschnitte in hellen Gelbbrauntönen zu sehen sind: die sieben Tugenden. Die zarte Farbe verleiht ihnen einen ganz besonderen Reiz von Leichtigkeit und Transparenz.
»Interessant«, kommentiert der Maler.
»Könntest du sie nicht auf Tücher malen als ein Geschenk für Sibylle?« fragt der Fürst.
»Natürlich.«
»Gut. So will ich den Erker des Jagdhauses zu Wolfendorf ausmessen lassen, damit sie dort angebracht werden können.«
»Wissen Euer Gnaden, womit diese Stiche gedruckt wurden?« fragt Cranach.
»Was würdest du raten?«
Der Meister hält die Blätter gegen das Licht, riecht daran, fährt mit dem Finger darüber, leckt an selbigem: »Nicht möglich, eingedickter Quittensaft!«
»Ja, so ist es, du hast es gut herausgefunden. Nimm die Drucke einstweilen in Verwahrung. Sobald ich die Maße habe, kannst du mit den Tüchern beginnen. Ich möchte Verse zu diesen Tugenddarstellungen in Deutsch und Lateinisch haben, die sollst du bei dem Dichter Johannes Stigel in Auftrag geben, der auch über deine Frau und deinen Sohn Hans so Treffliches geschrieben hat. Was sagst du zu unserem Vetter Moritz? Er ist ja sehr umtriebig, nun will er Karl V. um jeden Preis ans Leder, nachdem er uns ans kaiserliche Messer geliefert hat.«
Cranach nickt müde. Er mag nichts mehr von Politik hören. Dies ewige Hin und Her, heute für den Kaiser, morgen gegen ihn, heute mit diesem Fürsten im Bunde, morgen mit jenem: das einzige, was immer gleich bleibt, ist das Sterben der Menschen in den grausamen Kämpfen, das Leiden der Zivilbevölkerung.

Im Februar 1551 muß Cranach mit seinem Fürsten dem Kaiser nach

Innsbruck folgen. Sieben Monate war er in Augsburg und malte in dieser Zeit 27 Bilder. Der Kämmerer Hans von Ponikau übersendet Cranach seine Abrechnung:

> *Nachfolgende Tücher und Conterfactury sind Meister Lucas Maler den 1. Mai allhier zu Augsburg auf Befehl m. Gn. H. bezahlt worden nach laut seiner Bekenntnis.*
>
> *9 Florin 15 Gr. vor sieben Tugenden, sind auf Tücher gemacht*
> *15 Florin 15 Groschen vor drei Wildbalzen, so m. Gn. Herrn nach Wolfendorf geschickt.*
> *15 Florin 15 Groschen vor einen Wildbalz samt einem Zeum umfangen, hängt noch in m. Gn. Herrn Stube, idem*
> *15 Florin 15 Groschen vor ein Tuch, damit m. G. H. dem Duce de Aluen [Alba] verehrt.*
> *5 Florin 15 Groschen vor ein Contrafactury, damit m. Gn. H. in gleichen den Duce de Aluen verehrt, idem*
> *5 Florin 15 Groschen vor ein Contrafactury, so m. Gn. H. seiner Fürstlichen Gnaden Gemahl geschickt.*
> *5 Florin 15 Groschen vor ein Contrafactury, so mein G. H. Doctor Achillis geben, idem.*
> *5 Florin 15 Groschen vor ein Contrafactury, welche mein Gn. H. noch in ihrer G. Stuben hat hängen.*
> *3 Florin 15 Groschen vor ein Contrafactury, so mein Gn. H. seinen Gewirten* [Wirtsleuten] *alhier zu Augsburg geben, idem.*
> *2 Florin 15 Groschen vor eine Contrafactur, welche m. Gn. H. dem Gulischen* [Jülichschen] *Hofmeister geben.*

Cranach streckt und reckt sich unter seiner warmen Decke und gähnt herzhaft. Er hat geträumt. Er gibt sich große Mühe, das Geschehen aus den Tiefen seines Gedächtnisses heraufzuholen, allein, wie sehr er sich auch anstrengt, es will ihm nicht gelingen. Ein wohliges Gefühl von Zuneigung und Zweisamkeit steigt in ihm auf. Ja, nun weiß er es wieder, Anna war bei ihm, die Geliebte seiner Jugend, er hielt sie in seinen Armen.

Es kratzt an der Tür, ein Mädchen tritt ein mit dem Frühstück. Der angenehme Duft des warmen Hirsebreis weht zu ihm herüber.
»Danke«, sagt er erfreut, »das ist gut. Da du schon einmal hier bist, würdest du bitte das Fenster öffnen und die Sonne hereinlassen?«
Das Mädchen gehorcht. Sie stützt sich mit der linken Hand aufs Fensterbrett, während die Rechte hinauflangt, um den Riegel zu lösen. Dabei steht sie auf dem linken Bein, hochgereckt, den rechten Fuß vom Boden abgehoben. Wie um eine Diagonale ordnet sich ihr junger Körper um diese Linie Fuß–Arm herum. Cranach greift nach Block und Stift, die stets in Reichweite liegen. Welch reizvolles Bild!
Vogelgezwitscher dringt herein. Aus den hochgesteckten Zöpfen des Mädchens haben sich einige Locken gelöst und fallen verspielt in ihr Gesicht; wie oft hat er das schon gemalt! Sie sieht ihn mit tiefblauen Augen aufmerksam an.
»Wie heißt du?« fragt er.
Sie zeigt auf ihren Mund und schüttelt den Kopf, ein Schatten verdunkelt ihre Züge.
»Willst du es mir nicht sagen?«
Sie nickt heftig.
»Kannst du nicht sprechen?«
Sie schüttelt den Kopf.
»Bist du krank, erkältet?«
Wieder Kopfschütteln.
»Bist du am Ende gar stumm?«
Sie nickt.
»O Gott, verzeih, mein Kind, mein rücksichtsloses Fragen, ich wollte dich nicht kränken. Komm her zu mir.«
Wie schlank und geschmeidig ihre Gestalt ist, wie anmutig sie sich bewegt. Er greift nach seinem Beutel, entnimmt ihm ein Goldstück und bietet es ihr an. Ihre Augen werden groß und traurig. Sie geht ein paar Schritte zurück, schüttelt den Kopf, legt beide Hände auf den Rücken.
»Ich möchte es dir schenken für deine Dienste!« bittet der Maler.
Sie kommt wieder näher, kniet vor seinem Bett nieder, nimmt seine Hand und schmiegt ihre Wange hinein. Ihm wird warm ums Herz. Wie soll er das verstehen?
»Willst du mir zeigen, daß du mir aus Zuneigung dienst und nicht um Geld?« fragt er tastend.

Sie nickt eifrig, noch immer kniend. Der Meister beugt sich zu ihr und küßt sie auf die Stirn.
»Und du wünschst dir Zuneigung als Lohn?«
»Maria!« schallt es laut auf dem Flur. Erschrocken springt sie auf und eilt hinaus.
Cranach hebt die Hand, in der er noch eben die zarte Haut spürte. Maria. Er steht auf, kleidet sich an und löffelt gedankenverloren den Brei. Kann sein Herz noch so jung sein? geht es ihm verwundert durch den Kopf. Er wird zum Fürsten befohlen. Er findet Johann Friedrich allein in seinem Gemach, unruhig auf und ab schreitend.
»Sag du mir, Lucas, was ich tun soll. Ich stecke in der Zwickmühle. Wem bin ich zur Treue verpflichtet, dem Kaiser oder den protestantischen Fürsten? Sie rücken näher mit erheblicher Streitmacht, sie stehen unter dem Kommando meines verräterischen Vetters Moritz. König Ferdinand war bei mir im Auftrag des Kaisers. Karl will die Reichsacht über Moritz aussprechen und mich zum Exekutor ernennen. Er glaubt, meine alten Freunde, die Herzöge von Kleve und Pommern, würden sich dann gleichfalls gegen Moritz erklären. Für mich sähe das so aus: Kommt es zur Verständigung mit Moritz, bleibt es bei der Kapitulation von Wittenberg. Im Falle einer Achtserklärung jedoch werde ich wieder in das Kurfürstentum Sachsen eingesetzt. Was soll ich tun?«
Cranach wiegt bedenklich sein Haupt.
»Sammeln sich nicht die evangelischen Fürsten in Passau? Sendet einen vertrauenswürdigen Boten hin, der sich mit ihnen bespricht, und schiebt die Sache auf diese Weise noch ein wenig auf die lange Bank. Es ist recht gefährlich, man kann leicht zwischen zwei Feuer geraten.«
»Du sagst es, Lucas.«
Mehrere Herren aus dem Gefolge Johann Friedrichs treten ein. Die Vertrautheit eines ruhigen Gespräches unter vier Augen ist vorüber. Versonnen kehrt Cranach in sein Quartier zurück und greift nach seinem Block. Aus dem Gedächtnis zeichnet er Marias Gesicht vor dem offenen Fenster. Er ist so in seine Arbeit vertieft, daß er ihr Eintreten zunächst überhört. Sie bringt Kerzen und frisches Wasser.
»Gott zum Gruße, Maria!« sagt er.
Sie legt bittend die Hände aneinander und weist auf den Block.
»Möchtest du die Zeichnung sehen?«
Sie nickt eifrig.
»Hier!« Er bietet sie ihr dar. Ungläubig kommt sie näher, vergißt ein

wenig zu atmen, sieht ihn endlich zweifelnd an, deutet erst auf die Zeichnung, dann auf sich.

»Ja«, bestätigt er, »das bist du, Maria. In Wirklichkeit bist du lieblicher, wie sollte so ein grauer Stift die Anmut deiner Jugend einfangen können.«

Sie errötet, schaut abwechselnd auf ihr Bild und auf den Maler. Sie seufzt tief, so recht aus Herzensgrund. Wie unendlich schwer ist es zu ertragen, sich nicht mitteilen zu können. Cranach ahnt, was in ihr vorgeht. Er signiert das Blatt und trennt es vom Block, reicht es ihr hin.

»Das schenke ich dir, Maria.«

Ungläubig sieht sie ihn lange an, ehe sie wagt, die Zeichnung zu nehmen. Dann drückt sie sie an die Lippen, ans Herz. Sie muß gehen, um ihre Arbeit zu tun.

Der Maler sitzt lange auf an diesem Abend. Ein Altarbild fesselt seine Gedanken, die Darstellung von Luthers Glauben, das Gegenüber von Gesetz und Gnade und Jesus als Mittler. Er beginnt, eine Komposition zu entwerfen, verbraucht mehrere Blätter. Endlich geht er zu Bett, beobachtet das Herunterbrennen der Kerze und erinnert sich an den Traum der letzten Nacht, wünscht, er möge wiederkommen.

Ein Luftzug läßt die Flamme flackern, Maria steht vor ihm, die Haare fluten in weichen Wellen über den Rücken bis zur Hüfte. Sie trägt nur ein langes ärmelloses Hemd. Sie legt bittend die Hände aneinander.

»Was wünschst du dir?« fragt der Maler.

Sie weist auf das Bett.

»Du möchtest – zu mir kommen?«

Sie nickt eifrig, hebt die Decke, kriecht hinein zu ihm, bläst die Kerze aus. Dem Meister schlägt das Herz bis zum Halse.

»Ich bin ein alter Mann, Kind«, flüstert er.

Sie legt ihm den Finger auf die Lippen, streichelt seine Wangen, seine Hände, schmiegt sich an ihn. Wie warm ihm wird, wie wohl. Zehn Jahre schon schläft er allein. Er verliert sich ganz an sein Gefühl. Unwillkürlich muß er an den alten, kranken David denken, dem man junge Mädchen ins Bett legte, um ihn zu wärmen.

Am 18. Mai 1552 greifen die verbündeten evangelischen Fürsten unter Moritz das Lager der kaiserlichen Truppen in Reutte an und siegen. Der Kaiser fühlt sich in Innsbruck nicht mehr sicher. Hat er nicht seinen Bruder Ferdinand zum König von Deutschland ernannt, damit er ihm

die lästigen deutschen Angelegenheiten abnimmt? Soll er nun wenigstens die Sache mit dem sächsischen Gefangenen regeln!
Johann Friedrich und Cranach ergehen sich im Schloßgarten bei einem Abendspaziergang. Freudig stürmt König Ferdinand ihnen entgegen, reicht dem Fürsten schwungvoll die Hand:
»Dies sei mein Zeichen der Versöhnung. Ihr seid frei!«
Johann Friedrich schluckt. »Dem Allmächtigen sei Dank«, sagt er.
»Allerdings haben wir eine Bitte an Euch, Ihr wollet dem Hof noch eine Weile ungezwungen folgen. Wir bedürfen Eurer bisherigen Wachmannschaft zur Bedeckung. Wir reisen noch heute abend. Ihr mögt uns morgen früh folgen.« Der König eilt davon.
»Morgen, Lucas, morgen werden wir frei sein!« sagt Johann Friedrich.

Lucas hat nicht viel zu packen. Maria hilft ihm dabei. Als sie fertig sind, faßt er sie behutsam bei den Schultern und hält sie ein wenig von sich ab.
»Laß dich anschauen!«
Verlegen streicht sie eine Locke aus dem Gesicht.
»Wie schön du bist! Und so zart! Ein Bär wie ich muß fürchten, dir weh zu tun, wenn er dich in die Arme schließt.«
Sie schüttelt den Kopf und schmiegt sich an ihn. Er legt die Arme um sie, nun ist sie ganz eingehüllt. Er bettet sein Kinn in ihr Haar.
»Maria, morgen früh müssen wir reisen.«
Sie nickt.
»So hast du es schon gewußt? Natürlich, dergleichen spricht sich herum. Ach, glaube mir, es ist mir herzlich leid.« Er zögert weiterzusprechen. Er sieht Anna vor sich, bei ihrem letzten Abschied – ich verließ sie, und sie kam ins Elend!
»Maria, du gehst mit mir!« Das wird ein Gerede geben: der alte Maler und ein so junges Blut! Oh, er weiß, was sie sagen werden. Und sein Schwiegersohn, seine Kinder, der Hof, der fromme Fürst, wird er ihn entlassen? Soll er.
»Du gehst mit mir!« wiederholt er mit Nachdruck.
Sie sieht ihn an. Er liest in ihrem Blick das Erstaunen und das Glück darüber, so geliebt zu werden. Langsam füllen sich ihre Augen mit Tränen, die über ihre Wangen rinnen. Sie schüttelt den Kopf.
»Du sagst nein?«
Sie schüttelt nur heftiger den Kopf und bedeckt dabei seine Hände mit Küssen.

»Laß das, ich mag das nicht, ich bin nur ein gewöhnlicher Mensch. Also vertraust du mir nicht.«
Sie nickt heftig und erschrocken.
»Du liebst mich?«
Nicken.
»Aber du willst nicht mit mir gehen?«
Kopfschütteln.
»Daß du nicht sprechen kannst! Wie soll ich das verstehen? Kannst du schreiben?«
Kopfschütteln. Sie läuft aus dem Zimmer.
Cranach steigt hinunter in den Schloßhof; da ordnet sich der Zug des Kaisers. Es ist eine dunkle, sternlose Nacht, kalt und stürmisch. Regen schlägt ihm ins Gesicht. Gespenstisch das Treiben beim Schein der Windlichter. Der Kaiser sieht elend aus, er ist von einem Anfall seiner Krankheit gezeichnet, vorsichtig helfen ihm die Diener in die Sänfte. Ist das derselbe Mann wie auf dem Reiterbild des Tizian? »Im Gebirge ist Schnee gefallen«, hört Cranach sagen.
Sie brechen auf, eine lächerlich kleine Schar, findet er. Fröstelnd kehrt er in seine Kammer zurück, entkleidet sich langsam, löscht die Kerze, hebt die Decke – Wärme flutet ihm entgegen, weiche Arme schlingen sich um seinen Hals: Maria. Er schläft nicht in dieser Nacht vom 19. auf den 20. Mai des Jahres 1552. Er hält das Mädchen in den Armen und starrt ins Dunkel, Stunde um Stunde.
In der ersten Dämmerung erwacht sie, küßt ihn liebevoll, steht auf. Er nimmt seinen vollen Beutel.
»Wenn du schon nicht mit mir gehen willst, Maria, so habe ich einen Wunsch an dich. Du mußt ihn mir erfüllen. Versprichst du mir das?«
Sie nickt eifrig unter Tränen.
»Nimm diesen Beutel, und verwahre ihn gut. Ich wünsche dir nur Glück! Allein, der Mensch weiß nie, was kommt, manchmal kann Geld helfen. Bitte, nimm!«
Narr, du bist ein alter Narr, knurrt sein Verstand im Hinterkopf, gibst all dein Geld – wofür? Daß ich ein Narr bin, weiß ich, knurrt er zurück, aber ein Schurke war ich nur einmal! Was ist Geld? Ich kann es schnell verdienen.
Wie sie ihn anschaut. Er drängt ihr den Beutel auf. Sie drückt ganz viele Küsse auf seine Stirn, seine Wangen, seinen Bart, seinen Mund. Dann eilt sie schnell aus dem Zimmer.

Cranach nimmt sein Gepäck. Er reist im Wagen des Fürsten. Johann Friedrich ist überglücklich. *»Ich erlebe nun, was ich immer von meinem Gott erwartet habe: Zum erstenmal seit fünf Jahren bin ich nicht von einer spanischen Garde umgeben!«* sagt er und stimmt ein geistliches Danklied an.

Der Kaiser entkommt seinem Gegner nur knapp. Am 23. Mai schon rückt Moritz an der Spitze seiner Reiter und Fußvölker in Innsbruck ein. Johann Friedrich und Cranach folgen dem flüchtenden Karl, in dessen Reich die Sonne nicht untergehen soll und der nun die Brücken hinter sich abbrechen läßt, in Villach Zuflucht sucht und an den Pässen spanische Soldaten aufstellt.

Moritz aber zieht, nachdem er Innsbruck kampflos genommen hat, nach Passau, wo eine allgemeine Versammlung anberaumt ist.

Für Johann Friedrich und seine Begleiter beginnt eine unruhige Zeit quälender Ungewißheit. Zwar ist er angeblich frei, aber er muß dem kaiserlichen Hof folgen. Seine Zukunft hängt von dem unberechenbaren Vetter Moritz ab. Sind die Verhandlungen erfolgreich, bleibt Moritz Kurfürst, führt er weiter Krieg gegen den Kaiser, verfällt er der Reichsacht. Johann Friedrich hat sogar angeboten, sich selbst an die Spitze des Heeres zu setzen, das den Verräter strafen soll. In diesem Falle könnte er wieder als Kurfürst nach Wittenberg zurückkehren. Aber soweit läßt es der kluge Moritz nicht kommen.

Die Verhandlungen in Passau, die am 1. Juni 1552 beginnen, sind schwierig. Die protestantischen Fürsten, mit einer gewaltigen Streitmacht hinter sich, stellen selbstbewußt ihre Forderungen, nicht zuletzt drängen sie auf Religionsfreiheit. Der Kaiser, der es als seine Lebensaufgabe ansieht, die alte kirchliche Einheit zu restituieren, will nicht nachgeben. Sein Bruder, König Ferdinand, kann ihn endlich zur Annahme des Vertrages überreden – die Türkengefahr ist ein nicht zu widerlegendes Argument.

Und was garantiert dieser Passauer Abschluß wirklich? Der *immerwährende Friedstand* zwischen den beiden Bekenntnissen ist ausdrücklich verweigert, die alte Idee der kirchlichen Einheit als eine Bedingung des politischen Lebens vorbehalten und jede weitere Festsetzung auf den Reichstag verschoben. Moritz wird nicht geächtet und bleibt Kurfürst.

Der kaiserliche Hof residiert wieder in Augsburg. Cranach arbeitet wie in seinen jungen Jahren pausenlos. Beim Malen läßt sich gut denken. Innsbruck wurde nicht im Sturm genommen. Moritz' Truppen waren in übermütiger Siegerlaune in die Stadt eingezogen. Er hatte ihnen alles, was den Spaniern des Kaisers gehörte, großzügig überlassen. Die Landsknechte trugen prächtige spanische Kleider, auf ihren Hüten glänzten portugiesische Goldstücke, sie nannten einander »Don«. Man sagt zwar, Moritz achte auf beste Zucht, allein Lucas kennt die Soldateska. Wie mag es Maria ergangen sein, die nicht »Don« sagen konnte? Er weiß, auf welche Weise die Landsknechte mit rechtlosen Dienstmägden umspringen. Da hilft ihr auch sein Beutel nicht.

Johann Friedrichs leichte Haft wird nun endgültig in vollständige Freiheit umgewandelt. Der Kaiser stellt ihm allerdings zwei Bedingungen: Er soll sich verpflichten, den Beschlüssen eines künftigen Konziliums oder Reichstages in Sachen der Religion Folge zu leisten, und er muß die Verträge mit seinem Vetter Moritz einhalten.

Letzteres akzeptiert er ohne Bedenken, obwohl er auch für seine Söhne gut sagen und Sicherheiten beschaffen muß. In Fragen des Glaubens aber bleibt er unerschütterlich. Weder die lange Gefangenschaft noch die lokkende Aussicht, endlich als freier Mann nach Sachsen heimkehren zu können, lassen ihn wanken. Gern verspricht er, der Religion wegen keine Bündnisse zu schließen, auch die Altgläubigen nicht zu belästigen, aber einer vagen künftigen Vergleichung kann er sich nicht unterwerfen. *»Ich bin entschlossen, bei der Lehre, die in der Augsburgischen Konfession enthalten, bis in meine Grube zu bleiben«*, erwidert er dem Kaiser.

Karl V. kann dieser Haltung eine gewisse Anerkennung nicht versagen, er läßt ihn frei. Der 1. September 1552 ist der Tag des Aufbruchs. Der Kaiser gibt Johann Friedrich den Abschied. Cranach zeichnet: auf der einen Seite der Szene der Wagen seines Fürsten, wenige Begleiter, auf der anderen die Sänfte des Kaisers, viele Reiter mit langen Lanzen. Ganz in Schwarz gekleidet, sitzt Karl in seiner Sänfte, bleich und leidend reicht er dem Sachsen die schmerzende Hand. Eine so lange Gemeinsamkeit schafft menschliche Bindungen auch zwischen politischen Gegnern, beiden wird etwas fehlen. Johann Friedrich war stets ein ehrlicher Gegner, der meinte, was er sagte, er sann nicht auf Finten und Schliche. Es gibt wenig solche Menschen in Karls Umgebung. Er sagt mit seiner leisen, leidenden Stimme zu Johann Friedrich, *er habe an seinem Verhalten*

während der Verstrickung ein gnädiges Gefallen gehabt; er hoffe, auch künftig zu allen Gnaden Veranlassung zu haben. Der sächsische Fürst *scheidet mit dankbaren Erbietungen und schlägt den Weg nach seinem Lande ein.*
Lucas sitzt mit dem Erbprinzen bei ihm im ersten Wagen des Zuges. Bei Coburg werden sie herzlich empfangen. Seine Gemahlin mit den beiden jüngeren Söhnen eilt ihnen, begleitet vom Bruder des Fürsten, Johann Ernst, entgegen.
Johann Friedrich will keine Feiern in engen ummauerten Sälen, ihn zieht es hinaus in die Wälder, endlich möchte er wieder jagen, die Luft der Heimat atmen. An einer Quelle in einem Waldtal wird das Mitagsmahl angerichtet. Lucas zeichnet. Was ist dieser sein Fürst nur für ein Mensch? Bei seiner mächtigen Korpulenz würde ihm keiner die Freude an der Jagd zutrauen. Es ist kaum vorstellbar, daß er es schafft, sich lautlos anzupirschen! Allen Sinnenfreuden zugetan, wirkt er auf den ersten Blick wie ein einfacher bodenständiger Genießer, und doch hat er nun über Jahre hinweg bewiesen, wie fest er zu seinem Glauben steht, bereit, dafür seine Freiheit und auch sein Leben hinzugeben.
Ich habe ihn oft gemalt, denkt Cranach, kann man ihm auf meinen Bildern diese Seelenstärke ansehen? Ich will noch einmal versuchen, ihn so darzustellen, wie ich ihn kenne.
Es wird ein Triumphzug. Vor den Städten eilen ihnen die Ratsherren in ihren schwarzen Mänteln entgegen, die Bürger mit Rüstungen oder in Festtagskleidern stehen Spalier. Auf den Märkten wird zu ihrem Empfang gesungen. Die Geistlichen warten mit den Jungen auf einer Seite, auf der anderen die ältesten Bürger mit den jungen Mädchen, die im offenen Haar Rautenkränze tragen. Die Knaben stimmen das Tedeum lateinisch an, die Mädchen antworten mit *Herr Gott, dich loben wir*. Johann Friedrich zieht mit entblößtem Haupt an ihnen allen vorüber und dankt ihnen. Ihren Gebeten schreibt er seine Rückkehr zu. Neben ihm gehen sein Sohn und Lucas der Maler.
Der Fürst wird von seinen Untertanen verehrt wie ein Märtyrer und Heiliger, man vergleicht ihn gar mit Daniel in der Löwengrube oder den drei Jünglingen im Feuerofen.

Am 26. September 1552 treffen sie in Weimar ein. Christian Brück empfängt seinen Schwiegervater freudig und bietet ihm Quartier in seinem schönen neuen Haus am Markt. Barbara Brück geleitet ihren Vater wei-

nend vor Freude zu der festlich gedeckten Tafel, wo ihn auch Lucas der Jüngere mit seiner zweiten Frau Magdalena Schurff und den Enkeln erwartet. Also doch eine Heimkehr? Am Ende des Tisches sitzen die Wittenberger Maler; Lucas der Jüngere hat sie alle mitgebracht, weil in Wittenberg einmal wieder die Pest herrscht.
Der alte Cranach auf dem Ehrenplatz sieht sie immer wieder an, all die vertrauten Gesichter, die sich in der Zeit seiner Abwesenheit verändert haben. Wie alt muß ich selbst erst geworden sein! denkt er.

Am nächsten Tag setzt er sich hin, um seine Abrechnung zu schreiben, wozu ihn Hans von Ponikau aufgefordert hat.

> *Item was ich seit der nächsten Rechenschaft gemacht hab zu Augsburg.*
>
> - *20 Florin vor den Paris auf Tuch von Ölfarben*
> - *5 Florin vor die Judith Doktor Achilus*
> - *5 Florin ein Marienbild der Pfistern*
> - *5 Florin dem Bischof von Arras meines Herrn Contrafet*
> - *5 Florin vor Thucia [Tizian] Conterfet, des Malers von Venedig*
> - *15 Florin vor das Tuch dar Christus bei dem Weib beim Brunnen steht*
> - *5 Florin vor meines Herrn Conterfet, Hans Welsers Weib*
> - *2 Florin vor ein kleins Cunterfet Grafen Gleichen*
> - *5 Florin vor ein Tuch mit ein Caritas [Arzt]*
> - *3 Florin vor ein Barmherzigkeit*
> - *4 Florin vor ein Marienbild, des Kaisers Zwerg*
> - *5 Florin vor mein Cunterfet mit einem Weibe*
> - *5 Florin vor meinen jungen Herrn Johann Friedrich*
> - *5 Florin vor den König von Jerusalem*
> - *5 Florin vor meins Herrn Kontrefet, Moritz Welser geschenkt*
> - *3 Florin vor den Tänzer Spanier und vor meines Herrn Wappen*
> - *Diese Tücher sein noch zu verrechnen.*
> - *Diana, die den Jäger begeußt, daß ein Hirsch aus ihm wird.*

– *ein Meerwunder führt einem Herrn sein Weib hinweg*
– *von Hercules der spinnt*
– *Adam und Eva*
– *ein Charitas*
– *ein Venus*
– *ein Ölberg*
– *ein Auferstehung*
– *ein Himmelfahrt*
– *dar man die Kindlein zum Herrn bringt*
– *ein Weihnacht*
– *ein Abnehmung, ein Vesperbild*
– *und die Affen zu kunterfeien*
– *die zehn Zwerge des Kaisers …*

All das hat er allein gemalt? So viel war es ihm gar nicht vorgekommen. Die Porträts der Herren, nun ja, das war Routinearbeit, die Affen und Zwerge des Kaisers, lustige Scherzbilder, die *nackerten Weyber* unter dem Deckmantel philosophischer Sinngebung. Er macht sich nichts vor, warum die Herren sie haben wollen! Aber es sind auch viele Bilder dabei, die er gern geschaffen hat: die Ölberg-Szene, die Auferstehung und die Himmelfahrt, eine Weihnacht. Sein letztes Madonnenbild ist hier nicht mit aufgeführt, er hat es mit Liebe und Tränen gemalt. Die Gottesmutter trägt die Züge seiner stummen Maria.
Er schiebt die Rechnung von sich und greift nach seinem Skizzenblock. Das Gestern ist unwiederbringlich dahin – eine Binsenweisheit, wie Johannes sagen würde –, morgen wird er mit dem Altar beginnen, und er will zwei Lehrlinge einstellen.

Am 2. November schreibt der Hof ihm eine neuerliche Bestallung aus. Ihm werden ein Jahressold von hundert Florin, Winter- und Sommerkleidung sowie Beköstigung bei Hofe zugesagt unter der Bedingung, daß er nur Johann Friedrich und seinen Söhnen dienen wird. Cranach wischt sich über die Augen. Wie sich die Bilder gleichen! Genau so einen Vertrag hat er als junger Maler bei Friedrich dem Weisen unterschrieben.

»Hör zu, mein Sohn!« Cranach sitzt in der großen hellen Stube im Weimarer Haus der Brücks vor seinen Entwürfen, Lucas der Jüngere steht neben ihm. »Ich plane einen Altar, der die Erlösung des Menschen allein durch den Glauben, so wie Martinus gelehrt hat, darstellen soll. Ihn würde es freuen, mir jetzt zuzuhören! Zunächst die Seitenflügel: Links will ich unseren Kurfürsten und seine Gemahlin Sibylle im Gebet abbilden. Ich erinnere mich ihrer Hochzeit, zu der ich Sibylle als anmutige Vierzehnjährige gemalt habe. Wo ist die Zeit geblieben? Ich werde alt, Lucas, ich denke zu oft an die Vergangenheit. Das Gesicht des Fürsten möchte ich auf jeden Fall selbst ausführen, falls ihr mir helfen solltet; den linken Flügel mit den Söhnen Johann Friedrichs kannst du übernehmen, wenn ich denn meinen Pinsel abgebe –«

»Fühlt Ihr Euch nicht gut, Vater?«

»Doch, doch, aber in meinem Alter kann Gevatter Tod über Nacht kommen. Sieh her: Die Mitteltafel wird zweigeteilt durch den Kreuzesstamm, der Querbalken ist ganz hoch am oberen Rand, unten steht das Lamm Gottes. Links besiegt der auferstandene Christus Sünde, Tod und Teufel, die sich unter seinen Füßen winden. Rechts im Vordergrund weist Johannes der Täufer auf den Gekreuzigten hin. Neben ihm steht Luther mit der aufgeschlagenen Bibel, in der folgende Worte zu lesen sein sollen:

> *Das Blut Jesu reinigt uns von allen Sünden.* (1. Joh. 1,7)
> *Darum laßt uns hinzutreten zu dem Gnadenthron auf daß wir Barmherzigkeit empfangen und Gnade finden auf die Zeit wann uns Hilfe not sein werde.* (Hebr. 5, 16)
> *Gleich wie Mose in der Wüste eine Schlange erhoben hat, also muß auch des Menschen Sohn erhoben werden, auf daß alle, die daran glauben, nicht verloren werden, sondern das ewige Leben haben.* (Joh. 3,14)

Du findest sie hier aufgeschrieben. Aus der Seitenwunde des Herrn ergießt sich ein Blutstrahl auf Luther als sichtbares Zeichen der Gnade, die auch auf mir ruhen möge, das wünsche ich mir.

Im rechten oberen Teil soll eine Szene aus der Wüstenwanderung des Volkes Israel dargestellt werden, die Bestrafung für das Hadern mit Gott durch Schlangen, die aus der Wüste kommen. Du weißt es, wer von ihnen gebissen wird, muß sterben. Als Mose Gott um Hilfe anfleht, befiehlt der Herr ihm, einen Stab mit einer ehernen Schlange aufzurichten. Wer nun gebissen wird und auf dieses Holz schaut, der bleibt am Leben.

Das ist im groben die Konzeption. Nun bist du im Bilde, und ich will an die Arbeit.«
Cranach steht auf und geht zur Staffelei.
»Vater ...«
»Ja?« Der Meister dreht sich um, den Pinsel schon in der Hand.
»Ihr solltet Euch schonen.«
»So? Danke, aber das laß mal meine und Gottes Sorge sein.«
Wieder allein, spricht Cranach mit sich selbst: Ich bin nicht zufrieden mit Luthers Gesicht – nein, das muß ich morgen nacharbeiten, die Züge sind mir zu flächig, zu leer, so hat Martin nicht ausgesehen. Warum verbessere ich es eigentlich nicht sofort? Er nimmt einen dünnen Pinsel mit feiner Spitze und – läßt die Hand sinken. Er fühlt sich unendlich müde. Die Mühe, die ihm das Atmen bereitet, geht fast über seine Kraft. Wie mild das Abendlicht des Oktobers ist, denkt er, und golden wie der Hintergrund der alten Heiligenbilder. Ich will schlafen gehen. Wie alt bin ich eigentlich? Einundachtzig, ja, das vergesse ich immer wieder, denn mein Herz fühlt sich so jung, so jung wie damals in Österreich bei den Humanisten, als ich Doktor Cuspinian und seine Frau malte, wie gern ich das tat! Ach, bin ich müde.

Der 16. Oktober 1553 ist ein kühler Sonnentag. Barbara kommt mit dem Morgenbrei ins Zimmer ihres Vaters. Sie öffnet das Fenster.
»Seht nur, Vater, diesen Himmel! So leuchtend blau wie in den schönsten Sommertagen, eine Augenweide für einen Maler. Vater, schlaft Ihr noch?«
Sie eilt zum Bett. Der Maler liegt ganz ruhig, die Hände auf der Decke gefaltet, ein Lächeln im Gesicht. Er ist von der Mühsal zu atmen für immer entbunden.

Lucas der Sohn steht vor der Altartafel, stumm unter der Gewalt des ersten Schmerzes. Da ist ihm, als höre er die Stimme seines Vaters: Aus der Seitenwunde der Herrn ergießt sich ein Blutstrahl auf Luther als sichtbares Zeichen seiner Gnade, die auch auf mir ruhen möge, das wünsche ich mir.
Der Sohn nimmt einen Pinsel und beginnt zu malen.
Am Abend kommt der zwölfjährige Lucas III., sein Sohn, der ihn zum Essen holen will.
»Herr Vater, oh, wie schön Ihr das gemacht habt! Da steht der Großvater

zwischen Johannes dem Täufer und Luther. Wie fromm er die Hände faltet!«
»Der Blutstrahl aus der Seite Christi soll sich auf sein Haupt ergießen, komm her, mein Sohn, hier hast du den Pinsel, so, und nun male, male das Symbol der Gnade.«

Aus der Stammtafel der Malerfamilie Cranach

HANS MALER * *1448* † *1527/28*	∞ *1471* Barbara ... * *1451* † *1491/92*

LUCAS CRANACH Maler *1472 Kronach † Weimar 16.10.1553 ∞ Barbara Brengbier * *1477* Gotha † Wittenberg Dez. 1540	eine Tochter * *1474* † *1475*	Margareta * *1476* † *1530* ∞ *1518* Michael Fleischmann * *1470* † *1546*	ein Sohn * *1479* † *1483*	eine Tochter * *1482* † *1485*	Anna * *1485* † *1577* ∞ *1516* Bartholomäus Sunder * *1493* † *1568*	Kuni * *1488* † *1555* ∞ *1511* Hans Kraus-Klopfsberger * *1486* † *1541*	Agnes * *1489*	MATTHÄUS * *1491/92* Maler imm. 1511 Wittenberg † *1553* ∞ *1514* ... Panzer * *1495* † *1560*

Kinder von Lucas Cranach (d. Ä.):

HANS CRANACH Maler imm. 1517 Wittenberg † Bologna 9.10.1537	LUCAS CRANACH Maler *4.10.1515 Wittenberg imm. 1568 Wittenberg † Wittenberg 25.1.1586	Ursula ∞ (vor 24.6) 1544 Georg Dasch * Würzburg 1500 imm. 1538 Wittenberg † Gotha 1578	Barbara *1520 †1601 ∞1543 Dr. Christian Brück *1510 † Gotha 18.4.1567	Anna * 1527 † Wittenberg 30.6.1577 ∞ (14.9.–13.12.) 1550 Caspar Pfreundt *1517 Saalfeld † Wittenberg 16.6.1574

Ehen von Lucas Cranach (d. J.):

a) ∞ 20.2.1541 Barbara Brück * *1518* † Wittenberg 10.2.1550	b) ∞ (12.4.–24.5.) 1551 Magdalena Schurff *19.8.1531 † 3.1.1606

Kinder aus Ehe a):

Lucas *1541 imm. 1554 † Meißen 16.2.1612	Barbara ∞ 28.11.1564	Johann † 2.5.1548	Christian imm. 1554 †1556

Kinder aus Ehe b):

Magdalena †1554	AUGUSTIN Maler *1554 imm. 1564 † 26.7.1595	Agnes † 1560	Christoph imm. 1564 † 23.2.1596	Elisabeth *3. 12. 1561 †16.9.1645

ZEITTAFEL

1472	Lucas Cranach wurde – wahrscheinlich – als Sohn eines Malers, Hans Maler, und der Tochter eines Schuhmachermeisters geboren.
1495–1498	Cranach lebt in Kronach, arbeitet für Coburg und Gotha.
1500	Arbeiten in der durch Feuer beschädigten Veste in Coburg.
1500–1504	Wanderung zur Donau, wahrscheinlich über Nürnberg (Begegnung mit Dürer?)
1505	Um Ostern: Übersiedlung nach Wittenberg.
1507	Erwähnung als Lucas Moller in einem lateinischen Gedicht des Georgius Sibutus. Holzschnitte mit Gold- und Silberdruck.
1508	6. Januar: Verleihung eines Wappenbriefes durch Friedrich den Weisen. November/Dezember: Reise nach den Niederlanden.
1509	Vermutlich bis zum Frühjahr in den Niederlanden, in Antwerpen Anfang des Jahres.
1510	Tod von Boticelli und Giorgione.
1510	Zum erstenmal in Wittenberger Steuerregistern erwähnt.
1512/13	Heirat mit Barbara Brengbier, einer Gothaer Ratsherrntochter.
um 1513	Geburt des Sohnes Hans.
1513	Cranach zahlt zum erstenmal Haus- und Grundbesitzsteuer in Wittenberg. Er betreibt in seinem Haus einen Weinausschank.
1513/14	Albrecht von Brandenburg wird Erzbischof von Magdeburg und Mainz, 1518 Kardinal.
1515	Geburt des zweiten Sohnes und Nachfolgers Lucas.
1516	Hieronymus Bosch stirbt.
1519–20	Zum erstenmal Mitglied des Wittenberger Rates, als einer der beiden Stadtkämmerer.
1520	Geburt der Tochter Anna. Kauf der Wittenberger Apotheke und kurfürstliches Apothekenprivileg. Juli: Aufruhr adliger Studenten gegen die Rechte der Bürger, vornehmlich gegen Cranach und seine Gesellen, blutige Zusammenstöße.
1521	Dezember: Luther kommt heimlich von der Wartburg nach Wittenberg, besucht Cranach und läßt sich als Junker Jörg porträtieren.
1522	Bildersturm in Wittenberg.
1522–23	Ratsherr
1523	Der aus seinem Land vertriebene Dänenkönig Christian II. wohnt bei Cranach und läßt sich von ihm porträtieren.
1524	Cranach mit Friedrich dem Weisen in Nürnberg, Dürer zeichnet Cranach
1524/25	Bauernkrieg. Die konfessionelle Spaltung zeichnet sich ab.
1525	Friedrich der Weise stirbt, Nachfolger wird sein Bruder Johann der Beständige.
1525–26	Ratsherr
1527	Sacco di Roma, Plünderung Roms durch kaiserliche Truppen.

1528	Steuer auf Grundbesitz im Wert von 4066 Gulden: reichster Bürger von Wittenberg. Tod Dürers und Grünewalds.
1528–29	Ratsherr
1531	Gründung des Schmalkaldischen Bundes der protestantischen Fürsten unter kursächsischer und hessischer Führung. Tod Hans Burgkmairs und Riemenschneiders.
1531–32	Ratsherr
1532	Nach dem Tod Johanns des Beständigen wird dessen Sohn, Johann Friedrich der Großmütige, Nachfolger im Amt. Cranach bleibt Hofmaler.
1533	Veit Stoß stirbt.
1534–35	Ratsherr
1537	Tod des ältesten Sohnes Hans in Bologna – Änderung des Schlangensignums (gesenkte Flügel). Gründung der katholischen Liga der Reichsstände.
1537–38	Regierender Bürgermeister
1538–39	Ratsherr
1540–41	Bürgermeister
1541	Lucas der Jüngere heiratet Barbara Brück, Tochter des Kanzlers Gregor Brück. Seine Ehefrau, Barbara Cranach geb. Brengbier, stirbt.
1541–42	Ratsherr
1542	Ausbruch der Feindseligkeiten zwischen den konfessionellen Lagern. Teilnahme Cranachs am Feldzug gegen Braunschweig-Wolfenbüttel als Bildberichterstatter.
1543	Tochter Barbara Cranach heiratet Kanzler Dr. Christian Brück und erhält 5000 Gulden Mitgift. Die Jesuiten in Deutschland – Gegenreformation. Tod Hans Holbeins des Jüngeren.
1543–44	Bürgermeister
1544	Tochter Ursula heiratet den Juristen Georg Dasch.
1544–45	Ratsherr
1545	Hans Baldung Grien stirbt.
1546	Luther stirbt. Reichsacht gegen die Führer des Schmalkaldischen Bundes Johann Friedrich von Sachsen und Philipp von Hessen.
1547	Nach der verlorenen Schlacht bei Mühlberg und der Gefangennahme des Kurfürsten Johann Friedrich wird Cranach zu Kaiser Karl V. in das Lager bei Piesteritz befohlen – Gespräch, mehrfach aufgezeichnet, mit dem Kaiser.
1547–48	Cranach verbirgt Gemälde und andere Kunstschätze.
1548	Der Albertiner Moritz von Sachsen erhält auf dem Augsburger Reichstag die Kurwürde sowie ernestinische Gebiete, u.a. Wittenberg. Umzug des Wittenberger Hofes nach Weimar.

1550	Prozeßvollmacht an Matthias Gunderam aus Kronach, der später biographische Aufzeichnungen über Cranach macht, Übergabe der Werkstatt an Lucas d. J. Erneuerung des Apothekenprivilegs durch den neuen Kurfürsten Moritz. Tochter Anna heiratet den Apotheker Pfreundt.
	Aufforderung durch Christian Brück an Cranach, zu Johann Friedrich in die Gefangenschaft zu kommen; Cranach willigt ein. Testament. Juli: Reise über Weimar nach Augsburg. Cranach malt Tizian.
1551	Frühjahr: Übersiedlung nach Innsbruck. Lucas der Jüngere heiratet zum zweitenmal: eine Tochter des Mediziners Schurff.
1552	August/September: Heimreise mit dem freigelassenen und als Herzog rehabilitierten Johann Friedrich in die neue Residenz Weimar. Cranach wohnt im Haus Christian Brücks am Markt.
1553	Arbeit am Weimarer Altar, der von Lucas dem Jüngeren vollendet wird. Cranach stirbt am 16. Oktober und wird auf dem Jacobsfriedhof beerdigt.
1554	Johann Friedrich stirbt.
1555	Augsburger Religions- und Landfriede. Die Landesherren bestimmen die Konfession ihrer Untertanen.
1556	Abdankung Karls V.
1560	Tod Melanchthons.
1562/63	Abschluß des gegenreformatorischen Konzils von Trient.
1564	Tod Michelangelos
1586	Tod Lucas Cranachs d. J. am 27. Januar.

Quellen: Lucas Cranach der Ältere – Der Künstler und seine Zeit, hrsg. von Heinz Lüdecke, Berlin 1953; Berthold Hinz: Lucas Cranach d. Ä., Reinbek 1993.

Der Auszug aus der Stammtafel der Malerfamilie Cranach wurde erstellt nach Werner Schade: Die Malerfamilie Cranach. Dresden 1974.

GLOSSAR

Allegorie – griechisch ›allegorein = anders sagen‹, die Veranschaulichung eines Begriffes oder eines abstrakten Vorganges in Form einer Personifikation, z. B. Darstellung der Trauer durch eine schwarz gekleidete, verschleierte Frau, oder durch eine fabelähnliche Erzählung.

Allmende – althochdeutsch »algemeinida«, meint den Teil der Gemeindeflur, der sich im Gemeinschaftseigentum der Dorfgenossen befindet, für gewöhnlich Weide, Wald und Ödland, manchmal auch Teiche, Seen, Bachläufe, die von den Dorfgenossen je nach Herkommen und Bedarf zur Viehweide, Schweinemast, Holznutzung, Jagd und Fischerei zur Verfügung standen. Diese Rechte wurden im späten Mittelalter häufig von den Grundherren übernommen und den Gemeindemitgliedern aberkannt, was für die Ärmeren Lebensgrundlagen zerstörte. Reste dieser Einrichtung haben bis heute, vor allem im alemannischen Gebiet, Bestand.

Altarist – nach dem Duden *katholischer Priester, der die Messe an einem bestimmten Altar zu lesen hat*, zu Cranachs Zeiten Hilfsgeistliche, die die von Gläubigen bestellten und bezahlten Messen lasen, die in einem Umfang geordert wurden, von dem wir uns keine Vorstellung mehr machen können. In St. Elisabeth in Breslau z. B. gab es über 120 Altaristen, die an 47 Altären Messen lasen. Jeder 100ste Einwohner Breslaus war ein Altarist. In Köln wurden täglich rd. 1000 Messen gelesen. Das Entgelt der Altaristen war gering, es reichte gerade für ein bescheidenes Leben; die von den Bestellern gezahlten Beträge kassierte der Inhaber der Kirchenpfründe.

Breve – von lat. ›brevis‹, kurz, auch Brief, der seit 1390 aufkommende, seit dem 15. Jahrhundert immer häufiger werdende kurze päpstliche Erlaß, erkennbar an dem roten Stempel des Fischerringes.

Büttel – althochdeutsch butil, Gerichtsdiener, Häscher.

Canon Missae – das Kernstück der römischen Messe, anfänglich von der Präfation, heute von dem Gebet ›Te igitur‹ nach dem Benedictus bis zum Amen vor dem Vater unser gerechnet.

Confessio – Bekenntnis

Epitaph – griech. Epitaphium, Grabschrift, auch Grabmal mit Inschrift.

Firnis – Stoffe, die die Trockenzeit von Farben und Lacken verkürzen.

Hussern – Verballhornung von ›Husaren‹.

Komplet – letztes Stundengebet der Mönche und Nonnen am Abend.

Kurator – Vormund, Pfleger, Verwalter.

Malvasier – ursprünglich bei Monemwassia (Malvasia) in Griechenland gewonnener Wein, wird heute noch in Sizilien, Portugal, Teneriffa, auf den Azoren und in der Toskana angebaut, damals sehr begehrt.

Marckmeister – Marktmeister, verantwortlich für die Ordnung auf dem Markt, im übertragenen Sinne auch in der Stadt, eine Art Polizeimeister.

Matutin – das erste Stundengebet der Mönche und Nonnen am Morgen, früher um Mitternacht gebetet, heute bei den Zisterzienserinnen z. B. um 4.25 Uhr.

Missale – Meßbuch

Offertorium – lat. ›Darbringung‹, katholische Liturgie: die Opferbereitung sowie der Begleitgesang hierzu, evangelische Liturgie: Anfang der Liturgie in der ›deutschen Messe‹, die Darbringung von Brot und Wein, der dazugehörige Psalmengesang.

Ossel – auch Össel, Nossel, entspricht 4,6 Liter. Hohlmaße im 16. Jahrhundert in Kursachsen: 1 Faß = 360 Kannen, 1 Tonne = 90 Kannen, 1 Kanne = 2 Ossel, 1 Eimer = 60 Kannen, 1 Stübichen = 4 Kannen, 8 Ossel = 36,80 Liter.

Palimpsest – neu beschriebenes Pergament, eine Handschrift, auf der die ursprüngliche Schrift durch Radieren mit dem Schabemesser beseitigt wurde, um das kostbare Material wieder benutzen zu können.

Predella – Sockel eines Altaraufsatzes.

Propugnacula – Propugnaculum, Türmchen, die in nicht zu großen Abständen als Mauervorsprünge aus der Stadtmauer herausragen, damit die Verteidiger von ihnen aus, selber geschützt, Angreifer auf den dazwischen liegenden Mauerteilen beschießen können.

Rota – Rota Romana, höchster Gerichtshof der katholischen Kirche.

Schabracke – Prunkdecke für Pferde.

Schaube – weiter, vorn offener Mantelrock des Mittelalters.

Schosserei – Amt für Zoll, Steuer und ähnliche Abgaben.

Streichwehren – an den Flanken von Befestigungsanlagen angebrachte Bauten, von denen aus die Verteidiger die Mauern mit Beschuß ›bestreichen‹ konnten, um Angreifer abzuwehren.

Vedute – Bild einer Stadt oder einer Landschaft, das die Örtlichkeit möglichst sachgetreu wiedergibt.

Wismut – Bi, chemisches Element – Wismutmalerei: Malerei mit Lackfarben auf Kreidegrund, der mit einer dünnen Wismutschicht überzogen ist; der graue Metallton scheint durch die Farben durch. Seit Anfang des 16. bis ins 18. Jahrhundert in Sachsen, Nordböhmen, Franken (Nürnberg), ferner in Süddeutschland und der Schweiz besonders zum Schmuck von Kästchen und Schachteln, auch in der bäuerlichen Kunst verwendet.

Quellen u. a. Großer Brockhaus und Duden, Herr Heinrich Kühne in Wittenberg

Literaturverzeichnis

BEUYS, BARBARA: *Und wenn die Welt voll Teufel wär – Luthers Glaube und seine Erben*. Reinbek 1982.

BREUERS, DIETER: *Ritter, Mönch und Bauersmann*. Bergisch Gladbach 1994.

Buch der Reformation. Hg. Detlef Plöse und Günter Vogler, Berlin 1989.

Lucas Cranach, Ein Maler-Unternehmer aus Franken. Hg. Claus Grimm, Johannes Erichsen, Evamaria Brockhoff, Regensburg 1994.

Cranach im Detail, Katalog zur Ausstellung in der Lutherhalle Wittenberg. Wittenberg 1994.

VAN DÜLMEN, ANDREA: *Luther-Chronik*. München 1983.

FISCHER-FABIAN, S.: *Der Jüngste Tag*. München 1985.

HALE, JOHN: *Die Kultur der Renaissance in Europa*. München 1994.

HINZ, BERTHOLD: *Lucas Cranach d. Ä.*. Reinbek 1993.

HINZ, BERTHOLD: *Lucas Cranach d. Ä. und seine Bildermanufaktur*. München 1994.

HUIZINGA, JOHAN: *Herbst des Mittelalters*. 11. Aufl. Stuttgart 1975.

KÜHNE, HEINRICH: *Lucas Cranach der Ältere in Wittenberg*. Wittenberg 1993.

KÜHNE, HEINRICH: *Vom Wittenberger Rechtswesen, von Scharfrichtern und ihren Tätigkeiten*. Wittenberg 1994.

KÜHNE, HEINRICH: *Wittenberg als Festung*. Göttingen 1991.

KÜHNE, HEINRICH: *Lutherstadt Wittenberg*. Sigmaringendorf 1991.

LÜDECKE, HEINZ (Hg.): *Lucas Cranach d. Ä.*. Berlin 1953.

LUTHER, MARTIN: *Biblia, das ist Die gantze Heilige Schrifft/Deudsch/Auffs neiv zugericht*. Nachdruck, München 1974.

LUTHER, MARTIN: *Werke, kritische Gesamtausgabe*. 1883 ff.

MEINHARDI, ANDREAS: *Über die hochberühmte und herrliche Stadt Wittenberg*. Leipzig 1986.

RANKE, LEOPOLD VON: *Deutsche Geschichte im Zeitalter der Reformation*. o. J., Lizenzausgabe Bertelsmann

SACHAU, URSULA: *Das letzte Geheimnis*. München 1991.

SCHADE, WERNER: *Die Malerfamilie Cranach*. Dresden 1974.

SCHUCHARDT, CHRISTIAN: *Lucas Cranach d. Ä., Leben und Werk*. Leipzig 1851–1871.

SCHUCHARDT, GÜNTER: *Lucas Cranach d. Ä.*. Leipzig 1994.

TACKE, ANDREAS: *Der katholische Cranach*. Mainz 1992.

WARNKE, MARTIN: *Cranachs Luther*. Frankfurt a. M. 1984.

WINZINGER, FRANZ: *Dürer*. Reinbek 1971.

WOLF, HANS-JÜRGEN: *Hexenwahn, Hexen in Geschichte und Gegenwart*. Oberelchingen 1989.

Nachwort

Bei einem historischen Roman drängt sich immer die Frage nach der Authentizität auf. Ich habe mich nach Möglichkeit um Genauigkeit bemüht und lieber eine Szene wie z. B. die Hochzeit oder die Taufe im Hause Cranach sparsam geschildert, statt zu beschreiben, was nicht überliefert ist. Um Zitate zu kennzeichnen, habe ich sie kursiv gedruckt, den jeweiligen Quellennachweis jedoch nicht geführt, weil die Anmerkungen den Lesefluß gestört hätten. Die benutzte Literatur ist in der Bibliographie aufgeführt.

Fiktiv ist Pater Johannes. Daß Lucas Cranach der Ältere einen Schreiber hatte, der tatsächlich Johannes hieß, habe ich erst später herausgefunden. Auch die stumme Maria ist nirgends erwähnt.

Bei allem, was nicht als Zitat gekennzeichnet ist, gilt zu bedenken, daß es gewissermaßen durch mich hindurch gegangen ist, bevor ich es niederschrieb, und so notwendigerweise meines guten Willens zur Objektivität ungeachtet subjektiv gefärbt ist.

Mein herzlicher Dank gilt allen, die mich bei meiner Arbeit an diesem Buch unterstützt haben, und ganz besonders

Theo Breuer; Christel Fiege von der Stadtverwaltung Torgau; Carla Hanus; Maria Heister; Inga Lisa Huth; Heinrich Kühne; Frau Lahne von der Stadtbibliothek Wittenberg; Dörte Leyser; Erika Miebach; Mechthild Noll-Minor, Restauratorin in Torgau; Irmgard und Willi Pape; Dr. Stephan Rhein, Melanchthon-Haus, Bretten; Dr. Birgit Ritzerfeld; Pfarrer Rothe in Torgau; Elisabeth Schmitz; Anne, Anton, Hedwig und Katharina Schorn; Klaus Sebastian; Elke und Joachim Stiegler; Frau Strehle und Dr. Martin Treu von der Lutherhalle Wittenberg; Frank Uhlig; Elfie Werner von der Denkmalpflege Torgau und meiner Lektorin Renate Reifferscheid.

Ursula Sachau

Ulrike Halbe-Bauer

Mein Agnes

Die Frau des Malers Albrecht Dürer

336 Seiten. Taschenbuch
Bestell-Nr. 3-7655-3730-6

Nürnberg im Juli 1494. Nach dem Willen ihres Vaters heiratet die junge Agnes den soeben von seiner Gesellenwanderung heimgekehrten Maler Albrecht Dürer.
Das junge Paar zieht ins Haus der Dürers, wo Agnes sich in eine große Familie einfinden und mit einer strengen Schwiegermutter zurechtkommen muß.
Während die Pest in Nürnberg wütet, reist Agnes mit Albrecht nach Italien, wo er die berühmte Kunst der Renaissance studiert. Ihre Sorgen um die Daheimgebliebenen sind jedoch berechtigt: Auch im Hause Dürer fordert die Pest Opfer.
In späteren Jahren unternimmt Albrecht Dürer immer wieder Auslandsreisen, die seinen Ruhm festigen. Währenddessen leitet Agnes selbstständig die Dürersche Werkstatt in Nürnberg.

Ulrike Halbe-Bauer erzählt die Geschichte jener mutigen Frau, die mit einem der bedeutendsten Künstler der Reformationszeit verheiratet war.

BRUNNEN VERLAG GIESSEN
www.brunnen-verlag.de

Ursula Koch

Rosen im Schnee

Katharina Luther, geborene von Bora

208 Seiten. Fester Einband
Bestell-Nr. 3-7655-1860-3

Das katholische Europa höhnt über den Reformator, als er 1525 eine »entlaufene Nonne« heiratet. Daß ein Mönch und eine Nonne sich in Liebe miteinander verbinden, scheint so unmöglich wie – Rosen, die im Schnee blühen.
Als zehnjähriges Mädchen kommt Katharina ins Kloster und wird Nonne. Mit der Reformation dringen Luthers Gedanken von der »Freiheit eines Christenmenschen« auch in ihr Kloster. Katharina flieht mit acht Schwestern, gelangt auf abenteuerliche Weise nach Wittenberg. Dort heiratet sie später den Reformator.
Ihr aufregendes, erstaunlich selbstbewußtes Leben an der Seite Martin Luthers ist Inhalt dieses spannenden Romans. Ein Buch, das durch seine Warmherzigkeit ebenso einnimmt wie durch die historisch korrekte, liebevoll detailgetreue Schilderung einer Zeit, die lebendig und lebensnah vor uns ersteht.